Blue Murder

Original Japanese edition published by Kobunsha Co., Ltd.
Korean Publishing rights arranged with Kobunsha Co., Ltd. through Shinwon Agency Co., Seoul.

블루 머더

혼다 데쓰야
이로미 옮김

블루 머더

ブルーマーダー

자음과모음

* 본문 속의 각주는 모두 옮긴이의 것입니다.

서장

기름때로 찌들어 끈적거리는 비닐 테이블보.

한 녀석이 묻는다.

"참! 너 그 뒤로 어떻게 된 거냐?"

벌써 빈 맥주병이 두 병, 아직 절반쯤 남은 것이 한 병. 맥주잔은 두 개. 안주는 차슈와 멘마* 그리고 고추기름에 무친 숙주나물이다.

"아, 그거? 그 여자, 완전 호구였다니까. 데려다주겠다고 했더니 진짜로 차에 타는 거 있지. 그건 같이 자주겠다는 말 아니냐? 안 그래?"

신나게 떠벌리던 다른 녀석이 내가 아무 말도 하지 않자 뒤통

* 차슈(チャーシュー)는 술과 향신료를 섞은 간장에 절여 굽거나 찐 중국식 돼지고기 요리, 멘마(メンマ)는 발효시켜 말리거나 소금에 절인 죽순이다.

수를 냅다 후려친다. 그 바람에 머리가 5센티는 앞으로 쏠린다. 본의 아니게 고개를 끄떡인 셈이다. 어색하게 웃어 보이는데 상대는 이미 이쪽은 보지도 않는다.

"그래서 뭐야, 호텔에 갔단 얘기야?"

"그럼! 갔고말고."

"너 어제 완전 개털이었잖아?"

"그랬지. 인마, 네가 일을 열심히 안 해서 그런 거잖아."

그러면서 녀석은 아까 때린 자리를 더 세게 때린다. 나는 미안하다고 사과한다. 그래봐야 녀석의 기분이 풀릴 리 없다. 기대도 안 한다.

"야, 이젠 일 좀 제대로 해봐. 남들 하는 거 좀 보고 배우라고. 기껏 너 생각해서 일거리까지 줬는데 만날 이게 뭐야? 심부름 시키면 늑장이나 부리고, 전화로 독촉하라면 버럭버럭 소리만 지르고. 틈을 주지 말고 밀어붙이라 했더니 우물쭈물하다 끝나고 말이야. 그렇게 해서 어느 세월에 빚을 갚겠냐? 어이! 내 말 듣고 있어?"

녀석이 이번에는 바로 옆에서 주먹을 날린다. 나는 엉겁결에 둥근 간이 의자에서 떨어질 뻔하다 겨우 중심을 잡는다.

"여기 주문하신 음식 나왔습니다."

머리에 띠를 두른 뚱뚱한 여자가 돼지간부추볶음과 만두를 담은 접시를 테이블 한가운데에 놓는다. 중화덮밥과 탄탄멘*은

* 탄탄멘(タンタンメン): 매콤한 사천식 면 요리.

조금 더 기다려달라고 한다. 그러면서 빈 맥주병을 가져간다. 무슨 일인지 손님도 별로 없는데 음식이 늦게 나온다.

"너, 이거 벌인 줄 알아. 오늘 저녁밥은 이걸로 끝이야."

간장 종지에 만두 두 개를 덜어 준다.

"야, 이러면 불공평하지."

한 접시는 만두 두 개를 덜어내어 세 개만 남았고, 다른 접시는 만두 다섯 개가 아직 고스란히 담겨 있다. 다섯 개짜리 접시에서 만두 한 개를 집어 세 개짜리 접시에 옮겨 담자 네 개씩 딱 떨어진다. 좋았어, 하면서 자기 혼자 흡족해하는 녀석.

"돈도 없는 주제에 호텔은 어떻게 갔대?"

"뭐? 아, 그야 당연히 여자한테 내라고 했지."

"넌 그 얼굴로 당연하다는 소리가 잘도 나온다."

"이런 등신. 상판때기가 뭔 대수야. 남자는 거시기, 바로 거시기가 전부라고, 알겠냐? 이 모자란 인간아, 너 혹시 거기도 모자란 거 아니냐?"

그러더니 갑자기 내 사타구니를 움켜쥔다. 청바지를 입어서 별로 아프지는 않다. 그러나 아무 반응도 하지 않으면 인정하는 꼴이다. 형식적으로나마 반항하는 척한다.

녀석은 킬킬거리면서 나무젓가락을 쪼개어 돼지간부추볶음을 먹기 시작한다.

"음, 이거 맛있네! 이 집은 좀 지저분해도 맛은 끝내준다니까. 아줌마! 이 집은 맛 하나만큼은 진짜 대박이야, 대박. 합격! 배달이 늦고 지저분한 건 빼고 말이지."

식당 여자는 아줌마라는 소리를 들을 만큼 나이 들어 보이지는 않는다. 그래도 굳이 바로잡으려고 하지 않는다.

"내 입맛에는 좀 싱거운데."

그러면서 자기 접시에 덜어놓은 돼지간부추볶음에 소스를 치는 다른 녀석. 저 소스가 어울리나? 나는 의아하지만 물론 소리 내어 말하지는 않는다.

"자, 많이 기다리셨습니다. 여기 중화덮밥 나왔습니다."

이야! 나왔다, 하고 반색을 하는 녀석.

"어? 내 탄탄멘은? 아직 멀었어요?"

"죄송해요. 얼른 만들어드릴게요."

"뭐야? 까먹은 거예요?"

두 사람의 대화는 듣는 둥 마는 둥 하면서 잘 먹겠습니다, 하며 자기가 시킨 중화덮밥을 먹는 녀석.

"에이, 까먹긴요. 그냥, 음식을 혼자 만들다 보니 조금 늦어졌어요. 재료가 비슷하면 한꺼번에 만들 수 있는데 탄탄멘은 조금 달라서요. 주문 순서대로 하려니까 밀렸네요."

카운터를 보는 아저씨도 비위를 맞추듯이 계면쩍게 웃으며 미안해하는 표정을 짓는다.

"그러니까 내가 주문을 잘못했다, 이거네?"

"아니, 그게 아니고 그냥 순서대로, 순서대로 하느라 시간이 걸린다는 말이에요. 지금 얼른 만들어드릴 테니 조금만 기다리세요."

행패라도 부리면 괜히 골치만 아프다고 생각했는지 식당 여자는 적당히 말을 끊고 얼른 자리를 뜬다.

만두 두 개와 물 한 잔을 먹고 식당에서 나온다. 라멘집에서 사무소까지는 걸어서 5분 정도 걸린다.

"넌 그 매가리 없는 말투가 문제야. 감기 걸린 척할 때는 안성맞춤인데 사고 난 척할 때는 뭔가 부족해. 좀 더 긴장감 있게 해봐. 당장 숨넘어가는 사람처럼 아주 급하다는 식으로 말이야. 연기를 해, 연기를. 안 그러면 먹히질 않는다고, 알겠냐?"

어, 하고 냉큼 고개를 끄덕인다. 이제 이런 식의 대답은 거의 자동으로 나온다.

"'지금 바로 처리하면 합의할 수 있어요. 저쪽에서 그러겠대요. 할머니, 나 좀 살려주세요. 40만 엔이면 된다니까요. 내 차는 나중에 다시 사면 돼요. 상대방 수리비만이라도 얼른 해줘야 한다니까. 안 그럼 진짜 큰일 나요.' 이렇게, 그럴듯하게 해보라고. 문제는 마음가짐이야. 진짜 내 일이다, 이렇게 생각하면서 실감나게 해봐. 알겠어?"

넌 무슨 목소리가 그렇게 크냐, 다른 녀석이 끼어든다.

끼어들든 말든 상관하지 않고 또 있는 힘껏 뒤통수를 때리는 녀석.

"알겠냐고 물었지? 네 그 얼빠진 낯짝만 보고 있으면 아주 울화통이 치밀어요. 야무지게 좀 못 해? 어이구…… 인마! 사내 녀석이 왜 그 모양이야?"

이번에는 허벅지를 찬다. 무릎이 힘없이 꺾였지만 별로 아프지는 않다. 나도 이런 취급에는 어느 정도 익숙해졌다.

맞다, 갑자기 생각났다는 듯이 중얼거리는 녀석.

"이토 씨가 가게에 얼굴 좀 내밀라고 했는데 깜박했다."

"가게라니 무슨 가게?"

"왜 있잖아, 앰버라고. 회원제로 하는 데."

"언제 그랬는데?"

"3시쯤. 8시에 오라고 했어."

라멘집을 나온 때가 7시 40분쯤이었으니 근처일 경우 부랴부랴 뛰어가면 늦지는 않을 거다.

"얼른 가봐."

"너도 같이 가자."

"왜? 나한테는 오라고 안 했는데?"

"부탁 좀 하자. 이토 씨는 너한테 잘해주잖아."

"잘해주기는. 작년에 걷어차였던 거 몰라? 그것도 롯폰기 교차로 한복판에서."

"그때는 이토 씨도 술에 취했고. 사실 가즈키를 때리려고 했는데 실수로 네가 맞았을 뿐이었대. 나중에 얘기하더라. 지금 와서 새삼 사과하기도 뭣하지만 그땐 미안했다고."

"그 일하고 오늘 내가 같이 가주는 게 무슨 상관인데?"

"그러니까 부탁이라잖아. 아카네 씨에 대해서 물으면 뭐라고 대답해야 하나 아주 막막하다니까. 이렇게 부탁할 테니 같이 좀 가주라."

결국 두 사람은 함께 앰버로 향한다. 나와 헤어지면서, 딴 데로 튀지 말고 사무실 잘 지켜, 으름장을 놓는다. 알았어. 도망은 무슨. 도망갈 데도 없어.

운전면허증, 건강보험증, 지갑, 통장, 인감도장, 신용카드, 현금카드, 휴대전화, 아파트 열쇠까지 빼앗겼다. 어떻게 도망을 치겠는가. 여기서 10킬로도 넘게 떨어진 빌라까지 걸어가서, 잠든 관리인을 깨워 문을 열어달라고 해야 한다. 현실적으로 불가능한 일이다. 하지만 그 사무소는 있을 만한 곳이다. 적어도 그곳에 가면 앉을 자리가 있다. 난방기도 있어서 얼어 죽을 염려는 없다.

5층짜리 맨션의 4층. 407호실. 열쇠로 문을 열고 혼자 안으로 들어간다. 낮에는 다섯 명, 많으면 일고여덟 명이 사무실 안에 빼곡히 들어앉아 일을 한다. 밤에는 보통 이렇게 텅 비어 썰렁하다. 나와 저 두 사람이 머무를 때도 있고 아닐 때도 있다. 그렇게 쓰이는 사무소다.

기왕이면 혼자 있는 편이 낫다. 단 한 방으로 상대를 기절시킬 수 있는 주먹질의 실험 대상이 될 일도 없고, 장난인지는 모르겠으나 저들이 시키는 대로 개똥을 먹어야 할 일도 없다. 이유도 모른 채 욕조 물에 얼굴을 처박혀 죽다 살아날 일도 없거니와, 과거의 연애 경험을 억지로 털어놓고, 당시 여자 친구의 이름과 주소를 가르쳐줄 필요도 없다. 마지못해 가르쳐주면 아싸! 자, 한번 따먹으러 갈까, 하는 말 따위를 들으며 조롱거리가 될 일도 없다. 심지어 농담인지 진담인지는 모르겠으나 본가에 있는 여동생은 벌써 접수했다며 여동생의 몸을 두고 시시덕

거리는 이야기도 들을 필요가 없다. 처음 하는 주제에 느끼려고 하던데, 같은 개소리들 말이다.

문제는 힘이다. 힘만 있으면 이 상황에서 벗어날 수 있다. 하지만 혼자서는 절대로 불가능하다. 녀석들은 아주 단단히 결속되어 있다. 정보 수집 능력도 만만치가 않다. 전화 한 통화로 50명에서 100명의 조직원이 결집한다. 실제로 그런 현장에 끼어본 적도 있다. 결국 조직폭력배 쪽에서 꽁무니를 뺐다. 경찰이 출동해서 그랬는지도 모른다. 하지만 조폭을 정면에서 노려보고, 그들이 먼저 뒷걸음질 치게 만든 조직력과 위압감은 그야말로 굉장했다. 그래서 포기했다. 지금은 이렇게 녀석들이 시키는 대로 하며 산다.

8시 20분. 초인종이 울린다. 바로 대답을 하지 않으면 그 이유만으로 주먹이 날아온다. 네, 하고 재빨리 대답하며 현관으로 뛰어간다.

열린 문 너머에는 평소처럼 두 녀석이 서 있는 대신 양복 차림의 낯선 남자들이 있다. 순간 나는 안전 고리를 걸지 않은 나 자신의 어리석음을 저주한다.

"야마구치 미쓰히로 씨 계십니까?"

야마구치는 늘 나에게 주먹질을 하는 녀석이다.

"아뇨, 없는데요."

문은 이미 활짝 열려 있다. 눈에 들어오는 사람만 다섯 명이다. 문 그림자 속에 몇 명이 더 있는 듯하다.

맨 앞에 서 있는 남자가 시커먼 신분증 케이스를 주머니에서 꺼낸다. 케이스를 여니 사진이 박힌 신분증과 커다란 금색 배지가 들어 있다.

"센주 서에서 나왔습니다. 야마구치 미쓰히로 씨 그리고 우라다 요시히코 씨 다 계시죠?"

"아니요, 그러니까 그게……."

"안을 좀 살펴봐도 되겠죠?"

거부할 새도 없이 남자들이 실내로 밀고 들어온다. 전부 여덟 명.

방이 두 칸, 벽장이 하나. 나머지는 욕실과 화장실, 베란다다. 나 외에 아무도 없다는 사실을 확인하는 데 1분도 걸리지 않는다.

처음에 신분증을 제시한 남자가 나를 돌아본다.

"네가 도망가게 도와줬지?"

말투가 아까와 전혀 딴판이다.

"도망가게 하다니요. 천만에요. 원래 없었습니다. 처음부터 없다고 했잖아요."

"그럼 야마구치와 우라다는 어디 있어?"

앰버에 있다고 대답해야 하나 말아야 하나. 전후좌우, 손해득실, 빚, 보복. 순식간에 오만 생각이 한꺼번에 떠오른다. 그러나 정작 입 밖으로 나온 대답은 고민하기 전이나 마찬가지다.

"글쎄요, 모르겠는데요."

그러자 남자의 눈빛이 달라진다. 핏덩어리처럼 검은 물체가 눈 속에서 주룩 흘러내릴 듯하다. 왜 그렇게 보이는지는 모르겠지만 그렇게 보인다.

"그래? 그럼 서까지 동행해야겠는걸. 우리는 어떻게든 녀석들을 잡아야 하거든. 협조 좀 해줘."

이것이 튼튼한 동아줄인지, 썩은 동아줄인지 판단이 서지 않는다.

* * *

넙죽 엎드린 채 꿈쩍도 하지 않는다. 지금 상황에서는 이것이 최선이다. 튼튼한 몸뚱어리 하나는 자신 있다. 옆구리, 등, 엉덩이라면 맞거나 채여도 그럭저럭 참을 수 있다. 팔꿈치로 있는 힘껏 뒤통수를 가격한다면 그때는 무사하지 못할 테지만. 어쨌든 이 인간들의 목적은 살인이 아니다. 아무리 일이 꼬여도 그렇게까지는 하지 않는다.

"아저씨, 이제 그만 죽어달라니까. 아저씨가 빚을 갚을 수 있는 방법은 이제 보험금밖에 없잖아."

맞는 말이다. 아무도 일자리를 주지 않는다. 경마도 경정(競艇)도 돈을 딴 적이 한 번도 없다. 이 상황을 모면할 길이 하나 있기는 하다. 이 인간들이 고금리의 불법 대출을 했다고 고소하는 방법. 하지만 그런 명목으로 경찰서에 가봐야 소용없다. 경찰의 도움을 받기도 전에 아마 내가 먼저 마약 복용 혐의로 체포될 것이다.

"이제 그만 죽으라고. 제발 좀 죽어달라고!"

온갖 쌍욕으로 괴롭히더니 심지어는 체중을 실어서 내 뒤통수를 짓누른다. 무게에 눌려 콘크리트 맨바닥에 이마가 쓸린다.

"으윽…… 헉!"

쓱 하고 소리가 나면서 눈 위의 피부가 벗겨진다. 잠시 후 피가 번지고 바닥이 축축하게 젖으면서 뜨뜻해진다. 그래도 그게 다다. 이마가 너덜너덜 찢긴다고 사람이 죽지는 않는다. 애초에 별다른 고통도 느껴지지 않았다.

하지만 그럴 듯한 연기는 중요하다.

"제발 좀 봐주세요."

돈만 빼고 무엇이든 내주겠다.

"어? 뭐야? 우욱! 이 새끼가!"

"윽! 냄새. 이 양반 똥 쌌잖아!"

이 지경까지 오면 더 이상 괴롭히지 않는다. 그러고 나면 저들은 내 몸을 건드릴 생각도 하지 않는다. 나에게서 아무것도 얻지 못한 채 돌아간다.

한참 동안 그 상태로 있다가 천천히 일어선다. 똥과 오줌을 싸서 바지가 묵직하다. 세면대 앞까지 걸어간다. 그 앞에서 속옷까지 벗어버리고 알몸이 된다. 술 때문인지 생각보다 변이 물러 빨기는 쉽다. 그런데 어쩌다 콘크리트 바닥에까지 똥이 묻었지?

"똥 냄새가 지독하긴 지독하구나."

썰렁한 창고를 둘러본다. 옛날에는 여기에 트럭이 주차되어 있었다. 비계를 세울 때 사용하는 쇠파이프며 접속금구가 산처럼 쌓여 있었다. 장인 뺨치게 솜씨 좋은 직공이 도구와 접는 사다리, 자잘한 재료들을 보관하게끔 베니어판으로 선반을 만들어주었다. 지금은 그 선반도 텅 비었다. 구석에 녹슨 파이프 절단기와 그라인더와 드라이버, 쇠메 등이 남아 있을 뿐이다. 빚쟁이도 가져가지 않는 잡동사니. 내 처지와 똑같다.

"으, 추워."

가랑이까지 어느 정도 깨끗이 씻어낸 다음 2층 숙소로 올라간다. 옛날에는 아내와 딸이 함께 살았다. 그들은 내가 맨 처음 마약 복용 혐의로 체포되었을 때 집을 떠났다. 지금은 어디에 사는지도 모른다.

식구들보다는 그 후 십여 년 동안 나를 외면하지 않고 돌봐준 직장 동료들과의 정이 훨씬 깊었다. 일감을 줬고, 건설 현장에 불러줬고, 술자리에도 끼워주었다. 지금 생각해도 고마운 일이다. 결과적으로는 그들을 배신한 꼴이 됐으므로 그저 미안할 뿐이다.

목욕탕의 세탁물 바구니 속에서 팬티를 꺼내 입는다. 빨지 않은 상태다. 고무줄도 늘어났고 엉덩이 부분은 천이 거의 다 해졌지만 아직 입을 만하다. 세탁물을 한참 뒤진다. 파자마 대용으로 입는 운동복 원단의 바지를 꺼내 입고, 출혈이 멈추지 않는 이마에는 흰색 수건을 두른 뒤 다시 아래층으로 내려간다.

어찌 된 일인지 창고에서는 아까보다 더 지독한 악취가 난다. 자기 배설물 냄새는 별로 의식하지 못한다던데 시간이 지나서인지 이제는 다른 사람의 배설물 냄새처럼 고약하다. 도저히 참기 힘들 만큼 역겹다.

얼른 유리로 된 뒷문을 연다. 마침 그 시간에 그 앞을 지나갈 행인에게는 미안하지만 한동안 문을 열어두기로 한다.

다음으로 콘크리트 바닥에다 호스로 직접 물을 뿌려 아까 싼 똥을 흘려보낸다. 청소용 솔로 바닥을 문질러가며 씻어낸다.

그렇게 바닥을 청소하고 있는데…….

"이봐, 아저씨! 바깥에 구린내가 얼마나 진동하는지 아쇼?"

목소리가 나는 쪽으로 돌아보니 출입구에 커다란 사람 그림자가 드리워져 있다. 순간적으로 또 빚쟁이인가 싶어 몸을 움츠린다. 그러나 처음 보는 사람이다.

"죄송합니다. 금방 끝나요. 환기 좀 시키고 바로 문 닫을게요."

남자는 콘크리트 바닥에 고인 구정물을 훌쩍 뛰어넘어 안쪽으로 들어온다.

"아까 그 사람들은 뭐요? 빚쟁이들?"

다짜고짜 뭐 하자는 속셈이지?

"혹시나 하고 봤는데 역시나 싶던가요?"

"아니, 어쩌다 들었소. 죽어달라느니 뭐라느니. 요즘에도 빚 독촉을 저렇게 하나 싶어 들어봤지. 조금 있으니까 그 자식들, 꽁무니가 빠지게 여기서 나갑디다. 뭐지, 하는 순간 구린내가 나기에 정신 줄을 놓으셨군 싶더라고. 빚쟁이들도 사람은 사람인가 보죠? 똥칠이라도 당할까 봐 식겁하는 꼴들하고는. 그래도 너무 안심하지는 마쇼. 같은 수법으로 재탕, 삼탕 우려먹을 생각일랑 접어두는 편이 좋을 거요. 다음번에는 네가 그렇게 똥이 좋으면 아예 똥에다 묻어주마, 하면서 아저씨를 똥구덩이에 빠뜨릴 테니까. 나라면 그렇게 하고도 남지."

이상한 남자다. 날카로운 이목구비와 얼굴 윤곽. 어깨 폭이 넓고 몸도 균형이 잡혀 있다. 키는 6척이 훨씬 넘어서 190센티에 가까울 듯하다. 그런데도 유연해 보인다. 몸가짐 때문인가, 화통한 저음의 목소리 때문인가, 아니면 쓰는 어휘 때문인가?

남자는 도구 선반 쪽으로 다가간다.

"아저씨, 빚이 얼마요?"

참 아니꼬운 말투.

"500만 엔쯤 될 겁니다, 아마."

"갚을 수는 있소? 아예 글러 보이는데 말이야."

그러면서 선반의 물건을 점검하듯 살펴본다.

"네, 글렀지요. 그러니까 저놈들이……."

"그럼 나하고 거래 한번 해보시겠소?"

그럼 그렇지. 예상대로다.

"내가 이럴 줄 알았어. 당신도 그런 놈들이오? 친절한 척하면서 접근하지만 뒤로는 저놈들과 한통속이고, 끼리끼리 대환 대출로 돌려가며 빚을 부풀리고, 남의 골수까지 쪽쪽 빨아먹는 인간들 말이오. 마지막에는 생계 지원비까지 내놓으라고 쥐어짜면서 다그칠 속셈이잖소? 내가 모를 줄 알아요?"

남자는 짧게 코웃음을 치더니 고개를 조금 갸웃거린다.

"개뿔. 그런 놈들하고 똑같은 인간 취급은 하지 마쇼."

"어차피 다 한통속이지 뭡니까? 저놈들한테 갚는 대신 당신한테 새로 빚을 지는 셈이고, 그래서 이자는 또 몇 퍼센트 늘어나는 거고. 결국 그거 아니오?"

"오케이, 거기까지!"

남자는 손뼉을 치며 억지로 내 이야기를 중단시킨다.

"돈 얘기는 그만합시다. 빚이 얼마냐고 물은 내가 잘못했수다. 이자를 부풀리거나 하는 일은 아니니까 걱정 마시고. 나는 그저 여기에 있는 집기를 조금 빌렸으면 할 뿐이오. 아니면 아저씨 손을 좀 빌리든가. 그편이 훨씬 낫겠네. 참, 이 기계는 어디에 쓰는 거요?"

남자가 창고 구석에 쭈그려 앉아서 손가락으로 가리킨다.

"그건 파이프 절단기예요. 쇠파이프를 절단하는 데 쓰죠."

"그럼 이건?"

"그건 그라인더. 그것도 단단한 것을 자르거나 깎을 때 쓰는 거예요."

남자는 쭈그려 앉은 채로 다시 안쪽으로 이동한다.

"이건?"

"모양은 구식이지만 용접기예요. 전선도 잘린 데다 한참 동안 전원을 켜지 않아서 가동이 될지 안 될지는 모르지만요."

"아저씨, 용접도 하쇼?"

"뭐, 어깨너머로 배운 실력이긴 한데 수평 사다리로 축구 골대 정도는 만들 수 있습니다. 그런 걸 만들어달라는 사람은 아무도 없지만요."

농담으로 던진 말인데 남자는 킥킥거리지도 않는다.

그러고는 일어서서 잠시 바닥을 내려다본다.

"아저씨, 그러지 말고 나와 거래합시다. 내가 만들 게 있는데 아저씨가 조금만 도와주쇼. 그럼 보답으로 저놈들 빚을 전부 갚아주겠소."

그게 가능할까, 하는 의문이 들기보다는 무슨 말인지 이해가 가지 않는다.

"만들 거라니, 그게 뭡니까?"

남자는 조금 계면쩍게 웃는다.

"그냥 초등학생 여름방학 숙제 같은 거요. 그것만 도와주면 내가 아저씨를 자유롭게 해드리지. 내가 아저씨의 자유를 보증하겠소."

처음에는 그런 제안을 조금도 신뢰하지 않았다.

제1장

1

2월 14일 수요일, 오후 2시.

히메카와 레이코는 분쿄 구 오쓰카에 있는 도쿄 도 감찰의무원 입구 앞에 있었다. 조금 전까지 건물 안에 있다가 전화를 받기 위해 일부러 나온 참이었다.

"뭔데? 대낮부터 웬 전화질이야? 그만 끊어줄래?"

통화 상대는 이오카 히로미쓰 경사. 지금은 미타카 서 조직범죄 대책과 강력계에 있는 모양이었다.

"그러니까 지 목소리는 벌건 대낮 말고 한밤중에 듣고 싶다, 그깁니꺼?"

"밤에도 사절이야. 물론 아침에도 삼가줘. 한낮에는 아예 꿈도 꾸지 마."

"아, 또 그라네. 좋으면서 싫은 척 야멸차게 구시기는. 마, 솔직하게 말하소. '니 인마, 만나러 안 오고 뭔 전화질이고?' 이라믄 얼마나 좋아예. 레이코짱, 옛날부터 부끄럼 무지 탄다니까."

이 남자의 전화를 받지 않기 위해 휴대전화를 바꾸자고 수백 번도 더 생각했다.

"저기, 요즘 굉장히 궁금한 게 있었는데 말이야. 당신이 언제부터 내 이름에다 '짱'을 붙였지? 누구 맘대로? 애초에 성을 부르라고 몇 번씩 말했을 텐데."

"그기야 레이코짱이 본부 근무에서 빠지고 난 다음부터 아입니꺼. 레이코 주임님이라꼬, 요래 부르라 하셨잖아예."

그렇다. 현재 레이코는 경시청 형사부 수사 1과 소속이 아니다. 이케부쿠로 서 형사과 강력계에 배속되어 있다. 직함은 담당 계장이다.

"계장님이라고 하면 되잖아. 히메카와 레이코 계장님이라 불러. 다들 그렇게 부른다고."

"아, 마 됐심니더! 계장님이 뭔교, 아재 냄새 나게."

말이 말 같지 않나?

"아저씨 냄새가 나든 술 냄새가 나든 난 여기서 계장이야. 호칭 갖고 속 썩일 거면 전화 안 받는다, 알았어? 용무 없으면 전화 끊자."

"아아, 잠깐만예. 레이코짱, 오늘이 무슨 날인지는 압니꺼? 딴 날도 아이고 바, 바, 바렌타인데이라꼬요."

그 정도는 네가 가르쳐주지 않아도 알아.

"미안하지만 오늘이 밸런타인데이든 화이트데이든 이오카는 좀 빠져줘. 당신하고 초콜릿, 사탕 나누고 싶은 마음 눈곱만큼도 없거든."

이오카가 계속 횡설수설 떠들었지만 레이코는 단호하게 전화를 끊었다.

그때 바로 등 뒤에서 누군가 말을 걸었다.

"히메, 밸런타인이라니 무슨 말이야?"

돌아보니 클립보드를 든 감찰의 구니오쿠 사다노스케가 빙글거리며 레이코 쪽을 보고 있었다.

"아, 선생님, 검안 끝났나요?"

"방금. 자네 과장님 견해대로야. 직접적인 사망 원인은 폐렴이 분명해. 죽은 지 사흘에서 나흘 정도 지났을까? 행정 해부*까지는 필요 없을 거야. 무연고자, 나이는 77세, 생계비 수급자라니…… 참 쓸쓸한 최후네."

최초 발견자는 도시마 구의 민생 위원이었다. 겨울철이라 시체가 부패하지 않고 거의 그대로 보존되어 불행 중 다행이었다.

"방금 통화한 사람, 그 녀석이지? 가마타 서의 침팬지."

구니오쿠는 이오카를 예전부터 '침팬지'라고 불렀다.

"가마타 서에서 이동했어요. 지금은 미타카 서에 있나 봐요."

"근데 밸런타인이 어쨌다는 거야?"

* 행정 해부: 행려사망, 전염병, 익사 또는 자살, 재해 사고로 인한 사망 등 범죄와 무관한 변사체의 사인을 알아내기 위하여 행하는 해부.

그러면서 구니오쿠는 일부러 클립보드를 옆구리에 끼더니 두 손을 모아 이쪽으로 내밀었다.

나 원 참. 남자라는 생물은 나이가 몇 살이든 다 똑같다.

"순전히 의리로 주는 초콜릿인 줄 아시면서. 그런데도 밸런타인데이 초콜릿을 받고 싶으세요?"

레이코는 요즘 자주 들고 다니는 초록색 가죽 토트백에서 꾸러미를 꺼내어 건네주었다. 준비했던 초콜릿 중에서 다 나눠주고 마지막 남은 한 개였다.

"허허, 고마워. 고마운 정도가 아니지. 히메가 주는 초콜릿이니 더 특별하지, 암. 의리로 줬든 뭐든 벌써 살살 녹을 만큼 아주 달콤해."

"올해는 일부러 쓰고 진한 맛으로 준비했는걸요."

"그래도 달콤하기만 한걸. 이게 다 사랑 때문 아니겠어?"

이렇게까지 대놓고 사랑이라고 하시면 그저 웃을 수밖에요.

"아무렴요. 저야말로 앞으로 잘 부탁드릴게요."

그때 마침 전화가 왔다. 휴대전화를 꺼내 보니 화면에는 '이오카'가 아니라 '이케부쿠로 서 형사과'라는 글자가 떠 있었다.

"네, 히메카와입니다."

"아, 나 오사코입니다."

현재 상사다. 형사과 강력계 총괄 계장 오사코 다카야.

"검시는 아직 멀었습니까?"

오사코는 굉장히 겸손한 사람이어서 레이코뿐 아니라 누구에게나 경어를 썼다.

"아닙니다. 이제 막 끝났습니다. 병사로 추정됩니다."

"그거 다행이군요. 지금 이케부쿠로 1번가, ×-×, 로사 회관에서 대각선 맞은편에 있는 임대 빌딩입니다. 공실에 시체가 있다는 신고가 들어와서 출동했는데, 이쪽으로 오겠습니까?"

공실에 시체라니, 불길하다.

"네. 10분이나 15분쯤 걸리겠습니다. 그런데 사고사인가요, 타살인가요?"

한 손을 휙 흔들어 미안하다고 표시하자 구니오쿠도 알았다며 고개를 끄덕였다.

"투덕거리는 소리가 났었다고 하니 타살인 듯합니다."

살인이라면 더욱더 다른 형사에게는 맡기고 싶지 않다.

"알겠습니다. 현장보존 철저히 하라고 당부 좀 부탁드립니다."

"그렇게 하지요. 그럼 이따 봅시다."

"살인 사건이야?"

전화를 끊자 구니오쿠가 물었다.

"네, 아무래도 그런가 봐요."

"정말 못 말린다니까. 히메카와는 살인이라는 소리만 들으면 얼굴에 화색이 돌아."

설마 그렇기까지야.

"그런 험한 말씀은 삼가주세요. 화색이 돌기는요."

어디까지나 내 전문 분야에서 할 일이 생겼다고 하니 저절로 기합이 들어갔을 뿐이다.

"선생님, 사체검안서 사본은 나중에 경찰서로 보내주세요."

"그래, '히메카와 계장님 앞'이라고 해서 말이지? 알았어."

"그리고 구청 연락도요."

"걱정 붙들어 매셔."

"그럼 부탁드려요. 전 이만 가볼게요."

"그래. 갔다 와."

레이코는 밖으로 뛰어나가면서 어쩐지 익숙한 느낌이 들었다.

지금까지 몇 번인가 구니오쿠의 배웅을 받으며 여기서 현장으로 향한 적이 있었다.

형사 노릇을 한 지 벌써 9년.

올해 6월이면 서른세 살이다.

같은 형사라도 경시청 본부와 지역 관할 서의 근무 형태는 전혀 다르다.

본부에서도 특히 레이코가 작년까지 속해 있던 형사부 수사1과에서는 우선 '재청'이라고 하여 본부 대기 중인 계에서 거의 순서대로 사건을 배당한다. 담당할 사건이 정해지면 사건이 발생한 현장의 관할 서로 간다. 그곳에 설치된 특별 수사본부에서 사건 하나만 주력해서 수사한다. 해결될 때까지 계속할지, 아니면 중간에 그만두고 복귀할지는 상부에서 판단하며, 지시하는 대로 따른다. 사건 하나를 종결시키면 다시 본부로 돌아가서 재청에 들어간다. 기본적으로는 이런 식의 근무가 반복된다.

한편 관할 서에서는 엿새마다 한 번씩 '본서 당직'이라고 해서 당직 근무를 선다. 당직자는 당직일 아침부터 다음 날 같은 시각까지, 그사이에 발생한 모든 사건을 다른 직원들에게 분담해 처리한다. 사건 분배는 당직자의 소속 부서와 업무 분장 여하에 상관없이 이루어진다.

오늘 레이코가 그런 경우다.

우선 아침에 가장 먼저 맡은 일은 휘발유 절도 사건이었다. 이케부쿠로 3가에 위치한 월정액 주차장에 주차되어 있던 일반 승용차 세 대가 피해를 입었다. 감식계와 함께 현장으로 가서 피해 상황을 확인하고 강제처분*으로 넘겼다. 이 사건을 처리하는 와중에도 사무소 털이다, 날치기다, 하는 사건 발생 통보가 잇따랐다. 하지만 레이코는 아직 사건을 마무리하지 못해서 움직이기 힘들다는 말로 다 거절했다.

휘발유 절도 사건을 어느 정도 정리한 뒤에 맡은 일이 아까 검시가 끝난 변사체 사건이었다. 77세 남성의 고독사. 경찰서로 옮겨진 시신의 검시 업무는 형사과장 히가시오 경정이 맡았고, 현장을 강제처분하거나 민생 위원의 증언을 청취하는 일은 레이코가 맡았다. 아파트 관리인 조사는 도범계(盜犯係) 경사에게 맡겼다.

민생 위원의 증언 청취를 마쳤을 때 고독사한 남성의 시신을 감찰의무원으로 이송했다는 보고가 들어왔다. 그다음으로 향한 곳이 이케부쿠로 혼초 4번가에서 발생한 날치기 사건 현장이었다. 47세의 주부가 자전거 앞에 달린 바구니 속에 가방을

* 강제처분: 형사소송법에서 법원이나 수사기관이 증거 조사나 보전을 위하여 사람과 물건에 대해 강제로 행하는 처분.

두었다가 날치기를 당했다. 물증을 보존하기 위한 강제처분을 실시하고 피해 여성의 증언을 청취했다. 이 일을 마치고 감찰의 무원으로 향했으나 사체검안서를 확인할 겨를도 없이 또 변사체 사건이 발생하여 부랴부랴 니시이케부쿠로 1가까지 왔다.

"기사님, 저기 소고기덮밥집 앞에서 내려주세요."

레이코는 로맨스도리 입구에서 택시를 세웠다.

니시이케부쿠로 1가 번화가는 최근 들어 갑자기 차이나타운으로 변모한 지역이다. 둘레가 1킬로에도 못 미치는 작은 마름모꼴 지구에서 100곳에 가까운 중화요리점이 영업을 한다. 경영자도 중국인이 많아서 밤에는 중국어로 이야기하는 행인의 수가 부쩍 늘어난다. 그렇다고 해서 요코하마의 차이나타운 이미지를 떠올리고 찾아온다면 조금 허탕을 칠지 모른다.

니시이케부쿠로는 그야말로 귀신 소굴이다. 파친코 게임장에 성매매 업소도 있고, 패스트푸드점과 편의점은 물론 노래방도 있다. 약국과 영화관 그리고 휴대전화 정식 대리점도 통신사별로 모두 들어와 있다. 음식점으로는 돈가스에서부터 닭날개튀김, 불고기, 초밥, 전통 일본 요리, 라멘, 프랑스 요리, 이탈리아 요리 등 없는 게 없다. 그중에서도 중화요리 전문점의 비율이 급격히 증가하는 추세다.

지구 초입에는 주요 거리마다 길 이름을 내건 아치형 구조물이 서 있다. 이케부쿠로 역과 가까운 순서대로 꼽자면 동쪽에서부터 니시 1번가, 에비스도리, 로맨스도리다. 그런 면에서는 오히려 신주쿠 가부키초와 분위기가 비슷하다.

로맨스도리를 지나 우측에 보이는 분홍색 건물이 로사 회관이었다. 니시이케부쿠로의 상징이라고도 할 만한 복합 상업 시설로, 음식점을 비롯해서 영화관, 볼링장 등 스포츠 시설과 카바레식 클럽과 라이브 하우스까지 들어 있다. '로사'는 아마도 '로즈'와 동의어인 듯하다. 레이코는 제멋대로 해석했다. 그래서 건물도 분홍색인가?

이번 현장은 로사 회관에서 대각선 맞은편에 있는 건물로 6층짜리였고, 음식점용 임대 빌딩 같았다. 이미 경찰차 두 대가 서 있었다. 제복 경찰 세 명이 입구를 지키는 중이었고, 아는 사람은 한 명뿐. 니시구치 파출소 소속이며 이름이 오타케라는 경사였다.

"히메카와 계장님, 수고하십니다."

"그쪽도 수고가 많아요. 현장 분위기는 어때요?"

레이코는 입구에서 건물을 올려다보았다. 1층은 회전초밥집, 2층은 철판요리 전문점, 3층은 훠궈를 내는 중식당, 4층은 안내문이 없었고, 5층은 술집이었다. 6층은 잘 모르겠지만 가게 이름으로 보아 카바레식 클럽이나 성매매 업소 같았다.

"네, 현장은 4층입니다. 방금 사노 계장님과 스야마 주임님이 들어가셨습니다."

사노는 감식계 담당 계장이다. 스야마도 감식계고 계급은 경사다.

다행이야.

현장에 들어가는 당직 수사관은 레이코가 처음이었다.

"최초 발견자는요?"

"가게를 보러 온 부동산 업자와 손님입니다. 지금 순찰차에서 청취 중입니다."

그렇군. 오타케 말마따나 건물 앞에 서 있는 순찰차 뒷좌석에는 제복 경찰 말고도 한 사람이 더 타고 있었다. 다른 발견자 한 명은 앞차에 있겠군. 증인 청취는 각각 따로 하니까.

"알았어요. 자세한 내용은 나중에 물어볼 테니까 저대로 순찰차에서 대기하라고 하세요. 일단 현장부터 보고 올게요."

"네, 그러시죠."

레이코는 발을 내디디며 건물 입구를 들여다보았다. 짧은 통로 끝에 엘리베이터가 정면에 보였고 그 왼편에 계단이 있었다.

"오타케 경사, 계단은 저기뿐인가요?"

"네, 계단은 저기 한 군데뿐입니다."

"그럼 저 계단도 출입 금지예요. 옆 건물도요."

레이코는 뒤로 물러서서 다시 한 번 빌딩을 올려다보았다. 그리고 흰 장갑을 끼면서 옆에 있는 3층짜리 건물을 가리키며 지시했다.

"이따가 다른 형사가 오면 옆 건물 옥상을 조사하라고 하세요. 이 건물로 드나들 수 있는 통로가 있거든 혹시 모르니까 그쪽도 현장보존 시키고요."

알겠습니다, 대답과 함께 차려 자세를 하는 오타케에게 고개를 까딱해 보인 뒤 레이코는 사건 현장이 있는 건물 안으로 들어갔다.

통로 끄트머리. 엘리베이터는 1층에 멈춰 있었는지 상행 버튼을 누르자 바로 문이 열렸다. 성인 다섯 명이 타면 꽉 찰 크기. 중량 제한은 450킬로.

"4층이라……."

자꾸 덜컹거리며 흔들려서 괜히 불안해지는 엘리베이터였다. 4층에 멈출 때도 쾅 하면서 위아래로 크게 요동쳤다. 비닐 덧신을 신다가 하마터면 엉덩방아를 찧을 뻔했다.

오른쪽으로 열리는 엘리베이터 문도 작동하는 모양새가 영 부드럽지 않았다.

"어, 히메카와 왔나? 수고가 많아."

엘리베이터 문 바로 바깥에 서 있는 사람은 작업복을 입은 사노 계장이었다.

레이코도 고갯짓으로 인사를 하며 엘리베이터에서 내렸다.

"수고하십니다. 어떤가요?"

보아하니 4층은 개보수 중인지 바닥과 벽 모두 콘크리트가 그대로 드러나 있었고 여기저기 절단된 전선과 배관이 방치되어 있었다. 배수관 입구를 제대로 막지 않았는지 공중화장실 냄새 같은 악취가 났다. 실내 넓이는 66제곱미터에서 조금 모자라거나 더한 정도? 음식점으로 쓰기에 결코 좁은 편이 아니었다.

가게 오른편 안쪽에서 스야마 주임이 사진을 찍고 있었다.

"시신은 저쪽에 있습니까?"

창이 없는 벽면. 콘크리트 바닥에 검은 양복을 입은 남자가 옆으로 쓰러져 몸의 오른편이 바닥에 닿아 있었다. 오사코 계장이 투덕거렸다던 말에 수긍이 갔다. 멀리서 보기에도 얼굴이 검붉게 부풀어 올라서 원래 모습은 조금도 남아 있지 않았다. 입은 옷도 온통 모래먼지투성이라 지저분했다.

"어, 죽은 지 열 몇 시간은 지났겠어."

"사인은요?"

"벗겨보지 않으면 뭐라고 단정하기는 어려운데, 아마 박살(撲殺)일 거야. 맞아 죽었다는 말이지. 총상도 없고 자상도 보이지 않아. 목숨을 잃을 만큼 큰 출혈도 없고 심한 상처도 없어. 내장이 파열됐든가 경추가 나갔든가 했을 거야."

"신원은 밝혀졌나요?"

"그게…… 약간 문제가 있어."

사노는 손에 들고 있던 비닐봉지 한 장을 레이코에게 내밀었다. 신분증 케이스 비슷한 물건이 펼쳐진 상태로 들어 있었다. 한쪽 면에 신분증을 꽂는 투명한 칸이 있었고 거기에 자동차 운전면허증이 들어 있었다.

"가와무라, 조지…… 어?"

레이코는 자기도 모르게 사노의 얼굴과 카드 지갑을 번갈아 봤다.

"가와무라라면 조직폭력단 니와타 조직의 그 가와무라요?"

"그래, 스미다 조직 계열 3차 단체, 2대 니와타 조직 두목 가와무라 조지야."

이런 말도 안 되는 일이!

"하지만 가와무라 조지는 아직 감옥에 있잖아요?"

"아니야. 방금 서에 확인했더니 벌써 엿새 전에 가석방으로 풀려났대. 물론 얼굴이 이 지경이라 면허증과 대조하기도 어렵지만."

또 다른 비닐봉지를 레이코에게 내밀었다.

"지갑과 휴대전화만으로는 단정하기가 힘들긴 한데 아마 틀림없을 거야. 아까 다카쓰 과장한테도 연락해뒀어. 곧 누군가가 튀어오겠지."

다카쓰 경정은 조직범죄 대책과 과장이다. 누군가가 튀어온다면 폭력범 수사계의 폭력단 담당이겠지.

사노가 잔뜩 찌푸린 얼굴로 고개를 갸웃거렸다.

"이거 장난 아니겠는데. 감식하는 내가 이런 말 하면 안 되지만 일대 파란이 일겠어. 이 주변에는 2대 후지타 일가에다, 유서 깊은 조직으로는 호시노 일가와 니와타 조직이 있지. 또 뭐냐, 모로타 조직도 있고, 신생 세이와 회였나? 아무튼 야마토회 계열에다 시라카와회 계열, 스미다 조직 계열도 각자 확고한 자기 영역을 갖고 있거든. 니와타 조직의 두목이 가석방된 지 엿새 만에 이런 치욕을 당하다니. 어떻게 피 한 방울 내지 않고 해치웠을까? 그것도 맨손으로. 그게 가능할 리가 없거든."

작년에 레이코가 경시청 본부에서 마지막으로 처리한 사건도 뿌리를 파보면 야마토회 산하 폭력단 내부의 후계 다툼이 원인이었다. 사실 이런 사건에는 씁쓸한 기억밖에 없다.

사노가 피해자 주변을 가리켰다.

"스야마, 다 찍었으면 족적부터 중점적으로 채취해. 사체를 반출하고 나면 벽에 찍힌 지문도 일단 채취해봐. 별로 나올 건 없겠지만 말이야."

아니다. 이번 사건은 별개다. 마키타와 무관하다.

"사노 계장님, 흉기는 뭐예요?"

"그것도 자세하게 검시를 해봐야 아는데 뭐, 쇠파이프 종류 아닐까? 쇠파이프 끄트머리에 찍히면 초승달 모양으로 자국이 남을 텐데, 그게 확인되면 흉기는 쇠파이프로 결론이 나겠지."

가석방 엿새 만에 조직 두목이 쇠파이프에 맞아 죽은 상해 치사 사건이라.

최초 발견자인 부동산 회사 영업 사원 기타가와 사토시와 손님인 나카야 에이스케의 증언을 들었지만 특별히 수상한 점은 없었다.

기타가와는 이달 초순쯤 나카야가 이케부쿠로에다 나고야 요리점을 낼 생각이라며 찾아왔기에 상담을 하고 지금까지 몇 군데 임대 물건을 소개해주었다. 이번 사건의 현장도 그런 임대 물건 가운데 하나였다. 시신을 발견한 직후에도 히가시이케부쿠로의 임대 물건을 보러 갔다고 한다. 이 이야기는 나중에 회사 측과 임대인에게 확인하기로 했다.

두 사람이 현장에 도착한 때는 오후 2시 무렵. 4층은 평소에 건물 관리인이 엘리베이터가 서지 않게 설정하지만 오늘은 부동산 업자가 온다고 하여 정오쯤 설정을 풀어두었다.

두 사람은 엘리베이터에서 내리자마자 오른쪽 벽에 쓰러져 있는 사람을 발견했다. 처음에는 노숙자가 숨어들었다고 생각했다. 그러나 다가가 보니 예측이 틀렸음을 바로 알았다. 기타가와는 임대 물건 안에서 예상치 못한 일이 생기면 함부로 나서지 말고 즉시 경찰에 신고하라는 사장 말을 떠올리고는 그대로 했다고 진술했다. 다른 방에서 오사코가 청취한 나카야의 진술도 기타가와의 진술과 완전히 일치했다. 증거를 확인할 대목이 몇 군데 있지만 두 명의 최초 발견자에게서 의심스러운 점은 보이지 않았다.

정리해보면 범인은 범행 시각으로 추정되는 어제 늦은 밤부터 오늘 새벽까지, 4층에 서지 않게 설정된 엘리베이터를 놔두고 어딘가 다른 경로로 현장에 침입했다는 이야기인가? 당연히 한 군데밖에 없는 계단으로 침입했다고 봐야 했다. 사실 계단실에서 현장으로 들어오는 문은 열쇠가 망가져 있어서 침입하기가 쉬운 상태였다. 하지만 열쇠를 망가뜨린 자가 범인인지 아닌지는 감식 결과가 나오지 않은 현시점에서는 무어라 단정하기 어려웠다.

최초 발견자의 청취를 마치고 이케부쿠로 서 4층에 있는 형사과 사무실에서 대기했다. 10분쯤 지났을 때 히가시오 과장이 들어왔다.

레이코와 오사코, 그 외 수사관 세 명이 일제히 일어섰다.

"수고하셨습니다. 어떻게 됐습니까?"

오사코가 묻자 히가시오는 입을 삐죽 내밀며 고개를 끄덕했다.

"지문 조합 결과 피해자는 가와무라 조지로 판명됐다. 일단 가족에게 연락은 했다. 아무래도 부인이 먼저 오는 게 좋은데, 그럴지 어떨지……. 부두목이나 고문 나부랭이가 먼저 오면 대응하기가 성가시거든. 참! 본부 검시관을 불렀다."

히가시오도 검시 경험이 꽤 많은 편이었지만 절차상으로는 역시 경시청 형사부에 속한 검시관의 판단이 필요했다.

"자세한 내용은 사법해부 결과를 기다려봐야 해. 솔직히 말해서 시신 상태가 아주 엉망이야. 그렇다고 아예 검시까지 불가능한 상태는 아닌데 연고자에게 보여주기는 조금 곤란하겠어. 전신을 한 군데도 빠짐없이 무지막지하게 얻어맞았어. 내가 세어본 상흔만 해도 50군데가 넘어. 골절은 20군데도 더 될 거야. 특징이라면 양쪽 쇄골과 척추 쪽 골절에는 생활반응이 있더라고. 아마 피해자는 양쪽 팔다리를 움직이지 못하는 상태에서 장시간에 걸쳐 폭행당했을 거야."

며칠 전까지 복역 중이었다고는 해도 현역 조직폭력단 두목을 저항도 못 하게 만들어놓고 장시간 린치를 가했다는 말인가.

"직접적인 사망 원인은 여기야."

히가시오가 자기 뒤통수를 가리켰다.

"바로 뒤에서 숨골을 집중적으로 가격했어. 경추와 척수, 소뇌까지 묵사발이 됐을 거야. 그런데도 표피 박탈이나 할창*은 거의 보이지 않아. 신기하게 외부 출혈이 전혀 없어. 요컨대 흉

* 할창(割創): 도끼와 같이 무겁고 날이 무딘 기구에 찍혔을 때 생기는 상처.

기를 발견하더라도 혈흔이 없으면 루미놀 반응도 기대하기 힘들 거란 얘기야."

"흉기는요?"

레이코가 묻자 히가시오는 살며시 고개를 저었다.

"설명한 대로 아주 무자비하게 두들겨 팼어. 쇠파이프 모양의 흉기라고 예상했는데 쇠파이프 끄트머리에 찍힌 자국 같은 건 나오지 않았어. 시체는 물론 시체 주변에도 없더군. 끝에다 무슨 고무판이라도 붙였든지 아니면 굉장히 용의주도하게 때렸든지."

쇠파이프로 용의주도하게 때린다는 상황이 머릿속에 그려지지 않았다.

계속해서 레이코가 물었다.

"과장님, 본부 협력 요청은 어떻게 됐나요?"

히가시오는 얕은 한숨을 내쉬었다.

"어쨌든 피해자는 현역 조폭 두목이야. 자네 입장에서는 살인사건을 예전 수사 1과와 공조해서 처리하고 싶겠지만 이번에는 조직범죄 대책부 4과를 부를 생각이야. 서장님께도 그런 방향으로 말씀드렸다."

경시청 조직범죄 대책 4과. 폭력단 범죄 수사 전문 부서였으나, 다른 의견도 있었다.

"하지만 과장님, 현시점에서 범인이 폭력단 관계자인지 아닌지는 확실하지 않습니다. 4과가 세우는 가설대로 초동수사에 나서기는 조금 위험하지 않을까요?"

"물론 그럴 위험도 있어. 하지만 반대로 일반인이 현역 조직 두목을 이케부쿠로 시내 한복판에 있는 건물의 빈 사무실에 감금해놓고 장시간 린치를 가했다는 가설도 믿기 힘들기는 마찬가지야. 상식에서 벗어난 집중적인 폭행도 그렇고, 증거를 남기지 않은 수법도 그렇고. 아주 숙련된 사람이 한 짓이야. 역시 4과 조폭 전담한테 맡기는 게 정석이라고 나는 믿네. 그리고 1과와 4과를 같은 특수부에 투입하는 일만큼은 가능하면 피하고 싶어. 히메카와, 그 이유는 설명하지 않아도 알겠지?"

사실 수사 1과와 조직범죄 대책 4과를 동시에 투입한다면 특별 수사본부의 원활한 운영은 애초에 기대를 말아야 했다. 수사 1과의 기본은 탐문 수사, 연고자 조사, 증거품 분석이다. 그와 달리 조직범죄 대책 4과는 조직 관계 파악에서부터 가설을 세운다. 같은 사건을 취급하더라도 1과와 4과의 수사 기법은 아예 딴판이다. 레이코가 본부에서 근무할 때 맡은 마지막 사건이 그러했다. 결과적으로 수사는 미궁에 빠졌고, 피해자가 속출했다. 레이코 자신도 많은 것을 잃었다. 살인 수사 10계 히메카와 반 동료들과 존경해 마지않던 상사를 잃었다. 그리고 사랑하는 사람까지도.

이는 레이코도 부정하지 못하는 엄연한 사실이었다.

"알겠습니다. 조직 관계 수사는 4과에 맡기겠습니다. 하지만 탐문 수사와 조직 관계 외의 확인 사항은 저희 쪽에 맡겨주십시오. 살인 사건 초동수사를 생략하다니, 동의할 수 없습니다."

히가시오도 떨떠름해하면서 고개를 끄덕였다.

"그래, 검토하도록 하지. 인선 사항은 간부 회의 결과가 나올 때까지 기다리게. 다카쓰 과장과도 합의해야 하니까. 오사코, 잠깐 따라오지."

히가시오는 오사코를 데리고 그대로 형사과에서 나갔다.

그래도 그렇지 4과와 또 합동 수사를 해야 하다니.

2

12시에서 5분도 지나지 않았는데 가게는 벌써 만석에 가까웠다. 운 좋게 2인용 테이블이 아직 비어 있어서 시모이는 그 자리를 히로타에게 권했다.

"시모이 경위님, 안쪽으로 앉으시죠."

"아니야, 자네가 앉아. 내가 불러냈으니 손님인 자네가 앉아야지."

"아닙니다. 그래도 어르신이……."

"됐으니까 어서 앉아. 서 있는 노인네 창피하게 만들지 말고."

히로타는 어깨를 움츠리고 고개를 숙이면서 안쪽 자리에 앉았다.

시모이는 옆자리에 자루소바를 가져온 점원에게 말을 걸었다.

"저기, 아가씨. 난 오카메소바 주고, 자네는 뭘 먹겠나?"

"저도 같은 걸로 할게요."

네, 하고 점원이 대답하는데 시모이가 끼어들었다.

"안 돼. 힘쓰는 일 하는 사람이 그거 먹어서 쓰나. 좀 더 기운 나는 음식을 먹어야지. 돈가스덮밥하고 지카라우동 세트라든가 카레라이스하고 덴푸라소바 세트 같은 걸로 해."

역시 엉뚱한 조합이라고 생각했는지 히로타는 억지웃음을 지어 보이며 고개를 흔들었다. 벌써 서른을 훌쩍 넘긴 나이인데도 그렇게 웃으니 아직 소년 같았다.

"그럼 이 돈가스덮밥하고 다누키소바 세트로 할게요."

"그건 둘 다 양이 적어. 세트 말고 둘 다 단품으로 만들어줘요."

"아니에요. 그거면 충분해요. 이 집 음식은 작은 걸 시켜도 양이 꽤 많거든요."

"그래? 그럼 아가씨, 세트로."

네, 오카메소바 하나, 돈가스덮밥 세트 하나, 하고 큰 소리로 외치더니 점원은 물러갔다.

육체노동자들이 많이 찾는 가게여서인지 금연은 아닌 듯했다. 벌건 대낮인데도 주위에 담배를 피우는 사람이 꽤 많았다. 그러고 보니 히로타 앞에도 재떨이가 놓여 있었다. 최근에는 이런 음식점이 드문 편이라 아주 고맙기까지 했다.

시모이가 담배를 한 대 물자 히로타가 재떨이를 가까이 밀어주었다.

"어이쿠, 미안하게시리. 자네는 담배 안 피우나?"

"끊었습니다. 돈 모아야지요."

"뭐 갖고 싶은 거라도 있어서?"

"아니요. 저, 실은 결혼할까 합니다."

"뭐?"

시모이는 자기도 모르게 목소리가 크게 나왔다. 그러나 주위가 시끄러워서 신경 쓰는 사람은 아무도 없는 듯했다.

"결혼한다고? 그거 참 잘됐네. 신부는?"

"저희 회사에서 사무 보는 직원이에요. 데지마 요시미라고 합니다."

"그럼 자네 과거도 알고 다 이해해준단 말인가?"

"네, 그건 처음부터…… 뭐, 그런 셈이죠."

"그래. 잘됐네, 잘됐어."

히로타는 전직 조직폭력배였다. 가난한 집에 태어나 불우하게 성장했지만 근본이 착실한 데다 착하고 인상이 좋다며 시모이가 그를 돌봐주고 있었다.

3년 전이었다. 당시 히로타의 조직 선배가 술집에서 다른 조직원과 싸움이 붙어 흠씬 두들겨 맞은 일이 있었다. 나중에 히로타가 복수를 하러 나섰는데, 사전에 그 정보를 얻은 시모이가 먼저 현장으로 가서 총도법, 즉 총포 도검에 관한 단속법 위반 현행범으로 히로타를 체포했다. 히로타가 실형 선고를 받고 가석방으로 풀려난 때가 약 1년 반 전이었다. 그때 히로타는 형무소 안에서 조직 탈퇴서를 썼다. 조직 두목에게 탈퇴 사실을 통보한 사람은 시모이였다. 이때 시모이는 히로타의 두목을 이렇게 설득했다. 히로타는 지나치게 진지한 남자다. 체면이 조금 깎였다는 이유로 살인도 서슴지 않을 사람이다. 조폭으로서는 위험한 일면이다. 하지만 착실히 가르쳐서 교정하면 평범한 사회인으로 떳떳하게 살아갈 수도 있다. 뒷일은 내가 해결할 테니 아무튼 히로타가 손을 씻게 해달라. 진심 어린 부탁이었다. 두목도 말이 통하는 남자였다. 시모이 씨가 그렇게까지 말씀하신다면 원하는 대로 하겠다면서 아무 조건 없이 히로타를 파문하기로 했다. 약속대로 시모이가 지금 다니는 건설 회사를 소개해주었고, 히로타도 그의 기대에 어긋남이 없었다.

그런 히로타가 결혼을 하겠다고 하니, 누구보다도 기뻐할 일이었다.

"정말 축하하네. 어디 가서 축배라도 한잔해야 하는데, 이걸 어쩌지? 하필 조금 이따가 또 누굴 만나야 해. 조만간 또 연락함세. 그때 다시 건배하자고. 참! 다음에 만날 때는 신부도 데려와."

히로타는 멋쩍게 웃으며 고개를 끄떡였다.

"아무튼 모두 시모이 씨 덕분입니다. 저처럼 모자란 놈을 붙들고 말씀하셨죠. 너라면 고지식하기는 해도 떳떳하게 살아갈 수 있다고요. 두목과도 담판을 지어주겠으니 깨끗이 손 씻으라고 형무소까지 찾아와서 말씀하셨잖아요. 그때 제가 얼마나 감사했는지 모르실 겁니다. 그렇게 진심 어린 충고는 태어나서 한 번도 들어본 적이 없었어요. 제 은인이세요."

조폭도 범죄자도 인간성은 제각각이다. 몇 번씩 감옥살이를 하면서도 고질병처럼 범행을 되풀이하는 사람이 있는가 하면, 히로타처럼 끈질긴 설득 끝에 훌륭하게 갱생의 길을 걷는 사람도 있다. 결코 많은 경우는 아니지만 분명히 있다. 그런 사람과 그렇지 않은 사람을 동일시하지 않고, 진득하게 그 본성을 지켜본 다음 가능한 한 갱생할 수 있게 도와준다. 그런 일도 경찰관의 소임 중 하나라고 시모이는 생각했다.

두 사람이 이야기를 주고받는 사이에 주문한 오카메소바와 돈가스덮밥 세트가 나왔다.

"어서 들어. 그런 희소식이 있는 줄 알았으면 더 근사한 데로 갈 걸 그랬지."

"아닙니다. 이걸로 충분해요. 시모이 경위님이 이렇게 찾아와주시고, 같이 식사도 하고……그것만으로도 뭐랄까, 가슴이 벅찹니다."

수사도 일이다. 체포도 취조도 조서 작성도 일이다. 각각의 업무마다 나름의 고충이 있지만 그런 만큼 다양한 기쁨을 얻을 수 있다. 그러나 지금 이 기쁨은 각별하다. 그동안 자신이 해온 일들이 틀리지 않았음을 확인해주기 때문이다. 경찰이 되길 잘했다, 형사 노릇 하길 잘했다고 믿게 해준다.

"어? 시모이 경위님, 왜 그러세요? 지금 우세요?"

"뜨거운 걸 먹었더니 콧물이 좀 나와서 그래. 울긴 누가 울어? 바보같이."

자신에게 아들이나 딸이 있었다면 이보다 몇 배는 더 기뻤을 텐데, 하고 생각하니 시모이는 코끝이 시큰했다.

오후 2시 20분. 시모이가 나카노 경찰서 2층 조직범죄 대책과로 돌아왔을 때 총괄 계장 니누마가 불러 세웠다.

"시모이 경위님, 일전에 얘기한…… 벌써 왔습니다. 회의실에서 기다리고 있어요."

시모이는 담당 계장이다. 선전용 포스터에는 니누마의 부하처럼 나와 있지만 나이는 56세로 시모이 쪽이 일곱 살 정도 더 많다.

"알겠습니다. 가보지요."

그대로 다시 사무실을 나와서 두 칸 건너 옆에 있는 회의실 문을 두드렸다.

"들어오세요."

조금 허스키하고 낮은 목소리의 대답이 들렸다.

시모이는 문을 밀어 열면서 고개를 숙여 인사했다.

"조직범죄 대책과 시모이 마사후미 경위입니다."

"경무부 감찰실 관리관 이부키입니다. 앉으세요."

입 구(口) 자 모양으로 배치된 테이블. 시모이는 출입문에 가장 가까운 의자를 끌어당기려 했는데 이부키가 가까이 앉으시죠, 하면서 자기 바로 옆자리를 가리켰다. 시모이는 도리 없이 안쪽으로 들어갔다.

"실례하겠습니다."

그나마 책상 모퉁이를 끼고 이부키 관리관 바로 옆에 앉았다.

시모이는 자기가 먼저 말을 꺼냈다.

"오늘 이 자리는 수시 감찰입니까, 특별 감찰입니까?"

본부에서 나왔다고 하니 무슨 긴급한 특별 감찰인가, 아니면 방면 본부를 초월한 수시 감찰인가?

"그건 시모이 씨 설명에 따라 달라집니다."

이부키는 팔짱을 끼고 있다가 손을 테이블에 내려놓았다. 계급은 경정일 테고, 비교적 젊어 보인다. 기껏해야 쉰 살 안팎일 것이다.

"시모이 씨, 최근 관내 외의 폭력단 동향을 얼마나 파악하고 계십니까?"

관내 외?

"관내에 거주하는 구성원과 거점을 두고 활동하는 폭력단은 거의 파악하고 있소만. 그 밖의 조직은 대충 알고 있소."

"예전 4과 시절과는 다르다는 말입니까?"

이부키가 묻는 말은 조직범죄 대책 4과를 두고 하는 이야기가 아니다. 경시청에 조직범죄 대책부가 설치되기 전에 있었던 형사부 수사 4과를 염두에 둔 질문이었다.

"물론 예전과는 많이 다르죠."

"수사 4과 시절에 관계했던 조직과도 더 이상 왕래가 없다는 말씀입니까?"

뭐지? 지금 싸우자는 건가?

"말씀 참 묘하게 하시는구려. 당시에도 그랬고 지금도 그렇지만 나는 폭력단과 아무 관계도 없거니와 왕래하지도 않소. 수사에 필요하다고 판단한 경우에만 접촉할 뿐이지."

이부키는 무표정하게 질문을 계속했다.

"같이 식사를 하거나 술자리를 갖거나 하신 적은 없습니까?"

"정보를 얻기 위해서라면 물론 그럴 때도 있소. 하지만 접대를 받는다고 생각한 적도 없고, 내가 접대한 적도 없소."

"특정 단체와 유독 긴밀하게 접촉하지는 않았습니까?"

"모든 단체를 공평하게 접촉한다는 게 가능하오? 특정 단체를 더 자주 만나기 마련 아닌가?"

관리관은 대체 무얼 캐내려는 것일까. 알고 싶은 이야기가 무엇일까.

"시모이 씨, 폭력단 야마토회 계열의 후지타 일가, 나가에 조직. 시라카와회 계열의 호시노 일가, 스미다 조직 계열의 기도 조직, 니와타 조직, 모로타 조직……. 이들의 이름을 듣고 뭐 짚이는 데 없습니까?"

모두 4과 시절 시모이가 접촉을 시도했던 조직들이다. 그중에는 아주 깊은 곳까지 파고들었던 조직도 있다.

"신주쿠나 시부야 쪽은 아닌 듯하고, 굳이 말하자면 이케부쿠로 방면의 조직들 같소만."

"그 밖에 또 뭐가 있습니까?"

"또 뭐가 있다니, 무슨 말이오?"

"이 조직들의 이름을 연달아 들으시면서 감이 잡히는 게 없습니까?"

과거에 접촉을 시도했다고는 하지만 접촉했던 시기나 빈도, 관계의 깊이가 제각각이었다. 어떻게 관계를 고르게 유지하느냐를 따지자는 말이 아니었다.

"글쎄올시다. 별로 없소만."

"방금 거론한 조직들 가운데 지금까지 채널을 유지하고 있는 조직이 있습니까?"

채널이라니, 또 애매한 단어를 쓴다.

"관리관님도 이미 알고 계시잖소. 폭력단 대책법이 시행된 다음부터 놈들은 자기 사무실에 경찰관을 함부로 들이지 않습니다. 조직원의 구성조차 알아낼 방도가 없소. 조직범죄 대책부가 설치되고부터는 관훈 클럽이나 마찬가지요. 저들이 내민 정보만 아, 그렇습니까, 하고 받아먹을 뿐이니까."

이번에는 또 뭐지? 이부키가 가볍게 고개를 끄덕였다.

"그렇군요. 당신은 4과 시절, 조직범죄 대책부 반대파였죠?"

혹시 그것이 본론인가?

"파벌을 들먹이는 거요? 과장을 해도 정도가 있지. 초장부터 틀렸소. 조직범죄 대책부 설치에 반대한 건 사실이오. 뜻을 같이했던 동료도 있었고. 하지만 결코 파벌 따위가 아니었소. 소모임을 조직하지도 않았고, 시위를 벌이며 행진을 한 것도 아니잖소."

당시 조직범죄 대책부 설치에 반대하는 경찰관은 한둘이 아니었다. 전 수사 1과장인 와다도 조직범죄 대책부 설치에 이의를 제기했던 사람 중 하나였다. 당시 수사 4과장도, 국제수사과장도 마찬가지였다. 생활안전부 간부 중에 반대파가 있기는 했다. 지금의 조직범죄 대책부 4과장도 처음에는 반대파였다. 그러나 시모이가 속했던 2계의 히라마 계장, 파트너였던 나카니시, 후배 이시와타 등 당시에는 모두가 조직범죄 대책부 설치에 반대했다.

"왜 그때 조직범죄 대책부 설치를 반대했습니까?"

그것을 지금 여기서 다시 문제 삼자는 말인가?

"그 문제와 지금 일어나고 있는 사건에 무슨 관계라도 있다는 말씀이오?"

"그냥 참고로 묻는 겁니다. 나는 경비 쪽에서 일한 지가 오래됐기도 하고, 또 당신이 가진 신념의 근거가 무엇인지 잘 이해가 가지 않아서요."

이자가 진심으로 하는 말인지, 한 방 먹이려는 속셈인지, 그것조차 가늠하기 어렵다.

시모이는 일단 자세를 바르게 했다.

"그럼 참고 삼아 말씀드리겠는데 우리처럼 조직범죄 대책과에서 한번 일해보쇼. 규모가 큰 경찰서에서는 현재 형사과와 조직범죄 대책과로 나뉘어 있소만. 가령 조직범죄 대책과에 사건이 배당됐다고 칩시다. 감식이 필요하다면 어떻게 하시겠소? 조직범죄 대책과장이 형사과장에게 건건이 머리를 숙여가며 감식을 부탁하러 다녀야 하오. 관할 서든 본부든 조직범죄 대책과 산하에 감식반은 없으니까."

"그런 건 조직을 탄력적으로 운영하면 되는 일 아닙니까?"

"기존의 조직 편성부터 탄력적으로 운영했더라면 됐을 일 아니오?"

처음으로 이부키가 웃었다. 슬쩍 코웃음으로.

"조직범죄 대책부 설치를 반대한 근거는 그게 다입니까?"

"그럴 리가 있나. 외국인 범죄는 또 어떻고. 외국인이 저지르는 강도 사건은 수사 1과, 절도 사건은 3과 소관이오. 하지만 조직범죄라면 1과의 국제범죄조직대책계가 맡아서 하오. 그런 실정인데 부서를 나눈다고 무슨 의미가 있소? 수법만 보고 외국인 조직의 범행이라고 단정할 수 있냐 이거요. 외국인 수법을 흉내 낸 일본인의 범죄일지도 모르는데, 그럴 가능성은 배제해도 괜찮단 말이오? 피의자 특정까지는 형사부에서 하고, 범인이 외국인 조직이면 체포는 조직범죄 대책과에 양보라도 하란 거요? 나도 마약과 총기를 폭력단 대책법으로 묶어 처리했으면 하는 의도는 충분히 이해가 가오. 하지만 그것도 4과가 진즉부터 자기 몫으로 차지했잖소. 기왕 그렇게 된 바에야 생활안전부의 약물과 총기 관리 업무도 4과에 던져주면 되겠네. 내 말이 틀렸소?"

이부키가 고개를 갸웃거렸다.

"경찰 조직도 시대의 흐름에 따라 변해야 합니다. 이론의 여지는 있지만 조직을 새로 구성해서 효율적으로 운용하고 키워갈 필요가 있다 이겁니다. 저는 그러는 편이 가장 건설적이라고 생각합니다."

이부키의 경정이라는 계급은 확실히 근사해 보인다. 그러나 그래 봐야 시모이처럼 논커리어 경찰관임에 틀림없다. 그런데도 이런 견해 차이는 어디서 발생할까. 사실 논커리어라고는 해도 고시 출신자들의 관료적 발상을 체질화했을 테고, 그 덕에 지금처럼 출세했겠지.

"관리관님, 이렇게 말해도 괜찮을지 모르겠는데, 우리는 관료들의 힘겨루기 판에서 대신 뛰는 장기짝이 아니오. 다른 부처에서는 전례 답습이 당연할지 몰라도 무릇 경찰 관료라면 전례 답습을 체질적으로 싫어하는 경향이 있소. 물론 이건 내가 해놓은 일이다, 이건 내가 부장일 때 바꾸어놓았다, 하면서 어느 지방의 의원 나리인 양 자기 자랑질 하기에 바쁜 양반들도 있소만. 조직범죄 대책부 설치도 그런 잘난 양반들의 자랑거리로 전락했을 뿐이잖소?"

이부키의 표정이 조금 험악해졌다.

"누가 자기 자랑질을 한답니까?"

"그야 이시카와 데쓰로지 누구겠소? 전 치안정감 말이오. 그 양반이야말로 조직범죄 대책부 설치의 주역이지. 지금쯤 브랜디라도 한 잔 홀짝거리면서 뉴스를 보고 웃고 있을 테지. 조직범죄 대책부는 이 몸께서 만드셨다, 이러면서 말이오."

코웃음을 치자 이부키의 눈에서 불꽃이 튀었다.

"조직범죄 대책부가 그렇게 거슬립니까?"

"별로. 나도 결국 그 소속인데 거슬리기는. 하지만 관할 서는 말이오. 조직 혁신이라는 의미에서 볼 때 변한 게 하나도 없소. 나는 조폭 전담 형사요. 예나 지금이나."

"본부로 돌아가고 싶지는 않습니까?"

"전혀. 높으신 양반들한테 알랑방귀 뀔 일 없소."

"앞으로 어울릴 상대가 달라졌기 때문입니까?"

이런 말까지 나왔는데도 본론으로 들어갈 기미가 없다.

"관리관님, 참 집요하시구려. 어울릴 상대라니 대체 누구 말이오? 나와 개인적으로 친분이 있는 사람이야 있긴 하지. 하지만 대부분 손 씻은 사람들이오. 그거야말로 자랑거리라면 자랑거리지. 내가 조직에서 빼주고 뒷바라지까지 해온 사람들이니까. 그들 모두 남부끄럽지 않게 잘 살고 있소. 남한테 손가락질 당할 일은 하지 않았소. 경정님한테든 이시카와 치안정감 그 자식한테든."

그 대목에서 이부키는 한숨을 쉬며 천장을 올려다보았다.

"시모이 씨, 제가 하고 싶은 얘기는 그게 아닙니다."

"그래서 내가 아까부터 묻지 않았소? 지금 일어나고 있는 어떤 일이 문제냐고."

한동안 침묵이 이어졌다. 흐르는 시간을 새기며 돌아가는 시계의 초침 소리만 가득했다.

이부키가 침을 삼키자 후골이 위아래로 움직였다.

"아까도 거론한 몇 개 조직 말입니다만."

후지타 일가, 나가에 조직, 호시노 일가, 기도 조직, 니와타 조직, 모로타 조직 말인가.

"그게 왜요?"

"갑자기 활동을 멈춘 조직들입니다."

시모이가 대답할 말을 찾는데 이부키가 이어서 말했다.

"굉장하지 않습니까? 경찰의 새로운 조직 운영이 궤도에 올랐다는 증거다, 이거죠."

그러면서 또 한 번 한숨을 쉬고는 덧붙였다.

"그 조직들이 정말로 활동을 멈춘 거라면 이건 분명히 일대 사건입니다. 그게 아니라면 중대 사태고요."

이제야 본론이었다. 정작 시모이는 한마디도 하지 않았는데 이부키는 혼자서 계속 떠들었다.

"활동을 멈춘 게 아니라 사실은 지하에 숨어서 활동할 뿐이라면, 그거야말로 중대 사태입니다. 폭력단이 지하에 숨어서 활동하는 탓에 조직범죄 대책부에서 범죄 실태를 제대로 파악하지 못한다면 정말 무서운 일 아닙니까?"

"맞는 말씀이오만."

그래서 어쨌다는 말이냐. 어서 본론으로 들어가라.

"만약에 말입니다. 경시청 내부의 누군가가 폭력단 쪽에 정보를 흘렸다면요? 그렇다면 서둘러 대책을 세워야 합니다."

"그렇소? 애쓰시오."

무얼 어쩌란 말인지. 말하기 곤란한 일이라고 대충 넘어간다면 감찰 따위는 하나 마나다.

"시모이 씨도 뭐 짚이는 데 없으십니까?"

"짚이는 데라니요?"

"그러니까……."

"예전에 자주 접촉했던 사이였으니 지금도 그들과 어울리면서 내부 정보를 흘리지 않느냐, 이런 뜻이오?"

"그런 뜻이 아닙니다."

아니기는.

이부키는 또 한 번 침을 삼키더니 테이블에 내려놓았던 양손을 꽉 움켜쥐었다.

"무슨 영문인지 니와타 조직의 두목인 가와무라 조지가 그저께 이케부쿠로에서 살해당했습니다."

그 사건은 시모이도 알고 있었다. 훈시 때도 들었고 뉴스에서도 보았다. 궁금하기는 했다. 정말로 그 사건이 문제란 말인가?

이부키가 계속 이야기했다.

"가석방 이후 엿새째 되던 날 시내에서 우연히 적의 눈에 띄었을 가능성도 있기는 합니다. 그렇더라도 엿새 만이라니, 너무 빨리 죽었습니다. 가와무라도 어느 정도는 각오를 했을 겁니다. 우연이 아니면 적이 가석방 이후를 노렸다가 공격했다고 추측하는 편이 자연스럽겠지요. 그렇다면 적대 관계에 있는 조직이 어디선가 가와무라의 출소 정보를 얻어냈다는 얘긴데. 물론 아니기를 바라지만, 경찰 관계자를 통한다면 그런 정보쯤 얻는 거야 식은 죽 먹기 아닙니까?"

역시 그렇게 연결시키는군.

"관리관님, 그래서 나를 의심하는 거요? 헛다리 짚으셨소. 나는 지금 니와타가 어느 조직과 적대 관계에 있는지도 모르오. 어쩌다 풍문으로 듣는 정도지 자세한 내용은 모릅니다. 이케부쿠로 구역에서 조직 간의 세력 관계가 어떤지는 예전만큼 빠삭하지도 않고. 어지간한 내용은 이케부쿠로 서의 조직범죄 대책과 쪽이 꽉 잡고 있을 거요."

이부키가 고개를 흔들었다.

"그러니까요. 시모이 씨를 의심한다는 얘기가 결코 아닙니다. 만약 그런 정보가 흘러나갈 가능성이 있다거나, 그럴 조짐이 보인다거나, 아니면 정보 누설에 관한 소문이라도 좋으니 알고 계신 일이 있으면 알려주십사 하는 겁니다."

고작 이 말 한마디 하면서 그렇게 변죽을 울렸나.

"알겠소. 뭔가 알게 되면 내 쪽에서 먼저 알려드리리다. 이제 됐소? 조서가 아주 빽빽하구먼. 그만 가도 되겠소?"

"네, 이제 됐습니다. 가도 좋습니다."

시모이는 자리에서 일어서서 인사를 한 다음 출구로 향했다.

그나저나 가와무라 조지라…….

왜 지금 그자가 죽어야 했을까.

3

가와무라 조지 살해 사건에 임하는 조직범죄 대책부 4과는 레이코도 깜짝 놀랄 만큼 아주 신속하게 움직였다.

우선 수색과 압류 허가장을 발급받았고 미나미이케부쿠로 2가에 있는 니와타 조직 사무소를 대상으로 가택수색을 벌였다. 명목상의 가택수색 대상은 폭력단 두목 살해 동기에 관한 사항 전반이었다. 서류와 컴퓨터 데이터, 사진 등을 압수하기 위한 가택수색이었으나 4과가 그 이상을 목표로 한다는 것은 분명한 사실이었다. 니와타 조직은 오래전부터 마약과 권총을 밀수, 매매하는 조직으로 요주의 대상이었다. 이번 가택수색 때 관련 증거도 한꺼번에 압수했으면 하는 바람이 4과의 본심이었다. 물론 마약이나 권총에 관한 증거를 발견했을 경우에는 영장을 다시 발급받을 필요가 있기는 하다.

가택수색은 실패로 끝났다. 아마도 가와무라 살해 소식을 가장 먼저 전해들은 니와타 조직 간부가 조직원을 이케부쿠로 서로 보낸 한편, 사무실에 남아 있던 부두목에게 적발될 우려가 있는 물품을 깨끗이 처리 또는 은폐하도록 시켰을 게 분명했다. 수색을 마친 4과 수사관들은 주사기 한 개, 마약 한 봉지도 나오지 않았다며 분통을 터뜨렸다.

일면 흥미로운 보고도 있었다.

"부두목 다니자키와 보좌 역 시라이의 모습이 보이지 않아서 젊은 조직원에게 물어봤더니 같은 패거리들도 모른다고 하더군요. 다니자키를 마지막으로 본 사람 말로는 가와무라가 살해되기 이틀 전인 12일, 한낮까지 사무소에 있었는데 무릎이 아프다면서 접골원에 갔고, 그 후로는 연락이 끊겼다고 합니다. 접골원에 확인했더니 다니자키는 그날 오지 않았답니다. 시라이도 최근 사흘 정도 사무소에 얼굴도 내밀지 않았다고 하고요. 자세한 행적은 밝혀지지 않았습니다."

부두목이라고 하면 조직 서열 2위다. 부두목 보좌는 그다음 서열인 3위. 그런 두 사람이 보이지 않는다니 확실히 심상치 않다.

어느 4과 수사관은 이런 견해를 피력했다.

"다니자키와 시라이가 공모해서 가와무라를 제거한 뒤 도주했을 가능성도 고려해볼 만하지 않습니까?"

희한하게도 시신 주위에서는 가와무라의 구두 발자국 외에 두 명의 스니커즈 족적을 채취했는데 모양이 똑같았다. 어쩌면 이 4과 수사관이 가설을 세울 때 이 감식 결과가 거꾸로 선입견을 일으켰을지도 모른다. 현장이나 가와무라가 입고 있던 옷과 소지품에서는 가와무라 말고 다른 사람의 지문이 나오지 않았다.

조직범죄 대책부 4과 폭력범 수사 4계의 아카시 계장이 물었다.

"다니자키와 시라이가 가와무라하고 사이가 좋지 않았다는 말은 어디서 나온 얘기지?"

이 질문에는 4과에서 가장 노련한 경사가 대답했다.

"가와무라가 사기와 공갈죄로 복역했던 6년 동안 다니자키와 시라이가 조직을 유지해왔습니다. 사업을 축소하기는커녕 오히려 가와무라가 복역하기 전보다 더 크게 키웠다는 말도 있습니다. 두목도 없는데 수고했다는 공치사 한마디로 모든 이익을 독차지하고, 자기 것인 양 행세하는 가와무라의 얼굴을 보았다면 속이 편했을 리가 없었겠죠."

그래서 두목을 살해했다? 레이코는 의문이 앞섰다. 가와무라가 복역하기 전보다 최근 6년 동안 사업이 더 성장했다는 이야기를 4과는 어떻게 알았을까. 말단 조직원의 숫자도 다 파악하지 못했고, 범죄 수익도 추산에 불과하다. 한낱 풍문 수준이다. 그런 정보로 부두목과 보좌 역이 공모해서 폭력단의 두목을 때려죽였지 않았겠냐는 가설을 잘도 주워섬긴다.

레이코와 이케부쿠로 서 수사관들은 탐문 수사를 하면서 현장 주변의 방범 카메라 영상을 수집하기로 했다.

시체 발견 이틀째 날. 방범계 담당 계장이 야간 수사 회의에서 파친코 게임장과 편의점 방범 카메라에 가와무라로 보이는 인물이 찍혔다고 보고했다.

"사진이기는 해도 식별이 가능할 겁니다. 가와무라는 혼자 걷고 있습니다. 영상에서도 그렇게 보입니다. 미행하는 인물은 없는 듯합니다. 이 파친코 게임장과 편의점은 50미터밖에 떨어져 있지 않아서 두 영상의 녹화 시간은 거의 차이가 나지 않습니다. 가와무라가 걸어오는 데 걸린 시간이 분 단위까지 일치합니다. 사망 시각에서 역으로 추산해보면 아마 저대로 현장에 가지 않았을까 추측됩니다."

영상을 직접 확인하지 않는 한 단언하기는 어렵지만 만약 동행한 인물도 없었고 미행한 사람도 없었다면 가와무라는 혼자서 자기 의사에 따라 사건 장소로 갔다고 봐야 한다. 범인과 현장 근처에서 우연히 마주쳐 강제로 끌려 들어갔을 가능성도 있다. 하지만 목격자의 증언이 전무하다. 이상한 일이다. 사법해부 결과 사망 시각은 14일 오전 1시에서 3시 사이라고 판명이 났다. 사망하기 한 시간에서 두 시간 정도 폭행당한 시간을 고려하면 현장에 들어간 시각은 13일 오후 11시에서 14일 오전 2시 사이다. 전철 막차 시간 전후라 해도 그 구역은 한창 불야성을 이룰 때라 사람들의 눈에도 잘 띄는 시간대다.

누군가에게 유인당해 현장으로 갔다는 건가. 그렇다면 사전에 가와무라는 누군가의 연락을 받고 움직였을 가능성이 높다.

레이코와 같은 생각을 했는지 아카시 계장이 감식에게 물었다.

"가와무라의 휴대전화에서 뭐 나온 것 없나?"

이케부쿠로 서 감식계 사노 계장이 대답했다.

"네, 실은 메시지를 몇 통 삭제한 흔적이 있어서 말입니다. 내일 본부……."

사노 계장의 발언을 조직범죄 대책부 4과장 안도 총경이 중간에 가로막았다.

"그건 됐어. 복구는 우리가 민간 회사에 맡기겠네. 나중에 휴대전화를 제출하도록."

사노는 하지만, 하고 물러서지 않았으나 안도 과장이 고개를 흔들었다.

"형사부보다 민간 쪽이 빨라. 자, 다음."

결코 승복하는 낯빛이 아니었으나 사노는 알겠습니다, 하고 작은 소리로 대답한 뒤 자리에 앉았다.

레이코 역시 자기도 모르게 한숨이 나왔다.

솔직히, 또 저러나 싶었다.

안도 과장의 말뜻을 레이코도 알기는 했다. 형사부 부속기관에 데이터 복구를 맡기면 설령 열흘 안에 결과가 나온다 해도 행차 뒤 나팔 격이라느니, 사실 일주일이면 가능한 일이라느니 하는 불신만 낳는다. 실제로 휴대전화의 저장 장치 복구는 숙련된 사람이 맡아도 2주 정도가 걸리고, 침수나 파손이라면 수개월이 걸린다. 최악의 경우 복구가 불가능할 때도 있다. 그런 성질의 데이터 복구 작업을 다른 부서 부속기관에 맡길 바에야 예산을 할애해서라도 민간에 위탁하면 적어도 불신은 생기지 않는다. 그런 뜻이다.

한편 수사계의 각 부서들이 따로따로 복구 작업을 하거나 수사 지원 기관을 각자 내부에 설치할 경우에도 폐해는 따른다. 정보를 종합하기가 어렵고, 서로의 수사 기법 공유도 불가능하다. 차라리 수사 지원 기관은 각 부서에서 독립시켜 새로운 부서로 운용되는 편이 낫지 않을까, 하고 레이코는 생각했다. 하지만 그럴 경우 가장 먼저 반대할 사람은 형사부 간부들이다. 지금까지 쌓아온 감식 기술을 공짜로 타 부서에 넘기는 셈이기 때문이다. 감식 이권이라는 말은 없지만 형사부가 가진 일종의 특권이 사라진다는 점에서는 틀림없는 사실이다.

전 수사 1과장 와다가 정확하게 지적한 적이 있었다. 그는 하나의 형태로 오랫동안 지속되어온 조직은 바람직하지 않다, 부서지고 깎여나가더라도 새로운 기운을 채워야 한다고 했다.

지금 오간 이야기를 와다가 듣는다면 뭐라고 할까. 모르긴 몰라도, 감식 이권을 잃고 싶지는 않으니 그대로 유지하는 편이 낫다는 말은 결코 하지 않을 것이다.

회의가 끝난 뒤 레이코가 자리를 뜨지 않고 자료를 다시 검토하는데 누군가 말을 걸었다.

“자네가 히메카와인가?”

돌아보니 눈앞에 안도 과장이 서 있었다.

레이코는 황급히 자리에서 일어서서 머리를 숙였다.

“네, 강력계 담당 계장 히메카와입니다.”

조직범죄 대책부 4과와의 공조수사는 수사 1과와 다르게 여러 면에서 궁합이 맞지 않는다. 무엇을 하고 다니는지 도통 움직임이 보이지 않는 수사관도 많다. 그들은 회의 때 출석률도 나쁘다. 특수부에 들어간 조직범죄 대책부 4과 폭력범 수사 4계원은 모두 열두 명일 텐데, 지금까지 코빼기도 비치지 않은 수사관이 네 명 정도다. 안도 과장만 해도 그렇다. 사건이 발생한 지 이틀이 지난 지금에서야 회의에 얼굴을 내밀었다. 레이코 입장에서는 예전에 본부 청사에서 잠시 스친 적이 있을 뿐 거의 초면이나 마찬가지였다.

"대체 무슨 우연일까? 이상하게 자네가 가는 곳마다 조직 두목들이 줄줄이 죽어나가는군."

모아이 상*을 떠올리게 하는 긴 얼굴, 얼굴 바로 밑에서 울리는 듯한 저음의 목소리. 167센티 정도인 레이코보다 키도 10센티는 더 크다. 바로 옆에 서 있어서 상당한 위압감이 느껴진다. 게다가 아예 무표정이다. 무슨 생각을 하는지 전혀 모르겠다.

"제가 어디로 가든 조폭 살해 사건은 언제고 일어나는 일 아닌가요?"

"요즘이 어떤 세상인데. 조직 두목이 그리 쉽게 당하지는 않지. 그런데도 본부에서 자네가 마지막으로 맡은 사건 때는 두 명이나 죽었더군."

진유회 3대 회장 후지모토 히데야와 교쿠세이회 초대 회장

* 모아이 상: 칠레 이스터 섬에 있는 얼굴 모양의 거대 석상.

마키타 이사오를 두고 하는 말이다.

레이코는 가슴의 상처가 쿡 찔린 듯 아팠다.

"그게 지금 이 사건과 무슨 관련이라도 있습니까?"

"나야 모르지. 그러니까 무슨 인연이냐고 묻는 걸세. 물론 관련이 있다 해도 내 알 바 아니지만 말이야. 그저 수사만 척척 진행되면 더 이상 바랄 게 없지. 어디, 여성 계장님 솜씨 한번 구경해볼까?"

이자가 지금…….

레이코는 자기도 모르게 어금니를 꽉 깨물었다.

사실 경시청 본부 1부에서 레이코와 마키타에 대한 소문이 돌기는 했다. 마키타는 살해당했고, 그 직후 레이코도 본부에서 나왔으므로 나중에 어떤 식으로 구설수에 올랐는지 레이코 자신도 잘 알지 못했다. 1년이나 지났다. '남의 말도 석 달'이라지 않던가. 모르는 척하고 지내면 그러는 사이에 사람들에게서도 자연스럽게 잊힌다. 레이코는 그렇게 믿으려 했다. 하지만 어떤 사람은 한번 기억했던 일은 몇 년이 지나도 다시 상기해낼 수 있는 모양이다.

하지만 최선을 다해 당당해져야 한다고 레이코는 생각했다. 자신은 그렇게밖에 살아가지 못하며, 당당하지 못한 삶은 스스로도 용납되지 않는다. 이런 일 때문에 움츠러들고 싶은 마음은 눈곱만큼도 없었다.

"몇 명이 살해당했든 범인은 반드시 제 손으로 잡겠습니다. 그것이…… 살인 사건 전담 형사의 임무니까요. 그럼 실례하겠습니다."

서류를 추려 가방에 집어넣고 고개를 숙여 인사한 다음 자리를 떴다.

안도는 마지막까지 얼굴에 아무 표정도 드러내지 않았다.

이번 사건에서 레이코와 짝을 이루게 된 경관은 이케부쿠로 서 생활안전과 보안계의 에다 경사였다.

"점장님, 그 녀석 내일은 오는 거죠? 틀림없겠죠? 알았어요. 그럼 내일 다시 올 테니 자세한 얘기는 그때 해주세요."

오늘도 에다와 둘이서 심야의 이케부쿠로를 돌아다니고 있었다.

"기억나는 일이 있으면 이케부쿠로 서의 히메카와에게 연락 주세요. 부탁 좀 드릴게요."

일반적인 점포나 업체 쪽은 레이코의 얼굴이 많이 알려져 있고, 성매매 업소와 파친코 게임장, 게임 센터 쪽은 에다가 친숙한 편이라 그가 주로 탐문을 하고 다녔다.

소박한 위스키 바에서 나오자 에다가 손목시계를 보았다.

"나머지는 내일 돌까요?"

벌써 새벽 2시가 지났다. 내일 낮에는 따로 들러볼 곳이 있다. 탐문은 심야에만 열심히 한다고 해서 끝나는 일이 아니다.

"그럴까요? 오늘은 이쯤에서 돌아가죠."

"전 서에서 잘 생각인데, 히메카와 계장님은 택시 타시나요?"

"아니요, 여기서 가까우니까 걸어가려고요."

관할 서 근무를 계기로 레이코는 사이타마 시에 있는 본가에서 나와 도시마 구 가나메초에 방을 얻었다. 이케부쿠로에서 가나메초까지는 유라쿠초선으로 한 정거장 거리다. 최악의 경우 막차를 놓치더라도 걸어가기에 만만한 위치라는 점이 마음에 들었다. 도시마 구 가나메초는 이케부쿠로 서의 이웃 경찰서이자 똑같이 5방면 본부에 속한 메지로 서의 관할 구역이다. 본래는 5방면에서도 벗어난 곳에 집을 얻어야 하지만 그 점에서는 편의를 봐달라고 했다. 그 정도 융통성은 허용해야 한다고 생각했다.

그런데 몇 번씩 괜찮다는데도 에다는 막무가내였다.

"아니, 그래도…… 만약 무슨 일이라도 생기면 제가 곤란합니다. 그냥 택시 타고 가세요."

그러면서 가나메초도리 쪽으로 손을 내밀었다. 아닌 게 아니라 택시가 쉼 없이 지나갔다.

"정말 괜찮아요. 걱정 말라니까. 내가 체포술 하나는 끝내주거든요."

경찰관에게 검도 2단은 아무 자랑거리가 못 되지만 레이코는 체포술만큼은 자신 있었다. 실제로 맨손 대 맨손, 맨손 대 단도 시합에서 한 번도 져본 적이 없었다.

"정말요? 그래도 조심하세요. 무슨 일 있으면 언제든지 연락하시고요."

걱정해주는 마음은 고마웠지만 사실 여기서부터 집까지 가는 길은 번화가가 죽 이어져 있어서 별로 어둡지도 않았고 위험하지도 않았다. 게다가 레이코에게는, 나는 이제 아무렇지 않다고 스스로 확인해보고 싶은 마음도 있었다.

"그래요. 무슨 일 있으면 연락할게요."

"꼭입니다. 자, 오늘도 수고 많이 하셨어요. 전 여기서 실례하겠습니다."

"에다 경사도 수고했어요. 내일도 잘 부탁해요."

하지만 좋든 싫든 혼자 걷노라면 상념에 빠지기 마련이다. 완만하게 굽은 외길이다. 깊은 생각에 한번 빠지면 좀처럼 헤어나지를 못한다.

오늘 밤도 그랬다. 안도 과장이 했던 말이 레이코의 머릿속에서 계속 맴돌았다. 꼬리를 물고 지나가는 자동차 미등 불빛을 바라보아도, 잿빛 밤하늘을 올려다보아도 어느새 무의식적으로 마키타를 생각하고 있었다. 그리고 기쿠타도.

자신은 마키타가 조직폭력배라는 사실을 알면서도 그에게 안기려 했다. 엄연한 사실이고, 레이코는 그 일을 후회하지 않았다. 레이코는 마키타가 죽기 직전 좋아한다고 고백했다. 그 일이 지금에 와서는 유일한 구원처럼 느껴졌다. 그런 그를 마지막까지 믿지 않았던 자신이 몹시 후회스러웠다. 상대의 정체가 무엇이든, 사랑하는 사람이었다. 그를 의심했던 자신을 레이코는 지금도 용서하지 못했다. 마키타가 조직폭력배만 아니었다면, 하고 원통해해야 아무 소용 없었다. 마키타가 그쪽 사람이 아니었다면 애초에 자신과 만날 일도 없었을 테니.

또 견디기 힘든 계절이 왔구나, 하고 레이코는 생각했다.

레이코가 열일곱 살이던 해 여름, 그녀는 연쇄 부녀자 폭행 사건의 피해자가 되었다. 당시 범인은 잡혔으나 지금도 여름밤은 견디기가 힘들었다. 괴로운 기억은 이제 많이 잊혔지만 문득 문득 떠오르는 장면까지는 완전히 극복하지 못했다.

겨울밤. 굵은 비가 내리면 원하든 원하지 않든 마키타가 생각나 가슴이 미어졌다. 둘이서 비를 맞으며 뛰어갔던 길, 반짝반짝 빛나던 그 길이 생각나 두려움이 앞섰다. 자신에게 그런 행복한 시간은 앞으로 두 번 다시 주어지지 않으리라 생각했다. 그러니 이제부터는 어둠밖에 없을 것이다. 그 반짝반짝 빛나던 거리를 뒤로 한 채 어둠 속을 혼자 걸어가야 한다.

레이코도 남자와 교제했던 적이 과거에 딱 한 번 있었다. 경찰관에 임용된 뒤의 일이었다. 대학 시절의 친구가 소개해주어 세 살 연상의 직장인과 반년을 사귀었다. 연애 기간은 짧았지만 결코 적당히 즐기다 말 생각은 아니었다. 상대방의 태도도 진지했다. 마음이 따뜻한 사람이라 레이코를 무척 아껴주었다. 그래서 레이코 스스로 나는 이런 사람과 결혼하는 편이 낫다고 생각했던 적도 있었다.

일생일대의 결심을 하고 딱 한 번 관계를 가지려고 했다.

하지만 역시 무위로 끝났다.

행위는 적당히 해치웠지만 염려한 대로 희열과는 거리가 멀었다. 고통스럽기만 했다. 필사적으로 공포를 참아야 했다. 상대가 배려 차원에서 조명을 꺼준 마음은 이해했지만 어두워서 얼굴이 잘 보이지 않았고, 그 탓에 행위를 하면서도 불안에 휩싸여 죽을 것만 같았다. 깊은 어둠 속으로 빨려 들어가 과거의 나락으로 추락하는 듯한 기분에 사로잡혔다. 눈을 감으면 훨씬 더 무서웠다. 다시 눈을 뜨면 상대가 강간범으로 변해 있었다. 그런 망상이 파도처럼 엄습하여 자신을 집어삼켰다. 불을 조금 밝게 해줄래요? 당신 얼굴이 잘 안 보여요. 그렇게 내숭을 떨며 말했지만 속으로는 비명이 터져 나오지 않게 안간힘을 써야 했다. 실제로 행위가 끝난 뒤에 화장실에 가서 모두 게워냈다. 샤워기 물을 최대한으로 틀어서 토하는 소리를 남자가 듣지 못하게 감추었다.

레이코도 누군가를 좋아하고 싶은 마음은 있었다. 상대에 따라서는 자연스럽게 연애 기분이 생기기도 했다. 예전에 부하였던 기쿠타 가즈오가 그랬다. 기쿠타가 자신에게 호감을 느끼고 있다는 점도 알고 있었다. 그가 좋아한다고 딱 부러지게 말했다면 그의 고백을 무조건 받아주었을 텐데. 하지만 그가 끝까지 고백하지 않으리라는 사실도 어렴풋이 느끼고 있었다. 기쿠타가 나보다 계급이 낮아서 주눅이 들었나, 아니면 내가 분위기 조성에 서툴러서였을까. 원인은 분명하지 않았지만 기쿠타와는 장난기 섞인 입맞춤만 했을 뿐 결국 그 이상의 관계로는 발전하지 못했다.

먼저 고백했으면 어땠을까, 하고 생각한 적도 있었다. 하지만 그것을 실행으로 옮기지 못한 채 세월을 보냈고, 어느 날 레이코는 마키타를 만났다. 바로 마주 보며 자신을 갖고 싶다는 사람이었다. 자신은 그런 그의 마음을 받아주려고 했다.

마키타와 일 때문에 레이코는 기쿠타의 눈을 바로 보지 못했다. 눈앞에서 칼에 찔린 마키타를 안고 하염없이 그의 이름을 부르던 레이코의 모습을 기쿠타도 보았다. 그래서 기쿠타도 둘의 관계를 알았다. 자기를 어떻게 생각했을지 몹시 불안한 한편, 기쿠타를 배신했다는 생각과 오래전부터 기쿠타를 좋아했으면서도 마키타에게 몸을 허락하려 했다는 생각에 스스로가 한없이 수치스러웠다.

그렇다. 마키타를 향한 마음에는 거짓이 없었다. 경찰관으로서 처벌을 받는다 해도 그것은 불가피한 행동이었다. 그때 했던 행동은 지금도 창피하지 않았다. 하지만 기쿠타에게는 달랐다. 자신을 보는 그의 눈빛이 예전과 다르지 않을까 두려웠다. 그의 눈을 마주할 엄두가 나지 않았다. 그 상태로 레이코는 본부에서 이케부쿠로 서로 발령이 났고, 기쿠타는 센주 서로 이동했다.

기쿠타에게만은 과거의 일을 꽁꽁 숨기지 말고 다 털어놓을 걸, 하는 후회가 들기도 했다. 내게는 열일곱 살 때 일어난 사건으로 남자 공포증이 있다. 평소에는 세 보이는 척하고, 아무렇지 않은 얼굴로 지내지만 사실은 아직도 사건의 후유증을 다 극복하지 못했다. 심지어는 범인을 내 손으로 죽이고 싶다는 생각까지 한다고 말이다.

기쿠타라면 이해해줄지도 몰랐다. 모든 허물을 덮어주고 그 커다란 덩치로 안아줄지도 몰랐다. 그럴 기회도 몇 번인가 있었다. 하지만 포기했다. 레이코는 주임 경위로서의 입장을 지키고 싶다는 마음도 적지 않았다. 약한 모습은 내보이고 싶지 않다는 알량한 자존심. 그리고 가까운 사람에게 자신의 과거사를 알리고 싶지 않은 마음도 있었다. 다 이해해주는 듯 보여도 속으로는 어떻게 여길지 모르기 때문에. 그렇게 믿고 의심하기를 날마다 반복하다가 결국 정신적으로 큰 부담을 느꼈다. 그렇지 않아도 격무에 시달리는 수사 1과 주임이었다. 개인적인 감정의 기복은 워낙 사소한 일이어서 신경 쓸 여지가 없었다.

예전 히메카와 반 멤버와는 가끔 연락을 하기도 했다. 이시쿠라는 아타고 서 조직범죄 대책과 도범계에 있다. 모처럼 도둑 잡는 형사가 되었는데 감이 되살아나지 않는다고 한숨을 푹푹 쉬었다. 유다는 가메아리 서 조직범죄 대책과 강력계에 있다. '스트로베리 나이트' 사건 때 수사본부에 참가했다고 자기소개를 하자 엄청난 환영을 받았다며 자랑스럽게 이야기했다. 하야마 혼자만 본부에 남아 살인범 수사 12계에 소속되어 있다. 여전히 승진 시험 공부에 여념이 없다는데, 지난번 시험 결과는 어땠을까.

하지만 기쿠타에게는 직접 연락을 하지 못하고 있었다. 이시구라에게서 기쿠타도 잘 지낸다는 소리는 들었다. 그런데도 늘 휴대전화 주소록에서 그의 번호를 찾아보기만 할 뿐, 발신 버튼을 누르려다 말았다.

"기쿠타…… 요즘 어떻게 지낼까."

기껏해야 이렇게 혼잣말로 중얼거리는 게 전부였다.

4

별다른 위화감은 느껴지지 않는다.

기쿠타는 요즘 어때?

바 카운터에 나란히 앉아서 히메카와 레이코가 묻는다.

요즘이라, 글쎄요. 매일 똑같죠, 뭐.

아니, 왜? 우리 이제 각자 다른 곳으로 배치될 텐데.

맞다, 그랬지. 벌써 오래전에 레이코와는 다른 계에 배속되었다. 각자 다른 곳으로…… 그런데 각자 어떻게 이동했더라? 레이코가 본부에 남고, 나는 관할 서에서 근무했던가? 경사로 승진해서? 아니지, 그게 아니다. 나는 경사 승진 시험에 떨어졌다. 그럼 반대로 레이코만 관할 서로 나갔던가? 그 폭력단 두목과의 소문이 화근이 되어서?

주임님, 그 남자와는 어떻게 되셨나요?

어디까지나 생각뿐이다. 결코 입 밖으로 내지는 않는다. 물어봐야 레이코에게 상처만 준다는 사실을 잘 알기 때문이다. 대답을 듣는다 해도 기쿠타 자신도 상처를 입을 게 뻔하다. 이대로 좋다. 변함없는 관계로 쭉 함께한다면 그뿐이다. 아니다. 변함없는 관계를 위해서라도 더 이상 함께할 수 없다.

"그만 일어나세요."

좌악. 커튼을 여는 소리가 났고 강한 빛이 쏟아져 들어와 눈이 부셨다. 기쿠타는 자기도 모르게 눈을 질끈 감았다.

"여보! 기쿠타 씨! 벌써 빵 다 됐다니까요."

작은 손이 어깨를 흔들었다. 실눈을 뜨고 보니 하늘색의 흐릿한 무언가가 눈앞으로 다가왔다. 하늘색 앞치마?

"어, 그래."

"어젯밤에 과음했나 봐요?"

어젯밤에 그랬나? 집에 왔을 때 아즈사는 벌써 자고 있었던가?

"응…… 도범계의 이시카와 씨…… 그 사람 오키나와 출신이잖아. 이 아와모리는 다른 술과 차원이 다르다나. 진짜 맛있으니까 한번 마셔보라고 어찌나 성화를 하던지. 그러면서 부어라 마셔라 했더니. 으…… 죽겠네."

아즈사가 웃으면서 이불을 걷었다. 그래도 난방을 해서 춥지는 않았다.

"그래서 내가 말했잖아요. 술을 마시러 가도 이시카와 씨 옆에는 절대 앉지 말라고. 그 사람 때문에 술로 떡이 된 직원들, 내가 한두 명 챙겨준 게 아니에요. 어서 일어나요. 영차!"

키는 작아도 아즈사는 의외로 힘이 셌다. 기쿠타가 잠에 빠져 못 일어나면 언제나 그의 손을 잡고 단숨에 일으켜주었다. 물론 기쿠타도 어느 정도 협력을 하지만.

"맞아, 그 인간 옆에는 앉지 말걸. 하지만 내가 갔을 때는 이미 이시카와 씨 옆자리밖에 없었다고. 어휴, 진짜 죽겠다."

가볍게 머리를 흔들어 보니 다행히 머리가 아프거나 무겁지는 않았다.

침대에서 내려와 옆에 있는 주방까지 갔다. 토스트와 샐러

드, 스크램블드에그가 이미 식탁에 차려져 있었다. 커피 향도 그윽하게 났다.

두 사람은 마주 앉아서 잘 먹겠습니다, 하고 동시에 말했다. 기쿠타는 식사를 하기 전에 합장을 하고 감사 인사를 했는데 아즈사는 그렇지 않았다. 그렇다고 서로 합의를 하거나, 어느 한 편을 따라 하지는 않았다. 서로 공통점은 즐기고, 차이점이 있어도 억지로 맞춰주지는 않는다. 그것이 기쿠타와 아즈사의 암묵적인 약속이었다.

아즈사가 커플 머그잔에 커피를 따랐다. 이 컵도 우연히 이거, 괜찮네, 하고 서로 의견이 일치해서 구입했다. 그 전까지는 각자 혼자 살 때 쓰던 컵을 그대로 사용했다.

"여보, 이번 주 일요일에 당직이죠?"

내근 경찰관은 엿새에 한 번 반드시 당직을 선다. 아즈사도 마찬가지다. 두 사람의 당직일은 이틀 차이가 난다. 기쿠타가 당직을 서면 이틀 뒤가 아즈사의 당직일이다. 그러니 다음 주 화요일 밤은 아즈사가 당직을 서느라 집에 없다.

"아, 맞다. 그 영화 다음 주에도 상영하려나?"

"그럴걸요. 은근히 인기가 많은가 봐요."

영화도 의견이 맞을 때만 함께 보러 갔다. 그렇지 않으면 각자 보러 가기도 했는데, 기쿠타는 DVD가 나올 때까지 기다리는 편이었다. 다만 아침 뉴스는 NHK 공영방송을 봤다. 아즈사는 이것만 기쿠타의 의견을 따라주었다. 중요한 소식이 맨 처음에 나오고, 간결하게 전달하기 때문에. 최근에는 아즈사도 익숙해졌는지 아나운서가 사람을 괜히 긴장시키지 않아서 좋다는 말도 했다.

"다음 소식입니다. 취재로 확인한 결과, 그제 이케부쿠로의 한 임대 빌딩에서 발견된 남성 변사체의 신원이 밝혀졌다고 경찰은 말했습니다."

피해자가 니와타 조직 2대 두목 가와무라 조지, 40세라는 사실은 어젯밤 석간에서 보아 이미 아는 내용이었다. 문제는 현장이 니시이케부쿠로의 번화가라는 점이었다. 니시이케부쿠로는 레이코가 배속된 이케부쿠로 서의 관할 구역이다. 레이코라면 당연히 이 사건 수사 팀에 참가하겠지. 반드시 자기 손으로 범인을 잡아 보이겠다며 의욕을 부리고, 자기가 앞장서서 밤거리를 헤집고 다닐 사람이다. 그러다가 밤거리 어느 한구석에서 이제 막 고개를 들기 시작한 어둠을 발견하면 날카로운 시선으로 주시하고 있을 게 틀림없다.

"여보, 서둘러요. 이제 10분밖에 안 남았어요."

"어, 알았어."

아즈사는 벌써 식사를 다 마치고 커피까지 마셨다.

기쿠타도 서둘러야 했다.

아즈사는 미나토 구 다카나와 서에서 근무했다. 사택에서 나와 아사가야 역에서 주오선 급행열차를 타기 전까지 기쿠타와 함께 갔다. 아즈사는 요쓰야 역에서 내렸고, 기쿠타는 그다음 역인 오차노미즈 역까지 더 가서 내렸다.

"잘 가요."

"그래요. 당신도 잘 다녀와요."

그러므로 현관에서 '다녀오세요.'라는 인사말로 배웅을 하는 신혼집의 흔한 풍경은 연출되지 않았다. 굳이 떠올리자면 기쿠타가 본서 당직 근무를 섰던 주말이 그랬을까. 하지만 그럴 여지가 있는 날도 더 자, 하고 권하며 기쿠타 혼자 일어나므로 배웅을 받으면서 출근하는 일은 없었다. 다녀와요, 하는 인사는 오로지 전철 안에서만 했고, 그마저도 기쿠타의 몫이었다.

전철 문이 닫히고 아즈사의 뒷모습이 인파에 묻혀 보이지 않았다.

기쿠타가 아즈사를 처음 만난 때는 그가 센주 서에 배치 받은 작년 2월이었다. 기쿠타는 몸집도 작고, 이제 겨우 스물다섯 살이던 그녀를 보며 이렇게 어린 친구가 강력계 수사를 하나 싶어 조금 뜻밖이라고 생각했었다. 그 후 경미한 폭력 사건과 편의점 강도 사건을 둘이서 맡아 수사했다. 의외로 체력이 좋고 근성도 있어서 적잖이 놀랐다. 용모와 어울리지 않게 머리 회전도 빨랐다.

결혼해 사는 지금에 와서 이렇게 말하자니 이상하지만, 아즈사는 센주 서 안에서는 보기보다 꽤 인기 있는 여성이었다. 새끼 고양이처럼 귀여운 얼굴에 붙임성 있는 성격이라 어찌 보면 당연했다. 그런데 나중에 들으니 그 전까지는 동료든 선배든 남자들이 만나자고 하면 전부 거절했다고 했다. 지금도 같은 계의 선배 형사는 기쿠타에게 이렇게 말했다.

"어디서 너 같은 놈이 나타나서 우리 아즈사를 채 가다니. 진짜 생각도 못 했다."

기쿠타도 예상하지 못한 일이었다. 사귄 지 1년도 지나지 않아서 결혼에 골인했다.

첫 번째 식사도 아즈사가 먼저 초대했다.

"기쿠타 씨도 '스트로베리 나이트' 사건 때 수사에 참여했다면서요? 왜 진즉에 안 가르쳐주셨어요? 그 얘기는 다음에 저한테만 살짝 들려주세요."

딱히 거절할 이유가 없었다. 며칠 뒤엔가 근무를 마치고 한잔하러 갔을 때 이야기했다. 이국적인 요리를 내는 선술집이었다.

결과부터 말하면 '스트로베리 나이트' 사건 이야기는 그리 자세히 하지 않았다. 기쿠타로서는 후배를 잃은 아픈 경험이 있어서 최대한 간략하게 이야기했다. 히메카와라는 주임이 있었는데, 저수지에 시체가 빠져 있다는 사실을 집어냈다는 대목만 조금 드라마틱하게 설명했다. 다른 대목은 어찌어찌하다 보니 해결이 났더라는 식으로 이야기를 끝냈다. 아즈사도 별로 불만은 없어 보였다.

놀랄 일은 그 선술집을 나와서 걸을 때 일어났다.

"기쿠타 씨, 사귀는 사람 있어요?"

오랫동안 듣지 못했던 말이었다. 뭐라고 대답해야 할지 몰라서 기쿠타는 잠시 당황했다.

"어, 없는데."

"그럼 제가 한번 도전해볼까요?"

솔직히 잘못 들은 줄 알았다. 하지만 아즈사는 해맑은 얼굴에 미소를 띠고 기쿠타를 올려다보며 덧붙였다. "기쿠타 씨 애인으로요"라고. 헛듣거나 착각하지는 않은 모양이었다.

기가 막혔다. 이렇게 직구를 날리듯이, 그것도 속공으로 고백하다니 예상도 못 한 일이었다.

"뭐? 하지만 난 아즈사보다 열 살이나 많아."

"기쿠타 씨가 보기엔 제가 열 살이나 어린 꼬마 같나요?"

"아니, 그런 뜻이 아니라……."

"그럼 나이는 상관없잖아요."

맞는 말이기는 했다.

"하지만 왜 나 같은 걸……."

"기쿠타 씨도 보다시피 전 아주 꼬마 같아요. 그래서 덩치 큰 남자 친구를 갖는 게 제 꿈이었어요."

확실히 아즈사의 키는 경시청 채용 기준을 간신히 넘는 정도였다. 155센티던가, 기껏해야 157센티쯤? 기쿠타의 키는 185센티였다. 아즈사와 약 30센티쯤 차이가 났다.

이런 아즈사의 고백에 딱히 거부할 이유가 생각나지 않았고, 자연스럽게 교제를 시작했다.

점점 알아갈수록 기쿠타는 아즈사가 좋아졌다. 성격이 밝아서 함께 있으면 기운이 났다. 기쿠타에게는 어쩌면 현모양처 타입의 여자가 어울렸는지도 모른다.

무엇보다 함께 있으면 편했다. 수사에 몰두하느라 아무리 피로가 쌓여도 아즈사와 있으면 마음이 편안해졌다. 아즈사는 결코 피곤하냐고 묻지 않았다. 그저 수고하셨어요, 하며 술을 따라주거나 음식을 덜어주었다. 기쿠타는 아즈사가 챙겨주어 솔직히 고마웠다. 내가 이런 여자를 좋아했나, 하고 처음으로 깨닫는 듯한 기분이 들기도 했다.

기쿠타는 몇 번인가 아즈사에게 물은 적이 있었다. 왜 나를 좋아하느냐고. 그저 덩치가 크다는 이유만으로 그녀가 자기와 사귈 리는 없다고 생각했기 때문이다.

하루는 아즈사가 평소답지 않게 슬픈 표정으로 그 질문에 대답했다.

"이렇게 말하면 내가 못나 보일 것 같지만……."

"그게 무슨 소리야? 왜 그래?"

"음…… 그 무렵 기쿠타 씨는 내 눈에는 뭐랄까, 참 쓸쓸해 보였어요. 체구도 듬직하고 친절하고. 정말 한눈에 반했거든요. 딱 내 타입이라고 생각했는데, 어딘지 모르게 슬퍼 보였어요. 실연이라도 했나 보다고 혼자 넘겨짚기도 하고. 그러다 보니 괜한 오지랖인지 모르지만 제가 힘을 주고 싶었어요. 이건 어떤 의미에서는 기회가 아닐까, 하는 생각에 솔직히 계산기도 두드려봤어요. 미안해요."

미안하긴. 됐어. 기쿠타는 아즈사를 안아주었다. 결혼하자. 한 치의 망설임도 없이 곧바로 청혼을 했다.

돌아보면 모든 일이 아즈사의 의도대로 흘러간 것 같기는 했다. 그녀 쪽이 두세 배는 더 고수가 아니었을까? 상처 입은 마음을 꿰뚫어 보았다는 점에서나, 그런 기쿠타의 마음 한구석 빈자리에 조금씩 그녀의 자리가 생겨난 일련의 과정에서도 그런 생각이 들었다.

누가 뭐라고 해도 자신은 그 모든 일에 만족했다.

지금 기쿠타는 솔직히 행복하다고 생각했다.

결혼을 계기로 아즈사는 다카나와 서로 이동했고, 아즈사보다 늦게 배속된 기쿠타가 오히려 센주 서에 그대로 남았다.

센주 서 조직범죄 대책과 강력계. 주위에는 대부분 기쿠타보다 아즈사와 먼저 알고 지낸 사람들이 많아서 냉대당하기 일쑤였다.

그중에서도 집요한 인간이 선배인 나가세 경사였다.

"오늘 아침도 아즈사가 만든 요리를 드셨나?"

나가세는 한 번 이혼한 적이 있는 45세 독신남이다.

"네, 뭐."

"아주 꿀맛이던가?"

"네? 뭐가요?"

"신부가 손수 만들어준 요리가 꿀맛이더냐고."

"그냥 평범하게 계란에다 소금, 후추 넣은 건데요, 뭐."

"뺑치시기는. 신부가 해준 요리인데 당연히 꿀맛이지. 그걸 네가 몰라서 그래."

그러면서 으레 그렇듯이 기쿠타의 목을 졸랐다. 저항해봐야 소용없는 일이라 나가세가 하려는 대로 그냥 놔두었다.

그때 내선 전화가 울렸다. 맞은편 자리에 앉은 호시나 경사가 받았다.

"네, 강력계입니다. 잠시 기다리세요. 가야마 계장님, 1번 전화입니다."

전화를 이어받은 총괄 계장 가야마 경위는 네, 네, 그렇습니까, 하고 대답하면서 메모를 했다.

잠시 후 전화를 끊고 기쿠타에게 그 메모를 건네주었다.

"기쿠타, 메지로 서에 그 도주범을 목격했다는 정보가 들어왔대. 자네 담당이지? 갔다 와."

그 도주범이라면…….

"일전의 전복 사고 말씀입니까?"

"그런가 봐. 본서에 가서 확인해봐."

가야마도 간략하게 들었을 뿐 더 자세한 내용은 모르는 모양이었다.

"알겠습니다. 다녀오겠습니다."

기쿠타는 코트를 입고 가방을 들자마자 형사부실을 나섰다.

그 도주범이란 무직에, 올해 26세인 이와부치 도키오라는 남자다. 약 2년 전 공무집행방해죄로 체포된 이와부치는 이틀째 되던 날 아침, 구속영장 청구를 위한 피의자 심문을 받으러 호송차에 실려서 검찰청으로 향했다.

그런데 호송차가 다음으로 들러야 하는 미나미센주 서로 가는 도중에 사고가 발생했다. 센주 대교 부근 국도 4호선에서 대형 트럭이 운전기사의 졸음운전으로 호송차 옆구리에 추돌했다. 호송차는 뒤집어져 크게 파손되었다. 기적적으로 사망자는 나오지 않았으나 호송차를 운전했던 경찰관과 탑승자 다수가 중경상을 입었다.

그 사고 현장에서 이와부치만 홀연히 사라졌다. 물론 즉시 수색했으나 찾지 못했고, 이와부치는 2종 지명수배자가 되었다.

기쿠타는 이와부치를 직접적으로는 알지 못했다. 일차적인 범죄 혐의는 공무집행방해죄지만 기쿠타가 배속되기 전 그를 체포했던 형사가 다른 곳으로 이동한 탓에 조서와 수배 사진 말고는 이와부치에 관해 파악할 방법이 별로 없었다.

메지로 서에 도착해서 이와부치를 목격했다는 지역과의 다카하시 경사가 어디 있는지 물었다. 교대하러 미나미이케부쿠로 파출소에 나가 있다는 말에 직접 찾아가 보기로 했다.

하필 미나미이케부쿠로다.

메지로 서와 이케부쿠로 서의 관할 구역은 조금 애매하게 나뉘어 있다. 이케부쿠로 서는 이름 그대로 이케부쿠로 역을 중심으로 한 거대한 번화가를 관할한다. 흉악 범죄도 자주 발생하고, 경제 사건이나 폭력단과 연관된 문제도 끊임없이 발생한다. 한편 메지로 서는 도시마 구의 남서부를 관할한다. 유명 사립대학의 캠퍼스와 여러 고급 주택들이 이 지역에 들어 있다. 대충 보아도 범위는 번화가에서 벗어난 도시마 구 서쪽 지역을 절반쯤 차지한다. 반대편의 동쪽 지역은 스가모 서가 관할한다.

특히 미나미이케부쿠로 파출소는 메지로 서 관내에서도 이케부쿠로 역과 아주 가깝다. 경찰관도 자칫 이케부쿠로 서 관할 파출소인가, 하고 착각하기 쉬울 정도다. 따라서 걷는 것보다 전철을 이용하는 편이 훨씬 빠르다.

기쿠타도 파출소까지 곧장 걸어가지 않고 전철을 이용했다. 일단 메지로 역까지 가서 야마노테선을 타고 다음 역인 이케부쿠로 역에서 내려 걸어갔다. 세이부 백화점 앞을 지나 횡단보도를 건넌 다음 준쿠도 서점 앞에서 오른쪽, 속칭 빗쿠리 가드로 통하는 교차로를 건너자마자 바로 미나미이케부쿠로 파출소가 나왔다.

"수고하십니다. 센주 서의 기쿠타라고 합니다."

본서에서 연락을 받았겠지. 인기척을 내자 곧 다카하시 경사가 안에서 나왔다.

"어서 오십쇼. 자, 이쪽으로 앉으세요."

기쿠타와 다카하시는 파출소 안쪽 대기실로 들어갔다. 목격담은 거기서 듣기로 했다.

다카하시가 철제로 된 간이 의자를 권하기에 기쿠타는 고개를 숙여 인사한 다음 의자에 앉았다.

"거두절미하고 본론으로 들어가죠. 어떤 상황에서 이와부치를 목격하셨습니까?"

겉보기에 다카하시는 서른 중반쯤. 나이로는 기쿠타 자신과 별 차이가 없어 보였다.

"네, 벌써 나흘 전이군요. 12일이었고 그것도 벌건 대낮이었어요. 저희 관할 구역에서 나오더라고요. 저는 그때 준쿠도 서점 앞에 있는 소고기덮밥집에 점심을 사러 갔다가 돌아오는 길이었습니다. 목격 장소는 준쿠도 서점 옆에 있는 커피숍 앞이었고요. 키는 170센티 정도, 마른 체형에 상의는 초록색 항공 점퍼, 하의는 푸른색 청바지를 입고 있었습니다. 소지품은 없었고요. 어디서 본 얼굴인데 싶어서 다시 돌아보고 인상착의를 확인했어요. 그래서 확실히 기억하고 있습니다. 그런데 저와 스치면서 눈이 마주쳤는데도 시선을 피하지 않았어요. 표정 변화도 별로 없었고요. 그냥 지나가기에 지명수배범이라는 생각은 전혀 하지 못했죠."

일리가 있다. 경찰관이 불심검문을 하는 경우는 대개 상대방의 태도에 어떤 변화가 보일 때다. 시선을 피하거나 갑자기 표정과 걸음걸이가 변하면 무언가 수상하다고 판단하여 잠깐 실례합니다, 하고 말을 걸어 불러 세운다.

반대인 경우도 있다. 바로 눈앞으로 지나가는데도 태도가 자연스럽고 당당하면 흉악한 지명수배범이라도 놓치기 십상이다. 실제로 어떤 지명수배범은 검거된 뒤에, 파출소 앞을 그렇게 지나다녔는데 한 번도 걸린 적이 없었다고 진술하기도 했다. 어지간해서는 들키지 않는다는 자신감 때문이었는지, 뛰어난 연기력 덕이었는지는 모르겠지만. 어쨌든 그런 자들은 극소수다. 대다수의 범죄자들은 경찰관을 보면 동요하기 마련이고 어떤 식으로든 태도로 드러난다.

지금까지 이런 생각을 해보지는 않았지만 어쩌면 이와부치라는 자는 의외로 배짱이 두둑한 남자인지도 모른다. 아니면 자신이 지명수배되었다는 사실조차 모르는 느긋한 성격이든지.

다카하시가 계속 이야기했다.

"파출소로 돌아와서도 영 께름칙하더군요. 그래서 수배자 명단을 확인했습니다. 하지만 단번에 짚지는 못했어요. 머리 모양이 전혀 달랐거든요."

"어떻게 다르던가요?"

"흑발에다 옆머리는 귀를 덮는 정도였고, 뒷머리는 옷깃에 닿는 길이였어요. 그뿐입니다. 불심검문을 안 하고 지나친 게 지금도 분하기만 합니다. 어쨌든 오늘에서야 뒤늦게 연락을 드려 죄송합니다. 그래도 범인을 검거하는 데 조금이라도 도움을 드리고 싶었습니다."

기쿠타는 고개를 깊이 숙였다.

"잘 알겠습니다. 지금 말씀을 들어보니 이와부치는 거기서 선샤인 방면으로 걸어갔군요. 인상으로 볼 때 어떻던가요? 어딘가에서 이케부쿠로로 볼일을 보러 나온 느낌이었나요, 아니면 이 근처에 살면서 그냥 돌아다니는 느낌이던가요?"

다카하시도 짧게 고개를 끄덕였다.

"아까도 말씀드렸지만 소지품은 없었고요. 양손을 상의 주머니에 찔러 넣은 채 걷고 있어서 풍기는 인상으로는 이 동네에 익숙한 느낌이었어요. 이케부쿠로에서 일을 하고 있다거나 아니면 놀러 나왔다거나 하는 분위기가 아니라 그냥 어슬렁거리는 듯한 느낌이었어요."

그렇군. 도쿄에서 죄를 지은 놈이라고 해서 무조건 지방으로 도망치라는 법은 없다. '나무는 숲에 숨는다'는 말도 있으니까. 도쿄 지리에 밝은 자는 어쭙잖게 지방으로 도망치지 않는다. 도쿄의 인파 속에 섞이는 편이 훨씬 안전하다고 여기는 범죄자들도 적지 않다.

이와부치의 경우 3년만 피해 다니면 공무집행방해죄도, 탈주한 죄도 시효가 끝난다.

앞으로 약 1년 남았다.

5

가와무라의 시체가 발견된 지 닷새가 경과한 2월 17일 월요일.

레이코와 에다는 줄곧 니시이케부쿠로 일대를 돌며 탐문 수사를 벌였다.

"실례합니다. 잠깐 괜찮으시죠?"

니시이케부쿠로 같은 번화가에서 탐문을 할 때는 주택가에서 탐문할 때와 그 양상이 사뭇 다르다. 당연히 낮과 밤의 거리 풍경은 전혀 딴판이지만 그렇다고 해서 낮에 있던 사람은 늘 낮에만 있고, 밤에 있던 사람은 꼭 밤에만 있느냐면 그렇지도 않다. 탄력근무로 인해 어느 날은 낮에 보이던 사람이 다른 날은 밤에 근무를 한다거나, 배송 관련 업종은 경우에 따라 근무시간대가 달라지기도 한다. 그런 까닭에 같은 지역을 며칠씩 걸려 돌아봐야 할 때도 있다.

이 성매매 업소 안내소 직원도 그런 경우다.

"지난주 화요일 밤이라…… 맞아요! 저 그날 근무했어요."

이곳은 사체 발견 현장에서 100미터가량 떨어진 곳. 레이코와 에다는 이곳을 벌써 세 번째 찾아왔다.

여전히 레이코와 짝이 되어 움직이는 에다가 주머니에서 사진을 꺼내어 직원에게 보여주었다.

"이 남자, 알지?"

점원은 미간을 조금 찌푸렸다.

"누굽니까?"

"모를 리가 없을 텐데. 니와타 조직의 두목이잖아."

"아, 저번에 살해당했다는…… 아니요, 모르는데요. 전 그냥 아르바이트인걸요."

"바로 그 니와타 조직이 이 가게 뒤를 봐주고 있잖아?"

"그런 형님들이 가끔 들이닥치기는 하는데 전 아무것도 몰라요. 기껏해야 잘 지내냐고 한두 마디 거는 게 고작이라. 저도 덕분에 그럭저럭 지낸다고 기분만 맞춰줄 뿐이에요. 요즘엔 해결사 노릇도 함부로 못 하잖아요. 그런 식으로 삥 뜯는 놈들도 별로 없어요."

그 말도 한편으로는 사실이지만 뒤에서는 보호세 명목의 금전 징수와 반강제적인 관엽식물 대여, 인쇄물이나 기타 소모품 납품, 불법 성매매가 여전하다. 경찰의 단속이 엄격해지면 폭력단의 조직 활동은 더 깊이 지하로 숨어든다. 그뿐이다. 이 직원이 물정을 모르고 하는 말인지도 모른다. 어쩌면 경찰에게 쓸데없는 말은 지껄이지 말라고 윗사람이 입단속을 시켰을 가능성도 있다. 그것은 분명치 않다.

"그럼 그 화요일 밤에 뭐 본 거 없어? 몸싸움이라든가, 수상한 물건을 들고 가는 사람이라든가."

"없는데요. 화요일은 12시까지 여기 앉아 있었고, 가게 문 닫은 다음에는 해 뜰 때까지 술 마시러 갔는걸요."

"12시가 지난 시간에 이 앞으로 한 번은 지나갔다는 뜻이잖아. 뭐 없었어? 평소하고 다른 점 없었냐고."

"글쎄요. 뭐 있었나. 별거 없었는데……."

탐문 수사를 대하는 일반인의 반응은 열에 아홉은 이런 식이다.

"그래? 아무튼 협조 고맙고, 또 가끔 들를 테니까 다른 동료한테도 물어봐. 뭐 생각나는 게 있으면 이케부쿠로 서의 에다한테 연락하고. 알았지?"

"충성!"

직원은 유쾌하게 경례를 붙였다. 하지만 무언가 정보가 있다 한들 정말로 연락을 줄지는 의문이었다.

안내소를 뒤로 하고 계단을 올라와 지상으로 나와보니 벌써 해가 조금 기울었다. 시계도 3시 반이 지난 시간을 가리키고 있었다.

"에다 씨, 지금부터 밤까지는 2가 쪽을 돌아볼까요? 호텔 체크인하는 사람들 때문에 붐비기 전에요."

"네, 그럴까요?"

이케부쿠로 서 수사관으로 편성된 탐문 수사반은 총 12명이었다. 레이코와 에다 조가 담당한 구역은 니시이케부쿠로 1가의 북쪽 절반과 이케부쿠로 2가의 두 블록. 다른 조도 비슷했다. 번화가와 인근 주택가 및 호텔 거리를 조별로 할당받았다.

"신주쿠만큼은 아니지만 이케부쿠로 거리도 인파가 엄청나군요."

주위를 둘러보면서 에다가 중얼거렸다.

"그러게요."

레이코도 오가는 사람들을 보면서 고개를 끄덕였다.

그렇다. 이케부쿠로 거리에서 인적이 사라지는 시간대란 요일을 불문하고 존재하지 않는다.

우선, 새벽녘 이 거리를 지나는 사람은 밤새도록 술을 마시고 첫차를 기다리는 사람이거나 가게 문을 닫고 집으로 돌아가는 사람이다. 아니면 평소보다 일찍 출근하는 노동자거나. 개를 산책시키는 인근 주민인 경우도 꽤 많다. 사실 이케부쿠로서 주변에는 고층 아파트도 즐비하다. 동이 트면 몇만 명이나 되는 사람들이 일터로 가기 위해 집을 나온다. 오전에는 한가로운 쇼핑객들이 거리에 넘쳐난다. 또 점심시간에는 근처 회사에서 사람들을 일제히 토해낸다. 오후에는 오후의 쇼핑객들로 북적인다. 여기다 학생들까지 늘어난다. 저녁쯤부터는 아예 매일 밤이 축제 같다.

특히 니시 1번가는 호객꾼도 많아서 잘해줄게, 예쁜 아가씨 있어요, 하는 소리가 여기저기서 난무한다. 그런 호객 행위에 이끌려 밤을 즐긴 사람들의 몇 퍼센트쯤은 또 다음 날 아침의 첫차를 기다린다.

"아!"

에다가 갑자기 편의점 쪽으로 방향을 틀었다.

"왜 그래요?"

"저 녀석한테 물어봐야겠어요."

에다가 눈짓으로 가리킨 쪽을 보았다.

편의점 앞에 비보이스러운 남자가 서 있었다. 검은색 뉴욕 양키스 모자를 썼고 검은색 블루종을 입었다. 위에 걸친 파카는 흰색 바탕에 커다란 거미 무늬가 있었고, 헐렁한 바지는 진청색, 스니커즈는 흰색이었다. 거뭇거뭇한 턱수염과 묵직해 보이는 은 목걸이는 이제 패션 필수 아이템인가. 당장이라도 브레이크 댄스를 한판 출 듯한 분위기였다.

"이봐, 고이케!"

상대방도 이내 에다를 알아봤다.

"아, 안녕하세요."

가까이서 보니 '보이'라고 부를 만한 나이가 아니었다. 20대 중후반쯤일까. 눈초리가 여간 사납지 않았다.

"요즘 어때?"

"네, 뭐 덕분에 조금씩 나아지는 편이에요."

그러면서 눈앞의 행인들을 힐끔 노려봤다. 뭘 보느냐고 으르는 듯한 시선.

"어느 쪽 영업이 조금씩 나아진다는 거야?"

"거 좀 대충 넘어갑시다. 전 가게만 하잖아요."

가게라니, 뭐지? 술집? 아니면 옷가게?

"너도 들었지? 니와타 조직 두목이 살해당했다는 소식."

남자가 눈살을 찌푸렸다. 눈빛이 아까보다 두 배는 더 사나워졌다.

"우린 깡패들하고 아무 상관이 없습니다."

"나도 알아. 그냥 뭐 아는 게 있나 해서 물은 거야."

"그 사건이야 알죠. 저도 텔레비전 뉴스 정도는 봅니다."

"니와타 두목 관련해서 들은 말 없어?"

"이거 참, 나랑 아무 상관도 없다니까 그러시네. 듣고 자시고 할 것도 없다고요."

"그러지 말고 털어놔 봐. 사소한 기억이라도 떠올려 보라고. 범인은 조폭이 아닐지도 모르거든."

마지막 한마디를 에다가 무슨 의도로 던졌는지 레이코로서는 어리둥절할 뿐이었다. 하지만 고이케라는 남자는 아주 잠시 시선을 돌려 옆을 내려다보았다. 레이코는 그런 시선의 변화를 놓치지 않았다. 곧이어 고이케가 얼버무리듯 입매를 씰룩거리는 모습도.

"허! 내부인도 아닌데 두목을 죽였다고요? 아, 됐고. 그거 길바닥의 해충 한 마리 청소한 셈 아닙니까? 누가 했는지 모르지만 잡히면 수고했다는 말이나 전해주쇼."

정말 누구인지 모르는 걸까. 이 남자는 머릿속으로 누군가의 얼굴을 떠올리지는 않았을까.

"너희 윗대가리 중에는 니와타랑 사이가 안 좋은 놈들도 있잖아?"

그러자 고이케는 코웃음을 쳤다.

"너희라니, 우리요? 우리 누구 말입니까? 우리가 무슨 조직입니까? 모두 동등한 관계라고요. 각자 자기 꼴리는 대로 하면서 살 뿐입니다. 우리는 위로는 아무도 없고, 밑으로도 사원하고 알바뿐이라고요."

에다는 계속해서 이리저리 찔러보았으나 고이케는 끝까지 모르쇠로 일관했다. 간간이 지나가는 사람을 노려보기도 했다.

"뭐라도 알게 되면 연락해. 그 전에라도 의논할 일 있으면 꼭 전화 주고. 언제든 상관없으니까. 알겠지?"

"쳇, 재수 없는 소리 하시네."

"자, 그럼."

에다는 고이케의 어깨를 두드리더니 레이코에게 가시죠, 하며 재촉했다. 레이코도 고이케에게 고개를 까딱해 보이고 돌아섰다.

조금 걸어가다가 레이코는 에다에게 물었다.

"저 사람 누구예요?"

"예전에 신도쿄연합이라는 폭주족 그룹 멤버였어요. '한구레'라고 매스컴에 오르내리는 놈들, 거기 출신이에요."

역시 그런 패거리였군.

'한구레'라는 말은 경찰 내부에서도 아직 정착된 용어가 아니다. '구레'는 회색을 의미하는 영어 '그레이(grey)'이기도 하고, 껄렁패 또는 불량배로 타락했다는 뜻의 일본어 '구레루(ぐれる)'라는 말과도 관련이 있다.

"놈들은 조폭과는 확실히 달라요. 선후배 관계는 있지만 조폭처럼 술잔을 나누거나 하는 거추장스러운 맹약 의식은 전혀 하지 않아요. 그런 겉치레를 혐오하거든요. 조직폭력배들을 아주 대놓고 손가락질하는 놈들이에요. 저런 인간들처럼은 되고 싶지 않다면서 우습게 여기죠. 두목이라느니 형제라느니 하는 속박을 개똥으로 알고요. 그런 주제에 마약에다 매춘이며 공갈협박에 사기까지 닥치는 대로 손을 대죠. 오히려 지정 폭력단보다 더 악질이에요. 수평적인 연합 관계는 굉장히 긴밀하지만 조폭은 아니고, 그러니 경찰 입장에서도 누구를 두목으로 지목해쳐야 할지 참 애매하고요. 지정 폭력단이 아니니까 자기 집단의 문양도 내세우지 않아요. 패거리를 지어도 폭력단 대책법으로는 잡아들이지도 못하고요. 게다가 IT 세대라고 하나요. 꼬맹이 때부터 비디오게임과 휴대전화를 즐기며 자라서인지 그런 전자 기기를 다루는 데는 도가 텄어요. 전화 금융 사기가 대표적이죠. 그건 옛날처럼 깡패들이 고안해낸 돈벌이가 아니에요. 한구레 세대의 신종 수법이에요."

만남 사이트 운영, 신용카드 위조, 도박 사이트 운영과 마약 판매, 휴대전화 스팸을 이용한 야구 도박 등. 어떤 사업이든 시발점은 폭력단이 아니라 한구레 패거리라는 이야기를 레이코도 들어서 알고 있었다.

"그놈들은 도망갈 구멍까지 만들어놓고 돈벌이에 손을 대거든요. 애초에 조직에 얽매여 있지 않으니까 꼬리가 밟힐 리도 없고. 조폭과 달라서 폼을 잡거나 험악한 분위기로 상대를 협박

하는 장사는 하지 않아요. 복장도 자유로워서 일반인과 분간하기가 힘들고요. 그런데도 수평적으로는 아주 긴밀하게 연대하고 있어서 누군가가 위험하다고 문자를 보내면 불과 10분 만에 깨끗이 정리하고 사라져버려요. 경찰은 만날 뒷북만 치는 셈이죠. 지금 만난 고이케도 그런 놈이에요. 송금 사기를 치고, 자기 가게에서 코카인이나 엑스터시를 판다는 사실도 알고는 있어요. 판매책을 빼돌리는 솜씨가 어찌나 좋은지, 귀신이 곡할 노릇이라니까요. 분명히 도주를 주선해주는 일당이 있을 텐데 그 놈이 통 눈에 띄질 않아요. 아무튼 골치 아픈 놈들이에요."

그런 와중에 경시청은 조직범죄 수사 업무를 형사부와 생활안전부에서 분리시켰다. 단속 대상의 성질이 동일한데도 무리하게 강행한 조치였다. 경시청이 취한 조직 개편 방향과는 정반대로 범죄 양상은 오히려 진보하는지도 모른다.

레이코는 문득 아까 일을 에다가 어떻게 생각하는지 궁금했다.

"아까 말이에요. 이야기하던 중에 고이케의 눈빛이 달라지던데, 그건 무슨 의미였을까요?"

에다가 잔뜩 인상을 찌푸리며 레이코를 보았다.

"네? 언제요?"

뭐야, 몰랐나?

"에다 씨가 범인은 조폭이 아닐지도 모른다고 했을 때였어요. 분명해요."

에다가 이번에는 턱을 당기고 고개를 갸웃거렸다.

"그럴 리가요. 눈빛이 변했다고요?"

"조금. 뭔가 짚이는 데가 있는 듯한 눈빛이었어요. 난 봤는데."

"그랬어요?"

에다는 인상을 더 찌푸리며 대답했다. 미간의 주름도 더욱 깊게 파였다.

레이코는 계속 이야기했다.

"물론 내가 착각했을지도 몰라요. 그래도 혹시 말이에요. 고이케에게 무언가 짚이는 데가 있었다고 치면, 에다 씨는 그게 뭐라고 생각해요? 좌우간 고이케는 자기 동료의 소행으로 여기지 않는다는 게 내 생각이에요. 폭력단 두목을 죽였다는 건 그들에게도 일대 사건이잖아요. 게다가 이 근방에 벌써 소문이 쫙 퍼졌다고요. 같은 패거리가 한 짓이라면 당연히 고이케의 귀에도 들어갔겠죠. 경찰관이 물으면 모르는 척을 해야겠다고 마음의 준비도 했을 테고요. 그런데 조폭 짓이 아니라는 말을 듣자 고이케는 의외라고 생각했겠죠. 틀림없이 조폭들 간의 항쟁인 줄 알았는데 그게 아니라고 하니 동요했던 거예요. 요컨대 고이케는 조폭이나 한구레가 아닌 사람이 가와무라를 죽였다는 뜻으로 해석하지는 않았을 거다 이거죠."

에다는 고개만 갸웃거릴 뿐 구체적인 견해는 말하지 않았다.

"에다 씨, 대체 무슨 의도로 그런 말을 한 거예요?"

"네? 뭐 말입니까?"

"가와무라를 살해한 사람은 조폭이 아닐지도 모른다는 말."

그제야 에다의 표정이 평소대로 돌아왔다.

"별 뜻 없었어요. 조폭이 폭력단 두목을 죽이는 데 쇠파이프 같은 도구를 사용했을까, 하는 의문이 들었거든요. 그뿐이에요. 혹시 우리가 잘못 짚은 게 아닐까 해서요."

일리 있는 말이었다.

레이코도 매우 중요한 논점이라고 생각했다.

니시 1번가 북쪽, 2차선 도로 건너편이 이케부쿠로 2가다.

길을 하나 건너기만 해도 거리의 모습이 확 바뀐다. 2가에도 음식점은 있지만 그보다는 호텔이 압도적으로 많다. 러브호텔도 있고 비즈니스호텔도 있다.

두 사람은 일일이 호텔 프런트를 돌며 탐문했다.

"고맙습니다. 뭐 생각나시는 일 있으면 이케부쿠로 서로 연락 주세요. 귀찮으시겠지만 부탁드려요."

아쉽지만 이 구역에서도 오늘의 수확물이 없기는 마찬가지였다. 호텔 프런트는 야간 당직자가 밤새 근무하므로 무언가 목격했을지 모른다는 기대가 있었다.

호텔 골목을 지나니 조금씩 아파트 숫자가 늘어난다. 삼사 층짜리 사무용 건물도 있고 간혹 단독주택도 보인다. 이 근처까지 오자 같은 이케부쿠로라도 역시 한산하다.

손목시계를 보니 벌써 5시 반이 지났다. 길가로 난 대부분의 창문에는 벌써 조명이 켜져 있어서 한낮보다 빈집인지 아닌지 구분하기가 오히려 쉬운 시간대였다.

레이코의 눈길이 멈춘 집은 그렇게 조명이 켜진 주택들 가운데 하나였다.

"유한회사 나카타 공업?"

4층짜리 아파트와 코인 주차장 사이에 서 있는 꽤 낡은 가옥이었다. 1층의 도로 쪽은 전면에 셔터가 내려져 있었고, 셔터 박스 부분에 '유한회사 나카타 공업 비계 시공 가설공사'라는 글자가 써 있었다.

소위 비계공이라는 건달패인가?

"히메카와 씨."

에다가 옆에서 작은 소리로 불렀다.

"네, 왜요?"

"이것 좀 보세요."

에다는 건물 오른편, 아파트와의 경계 지점에 서 있는 콘크리트 담벼락을 가리켰다. 정확히 말하면 담벼락과 나카타 공업의 외벽 사이를 가리켰다. 에다의 발치에는 둥근 금속관이 쌓여 있었다.

"쇠파이프 아니에요?"

"네, 이렇게 두면 안 되는데 이런 데다 방치하다니."

레이코는 가방에서 손전등을 꺼내어 건물과 담벼락 사이의 틈을 비추어보았다.

쇠파이프는 모두 일곱 개였다. 꽤 오랫동안 이곳에 방치된 듯했다. 마른풀인지 쓰레기인지 분간하기 힘든 오염물들이 여기저기 들러붙어 있었다. 녹이 슬어서 거뭇거뭇했고, 원래는 도색을 한 파이프였는지 흰색 얼룩도 보였다.

에다도 까치발을 하고서 안쪽을 들여다보았다.

"제법 긴데요."

"네."

쇠파이프는 어느 것이나 도저히 들고 다닐 만한 길이가 아니었는데, 적어도 4미터 이상이었다.

레이코는 손전등으로 자기 바로 앞쪽을 비추었다.

"이걸 훔쳐서 직접 흉기로 삼았다고 보기는 어렵겠는데…… 그래도 프로라면 쇠파이프 자르는 것쯤은 식은 죽 먹기였겠죠? 들어가서 물어볼까요?"

"네, 하지만 사람이 있을까요? 창문이 어두운데요."

에다와 함께 2층을 올려다보았다. 확실히 창에 불빛이 없었다.

"혹시 모르니까."

셔터 주위를 보니 왼쪽에 금속제 우편함과 초인종이 붙어 있었다. 레이코가 시험 삼아 눌러보았다. 아니나 다를까, 대답은 없었다.

"역시 빈집인가 봐요."

"그런가요. 느낌상……."

초인종을 세 번쯤 눌렀을 때 스피커에서 삐 소리가 났다.

"네, 누구세요?"

스피커에서 가래 끓는 듯한 저음으로 중년 남자의 목소리가 들렸다.

레이코가 눈짓을 하자 에다는 고개를 끄덕였다. 레이코가 인터폰에 대고 대답했다.

"실례합니다. 이케부쿠로 경찰서에서 나왔는데요. 잠시 여쭤

볼 게 있어서요."

한동안 아무 반응이 없었다.

"무슨 일이시죠?"

"여기 두신 쇠파이프 말인데요."

다음 대답까지 또 몇 초가 흘렀다.

"아, 밖에 있는 거요?"

"네, 궁금한 게 있어서요."

"말씀해보시죠."

밖으로 나올 생각은 없다는 말인가.

"실례인 줄은 알지만 직접 뵙고 말씀을 드려야겠는데, 잠깐 나오시겠어요?"

콰당!

무언가가 부딪치는 소리가 났고, 조금 기다리자 대답이 들려왔다.

"알겠습니다. 잠깐만 기다리세요."

겨우 이런 대화를 하는 데 1분도 넘게 걸렸다. 나오려면 또 한참 걸리겠구나 싶었다.

예상대로 5분 이상 기다려야 했다. 처음에는 셔터 틈새로 불빛이 새어 나오더니 곧이어 열쇠를 따는 소리와 미닫이문을 여는 소리가 들렸다. 셔터가 철컹거리며 움직이기 시작했다. 몹시 묵직해 보였다. 20센티쯤 올라가다가 멈추고, 다시 30센티쯤 올라가다가 멈추었다. 그러기를 몇 번 반복하다가 마침내 남자의 가슴께가 보였다.

셔터가 다 올라가기 전에 레이코는 몸을 숙여서 안쪽을 들여다보았다

"됐습니다. 이 정도만 열어주셔도 돼요. 귀찮게 해서 죄송합니다. 전 이케부쿠로 경찰서의 히메카와입니다."

"에다입니다."

셔터가 어느 정도 높이까지 올라가자 힘쓰기가 수월한지 남자는 갑자기 셔터를 던지듯이 해서 끝까지 밀어 올렸다. 셔터가 말려 올라가면서 와장창 굉음이 울려 퍼졌다. 교통사고가 났나, 하고 착각할 법한 충격음을 내면서 셔터는 머리 위 셔터 박스 속으로 숨어버렸다. 그 탓에 셔터가 다 올라간 직후에는 주위가 적막에 빠진 것인지, 귀가 먹은 것인지 분간이 가지 않았다.

"이케부쿠로 서에서 나오셨다고요? 근데 쇠파이프가 왜요?"

숨소리가 거칠었고 술 냄새가 진동했다. 목둘레와 소매가 다 늘어난 저지 셔츠에서도 어쩐지 시큼한 냄새가 풍겼다. 남자의 등 뒤로 보이는 실내는 형광등 불빛이 비치고 있었고, 흰색 소형 트럭 한 대가 주차되어 있었다. 소형 트럭 때문에 셔터를 열기가 힘들었는지도 모르겠다.

"저기 밖에 쇠파이프 말인데요. 언제부터 저 상태였나요?"

"음, 그러니까 언제부터였더라…… 확실히 기억나진 않지만 몇 년 됐지요."

그러면서 남자는 무표정하게 수염으로 뒤덮인 뺨을 쓰다듬었다. 거무튀튀한 피부는 직업 때문일까, 아니면 그냥 주독이 올라서일까.

"최근에 도난당한 일은 없었나요?"

"도난이라, 글쎄요. 원래 몇 개였더라."

"지금 세어보니 일곱 개던데요."

"일곱 개. 그랬나? 잘 모르겠는데요."

"요즘에는 일을 안 하시나요?"

남자가 뒤로 휘청거렸다. 소형 트럭에 손을 짚어서 바닥에 쓰러지지는 않았다.

"아니요, 자잘하게 보조하는 일 정도는 합니다."

"궁금한 게 있는데요. 쇠파이프는 자르기가 쉽나요?"

남자는 장난하듯 응, 신음하며 레이코를 째려보았다.

"쉽냐고요? 암요! 자르기야 쉽죠. 이리 와봐요."

남자가 비틀거리면서 집 안으로 들어갔다.

"그럼, 실례하겠습니다."

레이코와 에다도 고개를 조금 숙여 보이고 그를 따라갔다.

남자는 소형 트럭의 운전석 쪽을 돌아 짐칸 쪽으로 갔다. 그리고 굼뜬 동작으로 짐칸에 덮어둔 초록색 포장을 걷어 안을 보여주었다.

"이런 도구로, 이렇게 싹둑 자르면 돼요. 간단해요. 식은 죽 먹기지."

그것은 위아래로 움직이며 회전하는 거대한 원형 전기톱이었다. 톱날이 심벌즈가 연상될 만큼 컸다. 짐칸에는 그것 말고도 다양한 형태의 금속 도구와 망치, 공구가 실려 있었다.

"죄송한데 가능하면 짧은 쇠파이프도 보여주시겠어요?"

그러자 남자는 갑자기 난처하다는 듯 얼굴을 찌푸렸다.

"으음…… 난 이제 별로 일을 하지 않아서 자재를 가져오거나 현장에 나가거나 하는 일도 거의 없어요. 집 옆의 빈터도 완전히 주차장으로 변했잖아요. 그 자리는 전에 우리 땅이었어요. 그럼 뭐 하나, 불경기라. 일감도 신통치 않고 말이죠. 어쩌겠어요, 팔아치웠지. 전에는 그 자리에 커다란 트럭도 서 있었고, 파이프도 이렇게 길게 나란히 세워뒀죠. 아주 빼곡하게 서 있었지요, 암. 그럼 뭐 하나, 이것 봐요. 불경기라. 일감도 신통치 않고……."

요컨대 지금은 자기가 직접 자재 수급을 하지 않아서 짧은 파이프 같은 건 여기에 없다, 이런 뜻인 듯했다.

제2장

1

가끔씩 그 남자가 집에 찾아왔다. 덩치 큰, 각진 얼굴의 그 남자가.

"아저씨, 마약은 끊으쇼. 술은 마셔도 괜찮지만 마약은 끊어. 인생 종 치는 짓이야."

남 일에 네가 무슨 상관이야. 너 같은 인간한테 그런 소리 듣고 끊을 정도였으면 진즉에 끊었어. 처자식이 이 집을 떠나기 전에 끊었겠지.

물론 생각뿐이다. 소리 내어 말하지는 않는다.

"뭐가 됐든 나 같은 인간이 할 수 있는 일은 이제 아무것도 없어요. 남은 방법은 최대한 빌리는 데까지 빌려보고 더 이상 나올 데가 없으면 그땐 길바닥에 나가 뒤져야지요."

"그런 소리는 하지도 말라니까. 내가 말했잖아요. 나는 아저씨한테 힘을 빌리고 싶다고. 나한테 힘을 좀 빌려주면 아저씨 빚은 싹 갚아준다니까."

"그럴 힘이…… 나한테는 그럴 힘이 없다니까요."

몇 번이고 대답은 똑같았지만 남자는 싫증도 내지 않고 찾아와서 창고 안을 둘러보았다. 한 가지 궁금한 점은 남자의 양쪽 손등에 있는 똑같은 모양의 상처였다. 크기가 꽤 크고 속으로 오므라든 상처.

그리고 이름도.

"참! 당신은 이름이 뭡니까?"

남자는 '이치'라고 했다가 또 '마사'라고 금방 말을 바꿨다. 이치는 이치무라나 이치카와 같은 성씨의 일부분인가. 그럼 마사가 이름이겠군. 마사오라든가 마사히코라든가.

"이름이 마사군요."

마사는 이건 어디에 쓰는 거요, 이것보다 좀 더 딱딱한 건 없나, 하고 계속 물으면서 귀찮게 했다.

"이거하고 이거는 어떻게 붙이는 거요? 용접? 아니면 볼트로 고정하나?"

마사는 공업이나 건축에는 영 문외한인지 취미 수준의 목공 지식이나 기술도 없는 모양이었다.

"용접을 하면 붙기는 하죠. 하지만 금방 툭 떨어져요. 확실하게 붙이려면 역시 볼트로 고정하는 편이 낫죠."

"볼트로 고정하려면 구멍을 뚫어야겠네."

"그렇죠. 가공을 해서 구멍을 내야죠."

"되게 복잡하네. 좀 더 간단한 방법은 없소?"

그러면서도 마사는 구체적으로 무슨 일을 할 생각인지, 무엇을 만들고 싶은지 딱 부러지게 설명하지 않았다. 그러니 이쪽에서도 맞장구를 쳐주기가 쉽지 않았다.

"어서 도면이든 뭐든 그려와봐요."

"그럴 만한 일이 아니라서 말이야. 그런 식으로 말고 뭔가 획기적인 방법이 없을까……."

이런 대화를 주고받는 사이에 마사는 어떤 아이디어가 떠오르면 그때마다 나에게 알려주었다.

"아저씨, 이거 써도 되나?"

"네, 상관없어요."

"일단 여기쯤 잘라보쇼. 이만큼만."

"거기를 자르면 아무짝에도 못 쓰는데요."

"괜찮다니까."

어차피 더 이상 필요 없는 도구였다. 쓸모없는 물건이 된다 해도 아무렇지 않았다. 요구하는 부분을 잘라주면 마사는 독특하면서도 이상한 방법으로 '그것'을 쥐고 가라테를 하듯 붕붕 휘둘렀다.

"음, 아주 좋아. 아저씨, 이쪽 면을 좀 더 깨끗하게 갈아주쇼. 그런 다음 여기에다 고리를 달아볼까?"

"얼마만 한 고리를요?"

"엄지가 들어갈 정도."

"손에 쥐었을 때 쏙 들어가게 말이죠?"

"빙고! 내 쪽으로 좀 기울여보쇼."

"재질은요? 그리고 고리 두께는? 생활용품점에 가면 여러 종류를 팔기는 할 텐데."

"그럼 생활용품점에 같이 갑시다. 거기 가서 고르지, 뭐."

"아니, 난…… 됐어요. 혼자 가서 적당한 것으로 사다줘요. 그럼 내가 어떻게든 붙여줄게요."

결국 생활용품점에도 따라갔다. 아주 평범한 고리를 사서 돌아왔다. 그 고리를 처음에 만든 정체불명의 도구에 박아서 붙여주자 마사는 또 그것을 들고 가라테 하듯 휘두르며 이리저리 살펴보았다.

"이야, 좋네! 됐어. 이걸 한번 써먹어봐야겠는데."

"써먹다니, 어디다요?"

"따라와요. 어떻게 쓰는지 보여드리지."

마사가 향한 곳은 이케부쿠로와 이웃한 오쓰카 역 근처의 낡은 맨션이었다. 오래전 그 근처에 공사 현장이 있어서 와본 적이 있었지만 건물에 들어오기는 처음이었다.

마사는 3층에 있는 어느 집 초인종을 눌렀다.

"계세요? 미쓰타니 씨, 돈 가져왔습니다."

이름을 듣자마자 나는 소름이 끼쳤다. 미쓰타니란 자는 내가 빚을 진 고리대금 업체 두목의 이름이었다. 서른 살 정도의 젊은 애송이였지만 폭력적인 성향이 강하게 느껴져서, 얼굴만 봐도 맞상대할 용기가 사라지는 자였다.

돈을 가져왔다니, 무슨 말이지? 역시 마사는 미쓰타니의 부하였나? 나를 미쓰타니에게 넘긴 다음 내장이나 각막, 골수 따위를 팔아서 빚을 갚게 할 속셈인가?

잠시 후 두꺼운 철문이 열렸다.

"누구야? 무슨 일인데?"

문을 열고 나온 사람은 미쓰타니가 아니었다. 훨씬 젊어서 미쓰타니의 동생뻘쯤으로 보이는 남자였다. 마사는 자기가 들고 온 예의 '그것'으로 다짜고짜 그 남자의 오른쪽 어깨를 내리쳤다. 커다란 도장을 찍듯이 내리꽂았다고 해야 하나.

"컥!"

단 한 번의 공격으로 남자의 상반신은 비스듬히 고꾸라졌다. 틈을 주지 않고 마사는 왼쪽 어깨에도 한 방 먹였다. 들릴 듯 말 듯 툭 소리가 나더니 남자의 몸 양쪽에 붙어 있던 두 팔이 힘없이 덜렁거렸다. 남자는 깜짝 놀라 휘둥그래진 눈으로 항의라도 하듯 입을 벙긋거렸다. 마사는 그 얼굴에다 신발 자국을 콱 박아 넣었다.

"저리 비켜!"

마사는 남자를 현관 안으로 힘껏 걷어찼다. 남자는 발길질에 떠밀려서 상반신이 뒤로 젖혀진 채 복도 안쪽으로 뒷걸음질 치며 들어갔다. 그러다가 남자는 벌러덩 나자빠졌다. 양팔은 이미 못 쓰게 망가진 듯했다. 마사의 공격을 손을 들어서 막지도 못했고, 넘어지면서 뒤를 짚지도 못했다. 남자는 등에서 쿵 하는 소리가 날 만큼 세게 나가떨어졌다.

그제야 소동을 알아차린 미쓰타니가 복도 끝에서 얼굴을 내밀었다.

"너 누구야?"

"네 천적이다."

마사는 복도를 걸어가서 몸을 낮추고 쭈그려 앉으면서 '그것'을 또 내리찍었다. 이번에는 벌렁 나자빠진 남자의 가랑이 사이를 노렸다.

쿵! 쉬이이이. 두 소리가 동시에 울려 퍼졌다. 애송이는 비명도 지르지 못하고 히유, 하며 묘하게 한숨 소리만 흘릴 뿐 꼼짝하지 못했다. 가랑이 사이가 젖어들기 시작하면서 바지 색도 조금씩 짙어졌다.

"뭐, 뭐 하는 짓이야?"

미쓰타니가 뒤로 주춤거렸다.

"뭐긴. 널 곤죽을 만들려고 그런다."

"곤죽이라니……."

"곤죽은 말이야, 바로 이런 거지."

복도를 지나서 거실로 들어갔다. 소파와 테이블이 놓여 있었다. 금고와 대형 액정 텔레비전도 있었다. 화면에는 고급 요리의 가격을 매기는 예능 방송이 흐르고 있었다.

마사는 소파에 있던 쿠션을 집어 들었다. 그것을 쓰러진 남자의 얼굴에 덮은 다음 손에 쥔 '그것'으로 온 힘을 다해 도장을 찍듯이 내리눌렀다. 얼굴뼈가 부러지는 소리가 났다. 남자의 몸은 격렬하게 요동쳤다. 그럼에도 마사는 두 번, 세 번 반복해서 찍어 눌렀다.

"그, 그만 멈춰줘."

미쓰타니가 힘없는 소리로 애원했지만 마사는 멈추지 않았다. 미쓰타니는 2미터쯤 떨어진 곳에서 두 손을 모으고 그저 떨고만 있었다. 언뜻 보면 이제 그만 됐다고 마사를 다독이는 듯한 태도였다.

"그만 멈춰달라고? 그렇게 부탁조로 얘기하면 누구든 다 네 뜻대로 해줄 줄 알아? 넌 어땠는데? 과거에 누군가가 그만하라고 부탁했을 때 넌 한 번이라도 들어줬어? 여자도 실컷 주물러봤을 테고, 배신도 해봤을 테고, 약에 취해 해롱거리기도 했겠지. 트집을 잡아서 후배를 두들겨 팬 적도 있었을 거야. 그때마다 너는 그만하란 소리를 들었으면서 왜 그만두지 않았지?"

쓰러진 남자도 이제는 경련을 멈추었다. 아니, 끝났다.

미쓰타니는 아직 엉거주춤한 자세로 얼어붙어 있었다.

"대신 복수해달라고 누가 청부하던가?"

마사가 천천히 일어섰다.

"아니, 틀렸어. 난 누가 복수해달라고 해서 온 게 아니야. 너한테 강간당한 여자가 누구인지도 몰라. 피떡이 되게 두들겨 맞은 후배 이름도 모르고. 아마 그런 사실은 아예 없었는지도 모르지. 그런 일을 저지르지 않았을까, 하고 대충 읊어봤을 뿐이야. 애초부터 네가 무슨 짓을 했든 말든 사실 난 그런 거에 아무 관심 없어."

미쓰타니의 얼굴이 점점 험악하게 일그러졌다.

"그건 또 무슨 소리야?"

"그래서 처음부터 말했잖아. 천적이라고. 나는 네 천적이라니까. 너를 사냥하러 온 거야. 나는 포식자, 넌 얌전히 먹히기만 하면 되는 피포식자. 알겠어? 우선 그것부터 알아두셔. 아저씨, 제일 큰 가방부터 꺼내봐."

"이거요?"

"어. 그래, 그거 열어보쇼."

마사는 쓰러져 있는 남자를 뒤집어서 얼굴이 밑으로 가게 엎었다. 머리가 믿기 힘들 만큼 평평하게 짓뭉개져 있었다. 신기하게도 흘러나온 피는 별로 많지 않았다. 옆얼굴이 내출혈로 변색되었고 커다랗게 부풀어 있었다. 그뿐이었다. 피가 가득 담긴 물 풍선 같았다.

"미쓰타니, 네가 가진 권리증 꺼내. 차용증은 물론이고 가진 거 다 내놔. 빨리!"

그래도 나보다는 아마 미쓰타니가 이런 상황에는 익숙해서인지, 한순간도 마사에게서 시선을 떼지 않고 침착하게 방 안 구석에 있는 금고를 향해 다가갔다. 마사는 마사대로 금고에 권총이라도 숨겨두지 않았을까, 경계하는 눈치가 역력했다. 미쓰타니 옆에 딱 붙어서 금고 다이얼을 돌리는 그의 손끝을 주시했다.

"부탁이야. 목숨만은 살려줘."

"알았어. 살려는 주지. 절대로 안 죽일게. 절대, 절대, 절대로."

"농담하지 말고."

"아, 농담이야. 죽여줄게. 꼭 죽여주지."

드디어 비밀번호가 맞았는지 미쓰타니는 손잡이를 돌려 금고 문을 열었다.

덜컹, 잠금장치가 해제되는 소리가 났다. 그 순간이었다.

"수고했다."

마사가 또 '그것'을 휘둘렀다. 연속으로 두 번.

퍽! 퍽!

미쓰타니의 손목이 푹 꺾였다. 믿기지 않을 정도의 각도였다. 팔보다 옷소매가 길게 늘어져 있는 듯했는데 소매 끝에는 분명히 손이 삐져나와 있었다. 틀림없이 피가 통하는 사람 손목이었다. 그 광경이야말로 고약한 농담 같았다.

"비켜. 걸리적대지 말고."

마사는 미쓰타니를 치우고 금고의 내용물을 테이블에 늘어놓았다. 서류더미에 섞여 100만 엔짜리 지폐 다발도 여러 개가 나왔다.

"아저씨, 작은 가방에다 이거 전부 담으쇼. 갖고 가게."

"아, 알았어요."

나는 지시대로 움직였다.

그사이 마사는 쓰러져 있는 남자에게 돌아갔다.

"시체 처리가 어려울 것 같지? 별로 그렇지도 않아. 사람 뼈가 큰 편이라 다루기가 좀 성가실 뿐이지. 이렇게 말이야."

또 그것을 내리찍어 어깨뼈를 부러뜨렸다.

"뼈만 부러뜨리면 얼마든지 작게 포장할 수가 있거든. 허리도 뒤로는 안 꺾이는 줄 알지? 사실 등골 때문에 애를 먹기는 하지만 별거 아니야."

과연 맞는 말이었다. 마사가 등골을 부러뜨리자 남자의 몸은 여지없이 등 쪽으로 툭 꺾이면서 둘로 나뉘어 접혔다. 양쪽 다리도 같은 식이었다. 가방에 들어가지 않는 부분은 박살을 내서 적당히 접고 구부려 욱여넣었다.

요컨대 마사는 성인 남자를 작게 접어서 여행용 가방에 보란 듯이 집어넣었다. 지퍼도 완벽하게 잠겼다.

"어때, 미쓰타니?"

미쓰타니는 아무 대답도 하지 않았다. 아니, 대답할 수 없었다.

"어때? 너도 가방에 들어갈래?"

그러자 미쓰타니는 고개를 세게 가로저었다.

"내가 이 녀석을 죽여서 착착 접는 거 봤지? 나중에 남들한테 떠벌리거나 복수하겠다고 찾아오기라도 할 건가?"

그는 우스울 만큼 진지한 표정으로 고개를 흔들어댔다.

"입 꾹 다물게. 절대 아무한테도 말하지 않을게. 복수도 하지 않을게. 시골에 내려가서 착실하고 성실하게 살게."

"아! 그것도 좋지. 하지만 나는 별론데. 너 혼자만 유유자적 시골 생활을 즐기겠다는 건가?"

마사가 한 걸음 내딛자 미쓰타니는 잔뜩 겁먹은 눈빛을 하고서 옆방으로 도망쳤다. 덜렁거리는 두 팔을 힘없이 흔들며 필사적으로 마사와 거리를 두려고 했다.

하지만 헛수고였다. 결국 문 앞까지 가서 멈춰 서야 했다. 제

힘으로는 열지 못하는 문 앞에서 마사에게 따라잡혔다.

"부, 부탁이야. 나 좀 봐줘."

"뭘 봐달라는 거야? 봐주고 자시고 할 게 없어. 난 아예 그런 생각을 하지 않거든."

"그럼 어쩔 셈이야? 목적이 뭐야? 돈이야? 돈이라면 얼마든지 줄게. 내가 가진 거 다 줄게. 아니, 더 벌어서 아예 다달이 상납할게. 약속해."

"이것 봐라! 그런 식으로 빠져나가시겠다? 안 되겠는데."

마사가 오른손을 휘둘렀다. 그것을 본 미쓰타니는 반사적으로 어깨를 움츠려 몸을 사리면서 마사에게서 등을 돌렸다.

그것이 오히려 더 끔찍한 결과를 불렀다.

"애썼다."

마사는 미쓰타니의 뒤통수에다 도장을 찍었다.

일격이었다. 한 방에 무너져 내린 미쓰타니는 두 번 다시 움직이지 않았다.

누가 보더라도 영락없는 즉사였다.

창고로 돌아오자 마사는 태연하게 말했다.

"내일 밤에는 어딘가에 묻어야겠어."

물론 시체 이야기였다.

"어디다 묻게요?"

"아저씨는 모르는 편이 나아. 나중에 어디 가서 툭 내뱉기라도 하면 골치 아프거든. 그보다 18리터짜리 드럼통이 있었는데.

그것 좀 꺼내주쇼."

"뭐 하게요?"

"태우려고. 전부."

창고 안쪽에서 예전에 직공들이 재떨이 대용으로 쓰던 드럼통을 꺼내주었다. 마사는 권리서 몇 장을 꼬깃꼬깃 구겨서 던져 넣고 다른 종이 한 장에다 라이터로 불을 붙여 드럼통 속에 불을 피웠다.

"어디 보자…… 옳지. 이게 아저씨 차용증이네. 맞지?"

마사가 종이 한 장을 나에게 내밀었다.

"네, 맞아요. 틀림없어요."

"태워버립시다. 좋지?"

"그, 그럼요. 얼른 태워버려요."

주먹질을 당하고, 발에 차이고, 목을 졸리고, 똥을 지려가며 무릎을 꿇고도 벗어나지 못했던 굴레를 지금 활활 타오르는 노란 불길이 삼켜버렸다. 속절없이 오그라든 종잇장이 오렌지빛 불꽃에 농락당하고 검게 그을리면서 연기 한 줄 내지 못한 채 사라져갔다.

"아저씨, 저기 있는 환기팬 좀 돌려보쇼."

"아예 바깥문을 열까요?"

"아니, 바람 때문에 불꽃이 흩어지면 곤란하지. 화재라도 나면 큰일이니까. 그리고 양동이에다 물도 좀 떠 오시고."

"네, 알았어요."

참 알다가도 모를 남자다. 얼치기 조폭에다 고리대금업자인

인간을 저세상 사람으로 만들었는가 하면 또 한편으로는 이런 허름한 창고에 화재가 난다고 걱정이다. 세심하면서도 대담무쌍하다. 근본적으로 나와는 차원이 다른 인간 같다. 어딘지 자상한 면이 있다는 점도 분명한 사실이다.

대충 문서들을 다 처리했을 때 마사는 가방 밑바닥에서 지폐 다발 몇 개를 꺼냈다.

"지폐를 불에 태우면 냄새가 아주 지독하다는데 말이야."

나는 솔직히 소름이 끼쳤다.

"설마 그것도 태울 작정인가요?"

"그럴 생각인데, 왜요? 아저씨가 가지시게?"

이 남자가 무얼 생각하는지 가늠하기 점점 더 어려워진다.

"그야 갖고 싶긴 한데. 아시다시피 애당초 돈 때문에 이 꼴이 난 놈이라……."

"옜소, 하고 주면 곧장 마약부터 사러 가시려고?"

"아, 아니에요. 마약은 무슨."

"신뢰가 안 간단 말이지. 역시 안 되겠어."

마사는 100만 엔짜리 지폐 다발을 18리터짜리 드럼통 속에 확 던져 넣었다.

"저, 저런!"

"이봐요! 그렇게 큰 소리 내지 말라니까."

마사가 도끼눈을 뜨고 째려봤다.

일본도의 칼끝을 내 눈앞에 불쑥 들이댄 듯한 기분이었다.

그렇다. 이 남자는 살인자다. 한순간도 잊은 적이 없다. 살인 현장에서 마사는 마치 헌 신문이라도 정리하는 사람 같았다. 조금 귀찮지만 꼭 해야 할 일을 담담하게 해치운다는 식이었다. 그렇게 두 사람이나 죽이고도 태연한 인간이다. 그때의 침착한 태도로 짐작건대 살인은 이번이 처음일 리가 없다. 지금까지 숱한 사람을 죽였을 게 분명하다. 지금 여기서 나를 죽일 생각이라면 그 또한 이 남자에게는 땅 짚고 헤엄치기일 터.

계속해서 두 개, 세 개. 마사는 지폐 다발을 땔감으로 썼다.

"뭐, 그렇게 고약하지도 않네. 지폐 다발은 사람의 손때로 찌들어 있기 마련 아니오? 그러니까 사람 손의 피지가 돈에 배어서 불에 태우면 시체 타는 냄새와 똑같은 악취가 난다는 거요. 어디선가 들은 얘기지. 근데 별로 그렇지도 않은데. 시체를 태울 때 나는 냄새는 적어도 이렇지가 않거든. 머리카락은 머리카락대로, 근육은 근육대로, 지방은 지방대로, 뼈는 뼈대로 냄새가 다 달라."

또 가방 안에서 지폐 다발 두 개를 꺼냈다.

"어쨌든 아저씨도 도구 만들랴, 무거운 짐 옮기랴 애 많이 썼으니까 상 좀 받는다고 죄는 아니겠지?"

돈뭉치의 두께로 보면 지폐 다발의 5분의 1쯤 될까. 그 돈을 빼서 이쪽으로 건네줬다.

"자, 이번 일 품삯. 마약 말고 다른 걸로 기분전환이라도 하고 오쇼. 술이든 여자든 도박이든 내키는 대로 실컷 놀다 오라고. 근데 마약을 했다가는 가만 안 둘 테니 그것만은 꼭 명심하쇼."

"그, 그럼요. 마약은 진즉에 끊었어요."

이번만큼은 정말로 약을 끊을 수 있을 것 같았다.

2

2월 21일 수요일. 지정 폭력단인 니와타 조직의 2대 두목 가와무라 조지의 시체를 발견하고부터 일주일이 지났다. 현재까지 경시청 조직범죄 대책부 4과와 레이코를 비롯한 이케부쿠로 서 수사관들로 편성된 특수부에서 수집한 정보는 빈말로라도 성공적이라고 하기는 어려웠다. 살해 현장이 니시이케부쿠로 1가에 위치한 임대 빌딩 안의 빈 사무실이라는 점만 분명했다. 그 밖에는 아직 아무것도 밝혀지지 않았다. 가와무라는 사건 현장에 억지로 끌려 들어갔는지 아니면 자기 의지로 들어갔는지, 애초에 계획된 범행이었는지의 여부, 범인은 몇 명이었는지, 흉기의 종류며 범행 동기까지. 모든 점에서 의문투성이였다.

레이코와 에다는 어제부터 현장 주변의 탐문 수사에서 벗어나, 지정 폭력단 외에 니와타 조직 과 관련이 있을 만한 조직과 인물을 조사하기 시작했다.

오후에 맨 먼저 찾아간 사람은 에다가 말했던 한구레 멤버로 히사마쓰라는 청년이었다. 장소는 다카다노바바 역 근처에 위치한 찻집이었다.

"너 니와타의 하야카와라는 애송이, 건드린 적 있지?"

히사마쓰는 삐딱한 태도로 아까부터 창밖만 바라보았다.

"그건 재판까지 가서 쌍방과실로 끝났어요. 다 지난 일을 새삼 왜 또 꺼내실까."

당연한 말이지만 쌍방과실은 판결 내용이 아니다. 어디까지나 형사재판으로는 집행유예 판결을 받았다는 말이며, 민사상으로는 화해가 성립되었음을 받아들였다는 뜻에 불과하다.

"그냥 그랬지 않느냐고 물어본 거야. 그 뒤로 어떻게 됐어? 신주쿠에서 이쪽으로 왔으면 어쨌든 니와타 애들하고도 자주 부딪칠 텐데."

"그래서요? 그 애들하고 부딪치면 안 됩니까?"

"엿 같은 일도 자주 있지 않냐, 이 말이지."

"별로요. 조폭 애들하고 무슨 상관이에요. 그 자식들하고는 사는 차원이 달라요. 영원한 평행선이죠. 앞으로도 엮일 일 없을 겁니다."

"그렇지 않을 텐데. 사업상으로도 여러 면에서 자꾸 얽히지 않아?"

이 남자가 과거에 마약 밀매, 사기, 공갈 등에 관여했다는 사실은 레이코도 에다에게서 들어 알고 있었다.

갑자기 히사마쓰가 볼멘소리를 했다.

"아, 진짜. 좀 봐주세요. 솔직히 말해서 저도 걸핏하면 한구레 출신이라고 손가락질당하기 싫거든요. 당신들 보기에는 아무리 시간이 지나도 우리가 예비 범죄자일지 모르지만 합법적으로 장사하는 사람도 많다고요. 내가 지금 무슨 일을 하는지 제대로 알기나 하세요? 알고 오셨냐고요?"

"그럼, 알고말고! 휴대전화 대리점이잖아."

전과 없는 친구를 대표로 세워놓고 자신은 일개 종업원인 척 하면서 영업을 하지만 실제 운영자는 히사마쓰다.

"그럼 뭐 대포폰 장사라도 하는 줄 아세요? 제조사에서 정상적으로 공급받은 걸로 경력자가 정식 절차에 따라 판매하는 합법적인 대리점이라고요. 그런 위험한 일에는 더 이상 엮이고 싶지 않아요. 솔직히 지쳤어요."

더 이상 엮이고 싶지 않다. 지쳤다.

비슷한 이야기를 어제 만난 걸스 바* 대표도 하지 않던가.

"당신들, 그거 때문이죠? 니와타 두목 살해 사건. 그것 때문에 여기저기 탐문하고 다니는 거 아니에요? 근데 이거 어쩌나. 번지수를 잘못 짚어도 한참 잘못 짚었는데. 우리 같은 한구레 출신들은 아무 상관이 없어요. 만에 하나 문제가 있었다 해도 니와타 두목을 제거하다니요. 상상도 못 할 일이죠. 좀 상식적으로 생각해보세요. 그게 말이 되나. 완전히 뻥이라니까요. 그러니 우린 그냥 봐주세요."

히사마쓰뿐만 아니라 저녁에 만난 재일 중국인 3세 오 가쓰요시도 비슷한 이야기를 했다. 다시 이케부쿠로로 돌아와서 히가시이케부쿠로 1가에 있는 중식당에서 만났다.

"경찰도 언론도 우리 보고 차이니스 마피아 같다고들 하는

* 걸스 바(ガールズバー): 여성 바텐더와 대화를 즐기는 술집. 바와 단란주점의 중간적 요소를 지닌 유흥업소.

데, 이봐요, 주간지를 너무 많이 읽으셨어. 무슨 일만 터졌다 하면 냉큼 슈카류가 뒤에 있다는 식으로 몰아가니. 한마디로 '전혀 아니올시다!'라 이겁니다. 슈카류는 마피아도 아니고 조폭도 아니라고요."

슈카류는 중국 잔류 일본인 2세들과 재일 중국인이 중심이 되어 결성한 폭주족이다. 학교를 졸업하고 성인이 된 뒤 중국계 범죄 조직에 가담하는 자가 끊이지 않는다. 실제로 강도, 공갈, 사기, 폭행, 살인 사건 등으로 체포된 사람들 가운데 다수가 이 조직 출신이다.

"자네 말마따나 현역 슈카류는 아닐지도 모르지. 하지만 선배들은 그쪽으로 가잖아?"

"그래서 어쨌다고요? 나도 슈카류 출신이지만 내가 무슨 사고라도 쳤어요? 이보세요, 무슨 증거라도 갖고 하는 말입니까? 아니면 경찰 관두고 조폭 보디가드 하는 놈도 있던데, 경찰하고 조폭도 결국 그놈이 그놈이다, 이런 뜻이에요? 경찰나리, 혹시 머리가 좀 모자란 거 아닙니까?"

레이코나 에다는 이 정도의 막말에 쌍심지를 켜지는 않았다.

"아, 미안. 내 말이 좀 지나쳤군. 어쨌든 이쪽저쪽 뭐 얻어들은 거 없어? 최근에 니와타 조직 두목이 살해당했다는 얘기는 알지?"

그러자 오 가쓰요시의 표정이 조금 어두워졌다.

"그러니 말했잖아요. 어떤 식으로든 관련이 있겠거니, 하고 의심받기 싫다고. 조폭 같은 경우 야마토회가 저지른 일을 갖고 스미다 조직을 압수수색하지는 않죠? 그렇다고 시라카와회를 터는 일도 없고요. 뭔가 단서를 잡았으면 모를까. 그거나 마찬가지란 말입니다. 맞아요. 나도 예전에 슈카류 멤버였어요. 그 점은 지금도 자랑스럽게 생각해요. 게다가 조폭 같은 놈들한테 가만히 앉아서 당할까 보냐, 하는 생각도 있어요. 하지만 그런 일은 술집에서 흔히 벌어지는 시비 같은 거라고요. 그자들에게 멱살이라도 잡혀서 이 자식 한번 해보자는 거야, 하며 드잡이라도 할 때라고요. 별일 아닙니다. 설사 무슨 일이 있었다 해도 니와타의 두목을 해치운다니요. 그런 말은 들은 적도 없지만, 그랬다가 개죽음당할 일 있어요?"

어쨌든, 하고 잠시 멈추었다가 오 가쓰요시는 계속 이야기했다.

"지금 이케부쿠로에서 일어나고 있는 일은 적어도 나와 아무 상관이 없어요. 앞으로도 슈카류 일에는 상관하지 않을 겁니다. 슈카류 출신 중에 소위 동북계 중국 마피아가 있다더니만, 그리로 흘러 들어간 인간이 누군지 그거야 내 알 바 아니죠. 정말 모르는 일이라고요. 그쪽은 나하고 전혀 무관하고 상관하고 싶지도 않다니까요."

지금 이케부쿠로에서 일어나고 있는 일이라…….

오 가쓰요시가 했던 말에서 조금 신경 쓰이는 대목이 있었지만 굳이 캐묻지는 않았다. 지금은 오히려 원래 이런 작자였나, 하는 위화감이 앞섰다.

그들이 본업으로 얼마나 흑자를 내는지는 레이코도 가늠하기 어려웠다. 그러나 한구레와 중국계 범죄 조직이 정통 조폭 세력과 경쟁 관계에 있다는 점은 분명했다. 그렇다면 니와타 조직 두목의 죽음을 두고 그것 참 잘됐다는 생각 정도는 하지 않을까. 폄훼와 악담을 쏟아낸다 해도 전혀 이상하지 않다. 하지만 그렇지 않았다. 끝까지 자기와 무관하다고 발뺌했다.

지금 생각하면 니시이케부쿠로에서 만난 한구레 멤버 고이케는 달랐다. 가와무라 살해 사건을 이야기하면서 '거리의 해충 한 마리 청소한 셈'이라고 표현했다. 그렇게 말하기 직전 그의 눈빛이 심상치 않았다. 범인은 조폭이 아닐지도 모른다고 에다가 말한 순간 고이케는 무언가 짚이는 데가 있는 표정이더니 언제 그랬냐는 듯이 바로 시치미를 뗐다.

결국 뭐였을까.

다시 한 번 고이케에게 확인해봐야 한다.

중식당을 나와서 조금 걸었을 때였다.

"에다 씨, 잠깐 이쪽으로 와봐요."

레이코는 바로 맞은편에 보이는 모퉁이를 가리키면서 에다를 불렀다.

"네, 왜요?"

"조금 돌아가도 괜찮죠?"

"네, 그럼요."

이 구역을 지날 때면 레이코는 예외 없이 그 무더웠던 여름날이 다시 떠올랐다.

'스트로베리 나이트' 사건이 있은 지 이제 곧 4년째였다.

레이코는 그 사건으로 첫 번째 부하의 순직을 경험했다. 사건 현장인 라이브 하우스 자리가 바로 코앞에 있었다. 지금은 아주 깔끔하게 개보수하고 이름도 '세븐원더'로 바꾸어 새로 영업을 하고 있었다. 업종은 예전과 다른 모양이었다. 록밴드가 공연하는 라이브 하우스가 아니라 디제이가 주도하는 클럽 이벤트 업소로 변했다는 소리를 들었다.

"히메카와 계장님, 이런 데다 빨대 꽂고 계셨어요?"

에다의 말은 이런 곳을 정보원으로 삼고 있었냐는 뜻이다.

"아뇨. 그럴 리가."

히메카와는 이곳에서 애써 합장이나 헌화를 할 생각은 없었다. 다만 근처까지 와놓고 그냥 지나치기가 싫었을 뿐이었다. 자신은 이 장소를 결코 피해 다녀서는 안 된다. 몇 번이든 이곳에 와서 단 한 번 사건 수사에 임했다가 순직한 오쓰카 신지라는 남자의 영혼과 마주하고 또 마주해야 한다. 생각해보면 본부를 떠나 배속된 곳이 여기 이케부쿠로라는 점도 어떤 운명처럼 느껴졌다.

오쓰카, 나는 오늘도 형사로서 사건을 수사하기 위해 이 거리에 서 있어. 구두 밑창이 닳도록 네 몫까지 열심히 뛸게. 그러니까 봐줘. 이번 사건도 멋지게 해결할 테니 꼭 지켜봐 줘.

그렇게 마음속으로 기도한 다음 고개를 들었다. 바로 그때였다.

에다의 등 뒤로 수 미터 떨어진 곳. 코인 주차장의 모퉁이를 돌아 이쪽으로 걸어오는 아주 커다란 사람 그림자가 시야에 들어왔다.

“아, 아니!”

레이코가 깜짝 놀란 순간 상대편도 이쪽을 알아보았는지 그 자리에 멈추어 섰다.

몇 초 동안 거리를 유지한 채 서로를 바라보았다.

“기쿠타.”

왜 여기에.

에다도 둘 사이를 알아차렸는지 양쪽을 번갈아 보다가 엉거주춤 기쿠타에게 고개를 숙였다. 분위기만으로 상대가 경찰인 줄은 알았겠지만 그가 예전에 레이코의 부하였다는 사실까지는 모를 확률이 높았다. 기쿠타도 인사를 하면서 레이코 쪽으로 다가왔다. 목소리가 들릴 만한 거리까지 와서 한 번 더 고개를 숙였다.

“오랜만이에요, 히메카와 씨.”

수없이 상상했고 각오도 했건만. 저 소리를 직접 들으니 역시나 심장이 내려앉는 듯했다. 레이코는 자신이 얼마나 커다란 존재를 놓쳤는지 새삼 깨달았다.

이 사람이 ‘주임님’이라고 불러주지 않았다고 해서 이렇게까지 냉정하게 느껴지고, 심장이 옥죄일 줄은 몰랐다.

그래도 자신은 태연한 척해야 했다.

“그래, 정말 오랜만이야. 그런데 여긴 무슨 일이야?”

지금 기쿠타는 센주 서에서 근무할 터였다. 사건 관계로 탐문이라도 하러 왔나. 혼자인 모양인데 그렇다면 본부 수사가 아니라 관할 서 차원의 용무인가.

에다는 거기서 슬그머니 뒤로 빠졌다.

"히메카와 계장님, 저 먼저 서에 들어가볼게요."

이렇게 둘만 남기고 가면 어떡해. 엉겁결에 기다리라고 붙잡을 뻔했다. 하지만 입으로는 나오지 않았다. 에다가 인사를 한 다음 돌아섰다. 지금이라도 늦지 않았다. 에다와 함께 돌아가자는 생각이 들기도 했다. 그러나 에다의 모습은 이미 모퉁이 하나를 돌아 사라졌다. 기쿠타와 단둘만 남았다. 이 상황을 받아들여야 했다.

숨을 크게 쉬었다.

"정말 오랜만이야."

레이코는 같은 말을 반복했다. 알았지만 다른 말이 떠오르지 않았다.

"네, 오쓰카를 찾아오고 싶어도 일정이 맞지 않았어요. 죄송했습니다."

"그거야 나한테 죄송할 일은 아니지."

이제는 각자 다른 관할 서 소속이다. 엿새마다 한 번씩 돌아오는 당직은 무슨 일이 있어도 지켜야 한다.

"그렇죠."

"여기는 어떻게, 탐문 수사?"

"네, 비슷합니다."

"그래서 겸사겸사 여기까지 왔구나. 오쓰카 때문에."

"네, 그런 셈이죠."

"그랬구나."

한참 동안 침묵만 흐른다.

그 자리에서 도망치고 싶을 만큼 다음 화제가 떠오르지 않는다.

예전에는 대기에 들어가는 날이면 '안녕하세요?'로 시작해 하루 종일 붙어 다녔다. 퇴근 후에는 선술집에 들러서 날마다 무슨 이야기를 그렇게 떠들어댔을까. 수사 이야기만 하지는 않았다. 상사 험담만 늘어놓지도 않았다. 사적인 대화는 별로 없었다. 레이코는 남에게 자기 고민을 털어놓아야 직성이 풀리는 성격이 아니었다. 가끔 명품 가방을 사면 얼마짜리인지 맞혀보라며 퀴즈를 낼 때는 있었다. 물론 몇 개월에 한 번뿐이었지만.

생각나지 않는다. 4년 3개월 동안 자신은 이 사람과 대체 무슨 이야기를 나누었단 말인가.

기쿠타가 시선을 가게 쪽으로 돌렸다.

"요즘 들어 오쓰카 생각이 많이 나더군요."

그래, 여기는 오쓰카가 순직한 곳이야. 그 이야기가 적당하겠다.

"맞아, 나도 그래. 이쪽으로 발령 난 것도 무슨 인연인가 싶어."

기쿠타의 얼굴에 애잔한 미소가 떠올랐다. 그렇다. 슬퍼 보이면서도 어쩐지 따듯하게 느껴지는 표정.

레이코도 잘 알고 있고, 꽤 좋아했던 얼굴. 레이코를 위로하려고 할 때면 꼭 지어 보이던 기쿠타의 다정한 옆얼굴.

"주임님이 이케부쿠로 서로 배속된 건 그때까지 쌓아온 경력을 제대로 평가받은 결과였어요. 오쓰카 일 때문이라든가 인연 때문이라는 생각은 이제 하지 마세요."

레이코가 올려다보자 기쿠타도 그제야 알아차린 듯이 말했다.

"아, 이런. 주임님이라고 불렀군요. 별일이네. 안 그래도 신경 쓰고 있었는데."

하지만 그 덕에 레이코도 마음이 조금 가벼워졌다.

"괜찮아, 그렇게 불러주는 편이 더 좋아. 옛날 생각도 나고."

기쿠타의 얼굴도 부드러워졌다. 마음이 편할 때 나오는 표정이었다.

"그러고 보니, 이케부쿠로에서는 또 큰 사건이 터졌더군요. 니와타 조직인가요?"

이럴 때는 기쿠타도 일부러 얼굴을 찡그린다.

"응, 이번에도 조직범죄 대책부 4과랑 일하게 됐어. 그놈들은 수사 1과하고 다르게 움직임이 보이지를 않아. 괜히 신경만 쓰이고. 그래서 여기 오쓰카한테서 힘도 받을 겸, 잘 해결하게 도와달라고 부탁도 할 겸 와봤어."

맞다. 괜히 늦게 복귀했다가 4과 놈들에게 무슨 말을 들을지 모른다.

"난 이제 그만 가야겠는걸. 이번 사건 정리되고 나면 술이나 한잔해."

과감하게 레이코 쪽에서 먼저 오른손을 내밀었다.

그 정도도 못 하면 개운한 마음으로 헤어지기 힘들 것 같았다.

기쿠타는 당황하여 가방을 오른쪽에서 왼쪽으로 고쳐 맸다.

그 순간이었다.

언뜻 보기에 왼손 약지에서 무언가가 반짝 빛났다.

기쿠타는 그것을 감추려는 듯이 왼손 위에 오른손을 얹었다.

"이번에도 해치웠어, 이러면서 자랑하실 거죠? 그 무용담 기다리겠습니다."

"그럼, 당연하지."

덤덤하게 대꾸한 자신이 오히려 조금 냉정하게 느껴졌다.

"저도 이만 가볼게요."

"그래. 잘 가."

걸어가는 기쿠타의 뒷모습을 하염없이 바라보았다. 그래도 괜찮은지 판단이 서지 않았지만. 기쿠타가 돌아보기 전에 자신도 그에게서 등을 돌려야 했다. 그 정도는 모르지 않았으나 머리와 몸이 따로 놀았다.

기쿠타는 끝내 한 번도 돌아보지 않고 처음에 지나왔던 모퉁이를 돌아 사라졌다.

그랬구나, 레이코는 혼자 중얼거렸다.

기쿠타, 결혼했구나.

회의에 집중이 될 리 없었다.

"니와타 조직의 다니자키와 시라이의 행방은 아직 파악하지 못했습니다. 주요 간부들을 통해 사실 확인을 마쳤지만 그들과 접촉하는 기색은 없었습니다. 두 사람의 자택과 단골 점포, 시설 등에 경찰을 배치했으나 모습을 전혀 드러내지 않고 있습니다."

본부에서 이동한 지 꼭 1년째다. 1년이면 누군가와 만나서 연애를 하고 결혼도 하기 충분한 시간이다.

"다른 간부는 뭐라고 하던가?"

경시청에서는 『지케이(自警)』라는 기관지를 발간한다. 매월 모든 경찰관에게 배포하지만 공교롭게도 레이코는 거의 들춰보지 않는다. 그 기관지에는 결혼 소식을 전하는 면이 있어서 남자든 여자든 결혼해서 성이 바뀌면 대개 거기에 이름이 실린다. 하지만 레이코는 관심이 없어 그 면을 펴본 적도 없었다.

"짚이는 데도 없다, 오히려 어디에 숨었는지 우리가 묻고 싶을 정도다, 이런 식입니다. 그것도 연기가 아닐까 의심스럽긴 합니다. 어떤 간부가 흘려준 정보인데, 혹시 다니자키와 시라이도 벌써 살해당한 게 아니냐는 소문이 조직 안에 파다한 모양입니다."

뭐? 다니자키와 시라이도 이미 살해당했을지 모른다고? 이건 또 무슨 말이지?

"그렇다면 내부 항쟁이 아니라 외부인에게 당했다는 말인데. 니와타 조직 간부는 어느 쪽에 더 주목하던가? 어느 조직인지 의심할 만한 데는 없다고 하던가?"

단 1년 만에 기쿠타가 결혼을 결심한 상대는 대체 어떤 사람일까. 공주님 타입일까, 아니면 요염한 타입? 직업은 뭘까. 술장사 쪽이라면 이래저래 떠보는 게 귀찮았을 테니 평범한 사무원을 택했을까. 설마 같은 경찰 쪽은 아니겠지?

"그게 참, 조직원들도 영 짚이는 데가 없다고 하니."

"그 말을 믿는단 말이야? 니와타는 조직 안팎을 불문하고 항쟁의 불씨가 수두룩하다고!"

그렇게 조직범죄 대책부 4과 아카시 계장이 버럭 소리를 질렀을 때였다. 회의실 상석 쪽 문이 벌컥 열리고 이케부쿠로 서의 부서장인 소마 경정이 얼굴을 들이밀었다.

"실례합니다. 미우라 관리관님, 잠깐 나오시죠."

오늘은 안도 4과장이 부재중이어서 관리관인 미우라 경정이 회의를 주재했다.

"네."

미우라 관리관은 상석에서 일어나서 출입문으로 향했다. 소마 부서장이 물러서자 미우라도 복도로 나갔다.

조용히 문이 닫혔다. 물론 두 사람이 밖에서 무슨 이야기를 하는지는 들리지 않았다.

아카시 계장이 아까부터 보고하느라 서 있던 수사관에게 지시했다.

"그만 앉지."

회의가 중단되고 몇 분이 흘렀다. 그때까지는 귓등으로 들었다고 해야 하나, '소귀에 경 읽기'식이었다고 해야 하나. 레이코는 보고를 듣는 둥 마는 둥 했다. 오히려 회의가 중단된 다음부터 정신을 바짝 차리고 회의에 집중했다.

특수부의 회의를 중단시키면서까지 관할 서 부서장이 해야 했던 이야기는 무엇일까. 긴급을 요하는 내용임에 틀림없다. 그렇지 않다면 관리관이 벌써 돌아와서 회의를 다시 진행했을 것이다. 무슨 사고라도 났나? 혹시 회의에 참석하지 않은 수사관이 어딘가에서?

생각하기도 싫었지만 문득 오쓰카 때 일이 다시 떠올랐다.

당시 가메아리 서 대회의실에 남아 있던 사람은 레이코와 기쿠타, 이시쿠라, 유타였다. 그리고 이오카도.

문이 또 벌컥 열렸다. 입을 꾹 다문 미우라가 들어왔다. 뒤에 소마의 모습은 이제 보이지 않았다.

미우라는 상석 테이블 앞에서 선 채로 마이크를 잡았다.

"방금 오지 서 관내에서 전신을 둔기로 난타당한 시체가 발견됐다고 한다. 본부에서 내려온 통보다. 가와무라 조지 사건과 수법이 비슷하다. 우선 본 건과 무슨 연관이 있는지 조사하기 위한 정보 대조에 협력해달라는 요청을 받았다."

작은 회의실이 술렁거렸으나 미우라는 개의치 않고 이야기를 계속했다.

"다만 오지 사건의 피해자는 현재로썬 폭력단원이 아닌 듯하다. 소지하고 있던 운전면허증이 피해자의 것이 확실하다면 이 시체의 신원은 다음과 같다. 이이지마 다카유키, 32세, 폭주족, 신도쿄연합 출신이다."

폭주족 출신. 속칭 한구레.

3

50대 중반에 이르면 날마다 하던 일도 힘에 부칠 때가 있다.

시모이는 하품을 참으며 어젯밤에 담당했던 사건 보고서를 정서하고 있었다.

나카노 경찰서 조직범죄 대책과 폭력범 수사계. '조직범죄 대책과'라는 이름 아래 하나로 묶인 이상, 본서 당직 날 형사 사건이 발생하면 내용 여하를 불문하고 현장 검증을 해야 한다. 그것이 속옷 절도든 편의점 강도든 조사하라고 하면 조사해야 하고, 조서는 물론 보고서도 써야 한다. 속옷 절도 사건의 현장 검증을 하느라 눈코 뜰 사이 없이 바쁠 때, 지능범계 사람이 폭력배들의 분쟁을 처리하러 나갔다는 보고를 들으면 어떻게 해야 하나 신경이 쓰인다. 사실 관할 서 형사의 당직 업무가 원래 그런 일이다. 새삼 불평해봐야 입만 아프다.

"시모이 씨, 잠깐 쉬시죠."

뒤에서 니누마 총괄 계장이 다가와 캔 커피를 내밀었다.

"아, 고맙소. 괜찮아요. 조금만 더 하면 끝납니다."

"시모이 씨, 자판기 두드리는 솜씨가 대단하신데요? 그렇게 엄지와 검지만 갖고 치는데도 의외로 빠르십니다."

독수리 타법밖에 몰라서 미안하오, 하고 굳이 되받아치지는 않는다. 그나마도 왼손은 검지밖에 쓰지 못한다.

"커피 잘 먹겠소."

요즘 유행하는 무가당 커피다. 시모이는 목으로 꿀꺽 넘어가는 달짝지근한 옛날 커피가 좋았다. 예전에는 몸에 해로우니 그만 마시라고 충고해주는 녀석도 있었다.

시모이 씨, 그렇게 단 커피만 드시면 당뇨병 걸려요.

녀석은 지금 어디서 무얼 하고 있을까.

벌써 7년 전 일이다. 경시청에 조직범죄 대책부가 설치되기 직전이었다. 시모이는 지금도 종종 차갑게 비가 내리던 그날 밤이 떠오른다.

JR 긴시초 역에 내린 때가 오후 2시쯤이었다. 남쪽 출구로 나와서 게이요 도로를 건너 마루이 백화점 쪽으로 갔다. 비닐우산 너머로 보이는 하늘은 하얬고, 몸이 찌뿌드드할 만큼 비가 쉬지 않고 내려서 주변 건물이 부옇게 흐려 보이던 광경이 기억난다.

마루이 백화점 옆길로 들어가서 실내 경마장 윈스(WINS) 긴시초 동관(東館)으로 들어갔다. 음식 코너와 직통 엘리베이터가 있는 7층이 정해놓고 만나는 약속 장소였다. 드나드는 사람이 많고 언제나 시끄러운 곳이라 은밀히 만나기에는 최적이었다.

벽에는 텔레비전 모니터가 설치되어 있었고, 플로어에는 고정식 의자가 줄지어 있었다. 모니터는 볼 필요 없으니 뒤쪽 적당한 자리에 앉았다. 마권은 사지 않았다. 역에서 사온 경마 신문을 펼쳐두었다. 시모이 자신도 도박을 싫어하는 편은 아니어서 구경만 하는데도 나름 재미가 있었다. 시간 때우기로는 최고였다.

물론 옆자리에 낯선 사람이 앉을 때도 있었다. 경주의 인기도에 따라 다르긴 했다. 자리를 차지하고 앉아서 일어날 줄 모르는 사람도 있었고, 자리 주인이 계속 바뀌는 경우도 있었다. 상황은 그때그때 달랐다. 하지만 시모이는 옆에 누군가가 왔을 때

자기가 먼저 고개를 들어 쳐다보지는 않았다. 시모이 씨, 하고 부르든가 늦었습니다, 하면서 말을 걸 때까지 계속 경주에 몰두한 척했다.

몇십 분이든, 몇 시간이든 기다렸다.

그날 만나기로 한 상대는 윈스에 나타나지 않았다. 사람이 너무 많아서 시모이를 발견하지 못한 것이라고 생각하지는 않았다. 훨씬 혼잡했을 때도 녀석은 제시간에 나타났다. 자연스럽게 옆자리에 앉거나 혹은 뒷자리에 앉아서 전혀 모르는 사람인 척 연기를 하며 말을 걸었다.

전에도 두 번 정도 녀석이 약속 장소에 오지 않은 일이 있었다. 하지만 다음 날 비슷한 시간, 똑같은 장소에서 기다리면 녀석은 어김없이 나타났다. 어제는 죄송했어요, 녀석은 사정을 이야기하려고 했지만 시모이는 됐다면서 듣지 않았다. 전날 나오지 못한 이유는 듣지 않아도 그만이었다. 나에게 반드시 보고해야 하는 일만 이야기해라, 그렇게 녀석에게 정보를 얻으면 바로 그 자리에서 헤어졌다. 둘은 그런 관계였고, 녀석도 거기에 동의한다고 믿었다.

폐관 시간이 되어 시모이는 건물을 나왔다. 날이 어두워졌는데도 지루한 비는 여전히 그칠 줄을 몰랐다.

담배 한 대 피울 동안만 기다려볼까. 만약 그사이에 나타난다면 녀석은 이러겠지. 미안하지만 불 좀 빌려주실래요? 그러면서 시모이 옆에 서서 한 손을 들어 사과의 표시를 하겠지. 치워. 사과할 사람은 나야. 미안하다. 늘. 하지만 그런 말은 금기어였다. 그런 말을 하는 순간 둘의 관계는 무너진다. 묵묵히 불만 빌리겠지. 시모이도 불만 빌려주자고 생각했다.

담배 한 대 피울 동안만이라고 결심했는데 담배 세 대를 피우고, 다섯 대를 피워도 녀석은 나타나지 않았다. 오늘 만나기는 틀렸군. 그날은 시모이도 기다리기를 포기하고 집에 돌아갔다.

비에 젖어 색이 짙어진 트렌치코트 소매가 양쪽 팔의 온기를 사정없이 빼앗아 갔다. 바지 속에 두툼한 속옷을 입었는데도 허벅다리와 장딴지가 추위에 얼어붙는 듯했다. 오른쪽 무릎도 조금씩 시큰거렸다. 내일 한 번 더 오면 될 일을, 이렇게 밖에서 기다릴 필요가 없었는데, 아주 조금 후회가 들었다.

다음 날이었다. 불가능까지는 아니지만 긴시초 장외 경마장에 가기 힘든 사태가 발생했다. 야마토회 계열의 야마시로 조직 간부가 백주에 시부야 중심가에서 사살되었다. 시모이도 그 사건을 수사하러 출동해야 했다. 녀석의 휴대전화 번호는 알고 있었다. 둘만 아는 단골 술집에다 메모를 남기면 되었다. 하지만 그것은 어디까지나 최후의 수단이었다. 지금은 아직 그럴 때가 아니라고 판단했다.

그러나 시모이는 그 후 7년이나 흐른 뒤에 이때의 판단을 뼈저리게 후회했다.

시모이는 지금도 녀석의 행방은 물론 안부조차 확인할 길이 없었다.

시모이는 서류 업무를 대충 마치고 오후 4시가 조금 지났을 때 나카노 서를 나왔다. 분쿄 구 혼고에 있는 모토후지 서까지는 한 시간도 걸리지 않는다. 통상 근무가 끝나는 오후 5시 15분까지 맞춰 가기에 충분한 시간이었다.

실제로도 시모이가 모토후지 서에 도착한 때는 아직 5시 전이었다. 신분증을 제시하고 접수대를 지나 형사생활안전조직범죄 대책과가 있는 2층으로 올라갔다. 형사에 조직범죄 대책, 게다가 생활안전까지 뭉뚱그려 놓았으니 직원들은 이 과의 이름을 뭐라고 줄여 부를까? 시모이는 그런 복잡한 과가 있는 관할 서에 배속된 적이 없어서 짐작하기도 어려웠다.

"실례합니다."

형사부실 문으로 들어가서 자기 안방에라도 온 듯한 얼굴로 통로를 지나갔다. 신기하게도 경찰관은 경찰관을 직감적으로 알아보는 법이다. 지금도 어디 소속 경찰이지, 하는 눈빛으로 쳐다보는 사람은 있어도 외부인은 들어오시면 안 됩니다, 하며 얼빠진 소리를 하는 사람은 없었다. 눈치 없는 햇병아리 경관이라면 그랬을지도 모른다. 하지만 젊은 경관들은 나이가 어린 만큼 시모이 같은 연장자에게 그런 경우 없는 소리는 하지 않았다. 그것 또한 경찰관의 습성 중 하나다.

몇 개의 계를 지나자 '강력계'라는 팻말이 걸린 책상들 너머에 만날 사람의 자리가 있었다.

시모이는 바로 앞까지 가서 고개를 숙여 인사했다.

"오랜만입니다, 히라마 씨."

보고서 같은 서류를 보고 있던 상대는 안경을 조금 내리고 이쪽을 빤히 쳐다보았다.

"시모이?"

그러면서 안경을 벗었다. 현재는 이 모토후지 서에서 과장으로 있지만 시모이가 본부에 있었을 때는 직속 상사이자 형사부 수사 4과 폭력범 수사 2계장이던 히라마 도시로 경감이다.

"아니, 이게 얼마만이야?"

뜻밖이라는 듯 자리에서 벌떡 일어서서 책상을 돌아 나왔다.

"뭐야! 심장 떨어질 뻔했잖아. 용무가 있으면 전화라도 한 통 하고 올 일이지."

"미안합니다. 내가 그런 요령은 별로 없는 사람이라."

"여전하구먼. 사전 약속도 없이 어디든 불쑥 찾아가는 버릇은. 이런 부하들이 제일 피하고 싶다니까."

시모이는 그 대목에서 일부러 벽시계를 쳐다보았다.

"히라마 씨, 시간 괜찮으십니까? 할 얘기가 있는데."

"어, 그러지. 난 괜찮네."

"근처에 어디 갈 만한 데 있습니까?"

"갈 만한 데라, 그래, 거기 좋겠군."

의논 끝에 혼고산초메 역 근처에 있는 해산물 전문 선술집으로 향했다. 시모이가 먼저 가서 자리를 잡기로 했다. 아직 이른 시간이라 자리는 마음대로 고를 수 있었다. 시모이는 칸막이가 있는 자리를 지정해서 들어가 앉았다.

히라마가 온 시간은 그로부터 20분 정도가 지나서였다.

"아니, 먼저 마시고 있으라니까."

"괜찮습니다."

일단 맥주를 한 잔 시키고 요리도 몇 가지 주문했다.

먼저 나온 맥주로 건배부터 했다.

"수고하셨습니다."

"그래, 자네도 수고가 많아. 참, 자네 아직 나카노에 있나?"

그러더니 히라마는 맥주를 한 모금 마셨다.

"네, 벌써 4년째라 다음번에 발령이 날지도 모르지만요. 마지막 이동이겠지요."

"본부로 올라갈 생각은 없나?"

"농담 마십쇼. 나 같은 늙은이를 누가 데려간답니까. 이제 본부에 아는 사람도 거의 없을 겁니다."

"그렇긴 하지."

여종업원이 시원시원한 태도로 기본 안주가 든 그릇을 놓고 갔다. 오징어젓무침. 그것을 각자 한입씩 집어 먹었다.

"게다가 이제 본부로 올라가고 싶은 마음도 없어요. 거기는 나 같은 인간이 갈 만한 곳도 아니고."

히라마가 미간을 조금 찌푸렸다.

"자네, 아직도 그때 일이 걸리는 겐가?"

"별로 걸리고 말 것도 없지만. 조금 그렇기도 하고."

그때 일이란 경시청 조직범죄 대책부 설치에 얽힌 알력 관계, 후속 인사 조치를 포함한 분쟁 전반을 두고 하는 말이었다.

"그렇게 백날 앙심을 품어봐야 좋을 게 없어. 조직이든 법률이든 날마다 조금씩 변하고 있다고. 우린 그저 일개 지방 공무원이야. 어느 선에서는 깨끗이 털어낼 필요가 있어."

요전에 감찰관이 했던 말과 비슷했다.

"앙심은요. 아무도…… 그냥 높은 양반들한테 꼬리치고 싶은 마음이 없을 뿐입니다."

히라마가 크게 고개를 저었다.

"그런 걸 두고 앙심을 품었다고 하는 걸세. 다 잊어버려. 잊으라고. 그렇게 질질 끌어봐야 별 볼일 없다니까."

맞는 말이다. 별 볼일은 없을지 모른다. 하지만 그 일을 잊고 살아갈 수 있을 만큼 나는 요령 있는 사람이 아니다. 회와 대롱 모양의 어묵 튀김이 나왔다. 역시 영업을 개시한 직후여서 음식 나오는 속도도 빠르고 직원들도 활기가 넘치는군.

히라마가 얼른 붉은 참치 회 쪽으로 젓가락을 뻗었다.

시모이는 그 손의 움직임을 물끄러미 바라보았다.

"저 얼마 전에 감찰관한테 불려 갔습니다."

히라마는 이어서 작은 접시에 간장을 따랐다.

그러고는 붉은 참치 살을 찍어 날름 먹었다.

"본부에 불려 갔단 말인가?"

"아니요. 우리 서로 왔습니다."

"저런, 왜 또?"

"저도 처음에는 무슨 영문인지 잘 몰랐는데, 조직폭력단 후지타 일가와 호시노 일가, 니와타 조직, 기도 조직, 나가에 조직, 모로타 조직을 거론하더군요. 뭐 짚이는 게 없냐고 물었습니다."

히라마의 젓가락이 참치 살에 이어 홍새우를 집다 말고 그대로 정지했다.

"허, 참."

그러고는 아무 일도 없었다는 듯이 침착하게 간장을 찍어서 입에 넣었다.

"'허, 참'이라니. 그게 다입니까?"

"뭐가?"

"여기까지 듣고도 아무 생각 없느냔 말입니다."

홍새우의 뒷맛을 씻어내려는지 히라마는 맥주를 또 한 모금 마셨다.

"무슨 생각?"

"다른 사람도 아니고 바로 저한테 감찰관이 직접 물었습니다. 히라마 씨도 기억 못 하실 리가 없을 텐데요."

당시 직속 상사가 바로 이 히라마다.

"그야, 옛날 얘기라면 그 일일 텐데…… 그걸 감찰관이 이제 와서 거론할 리가 없지."

"거론한 거나 마찬가지 아닙니까? 나한테까지 와서 물었단 말입니다. 지금은 나도 상관없는 일이지만요. 후지타든, 호시노든, 모리타든 아예 접촉을 하지 않으니까요. 그쪽과 관련이 있다 해도 벌써 7년 전 일입니다. 특히 모리타와 니와타는 2대 도에이회의 조직이었으니까."

모리타 조직과 니와타 조직은 스미다 조직의 2차 단체인 2대 도에이회의 하부 조직에 해당한다.

히라마는 맥주잔의 손잡이를 쥔 채 아무 말이 없었다.

시모이는 계속 이야기했다.

"감찰이 거론한 얘기가 하나 더 있었습니다. 지난주에 발생한 가와무라 조지 살해 사건 얘기였습니다. 감찰은 가와무라가 가석방 엿새 만에 살해당한 점에 주목하고 있답니다. 통상 자기편끼리만 알고 있는 출소 정보를 범인이 어떻게 알았을까. 그런 점에서 감찰은 경시청 내부에 정보 제공자가 있을 가능성에 무게를 둔다고 했습니다."

히라마는 여전히 묵묵부답이었다.

"분명히 그런 정보를 조폭 쪽에 흘려주던 시절이 있기는 했지요. 정보 교환의 수단으로 삼거나 일부러 우리한테 보답할 일을 만들어서 다른 사건의 단서를 제공하게 했으니까요. 먹고 먹히고…… 그때가 좋은 시절이었노라고, 그립다는 말이 아닙니다. 하지만 폭력단 대책법이니 뭐니 해서 양호했던 신뢰 관계까지 와르르 무너뜨린 건 사실 아닙니까? 지금은 어떻습니까? 이제 그런 교환 조건으로는 협상조차 불가능합니다. 조직범죄 대책부 수사관이면서 조폭들 사무소에는 한 번도 들어가 본 적이 없다는 사람도 있다지 않습니까."

시모이는 호흡을 가다듬고 어묵튀김 쪽으로 젓가락을 가져갔다.

히라마는 작은 접시에 든 오징어젓갈무침을 집었다.

"그래서 감찰이 자네를 의심하던가?"

"모르겠습니다. 유력한 혐의자는 따로 있는데 그에 관한 정보를 얻으려고 했던 건지, 아니면 나를 찔러보려다가 틀렸다고 판단했는지, 그건 확실하지 않습니다. 전 아무래도 상관없지만, 문제는 7년 전 일입니다. 2대 도에이회."

히라마는 또 말이 없었다.

"뭡니까? 설마 잊으셨습니까?"

그래도 히라마는 답이 없었다.

"기노 말입니다, 기노. 나는 지금도 이해가 가지 않습니다. 7년 전에 우리는 도에이회의 야심을 무너뜨리기 위해 조직 깊숙이 손을 썼습니다. 하지만 아무 일도 못 하고 그 손을 빼야 했어요. 결과적으로는 손을 방치한 셈이었지요."

히라마가 옷자락 안쪽 주머니에 손을 넣었다. 담배를 꺼내어 천천히 한 개비를 입에 물었다.

"갑자기 기노의 연락이 끊겼습니다. 나는 사방팔방 녀석을 찾아 돌아다녔어요. 마지막에는 모리타 조직을 직접 찾아가서 알아볼까 하는 생각까지 했습니다. 하지만 히라마 씨, 당신이 말렸지요. 괜찮다고. 나중 일은 이쪽에서 어떻게든 알아서 처리하겠으니 나보고는 발을 빼라고 하면서 중지시켰잖습니까. 난 그 말을 믿었습니다. 그래서 그 직후에 다른 곳으로 배치를 받고도 순순히 받아들였던 겁니다. 얌전하게 4계로 옮겨갔죠. 히라마 씨, 그때 당신이 그 일은 당신한테 맡기라고, 기노 일은 맡겨두라고 했기 때문에 나는 군말 없이 그 일에서 손을 뗀 겁니다. 이제 좀 설명을 해주시죠. 그 사건은 결국 어떤 식으로 일단락된 겁니까? 기노는 대체 어디로 갔습니까?"

요컨대 기노는 시모이가 모리타 조직 안에 심어놓은 스파이였다. 공안식으로 말하면 시모이가 기노를 공작원으로 삼아 관리한 셈이다. 시모이는 기노를 통해 모리타 조직, 나아가서는 도에이회의 정보를 빼내어 괴멸시킬 단초를 찾으려 했다.

물론 그 7년 동안에도 시모이가 히라마와 대면할 기회는 있었다. 처음 3년 정도는 아직 만날 시기가 아니라고 했다. 그 후에는 히라마가 이리저리 얼버무리며 시모이를 피해 다녔다. 하지만 오늘 히라마는 달랐다. 일부러 시모이가 기다리고 있는 가게까지 와서 이렇게 자리에 앉았다. 오늘이야말로 히라마가 무언가 이야기를 해주지 않을까 싶어서 시모이는 기대에 부풀어 있었다.

그럼에도 이자는 그런 기대마저 저버리려는 걸까.

"감찰이 거론한 몇 개 조직은 요즘 활동을 중지한 모양입니다. 실제로 활동이 시들해진 거라면 좋겠지만, 동향 파악이 불가능해진 게 아닌가 하고 걱정하더군요. 그리고 가와무라 살해 사건을 계기로 경찰 내부의 정보 누설을 의심한다고 했습니다. 그래서 기노가 생각난 겁니다. 일부러 떠올린 게 아닙니다. 하지만 녀석이 아직 조직에 숨어 있다면, 경시청과 선이 닿아 있다면, 그건 어쩌면 더블일 가능성도 있지 않을까 하는 겁니다."

더블. 이중 스파이.

그럴 리가, 하며 히라마는 코웃음을 쳤다.

"그건 지나친 억측일세."

"억측이라고요? 그럼 설명을 해보시죠. 결국 기노는 어떻게 결말이 났습니까? 놈은 어떻게 됐느냐고요."

히라마는 짧아진 담배를 재떨이에 비벼 끄고 자세를 고쳐 앉았다.

“그래, 자네에게는 일러둘 필요가 있다고 생각했지. 그 후 나도 여러모로 손을 써봤네. 하지만 결국 기노의 행방은 여전히 오리무중일세. 모리타 조직에서 무슨 일이 있었는지 전혀 파악할 수가 없었어. 어쩌면 실수를 해서 쫓겨났을지도 모르지.”

시모이는 테이블 위에 있는 모든 것을 싹 쓸어버리고 싶은 충동이 일었지만 간신히 참았다.

“그런 시답잖은 변명이나 들으러 온 게 아닙니다. 그런 얘기라면 지난 7년 동안 저에게 말할 수 있는 기회가 얼마든지 있었잖습니까.”

“어쩌겠나, 그게 사실일세. 자네도 이쯤에서 기노 일은 잊어. 또 모르지. 어디 시골에서 느긋하게 숨어 사는지도.”

웃기시네.

“그랬다면 놈은 반드시 저에게 연락을 했을 겁니다. 기노는 그런 놈이니까요.”

“자네도 참…… 또 그렇게 억지를 부리는 겐가?”

시모이는 테이블 밑에서 자기도 모르게 주먹을 꽉 쥐었다.

“제 생각은 이렇습니다. 기노는 이미 죽었다, 그게 아니라면 내 앞에서 얼굴도 들지 못할 만큼 무언가 터무니없는 짓을 저질렀다, 그래서 뒤를 캐보았더니 기노에게서 등을 돌린 건 당신이었다, 나를 그 사건에서 배제해 연결 다리를 제거하고 기노를 고립시킨 사람은 히라마 씨, 바로 당신이다, 이겁니다.”

이렇게까지 독설을 퍼부어도 히마라는 진지하게 상대할 마음이 전혀 없는 듯했다.

과연 그럴까, 하고 중얼거리며 한숨만 쉬었다.

4

신도쿄연합 출신의 이이지마 다카유키가 오지 서 관내에서 살해당했다. 그것도 가와무라 조지 살해 사건과 유사하게. 전신을 무차별적으로 가격하여 목숨을 끊어놓는 수법이었다.

조직범죄 대책부 4과의 미우라 관리관, 같은 과 폭력범 수사 4계의 아카시 계장, 이케부쿠로 서 히가시오 형사과장 그리고 레이코까지 모두 네 사람이 오지 서로 향했다. 차량은 미우라가 사용하는 공용차였다. 레이코는 조수석에 앉았다.

레이코의 대각선 뒷자리에 앉은 미우라가 물었다.

"그 이이지마라는 자는 우리 쪽에서 접촉한 사람 없었나?"

아카시가 대답했다.

"없습니다. 신도쿄연합 출신 쪽은 관할 서 수사관 몇 명이 담당했는데 이이지마 다카유키라는 자는 접촉한 사람이 아무도 없습니다. 그렇죠, 히가시오 과장님?"

"네, 현시점에서는 요주의 대상이 아닙니다."

레이코도 처음 듣는 이름이었다. 물론 에다가 언급한 적도 없었다.

"이 사건이 이케부쿠로 피해자와 관련 있을 만한 여지는?"

계속해서 히가시오가 대답했다.

"현시점에서는 뭐라고 말씀드리기가 어렵습니다. 하지만 다른 번화가들처럼 이케부쿠로에서도 폭력단원 단속을 강화한 결과, 폭주족 출신이나 중국인 그룹의 세력이 확대되는 역전 현상이 일어나고 있습니다. 물론 조직범죄 대책과에서도 구성원을 파악하려고 움직이고 있기는 한데, 어쨌든 역사가 짧기도 하고, 지정 폭력단과 다르게 구성이 아주 유동적이라는 특성 때문에 아직 전모를 파악하지는 못한 모양입니다."

"확인차 묻겠는데, 신도쿄연합 출신들은 롯폰기를 주요 거점으로 해서 활동하지 않았나?"

"네, 그건 현재도 마찬가지입니다. 요즘에는 이케부쿠로에서도 상당한 영향력을 행사하고 있습니다. 신도쿄연합이라고 부를 정도니까요. 도쿄 전역의 폭주족 그룹 상당수를 산하에 두고 총괄하고 있습니다. 물론 모든 그룹을 장악한 건 아닙니다. 당연한 결과랄까. 신주쿠와 시부야, 이케부쿠로도 이제는 신도쿄연합의 주요 활동 영역으로 떠오르는 추세입니다."

오지 서에 도착할 때까지 20분도 채 걸리지 않았다.

조직범죄 대책과가 있는 2층으로 올라갔다. 강당은 수사본부 설치 준비로 몹시 혼잡하여 같은 층에 있는 다른 회의실에서 사건 설명을 듣기로 했다.

오지 서 측 대표는 난부라는 경감으로 형사과장이었다. 그 밖에도 강력계 계장과 감식계원이 동석했다.

"바로 본론으로 들어가서 사건의 개요부터 설명해주시지요."

미우라의 요구에 응하여 난부가 자료를 내보였다.

"네, 피해자는 이이지마 다카유키, 32세. 신도쿄연합 출신으로 원래는 오지 렛푸타이라는 그룹의 우두머리였습니다. 이 그룹은 이이지마가 두목일 때 신도쿄연합에 가입했는데, 그는 수년 전 조직에서 탈퇴했습니다. 하지만 연합 간부 출신으로서의 영향력은 계속 유지하고 있었습니다. 오지, 아카바네의 경계 지역에 근거지를 두고 근년에는 이케부쿠로까지 활동 영역을 넓히는 중이었다고 합니다."

아카시가 히가시오를 힐끔 쳐다보았다. 그런 점까지 파악하고 있었느냐고 넌지시 따지는 눈짓이었는데, 그것은 큰 착각이었다. 신도쿄연합 출신 구성원들을 파악하는 일이야말로 조직범죄 대책과에서 할 일이었다.

"시체 발견 장소는?"

"가구점의 옥외 주차장입니다. 영업 종료 후에는 불빛도 없고 사람 눈에 잘 띄지 않는 곳이죠. 사망 시각은 사건 전날 심야쯤으로 추정됩니다. 오늘이 정기 휴일이어서 발견이 늦었습니다. 최초 발견자는 저녁에 개를 산책시키던 인근 주민이었습니다."

"현재 시체는?"

"영안실에서 검시 중이라 사진을 보여드리죠. 이봐!"

난부가 부르자 감식계원이 사진을 테이블에 늘어놓기 시작했다. 20장…… 아니, 30장에 가까웠다.

짧은 금발, 근육질의 몸. 양팔과 가슴에 문신이 있었는데 폭력단원이 새기고 다닐 법한 이른바 '와보리(和彫)'라고 하는 일본의 전통 문양은 아니었다. 사모아 부족의 문신 같은 트라이벌 타투로 요즘 한창 유행하는 디자인이었다.

그리고 그 문신을 지우기라도 하듯 안면에서부터 상반신에 걸쳐 구석구석 중증의 타박상이 넓게 분포해 있었다.

"특징적인 사진은 이겁니다."

감식계원은 피해자의 어깨 부분 사진을 내밀었다.

"양쪽 쇄골 모두 정면에서 충격을 받아 부러졌습니다."

누가 보더라도 명백한 골절이었다. 어깨선이 변형되어 있었다.

"어느 단계에서 부러졌는지는 불분명합니다. 폭행 초기 단계에 부러졌다면 피해자는 그 후 아무 저항도 못 했을 겁니다. 쇄골이 부러지면 보통은 팔을 들지 못하니까요."

가와무라 조지 살해 수법과 판박이였다.

"치명상은?"

"가슴뼈가 폐를 찔러서 숨쉬기도 어려웠을 겁니다. 아무래도 그게 치명상이 아니었을까요?"

이어서 감식계원은 다시 후두부 사진을 내밀었다.

"경추가 전부 부서졌습니다. 손으로 만지면 전체적으로 푸석거리고 뼛조각이 촉감으로 느껴질 정도입니다. 엄청난 세기로 폭행을 당했다고 사료됩니다."

바로 누운 상태에서 사망했는지 시반이 등 쪽에 짙게 나타나 있었다. 가와무라의 시체는 몸의 우측이 바닥에 닿게 모로 누워 있었으므로 시반이 우측에 있었다. 가와무라의 시체와 다른 점은 그 정도뿐이었다.

주제넘은 행동인 줄 알면서 레이코가 질문했다.

"흉기는 뭐라고 보십니까?"

감식계원이 고개를 저었다.

"탈퇴는 했어도 폭주족이니까 쇠파이프나 금속 배트라고 하고 싶은데, 배트라고 하기에는 전체적으로 창상의 폭이 좁습니다. 쇠파이프라고 쳐도 끄트머리에 찍혀서 생기는 초승달 모양의 열상이 보이지 않고요. 혹시 그런 게 아닐까요? 끄트머리가 뭉툭한 쇠파이프 모양에 금속제로 꽉 차 있고, 조금 묵직한, 그런 쇠막대 형태요."

이런 견해까지 일치하는군, 레이코는 생각했다.

이번에는 거꾸로 난부가 미우라에게 물었다.

"어떻습니까? 그쪽 시체와 공통점이 있습니까?"

미우라는 고개를 크게 끄덕였다.

"거의 똑같습니다. 지금은 동일범으로 보는 편이 합리적인 해석 같습니다. 히메카와."

"네."

레이코는 이케부쿠로에서 가져온 시신 사진의 파일을 열어서 난부에게 내밀었다.

"가와무라 조지의 시체입니다."

난부는 소리도 내지 못할 만큼 깜짝 놀란 표정이었다. 난부의 양옆에서 들여다보던 두 사람도 놀라기는 마찬가지였다. 표정까지 비슷했다.

미우라가 난부에게 다시 물었다.

"어쨌든 서장님과 부서장님과도 의논해봐야겠소. 지금 계십니까?"

난부는 깜짝 놀란 표정인 채로 네, 하고 대답했다.

당연히 가와무라 조지 살해 사건도 긴급히 수사 방향을 바꿔야 했다.

이케부쿠로의 특수부로 돌아가서 긴급 간부 회의를 열었다. 본부 측은 미우라 관리관, 아카시 계장이었다. 이케부쿠로 서에서는 소마 부서장, 다카쓰 조직범죄 대책과장, 히가시오 형사과장이 참여했다. 경위 계급으로는 레이코 외에 조직범죄 대책부 4과 주임 두 명이 참여했다. 거기에다 이케부쿠로 서 조직범죄 대책과에서 담당 계장 두 명이 참여하여 총 열 명이었다. 따지고 보면 형사는 히가시오와 레이코뿐이었다. 당면 과제는 가와무라 사건과 이이지마 사건이 동일범의 소행일 경우 그것을 언론에 어떻게 발표하느냐 하는 문제였다.

미우라의 의견은 이러했다.

"일찌감치 동일범이라는 견해를 공표하지 않으면 니와타 조직가 신도쿄연합 출신에게 보복을 했다는 소문이 돌지 모릅니다. 그럴 경우 보복 전쟁이 벌어지겠죠. 최악의 경우 이케부쿠로가 피바다로 변할 겁니다. 만에 하나라도 일반 시민이 휘말리는 사태만큼은 피해야 합니다."

"하지만……!"

레이코가 재빨리 끼어들었다.

"동일범이라는 견해를 공표하면 그 근거로 범행 수법을 어느 정도는 밝혀야 하는 부담이 있습니다. 부서장님, 지금 단계에서는 가와무라 살해 사건과 관련해서 둔기에 의한 구타라는 사실밖에 발표하지 않았잖습니까?"

소마가 고개를 끄덕였다.

"맞아, 신문 인터뷰 기사에도 이번 사건의 수법에 대한 정보는 그 정도밖에 공개되지 않았지."

"말씀대로라면 지금 단계에서 범행 수법 공개는 상책이 아닙니다. 특히 범행 초기 단계에서 양쪽 쇄골을 부러뜨리고, 저항이 불가능한 상태로 만들어 잔인하게 구타했다는 점은 피의자를 확보할 때까지 숨겨야 합니다."

그러자 아카시가 가자미눈으로 쏘아보았다.

"이젠 그렇게 여유 부려가며 우리 패를 감추고 있을 때가 아니야. 동료가 살해당했다는 걸 알면 신도쿄연합 측에서 어떻게 생각하겠나? 불 보듯 빤하잖아. 두목이 피살당하자 니와타 멤버가 그 보복으로 이이지마를 죽였다고 여길 게 분명하다고. 전신을 잔인하게 구타하는 수법도 보복이라는 목적에 걸맞게 '눈에는 눈, 이에는 이'라는 식으로 해석하겠지. 이이지마라는 자가 보복 대상으로 적당했는지 어땠는지는 확실하지 않지만, 놈들이 그런 점까지 객관적으로 냉정하게 판단해서 움직였을까? 신도쿄연합은 전화 한 통화로 100명이든 200명이든 얼마든지 동원할 수 있는 강한 조직이야. 있는 놈 없는 놈 전부 동원해서 그 기세를 몰아 돌진하는 놈들이라고. 그게 바로 폭주야. 여기 모인 특수부 인원 몇 명만으로 어찌 해볼 놈들이 아니라고. 히메카와 형사가 말하는 그런 사소한 수준의 정보 공개로 덫을 쳐봐야 아무 소용 없다는 뜻이야."

그러나 레이코는 정반대 주장을 펼쳤다.

"제가 한 말씀만 드리겠습니다, 아카시 계장님. 수법을 공개하면 그다음부터는 모방 범죄의 위험이 따릅니다. 실제로 이케부쿠로의 조폭 간 세력 관계는 니와타 조직 대 신도쿄연합 출신 그룹에서 보듯 그리 단순하지가 않습니다. 후지타 일가, 기도 조직, 모리타 조직, 지정 폭력단 이외의 중국계 범죄 그룹, 크고 작은 다양한 한구레 집단까지. 아주 복잡하고 기괴합니다. 각자 속셈은 다르지만 똑같은 수법으로 경쟁 세력을 제거하려고 한다면 어떻게 하시겠습니까? 수사는 더욱 미궁으로 빠지지 않을까요?"

"켁!"

침이라도 토하는 듯한 소리를 내며 아카시가 비웃었다.

"수법을 전부 공개할 필요는 없어. 특히 정체불명의 흉기 말이야. 쇠파이프와는 다르고 초승달 모양의 상흔이 남지 않는 흉기라는 특징은 공개하지 말자고. 그럼 모방 범죄가 발생하더라도 검시로 금방 판별할 수 있잖아."

"본 사건과 다른 경우라고 판별하더라도 모방 범죄가 발생한 순간 경찰은 물먹은 겁니다."

"잠깐!"

미우라 관리관이 끼어들었다.

"어느 정도의 정보 공개는 필요하지만 히메카와 계장 말도 일리는 있어. 그렇게까지 심각한 사태는 벌어지지 않는다 해도, 모방할 수 있겠다는 생각에서 따라 하는 놈들이 나온다면 그것도 반가운 일은 아니지. 어느 쪽이든 회견 내용은 본부와 협의해서 그 결과 여하에 따른다. 그 점은 나와 안도 과장에게 맡겨주게. 발표는 빨라도 내일 아침일 거야. 그때까지는 관내 지정 폭력단 사무소와 기타 그룹 구성원의 집합 장소에 수사관을 배치하고 이케부쿠로 서 지역과에도 경계를 강화하도록 지시하기 바란다."

"네!"

소마 부서장이 대답한 뒤 일단 간부 회의는 끝났다.

특수부 수사관들은 심야의 이케부쿠로를 향해 신속히 출동했다.

레이코와 에다가 출동도 하기 전에 통지가 떨어진 모양이었다. 도로 여기저기에 제복 경찰들이 배치되어 있었고, 순찰을 하고 있었다. 일반인들도 심상치 않게 느낄 만큼 거리 분위기가 삼엄했다.

레이코와 나란히 걷고 있는 에다도 스쳐 지나가는 행인들을 한 명 한 명 유심히 살펴보았다.

"에다 씨는 이이지마 다카유키라는 남자 알아요?"

레이코가 그렇게 묻는데도 에다는 늘 그렇듯 레이코 쪽은 쳐다보지 않았다. 정면만 주시했다.

"네, 이름만 들었어요. 아마 이이지마는 가사이 바로 윗세대일 겁니다."

지금 에다와 만나러 갈 사람이 그 가사이 시게노리였다. 이자 역시 신도쿄연합 출신으로, 만나러 간다기보다는 털러 가는 길이었다.

"가사이가 정말로 가게에 있을까요?"

서에서 에다가 전화한 시점에 가사이는 히가시이케부쿠로 1가에 위치한 회원제 노래방에 있다고 했다.

"거기에 없으면 곤란한데. 만약 없다면 가사이가 보복에 나섰다고 판단해야겠죠? 그렇게 되면…… 이제부터는 전쟁이네요."

두 사람은 일단 걸음을 재촉했다. 벌써 밤 1시였다. 이 시간의 선샤인도리를 이렇게 빠른 걸음으로 걸어가는 사람은 아무도 없었다. 게다가 남녀 한 쌍으로.

"그렇게 빨리 움직일 만큼 가사이와 이이지마가 긴밀한 관계였을까요?"

"가능성은 반반이에요. 가사이도 고향은 아카바네죠? 그리고 그 뭐였더라, 원래 이이지마가 활동했던 지방의 폭주족 그룹 말이에요."

"오지 렛푸타이 말씀이세요?"

"맞아요. 가사이가 그 오지 렛푸타이 소속이었는지, 아카바네 지부처럼 직속 하부 그룹에 있었는지는 깜빡했는데, 가사이가 이이지마의 후배라는 점은 확실합니다. 가사이는 아직 서른도 안 됐으니 나이로도 이이지마보다 아래고요. 개인적인 친분 관계가 어땠는지는 만나서 물어봐야겠어요."

목적지인 회원제 노래방은 잡거빌딩 3층부터 5층까지였다. 3층 카운터에서 경찰수첩을 제시하자 4층 D룸에 있다고 알려주었다.

실내 계단으로 한 층 더 올라갔다. 영화에 나오는 비밀 결사단체의 아지트처럼 검정 일색으로 통일된 통로를 지나갔다. 통로 중간쯤, 장식체로 'D'라고 표시된 문의 초인종을 눌렀다.

대답이 없었지만 에다가 문을 밀어서 열었다.

"실례합니다."

회원제라더니 역시나 내부 장식이 아주 으리으리했다.

정면 안쪽, 대형 모니터 앞에는 바닥보다 한 단 높은 무대가 있었고, 거기에는 스포트라이트 불빛이 쏟아져 내리고 있었다.

무대 앞 플로어 중앙에는 부조(浮彫)로 장식된 유리 테이블이 있었고, 그 주위에 빙 둘러싸듯 벨벳 소파가 배치되어 있었다. 벽에도 비슷한 소재의 와인색 커튼이 드리워져 있었다. 레이코는 잘은 모르지만 1980년대나 1990년대 호황기의 유흥장 분위기가 이렇지 않았을까 생각했다.

그러나 놀라운 점은 인테리어가 아니었다. 20명 남짓한 사람들이 모여 놀아도 좋을 만큼 널찍한 방에 단 한 명의 남자밖에 없었다. 검은 양복은 너덜너덜했고, 의자 등받이에 몸을 젖혀 기대고 있었다. 그 모습이 레이코 눈에는 아주 기이해 보였다.

"오랜만입니다, 에다 씨."

남자는 일부러 에코가 켜진 마이크에 대고 말했다.

유리 테이블 위는 깨끗하게 치워져 있었는데 방 안 공기 속에는 연기 냄새가 짙게 배어 있었다. 마리화나라도 피우고 있던 사람들이 흔적을 지우려고 허둥지둥 일제히 담배를 피우고 환풍기를 돌리는 장면이 연상되었다. 실내 온도가 조금 낮다고 느껴서일까.

"가사이, 네가 혼자 있다니, 별일이다."

에다가 권하여 레이코가 먼저 들어가서 가사이 앞에 앉았다. 가사이의 두 눈은 아까부터 레이코를 쫓고 있었다.

"에다 씨야말로 별일이시네. 여자를 다 데려오고."

"시시한 농담은 집어치워. 난……."

레이코가 에다의 말을 막았다.

"이케부쿠로 서 강력계의 히메카와입니다. 마이크는 치우고 그냥 이야기하죠. 잘 들리니까."

가사이가 풋 웃었다. 같잖다는 식으로 마이크를 내던졌다. 한순간 웅, 하고 하울링이 일어났다. 마이크가 소파에서 구르다가 다행히 방향이 바뀌었는지 소음이 금세 잠잠해졌다.

"동료들은 오지로 몰려갔나요? 당신은 안 가도 돼요?"

사람 말은 듣는 둥 마는 둥 하며 가사이는 주머니에서 담배를 꺼내어 한 개비를 입에 물었다.

"무슨 소리야?"

"아니, 몰랐어요? 당신 선배가 피가 떡이 되게 두들겨 맞고 주차장에 버려졌어요. 어젯밤에. 찌그러진 깡통 쓰레기 같더군요."

그 순간 가사이의 눈이 날카롭게 빛났다.

"이봐, 아가씨, 그래도 그렇지, 할 말이 있고 안 할 말이 있어. 깡통 쓰레기라니."

"해도 되는 일이 있고 하면 안 되는 일이 있죠."

고급품인지 싸구려인지 분간하기 힘든 터보 라이터로 가사이는 담배에 불을 붙였다.

"다시 한 번 물을게요. 당신은 안 가도 되나요?"

"어디를?"

가사이가 사람이 없는 쪽으로 담배 연기를 뿜었다. 그 정도 배려는 할 줄 아는 모양이었다.

"선배님 조문하러."

"경찰이 지금 복수하라고 부추기는 건가?"

"데려다줄 수도 있어요. 어디로 가는지만 알려주면."

가사이는 담배 연기와 함께 한숨을 토하며 몸을 앞으로 기울였다. 테이블 밑에서 무언가를 꺼내 들었다. 검은색과 은색이 섞여 있고 소재가 무엇인지는 불분명한 재떨이였다.

"가기는 어딜 가? 오해라도 하면 큰일이니 미리 말해두지. 아까까지 여기 있던 놈들도 괜히 귀찮아질까 봐 내가 먼저 돌려보냈소. 복수 따위는 할 생각도 없으니까 안심하쇼."

"진심이야?"

"참 포기도 빠르시네. 조폭만큼은 아니어도 체면쯤은 있을 거 아뇨? 당신네 경찰들도."

이번에도 가사이는 코웃음을 쳤다. 기분 탓인지 그런 그의 얼굴이 레이코는 쓸쓸해 보였다.

"경찰은 우리가 전쟁이라도 일으켰으면 하는 모양인데. 안됐수다. 이제 그런 시대는 다 지났거든."

그런 시대가 오기는 했나?

"그럼 지금은 무슨 시대인데?"

"아무 시대도 아니지. 아무것도 없는 공허한 시대."

"당신들은 지금껏 조폭과 경쟁이나 하면서 어깨에다 잔뜩 힘주고 거리를 활보하며 내키는 대로 살았잖아요."

"그것도 이젠 다 끝났다 이거요."

무슨 뜻이지?

가사이는 담배를 한 모금 더 빨고서 재떨이에 비벼 껐다. 몹시 분하다는 듯이.

"우리가 조금 나대기는 했지. 실제로 폭력단 대책법과 체면, 맹약식 그리고 법도에 따라야 하는 분쟁과 발포. 이것저것 제약이 많은 조폭 따위는 조금도 무섭지 않았거든. 중국인들은 조금 달라. 확실히 우리보다 더한 놈들이오. 앞뒤 가리지 않고 일단 저지르고 보니까. 그만큼 머리가 나쁘다는 얘기지. 연대하는 힘도 없고. 지금에 와서 조직화라도 하려나 본데, 쉽지 않을걸. 그런 근성으로는. 놈들은 얼마 못 가서 내가 제일이라고 서로 잘난 척들 하겠지. 멍청해서 그래, 멍청해서. 조폭이든 중국 놈이든 다 등신들이야. 우리도 멍청하기는 마찬가지지."

똑같다. 이런 열기. 공기 속에 떠도는 짙은 권태로움. 어젯밤 탐문을 하러 나갔던 걸스 바의 대표도, 휴대전화 대리점을 시작했다는 히사마쓰도, 재일 중국인 3세 오 가쓰요시도 다르지 않았다. 저마다 다른 신념을 가졌음에도 무슨 까닭인지 모두 아무 의욕이 없어 보였다.

"이봐요, 당신들은 어째서……."

"경찰은 뭐 하고 있었던 거요?"

"네? 그게 무슨 말이에요?"

그러자 가사이는 고개를 가로젓다가 푹 숙였다.

"아니, 이제 됐어. 한동안 얌전하게 있을 테니 나머지는 그쪽에서 알아서 하쇼. 우리는 이제 상관하지 않을 거요."

가사이가 자리에서 일어나려고 했다. 에다와 레이코가 그를 말리려는데 하필 그때 레이코의 휴대전화가 진동했다.

"미안해요, 잠시만."

레이코는 가사이를 에다에게 맡기고 안주머니에 손을 넣었다.

히가시오 과장의 이름이 떠 있었다.

"네, 히메카와입니다."

"자네 지금 어디 있나?"

에다의 제지를 뿌리치면서 가사이는 방에서 나가려고 했다.

"히가시이케부쿠로에 있는 노래방입니다."

"네리마 구 고타케초의 주택 안에서 심한 구타로 사망한 시체가 또 발견됐어. 죽은 지 며칠 지난 모양이야. 이번 피해자는 중국인이네. 그리고 방금 니시이케부쿠로 2가 노상에서 순찰 중이던 지역과 경관이 괴한의 습격을 받아 부상당했어."

중국인, 거기다 경찰까지?

5

기쿠타는 미나미이케부쿠로 파출소의 다카하시와 협력하여 이와부치 도키오의 몽타주를 작성했다. 센주 서 소년계의 여자 순경이 그렸다. 입사 2년 차인 풋내기지만 미대를 졸업했다는 특성을 살려서 이미 몽타주 기능 수업까지 마친 실력파였다.

"뺨이 좀 더 홀쭉하고 눈초리가 날카로운 편이었어요."

"이렇게요? 맞나요?"

"네, 그런 느낌이에요. 머리는 조금 긴 편이었고요."

두 사람 덕에 지금까지 기쿠타가 보아온 몽타주 중에서도 가장 걸작이라고 여길 만큼 훌륭한 몽타주가 완성되었다.

"다카하시 씨, 고맙습니다. 오자키 순경도 고마워요."

그 몽타주를 단서로 이케부쿠로 역 주변에서 탐문을 계속하고 있을 때였다. 레이코와의 재회는.

솔직히 말해서 충격이었다.

평생 다시는 못 만나리라고 생각하지는 않았다. 언젠가 만날 날이 오겠지. 그저 그뿐이었다. 하지만 오쓰카가 순직한 현장 앞에서 그렇게 마주칠 줄은 꿈에도 몰랐다. 빨랐다거나 늦었다는 시기의 문제가 아니라, 그런 장소에서 조우하다니 참으로 뜻밖이었다.

그녀에게만은 결혼한 사실을 알리고 싶지 않았다.
폐물을 교환하기 전, 예전 상사인 이마이즈미 경감의 집으로 찾아가 결혼 소식을 전했을 때였다. 그는 이렇게 물었다.
"결혼한다고 히메카와에게는 말했나?"
마침 경감의 부인은 주방에 있었고, 아즈사는 화장실에 갔을 때였다. 이마이즈미 딴에는 눈치를 보아 물은 듯했다.
"아니요. 이시쿠라 씨에게는 전화로 알렸고, 유타와 하야마에게는 메시지를 보냈습니다. 하지만 히메카와 주임…… 아니, 히메카와 씨에게는 아직……."
경감은 흠, 짧게 한숨을 쉬었다.
"그랬겠지."
역시 이 사람도 그와 그녀 사이를 눈치채고 있었다.
"개인적인 감정은 접어두더라도 의리는 지키는 게 좋아. 그건 자네도 잘 알지?"
기쿠타는 네, 하고 고개만 끄덕였다.
"기쿠타, 히메카와는……."
이마이즈미는 말하다 말고 잠시 생각에 잠겼다.
주방 쪽에서 집 전화가 울렸다. 네, 이마이즈미입니다, 부인이 크게 대답하는 소리가 들렸다.
이마이즈미는 어금니를 악물고 무언가를 삼키듯 하더니 하던 말을 계속했다.
"히메카와는 자네 결혼을 누구보다도 기뻐해줄 걸세."
아마 그렇지는 않으리라 생각했다. 그때 이마이즈미가 정말하려던 말은 무엇이었을까. 기쿠타는 요즘 그것이 궁금해서 답답할 지경이었다.

평소에는 딴 길로 새지 않는 한 대개 6시 반쯤에는 집으로 돌아온다. 하지만 요사이 탐문 수사를 하느라 경찰서로 복귀하는 시간이 늦어졌다. 당연히 귀가 시간도 그만큼 늦었다.

그래도 오늘은 7시에 퇴근했다.

"다녀왔어."

"어머, 왔어요? 마침 잘됐어요. 저녁도 지금 막 다 됐거든요."

고기라도 굽고 있었나? 현관까지 맛있는 고기 냄새가 난다.

"미안해. 요즘 자꾸 늦게 와서."

"아니에요. 오히려 전 요즘에 일이 한가한 편이에요. 별로 성가신 사건도 없고요."

일찍 귀가하는 쪽이 저녁상을 차린다, 둘 다 늦을 때는 외식을 하거나 사서 먹는다, 그것이 둘 사이의 약속이었는데 횟수로 치면 아무래도 기쿠타 쪽이 늦는 경우가 많았다. 그래도 이 약속은 기쿠타도 성실히 따르려고 했다.

"슈크림 사왔어."

"어머! 슈크림이네! 고마워요. 나도 전에 사려고 했는데 장을 다 본 뒤라 그냥 왔거든요."

상자째로 냉장고에 넣으며 아즈사의 머리 너머로 프라이팬을 들여다봤다. 햄버그스테이크 같다. 아즈사는 햄버그스테이크를 겉이 바삭할 정도로 충분히 구웠다. 그래도 속은 보들보들

하고 부드러워서 아주 맛있었다. 조금 진한 소스도 기쿠타 같은 남자들 입맛에는 딱 맞았다.

침실로 가서 코트와 양복을 벗고 실내복을 들고서 거실로 돌아왔다. 텔레비전에서는 마침 7시 뉴스가 시작한 참이었다.

아즈사가 이쪽을 돌아봤다.

"여보, 책이 왔던데요. 저기 텔레비전 앞에 있어요."

"아, 고마워. 나중에 열어볼게."

며칠 전인가 통신 판매로 승진 시험용 참고서를 주문했다. 상황이야 어떻든 경위 자리에 오를 생각은 있었다.

운동복 바지를 입고 플리스로 된 상의를 걸쳤다.

"여보, 뭐 마실래요? 맥주, 아니면 소주?"

"햄버그스테이크지? 그럼 맥주로 할까?"

"하이볼도 세일해서 사놨어요."

"어, 그래? 그럼 그걸로 할까?"

그러는 사이에 텔레비전에서는 국회 관련 뉴스가 끝나고 사건 보도가 시작되었다.

"다음 뉴스입니다. 어제 저녁 도쿄 도 기타 구에서 타살로 추정되는 직장인 남성의 시신이 발견된 사건과 지난주 같은 도쿄 도 도요지마 구에서 발생한 조직폭력단 두목의 피살 사건에서 범행 수법상의 유사점이 발견되어 경시청은 정밀 조사에 나섰습니다."

기타 구에서 타살체가 나왔다는 소식은 알고 있었지만, 이케부쿠로의 조직폭력단 두목 피살 사건과 수법이 유사하다니, 어떻게 된 일이지?

"피해자의 신원은 기타 구에 사는 회사원으로 이이지마 다카유키, 32세이며 경찰은 전신을 둔기로 맞아 사망한 것으로 추정하고 있습니다. 경시청 조사에 따르면……."

피해자의 얼굴 사진이 크게 확대되어 화면에 나왔다. 아나운서 멘트에는 없었지만 이이지마라는 남자는 도무지 건실해 보이지가 않았다. 단순히 인상만 놓고 보면 아주 불량스러웠다. 저런 자가 조폭 두목과 비슷한 수법으로 맞아 죽었다고? 하지만 맞아 죽었다는 말 외에는 더 이상 언급이 없었다. 경시청에서 자세한 설명을 피했다는 뜻인데, 과연 둔기로 맞았다는 것을 비슷한 수법으로 판단한 근거는 무엇이었을까. 피의자의 숫자를 말하는 건가, 아니면 흉기에 어떤 특징이 있었나?

"이에 따라 이케부쿠로 서에서는 이케부쿠로 역 주변의 경계태세를 강화하고 금일 새벽부터 불심검문에 나섰습니다. 그러던 중 괴한이 둔기를 휘둘러 경찰관을 폭행한 사건까지 발생하여 경시청은 이번 사건과의 연관성을 조사하고 있습니다."

이케부쿠로 지역과 경관이 습격당했다는 이야기도 서에서 들어 알고는 있었다. 그랬군. 오지 사건과 관련이 있으리라는 추측 때문에 이케부쿠로 주변의 경계 태세가 그렇게 삼엄했구나. 소문에는 사복형사에게도 일정 기간 권총 휴대 명령이 내려올지 모른다던데.

레이코는 지금도 저 현장에 있다.

"자, 어서 앉으세요."

그리고 자신은 아무 일도 없었다는 듯이 지금 아내와 식사를 하려고 한다. 맡은 사건은 다르지만 수사를 하느라 같은 이케부쿠로를 돌아다녔는데도.

"여보, 왜 그래요? 그렇게 무서운 얼굴을 하고."

기쿠타는 별일 아니라는 듯이 텔레비전 쪽을 가리켰다.

"이케부쿠로의 조폭 두목 피살 사건. 어쩐지 얘기가 과장된 것 같아서."

"아, 저거요. 우리 쪽에서도 말들이 많아요. 네리마에서도 변사체가 발견됐잖아요. 아까 7시 전에 하는 뉴스에 짧게 나왔어요. 요즘 왠지 이상해요. 내근자 권총 휴대 얘기까지 돌고요. 하지만 흉기는 기본적으로 둔기 아닌가요? 그럼 전원 권총 휴대까지는 하지 않겠죠?"

그 순간 머릿속을 관통하듯 어떤 장면이 떠올랐다. 최후를 맞아 관 속에 누운 오쓰카의 얼굴. 왼편에 붕대가 감겨 있기는 해도 오쓰카는 편안하게 잠들어 있었다.

권총. '스트로베리 나이트' 사건 때도 그 전까지는 권총을 사용할 일이 없었다. 그런데 범인 쪽에서 갑자기 방아쇠를 당겼다. 단 한 발로 오쓰카의 목숨을 앗아 갔다.

그때 만약 오쓰카가 권총을 소지하고 있었더라면.

"안 돼. 일이, 일이 터진 다음에는 너무 늦는다고!"

기쿠타는 자기도 모르게 주먹으로 테이블을 내리쳤다. 테이블 위의 접시가 튀어 오르고 젓가락이 굴러떨어졌다. 다행히 햄버그스테이크가 접시에서 쏟아질 정도는 아니었다. 밥이 소복하게 담긴 공기도 흔들거리기만 하고 엎어지지는 않았다.

"여보."

자신을 부르는 소리에 정신을 차렸다. 고개를 돌리자 마치 낯선 사람을 보는 듯한 아즈사의 눈빛과 마주쳤다.

"미안. 잠깐 어떻게 됐었나 봐."

아즈사는 강력반 형사라고는 해도 살인 사건 수사는 지금까지 한 번도 맡아본 적이 없다. 물론 동료를 순직으로 떠나보낸 경험도 없다.

하지만 자신은 달랐다. 산산조각이 난 시체도, 깔려 죽은 시체도, 독살된 시체도, 썩어 문드러진 시체도 보았다. 죽음이 공존하는 현장에서 소중한 동료까지 잃었다. 그런 의미에서는 자신도 '스트로베리 나이트'의 경험자인지 모른다. 누군가의 죽음을 기준으로 하여 현재 자신의 삶을 살아간다. 오쓰카의 죽음을 머리와 가슴에 새김으로써 자기 눈에 비친 사회를, 도쿄라는 도시를 다시 정의한다.

하지만 그런 자신의 뜻을 아즈사에게까지 요구하고 싶지는 않다. 알아주지 않아도 괜찮다.

아즈사는 레이코와 다른 사람이므로.

"괜찮아요?"

눈앞으로 가까이 다가온 아즈사가 기쿠타의 얼굴 쪽으로 손을 뻗었다. 그리고 작은 엄지로 기쿠타의 눈가를 닦아주었다. 기쿠타는 어느새 시야가 흐려져 황급히 초점을 잡으려 애썼다.

검은 눈동자를 반짝거리며 자신을 올려다보는 아즈사를 기쿠타는 가만히 끌어안았다.

"아이, 답답해요. 여보."

"잠깐만 이러고 있자. 당신이 있어서 정말 다행이야."

지금 자신은 여기에 있다. 이 따뜻한 집에, 아즈사와 함께.

"여보, 음식 식겠어요. 어서 드세요."

아즈사의 그 한마디가 몹시 고맙고도 슬펐다.

자신이 이러고 있는 지금도 그 사람은 어김없이 죽음이 공존하는 현장을 누비고 있을 것이다.

기쿠타는 다른 사건을 처리하느라 반나절을 날렸지만 다음 날 오후에는 다시 이케부쿠로 서로 돌아왔다.

역 주변의 경계 태세는 여전히 삼엄했다. 하지만 거리를 지나는 평범한 시민들은 경계 근무 중인 경관을 곁눈질로 흘끗거릴 뿐 별로 개의치 않았다. 길가에 늘어선 점포의 유리창을 거리낌없이 들여다보거나 동행한 사람과 웃고 이야기하며 지나갔다.

기쿠타는 음식점을 집중적으로 돌면서 탐문 구역을 서서히 넓혀나갔다. 준쿠도 서점 앞을 혼자 걸어갔다는 이와부치 도키오. 그는 무슨 생각을 했고, 무엇을 원했으며, 허기가 지면 어떤 음식이 먹고 싶었을까. 그런 쪽으로만 골몰했다.

원래 이와부치는 전화 금융 사기 그룹의 일원이었다.

2년 전 2월 3일. 이와부치는 동료와 셋이서 한 중식당에서 음식을 먹었다. 그 식당은 일전에 센주 서 수사관이 찾아와 탐문을 한 적이 있었다. 주인에게 이런 남자를 아느냐고 물으며 사기 사건 피의자 두 명의 사진을 보여주었다. 이와부치 일당이 그 사진의 얼굴과 비슷했으므로 식당 주인은 센주 서에 신고했다. 담당 수사관 일곱 명이 현장에 도착했을 때는 패거리가 이미 식당에서 나간 뒤였다. 식당 주인은 그들의 얼굴을 본 적이 있었다. 2가에 있는 맨션 주민이라고 했다. 배달을 가기도 해서 틀림없다고 했다.

수사관은 식당 주인이 알려준 맨션으로 직행했다. 한 집을 특정하여 급습했으나 공교롭게도 영장에 나와 있는 두 사람은 부재중이었고, 이와부치 혼자뿐이었다. 수사관은 그에게 임의동행을 요구했으나 이와부치는 무슨 생각이었는지 갑자기 도주하려고 했다. 물론 형사가 여덟 명이나 되어 쉽게 도망치지는 못했다. 이와부치는 수사관 두 명과 몸싸움을 벌였다가 공무집행방해 현행범으로 체포되어 유치장에 들어갔다.

이틀 뒤 아침이었다. 이동 중이던 호송차가 갑자기 옆구리를 들이박혀 전복되는 사고가 일어났다. 이와부치는 다시 탈주를 시도했다. 이번에는 감쪽같이 행방을 감추었다. 나중에 체포된 전화 금융 사기단 멤버를 취조한 결과, 이와부치는 사기의 한 축을 담당했다기보다 그저 일당들에게 이용만 당했다는 사실이 드러났다. 식당 주인도 이와부치는 식사하는 내내 음식도 편히 먹지 못하고 일당들에게 들볶이기만 했다고 증언했다.

요컨대 이와부치는 무턱대고 도망쳤다가 손해만 본 경우였다. 그대로 얌전히 조사를 받았더라면 이와부치 자신은 무죄 방면될 가능성이 높았다. 하지만 공무집행방해죄에다 도주라는 죄가 더해져 지금 이 지경에 이른 것이다.

“이 몽타주 두고 갈게요. 남들 눈에 띄는 데는 붙이지 마세요. 금방 확인할 수 있는 곳에 넣어두세요. 비슷한 남자를 보시면 즉시 신고해주시고요. 부탁드립니다.”

체포하기 전에 마지막으로 먹은 음식이 중국 요리라니 좋은 추억이 아닐까 생각했다. 한편으로는 2년 전처럼 눈치 빠른 식당 주인이 신고해줬으면 하는 바람으로 기쿠타는 훌쩍 중식당으로 들어갔다. 그저 운에 맡길 뿐이다.

그렇다고 음식점만 돌면서 탐문 수사를 하지는 않는다. 어쩌면 개나 고양이를 좋아할지 몰라서 간간이 애완동물 센터도 찾아다녔다. 사실 기쿠타는 개를 싫어했지만 철창에 들어 있는 소형 견은 그나마 봐줄 만했다. 이와부치를 닮은 남자가 종종 푸들을 보러 왔었다는 목격담이 나올 가능성도 없지 않았다. 그 밖에 꽃집, 옷가게, 편의점, 약국, 슈퍼마켓 등 제보를 얻을 만한 점포라면 닥치는 대로 찾아다녔다.

그러던 중 드디어 극장가 도로변에 있는 100엔 숍에서 단서가 나왔다.

“아, 이 사람 알아요.”

여자 점원의 말투는 매우 단정적이었지만 신빙성은 오히려 부족한 느낌이었다.

“꽤 또렷하게 기억하시는군요.”

“그럼요. 보세요. 은근히 멋있잖아요?”

역시 그런 이유였나? 확실히 이와부치는 못생긴 편은 아니었다. 그렇다고 멋있다고 할 만한 외모도 아니라고 기쿠타는 생각했다.

"이 가게에 온 적이 있어요?"

"네, 서너 번쯤? 왜요? 나쁜 사람이에요?"

"아니요. 나쁜 사람은 아니고."

어쨌든 지은 죄도 없이 그저 도망만 쳤을 뿐이니까.

"최근에는 언제 왔었나요?"

"지난주였나? 그보다 조금 더 전이었나?"

"몇 시쯤이었죠?"

"요전에는 밤에 왔었어요. 하지만 낮에 온 적도 있고, 저녁쯤에 온 적도 있어요."

"영업은 몇 시까지 하시죠?"

"9시까지요."

"뭘 사 갔는지 기억하세요?"

"비교적 음식 종류가 많았는데…… 과자나 컵라면 같은 거요."

근처에 은신해 있을 가능성이 높다는 뜻이다.

"어느 쪽으로 갔는지 기억나세요?"

"저쪽으로요. 모퉁이를 돌아서 갔을걸요. 짐작이지만요."

가게는 길모퉁이에 있었다. 점원의 말이 확실하다면 은신처의 범위가 좁아진다.

그 밖에 복장이나 소지품 유무, 사소한 점이라도 인상에 남는 일이 있는지 물었으나 여자 점원한테서는 더 이상 새로운 정보가 나오지 않았다.

"협조 감사합니다. 이거 두고 갈 테니 금방 확인할 수 있는 곳에 두세요. 사람들 눈에 띄는 데는 붙이지 마시고요. 그리고 다른 점원에게도 말씀 좀 해주세요. 이 사람이 또 찾아오면 여기 이 번호로 연락 주세요. 부탁할게요."

기쿠타는 가게를 나와서 점원이 말한 길모퉁이를 돌아가 보았다. 게키조도리 길가에는 10층 정도의 맨션이 많았다. 큰길에서 안으로 들어가니 3층 또는 기껏해야 4층짜리 건물이 대부분이었다.

이런 깨끗한 동네에 이와부치가 방을 얻을 수 있었을까?

나중에 이 동네 지리에 훤한 부동산을 찾아가 알아보는 편이 빠를 듯했다. 임차인에 대한 서류 심사가 간단하거나, 아예 심사를 하지 않는 임대 물건이 있다면 그것도 샅샅이 뒤져볼 필요가 있다.

기쿠타는 작은 라멘집이 보여 안으로 들어갔다.

하지만 이곳에서는 짚이는 데가 전혀 없다고 했다.

"고맙습니다. 무슨 일 있으면 연락 좀 부탁드릴게요."

한 블록 더 지나자 거리의 모습이 또 달라졌다. 갑자기 높은 건물이 사라지고 기와지붕을 얹은 일본식 가옥이 여기저기 눈에 띄었다. 코인 주차장, 월정액 주차장도 있어서 시야가 확 트이는 느낌이었다.

주소를 확인하니 이케부쿠로 3가라는 곳이었다. 이 구역은 이케부쿠로 서 관할일까, 아니면 메지로 서 관할일까. 애매한 동네다.

지붕과 외벽이 녹슨 낡은 빌라 한 동이 덜렁 서 있었다. 1층은 지금도 영업을 하는지 어떤지 알 수 없는 수상한 꼬치요릿집이었다. 기다랗고 빛바랜 호피 맥주 포스터가 쓸쓸한 분위기를 자아냈다.

이런 곳이라면 이와부치 같은 인간에게도 조건 없이 방을 빌려줄지 모른다. 그런 생각을 하면서 꼬치요릿집과 1층 안쪽에 있는 두 집 그리고 2층에 있는 세 집을 일일이 찾아갔으나 모두 다 빈집이었다. 본래 워낙 낡은 건물이라 사람이 사는 집은 한 세대도 없을지 모른다. 여기도 나중에 부동산에서 확인해봐야겠다.

다시 북쪽으로 방향을 틀어 역에서 떨어진 지역으로 이동했다.

어느새 주소는 이케부쿠로 4가로 바뀌었다. 여기까지 와보니 이제 번화가라는 느낌은 더 이상 들지 않았다. 초등학교와 동네 아이들을 가르치는 작은 학원이 있었다. 지역 의원의 사무소가 보였고, 무슨 업종인지는 모르겠으나 동일한 형태의 승합차가 여러 대 주차되어 있는 회사도 있었다. 콘크리트 벽돌로 쌓은 담장과 모래, 자갈 따위를 취급하는 석재상도 있었다.

이건 뭐지?

"유한회사 가야바 조직?"

알루미늄 새시에 허리 높이 위로는 간유리를 끼운 미닫이문에 회사 이름이 적혀 있었다. 옆집과의 사이에는 쇠파이프를 연결해서 만든 비계가 서 있었고, 그 비계 위에 쇠파이프가 여러 개 놓여 있었다. 아마도 가설공사 위주의 도급 업체일 것이다.

기쿠타는 무엇보다도 비계 위에 쌓아둔 쇠파이프가 거슬렸다. 꽤 길었지만 마음만 먹으면 외부인도 쉽게 가져갈 수 있는 크기였다. 쇠파이프를 이용한 구타 사건이 얼마든지 발생할 수 있으므로 건물 주인에게 관리를 더욱 철저히 하도록 당부할 필요가 있었다. 실내에 보관하라고 말할 수도 있을 것이다.

이런 상황을 이케부쿠로 서는 제대로 파악이나 하고 있을까.

제3장

1

마사가 나타나는 데 일정한 패턴 따위는 없었다. 설령 있다 한들, 적어도 나는 그것을 알지 못했다.

사흘 정도 매일같이 얼굴을 내미는가 하면 보름에서 한 달쯤 사이를 두기도 했다. 아침부터 갑자기 욕실을 빌려달라며 나타나는 경우도 있었고, 한밤중에 싸구려 청주 됫병을 안고 불쑥 찾아오는 경우도 있었다.

술은 제법 셌다. 안주가 없어도 차가운 술을 연신 컵에 따라 마셨다. 감씨 과자나 마른 오징어라도 일단 내놓으면 먹기는 했다. 없어도 달라고 하지는 않았다.

애초에 음식에는 별로 집착하지 않는 편인 듯했다. 컵라면을 먹든 초밥을 배달시켜 먹든 맛있다거나 맛이 없다거나 별말을 하지 않았다. 그저 입에 넣고 술과 함께 삼켰다. 마사에게 음식은 그 이상도 그 이하도 아닌 듯했다.

언젠가는 도끼눈을 뜨고 이렇게 물은 적이 있었다.

"그 뒤로 마약은 안 하셨겠지?"

"안 한다니까요. 뭐요? 의심하는 거요?"

남아 있던 약을 한꺼번에 태워서 연기를 흡입하기는 했지만 그 뒤로는 꿈도 꾸지 않았다.

"내가 준 약, 먹고 계시지?"

"그럼요. 먹고 있죠. 그걸 먹으면 꽤 진정이 돼요."

사실이었다. 마사가 가져온 약을 먹으면 중독 증세가 조금 가라앉았다. 하지만 구체적으로 그것이 무슨 약인지 물어본 적은 없었다.

"좋았어. 그럼 슬슬 특별훈련을 시작해볼까?"

"특별훈련이라니, 그게 뭡니까?"

"경찰관을 봐도 어색하게 행동하지 않는 훈련이지."

다음 날 마사 손에 이끌려 강제로 집밖을 나섰다. 이케부쿠로역 앞까지 갔다.

"아시겠소? 경찰은 시선, 표정, 목소리 톤, 행동거지, 보폭 같은 상대방의 태도 변화에 주목한다고. 사실 경찰 중에도 몇몇 고지식한 놈들은 머릿속에다 수배 사진을 넣고 다니기도 하지. 하지만 그런 놈들은 극히 일부야. 대부분은 신경도 안 쓰니까 괜찮아. 문제는 그 자리에서 취하는 태도거든. 아저씨는 마약

중독자잖아? 그래도 걱정할 필요 없어. 태도만 수상하지 않으면 약물중독자든 전과자든 눈치챌 리가 없다니까. 그 점을 머리에, 몸에 새겨두시라 이거요."

"그런 걸, 어떻게……."

자랑은 아니지만 나는 뒤가 켕기는 일이 있으면 금방 겉으로 드러나는 유형이다. 바람을 피웠을 때도 바로 아내에게 들켰다. 길거리에서 불심검문을 당했을 때는 횡설수설하다가 의심을 사서 몸수색을 당했고, 지니고 있던 마약이 발각되었다.

"간단한 일이야. 연습하면 돼, 오케이? 저 파출소로 가서 선샤인 60*으로 가는 길을 물어보고 와요. 그리고 설명을 들으면서 그게 맞는 말인지, 가장 간단하고 빠른 길을 가르쳐주는 건지 꼼꼼히 따져보쇼. 사소한 부분도 놓치지 말고. 괜찮다니까. 지금은 마약 안 하시잖아, 맞지? 혹시 의심을 사더라도 꿀릴 게 없는데, 뭐 어때."

나는 마지못해 마사가 시키는 대로 길을 물으러 파출소로 향했다.

귀신이 곡할 노릇이랄까, 맥이 풀린다고나 할까. 파출소 경관은 그야말로 최선을 다해서 나에게 선샤인 60으로 가는 길을 설명해주었다.

"저기 모퉁이에서 오른쪽으로 빙 돌아가세요. 그럼 좁은 골목까지 해서 일곱 번째 길목 있죠? 거기서 왼쪽 맞은편 모퉁이에

* 선샤인 60(サンシャイン 60): 이케부쿠로에 있는 높이 약 239.7미터의 초고층 빌딩.

푸른 천막을 친 가게가 있거든요. 그 모퉁이에서 왼쪽으로 돌면 바로 앞에 건물이 보일 겁니다. 아버님, 선샤인 60이 어떻게 생겼는지는 아세요?"

보아하니 내가 지방에서 올라온 촌놈인 줄 아는 모양이었다.

"암, 알고말고."

"그럼 금방 알아보실 거예요. 빌딩을 향해서 직진만 하세요. 횡단보도를 세 번 건너시면 돼요."

"알겠어요. 고마워요."

경찰이 가르쳐준 대로 걸어가는데 뒤에서 마사가 쫓아와 옆에서 나란히 걸었다.

"어때요? 별로 어렵지 않지?"

"네, 다른 얘기는 안 하던데요."

"이건 어디까지나 초급이오."

비슷한 짓을 다른 파출소에서도 몇 번 반복하다가 중급에 도전하기로 했다.

"오늘은 이걸 주머니에 넣고 가보쇼."

마사는 하얀 분말이 든 비닐봉지를 건네주었다.

"이, 이건?"

"안심해요. 속에 든 건 소금하고 화학조미료니까. 조사를 당하더라도 마음 놓으시라고. 떳떳하게 갖고 가봐요."

사실이었다. 앞서 다른 파출소에서 길을 물을 때와 마찬가지로 경찰은 아무 의심도 하지 않고 길을 가르쳐주었고 마지막에는 길 조심하세요, 하고 걱정까지 해주었다.

놀라운 점은 집으로 돌아가서였다.

"아저씨, 아까 비닐봉지에 들었던 거, 조금 핥아보쇼."

"뭐라고요? 서, 설마?"

그 설마가 사실이었다. 혀끝을 살짝 갖다 대기만 했는데도 바로 알았다. 소금과 화학조미료가 아니었다. 누가 봐도 틀림없는 진짜 마약이었다.

"어때요, 내 말이 맞지? 경찰들은 근거가 있어서 의심하는 게 아니거든. 태도가 수상하니까 불심검문이나 소지품 검사를 하는 거요. 그러니까 중요한 건 태도지, 태도. 난 아무 짓도 안 했어요, 약 같은 건 안 갖고 다녀요, 그렇게 떳떳한 척하라는 거요. 자신을 믿으라고. 그게 제일 중요하니까. 내일도 잘해봅시다."

마약만이 아니었다. 연기할 때 쓰는 연습용 칼과 실제 버터플라이 나이프, 고급 모조 권총, 진짜 토카레프*까지. 아무것도 모르는 상태에서 손에 쥐여주는 대로 들고 나갔다가 그 물건이 무엇인지는 나중에 듣는 훈련이었다. 나 자신은 그런 훈련에 무슨 의미가 있는지 아무 생각도 들지 않았다. 그저 경찰은 불심검문을 거의 하지 않는다, 그럴 확률이 별로 없다는 말만 귀에 딱지가 앉게 들어야 했다.

그리고 마사의 무기에 대하여 잊었을 때쯤 실전 연습 현장에 따라가야 했다.

"오늘 상대는 중국인이오."

* 토가레프(Tokarev): 구 소련제 권총.

도덴* 조시가야 역 근처의 잡거빌딩이었다.

마사는 어두컴컴한 복도를 걸어가서, 가장 안쪽 문 앞에 서 있는 남자에게 말했다.

"비켜!"

"뭐야?"

마사는 야구 선수의 타격 자세처럼 상반신을 낮추고 오른손을 아주 빠르게 앞으로 휙 휘둘렀다. 남자도 주머니에서 무언가를 꺼내는 듯했는데 소용없었다. 마사는 남자의 오른쪽 어깨에 도구를 콱 내리찍었다. 윽, 남자는 신음하며 그 자리에 무릎을 꿇었다.

적당히 봐주지 않고 끝장을 보는 것이 마사의 공격 수법이다.

남자의 목이 힘을 잃고 툭 떨어졌다.

"아저씨, 이 자식 끌어다가 안에 넣어버리쇼."

"아, 알았어요."

마사는 쓰러진 남자를 넘어서 당당하게 문을 열고 실내로 들어갔다. 곧이어 너 누구야, 하는 신경질적인 여자 목소리가 들렸고, 도구로 내리찍는 둔탁한 소리가 몇 번 들리더니 잠잠해졌다.

내가 남자의 시체를 현관에다 간신히 끌어다 놓고 실내로 들어갔을 때는 벌써 모든 상황이 끝나 있었다.

두 손과 두 다리가 믿어지지 않는 각도로 무참하게 꺾인 여자가 눈을 흰자위만 드러낸 채 바닥에 쓰러져 있었다. 그것과 별

* 도덴(都電): 도쿄 도에서 운영하는 전동 열차.

개로 한 남자가 금방이라도 울음을 터뜨릴 듯한 표정으로 명품 가방에 지폐 다발을 채우고 있었다. 남자는 머리카락이 짧고 중국계 특유의 각진 얼굴을 하고 있었다. 눈물, 콧물에 침까지 흘려가며 부지런히 손을 움직였다.

"그 잔돈도 다 넣어."

이곳은 장물로 들어온 명품 가방의 직매장인 듯했다. 테이블 위에는 다양한 디자인의 가방이 대충 비닐봉지에 싸여 진열되어 있었다. 내가 아는 브랜드는 샤넬뿐이었지만 다른 가방도 그 정도 수준의 고급품으로 보였다.

마사는 발치에서 신음하고 있는 여자를 내려다보며 말했다.

"거 되게 시끄럽네."

마사는 그 자리에 쭈그려 앉는 자세로 무릎을 굽혔다. 그리고 오른쪽 무릎에 자신의 체중을 실어서 여자의 납작한 가슴 한가운데를 짓눌렀다. 나뭇가지 꺾이는 소리가 연달아 들리더니 잠시 후 아무 소리도 나지 않았다.

돈을 채워 넣던 남자가 깜짝 놀라 소리쳤다.

"헉! 사, 살인자들! 너희는 살인자들이야!"

"그래, 우린 살인자들이야. 그러니까 얼른 돈이나 담아!"

"나도 죽일 셈이야? 제발 죽이지 않겠다고 약속해줘."

"그래, 죽이지 않으마. 약속하지."

남자는 가방의 지퍼를 채웠다. 내용물이 가득 차서 무거워 보이는 가방을 마사에게 건네주었다. 비굴해 보일 정도로 저자세였다. 그 순간이었다.

"이야!"

남자가 가방 밑에 감추고 있던 칼로 마사를 찌르려고 했으나 칼끝이 마사에게 닿을 리 없었다.

"이런 등신!"

마사는 도구로 남자의 오른쪽 뺨을 옆으로 후려쳤다. 그 한 방이면 턱관절은 가루가 되고도 남는다. 얼굴 전체가 아작 났다고나 할까, 찢어진 빨간 초롱 같다고나 할까. 어쨌든 아주 기묘하게 뭉개졌다.

남자는 나오지도 않는 비명을 지르며 그 자리에 주저앉았다. 저거 위험한데, 뒤통수를 보이면 죽어. 나는 남자가 당장 죽겠거니 생각했다. 하지만 마사는 그 어리석은 남자에게 잠깐 공갈을 치기로 마음먹은 듯했다.

"여긴 아플 거다."

그러면서 마사가 노린 다음 타격 지점은 남자의 꼬리뼈였다. 아이들이 장난으로 하는 '똥침' 같은 짓이었다. 작은 뼈가 으스러지는 소리가 났고 남자는 윽, 하고 신음하면서 오른손으로는 얼굴을, 왼손으로는 엉덩이를 감싸 쥔 채 나방처럼 바닥을 기어다녔다.

마사는 그 옆에 쭈그리고 앉아 남자에게 이야기했다. 듣는지 어떤지 확실하지 않지만.

"어떻게 죽든 죽을 때는 다 괴로운 법이야. 하지만 여기, 뇌간을 초장에 조지면 아마 당하는 사람도 편하게 죽을걸. 나는 죽어본 적이 없어 모르지만 말이야. 그보다는 늑골이 부러져서 폐를 찌르면 엄청나게 아픈가 보더라고. 지금까지 상대했던 놈들이 그랬거든. 어찌나 고통스러워하던지."

마사는 널브러져 있는 남자의 오른쪽 겨드랑이 아랫부분을 도구로 내리찍었다. 늑골 서너 대가 한꺼번에 부러지는 소리가 났고 남자는 눈알이 튀어나올 듯이 눈을 부릅떴다. 그리고 몸을 비틀며 몸부림쳤다. 저렇게 고통스러우면 혀라도 물고 죽는 편이 낫겠다는 생각이 들었다. 하지만 턱이 진즉에 망가져서 그것도 틀렸다. 이미 그에게는 혀를 물고 죽을 자유조차 없었다.

"여기도 아플 거야."

마사는 예고하면서 남자의 몸속에 있는 뼈를 남김없이 부러뜨렸다. 그때마다 남자는 단말마의 비명을 질렀다. 그러다가 차츰 의식이 흐려지는지 반응이 점점 둔해졌다.

이윽고 남자는 뼈가 부러져도, 부러진 뼈를 다시 비틀어도 아무 반응도 하지 않았다. 폐가 기능을 잃어서 질식사했는지도 모른다. 아니면 고통을 이기지 못해 쇼크사 했을지도 모른다.

마사는 세 구의 시체를 내려다보면서 길게 한숨을 쉬었다.

"뭐, 결국 이렇게 끝나나. 문제는 시체 처리인데 말이야. 일일이 파묻든지, 조각조각 잘라서 버리든지 해야 한단 말이지. 아, 귀찮아. 아저씨! 뭐 좋은 아이디어 없소?"

내가 어떻게 알아? 물론 생각뿐이지 말로 하지는 않는다. 그저 고개만 갸웃거렸다.

이번에도 마사는 빼앗은 돈을 대부분 태워버렸다. 내가 손을 내밀면 10만 엔이나 20만 엔 정도는 호기롭게 내주었다. 100만 엔을 받은 적도 있었다. 너무 욕심을 내면 혼만 날까 봐 그쯤에서 만족하기로 했다.

시체는 하룻밤 정도 창고에 뒀는데 어느 틈에 마사가 차로 싣고 나가서 보이지 않았다. 자기가 말한 대로 어딘가에 묻었거나 절단해서 처리했겠지. 시체 처리를 도우라고 강요하지 않는다는 사실만으로도 나는 감사해야 할 것 같았다.

어느 날 밤이었다. 내가 욕실에서 나와 2층 거실로 돌아갔을 때였다. 마사는 혼자 소주를 마시면서 티브이를 보고 있었다. 티셔츠 위로 드러난 울룩불룩한 등 근육은 확실히 근사했다. 아무리 근사해도 등에 눈이 붙어있을 리는 없잖아? 나도 식칼 같은 흉기만 있으면 이 남자를 죽일 수 있어. 그런 생각을 했다. 그러나 실행으로 옮길 경우 전혀 반대 결과가 나오지 않을까 하는 생각도 들었다. 그가 뒤돌아보는 순간 끝장이다. 바로 일격이 날아오고 바닥에 쓰러지면서 무릎을 꿇겠지. 얼마 전의 중국인 여자처럼 쉽게 죽지 않을 자신은 있다. 그렇지만 마사를 이겨야겠다는 생각은 하지 않았다. 마사의 공격은 망설임이 없고 정확하며 그 일격은 하나같이 치명적이다. 녹아웃 확률 100퍼센트의 헤비급 복서다. 언제부터인지 그런 이미지가 뇌리에 박혔다. 아니, 치사율 100퍼센트인가.

마사의 입에서 갑자기 윽, 하고 비명이 새어 나왔다.

"왜 그래요?"

"그래, 저런 거였어. 뭐야! 간단한 방법 있었네. 나도 참 멍청하게."

티브이에서는 어느 나라인지, 외국 축제 광경이 흐르고 있었다.

"저 축제가 어쨌는데요?"

"그래, 저런 걸 사야 해. 아마 도큐핸즈* 같은 데서 팔겠지."

"잠깐. 대체 무슨 말이에요?"

"가면 말이오, 가면."

그러고 보니 텔레비전 속의 축제 참가자들은 모두 화려한 가면을 쓰고 있었다. 얼굴 전체를 덮는 것, 눈 주위만 가린 것 등 형형색색 다양했다. 피에로 가면, 고양이 귀가 달린 가면, 공작처럼 깃털이 잔뜩 붙어 있는 가면 그리고 까마귀 귀신처럼 부리가 길게 튀어나온 가면도 있었다.

"저 가면이 왜요?"

"그러니까 앞으로는 얼굴을 가리고 일을 하자 이거요. 지금처럼 본보기로 한두 명은 죽이고, 한 명만 족치는 방법 말고 다른 식으로 돈을 뜯어내자는 거지. 어차피 뒤가 구린 돈이야. 놈들도 경찰에 신고할 생각은 아예 꿈도 못 꿀 테지만, 복수하겠다는 놈들은 성가시거든. 자칫 우리가 범인이란 걸 알아내서 심야에 급습이라도 하면 골치 아프잖소. 지금까지는 전부 죽이는 식으로 해왔지만, 바로 저런 게 있었네! 얼굴만 드러내지 않으면 다 죽일 필요도 없고. 간단하지 않아요? 시체도 그냥 두고 와도 다른 동료들이 알아서 처리할 테고."

* 도큐핸즈(TOKYU HANDS): 일본의 유명 잡화 전문 쇼핑몰.

그렇게 뜻대로 될까 하는 생각도 들었다. 하지만 그것보다 이해하기 힘든 일은 한두 가지가 아니었다.

"저기, 계속 이상하다고 생각했는데, 당신은 주로 범죄로 모은 돈만 노리고 빼앗았잖아요."

"그랬지. 새삼 그건 왜 물으쇼?"

"결코 돈을 갖고 싶어서 하는 일은 아니죠?"

"아니, 천만의 말씀. 돈을 누가 마다하겠소?"

"그래도 거의 다 태워버렸잖아요. 당신도 100만 엔쯤은 챙겼겠지만 그래도 1천만 엔이든 2천만 엔이든 나머지는 다 태워버리잖아요."

"아, 그건 그렇지."

텔레비전에서는 이제 축제 장면이 끝나고 일기예보가 흘러나오고 있었다.

"이유가 뭡니까? 처음부터 목적이 뭐였어요?"

마사는 앉은뱅이 탁자 끝에 두었던 담뱃갑을 가져다가 담배 한 대를 들어 입에 물었다. 내가 사온 담배였다.

마사는 담배 옆에 있던 일회용 라이터로 불을 붙이며 대답했다.

"딱히 목적 같은 건 없소."

"그럴 리가. 당신은 일부러 무기까지 만들었는데!"

"내가 만들었나? 아저씨, 당신이 만들었지."

"실제로는 그렇지만 '이쪽을 깎아라.', '좀 더 미끈하게 해라.' 이랬잖아요."

"아, 거! 직접 만들었으면 내가 아팠겠지. 손목이든 엄지든."

"그렇게 열심히 만들어줬는데 목적이 없다니, 말이 됩니까? 무언가 돈 말고 다른 목적이 있는 거 아니에요?"

마사는 고개를 갸웃하고는 쓴웃음을 지었다.

"별로. 아저씨는 어릴 적에 개구리 갖고 그런 장난 안 쳐봤나? 개구리 똥구멍에다 폭죽 같은 거 쑤셔 넣고 찢어지게 만드는 장난이라든지."

뭐야, 뜬금없이.

"글쎄요. 친구들이 했을지는 모르지만 나는 한 번도 안 해봤어요. 왜 그랬는지는 모르겠지만."

"잼 병에 송충이를 가득 모아다가 물을 넣고 흔들어서 죽인다든지."

"그런 장난은 들어본 적도 없어요."

"잠자리 날개를 잡아 뜯거나 하지는 않았소? 달팽이 껍질을 으깨서 벗겨낸 적은? 다들 하는 장난일 텐데. 한두 번쯤 해봤을걸."

그래서 요점이 뭐냐.

"설마 그런 장난이나 마찬가지라는 뜻은 아니겠지요?"

"아니, 왜? 마찬가지지. 남의 손에 죽어가면서 찍소리 한 번 못 하는 놈들을 죽이는 건데. 죽이고 싶으니까 죽이는 건데! 벌레만도 못한 놈들이야. 물론 나도 언제 죽을지 모르지만. 그러니 얼굴을 가려야겠다 이거요."

이 남자, 머리가 돌았나?

"그렇군요. 그럼 지금까지 얼굴을 가릴 생각은 한 번도 안 해봤어요?"

"아니, 생각은 했지. 하지만 눈구멍만 뚫린 털모자는 꼴사납잖아. 당하는 사람도 비웃을걸. 시야도 가리고, 옆에서 공격하면 대응하기도 나쁘고. 하지만 저런 가면은 괜찮지 않소? 얼굴에도 딱 맞겠어."

실제로 며칠 뒤 가면을 사러 가야 했다. 정식 명칭은 '베네치안 마스크'라고 하는데, 확실히 도큐핸즈 같은 곳에 가보니 무늬가 없는 원판부터 완성품까지 온갖 종류가 갖추어져 있었다. 하지만 마사가 이케부쿠로에서 사지 말라고 해서 일부러 시부야까지 가서 사왔다. 그것도 열 가지를 한꺼번에. 하나만 사가면 마음에 들지 않는다고 불평을 할까 싶어서였다.

"그래도 그렇지, 열 개는 너무 많잖소. 아저씨 같은 사람이 이런 가면을 열 개나 사면 누가 봐도 수상하다고."

그러면서도 마사는 아주 싫지만은 않은 얼굴로 가면을 골랐다.

"음…… 이거 좋네. 이게 앞도 잘 보이고 내 얼굴에도 딱 맞고 말이야. 난 이걸로 해야겠소. 아저씨는?"

아니, 나도 고르라고?

"그럼 이거, 검은 걸로."

"밋밋한데."

"당신이 고른 그 파란 가면은 어떻고요. 색이 좀 튀지 않아요?"

천으로 만들었고 눈을 중심으로 얼굴의 절반을 덮는 가면이었다. 디자인은 지극히 단순해서 특별한 돌기나 장식은 없었다. 다만 색깔이 아주 선명한 파랑이었다. 어떤 의미에서는 꽤 인상적이었다.

마사는 다른 것보다도 그 파란색 가면이 마음에 드는 모양이었다.

“아니, 됐소. 튀어서 인상적이라면 그것도 나름 괜찮지. 앞으로 모든 뒷감당은 이 파란 가면이 해주겠군.”

실제로 파란 가면은 마사에게 잘 어울렸다.

이 남자는 이 가면을 쓰고 또 사람을 죽이겠다고 말하는 건가.

어린아이가 잠자리의 날개를 잡아 뜯듯 천진난만하게 웃으면서 사람의 뼈를 꺾어버리겠다는 말인가.

2

레이코는 에다를 데리고 급히 이케부쿠로 서로 복귀했다. 그대로 형사부실로 가지 않고 특수부가 설치되어 있는 회의실로 직행했다.

“다녀왔습니다.”

인사를 하며 들어가자 상석에 앉아 있던 몇 사람이 이쪽을 돌아보았다. 안도 조직범죄 대책부 4과장과 미우라 관리관 그리고 아카시 폭력범 4계장이었다.

이케부쿠로 서 사람으로는 다카쓰 조직범죄 대책과장과 히가시오 형사과장이 있었다.

"또 맞아 죽은 시체라니, 어떻게 된 일입니까? 그리고 우리 서 경관이 습격을 당하다니요?"

"잠깐 기다려."

히가시오는 손을 들어 보이며 레이코의 말을 막았다. 간부들은 간부들대로 무언가 논의 중인 모양이었다.

히가시오가 안도와 미우라 쪽을 돌아보았다.

"이이지마 다카유키 건도 그렇고, 이번 중국인 피살 사건도 그렇습니다. 아무래도 이 연쇄 폭행 치사 사건은 조직폭력단 내부의 항쟁 사건과는 맥락이 달라 보입니다. 네리마 서에서는 바로 수사 1과에 협조를 요청했다더군요."

폭행으로 사망한 중국인 시체는 네리마 구 고타케초에서 발견되었다. 네리마 서의 관할 구역이다. 과연 어느 부서에서 그 수사를 맡을지.

아카시 계장이 한발 앞으로 나섰다.

"요컨대 이번 사건은 4과가 나설 자리가 아니었다, 이게 히가시오 과장님이 하시고 싶은 말씀입니까?"

"4과에 협조 요청을 하자고 결정한 사람은 납니다. 나설 자리 운운하는 게 아니에요. 그저 오지의 이이지마 피살 사건이나 이번 네리마 구의 중국인 피살 사건도 본부에서는 살인범 수사계가 움직일 거라는 말입니다. 앞으로 증거가 취합되면 합동 수사로 변경된다는 점도 염두에 두어야 합니다. 물론 우리도 그런 시각으로 이 사안을 봐야 하고요."

"그럼 지금까지 우리가 수집해온 정보는 필요가 없다는 말씀입니까?"

"그만해, 아카시 계장."

발끝에서부터 기어 올라오는 듯한 낮은 목소리.

안도 과장이 히가시오를 흘겨보았다.

"히가시오 과장, 당신은 앞으로 이 특수부를 어떻게 했으면 좋겠나?"

히가시오는 주위를 한 바퀴 둘러보다가 마지막에 안도를 다시 바라보았다. 이케부쿠로 서의 다카쓰 과장을 포함해서 주위에는 조폭 전담 형사뿐이다. 여기서 섣불리 대답했다가는 농담이 아니라 정말로 지금까지 진행해온 수사가 전부 도로 아미타불로 끝난다.

대체 어쩌려는 심산일까.

히가시오는 고개를 조금 끄덕한 다음 입을 열었다.

"참 말씀드리기가 어렵지만, 일단 수사를 통상적인 살인 사건 수사 기법으로 되돌렸으면 합니다."

아카시가 다시 앞으로 나섰다.

"뭐요? 그 얘긴 결국 4과는 이제 필요 없다는 뜻 아닙니까?"

"자네는 잠자코 있어."

안도가 또 제지했다. 이 안도라는 남자는 키가 클 뿐 아니라 여느 사람에게는 없는 카리스마를 가졌다.

"히가시오 과장, 무슨 얘긴지 잘 알겠네. 다만 한 가지, 우리도 우리 수사가 무의미했다고는 생각하지 않아. 우리가 가진 정보가 앞으로 수사에 도움을 줄지 누가 알겠나? 그러니 이 특수부에서 즉시 철수하지는 않을 걸세. 오지 서, 네리마 서와의 합동 수사 또는 살인범 수사계 추가 투입 유무에 상관없이 우리는 철수하지 않겠네. 그래도 괜찮겠나?"

히가시오가 고개를 조금 숙였다.

"저희는 수사에 협력해주시기를 바라는 입장입니다. 계속 협조해주시면 감사하겠습니다. 참, 히메카와!"

그제야 히가시오가 이쪽을 보았다.

"네."

"지금 데스크에서 자료를 만들고 있는데, 개요만 전달해둬. 고타케초 사건의 피해자는 하야시 후미오야. 한자는 '수풀'의 하야시(林)에 '글월'의 후미(文)와 '지아비'의 오(夫)를 쓰고, 나이는 33세. 네리마 서 조직범죄 대책계에 따르면 슈카류의 전 멤버라는군."

레이코가 탐문했던 그 오 가쓰요시와 같은 처지인가.

"전화로 듣기에는 이번에도 수법이 아주 비슷해. 우리도 이제 네리마 서에 확인하러 갈 생각이야."

"네, 저도 가겠습니다."

"아니, 자네는 병원으로 가봐. 지역과 1계의 오타케 경사가 니시이케부쿠로 클리닉에 입원해 있어."

지역과 1계의 오타케 경사라면 가와무라 조지 살해 사건의 현장 보전을 맡았던 니시구치 파출소 소속 경관 아닌가.

"습격을 당했다는 지역과 경관이 오타케 경사였나요?"

"그래, 아는 사람이야?"

"네, 현장 보전 때문에 조회 때 이야기한 적이 있어요."

"그랬군. 그 사람 아직도 입원 중이야. 다행히 생명에는 지장이 없는 것 같아. 자네가 가서 주치의한테 허가받는 대로 사건 경위를 물어봐 주게."

"알겠습니다."

곧장 에다를 데리고 회의실을 나가려는데 히가시오가 불러 세웠다.

"자네, 1과의 가쓰마타하고 무슨 일 있었나?"

이 시점에서 간테쓰 이야기가 왜 나오지?

"무슨 일이라…… 뭐, 예전에 같은 특수부에 들어간 적이 있습니다만."

그것 말고도 히메카와의 수사를 방해한 적이 한두 번이 아니었다.

"그래?"

히가시오가 고개를 끄덕였다.

"네리마 특수부에는 살인범 수사 8계를 투입하기로 결정한 모양이다. 그래서인지 그자가 직접 내게 찾아왔더군. 가와무라 살해 사건 특수부에 히메카와라는 여자 계장이 있느냐고 묻더라고. 난 솔직하게 그렇다고 대답했는데, 별문제 없겠지?"

거짓말을 해서 나올 것도 없지만, 웬만하면 시치미 좀 떼줄 일이지. 덕분에 이쪽에서도 네리마 특수부에 가쓰마타가 있다는 사실을 알았으니 피장파장인가.

"히가시오 과장님, 가쓰마타 씨와 잘 아는 사이세요?"

"어, 20년쯤 전에 조토 서에서 잠깐 함께 일한 적이 있긴 한데, 지난 10년 동안은 무슨 까닭인지 툭하면 생트집을 잡더라고. 대체 왜 그러는지…… 특별히 그자한테 밉보일 만한 짓을 한 기억은 없는데 말이야."

10년 전이라면 가쓰마타가 아직 공안부 소속일 때다. 그때쯤부터 고의적으로 타 부서 사람들을 괴롭혔단 말인가.

상상이 가고도 남는 이야기다.

니시이케부쿠로 클리닉은 그 지역의 응급 의료 지정 병원이었다.

"실례합니다. 이케부쿠로 서에서 나온 히메카와라고 하는데요. 구급차로 후송되어 들어온 오타케 신고 씨 아직 입원 중인가요?"

접수처에 묻자 제복에 모자까지 쓴 경비원이 바로 내선을 연결해서 확인해주었다.

"네, 알겠습니다. 오래 기다리셨습니다. 현재 316호실에 입원해 계신답니다. 가족 분도 거기 계신 모양입니다."

"그렇군요. 고맙습니다."

엘리베이터를 기다리기가 귀찮아서 계단으로 뛰어 올라갔다. 새벽 2시라는 시간을 생각하면 엘리베이터로 가야 했는지도 모른다. 레이코의 구두 소리가 요란했기 때문이다.

복도를 걸어갔다. 끄트머리에 붙어 있는 초록색의 비상구 유도등과 화장실 앞만 불빛이 은은하게 빛났다. 314호, 315호, 하나하나 확인하면서 걸었다. 모퉁이를 돌자, 첫 번째 병실인 316호만은 다른 곳과 다르게 조명이 환하게 켜져 있었다.

"실례합니다."

덜컥, 의자 소리가 나더니 창유리에 사람 그림자가 어른거렸다. 하얀 커튼 뒤에서 회색 니트 원피스를 입은 젊은 여자가 얼굴을 내밀었다. 마른 체격에 키가 컸다. 언뜻 보기에 모델 같은 분위기가 느껴졌다.

"이케부쿠로 경찰서의 히메카와입니다. 여기가 오타케 경사가 입원한 병실 맞죠?"

"네, 맞아요. 안녕하세요. 전 오타케 씨 아내예요."

20대 중반으로 보였고 예의가 발랐다. 한밤중이어서인지 모르겠지만, 화장기가 없다는 점도 왠지 호감이 갔다.

"이쪽으로 오세요."

"오타케 씨는 아직 안 주무시나요?"

"네, 아직요. 실은 눈만 뜨고 있을 뿐이에요. 몸은 일으키지 못하고요."

"그럼 잠시 실례하겠습니다."

오타케의 아내가 안내하는 대로 에다와 함께 안으로 들어갔다. 아까 부인이 있었던 창가로 다가가자 붕대를 칭칭 감은 오타케의 모습이 바로 눈에 들어왔다.

왼쪽 팔은 팔꿈치에서부터 손가락 끝까지 붕대가 감겨 있었다. 왼쪽 어깨도 무엇을 덧댔는지 아주 불룩했다. 머리는 머리카락이 난 부분 전체와 오른쪽 눈까지 붕대가 감겨 있었다. 오른쪽 팔은 무사한 듯했다. 가슴 밑으로는 이불이 덮여 있어서 어떤 상태인지 파악하기 어려웠다.

"히메카와 계장님, 에다 경사님, 면목이 없습니다. 제 꼴이 말이 아니지요?"

레이코는 자기도 모르게 안도의 한숨을 쉬었다.

"그래도 다행이에요. 부상으로 끝나서 얼마나 다행인지 몰라요. 우리 특수부만 당한 게 아니었어요. 똑같은 범행 수법에 당한 사람이 두 명이나 나왔어요. 범인이 동일 인물이라면 오타케 씨는 평소 훈련 덕에 살아남은 거예요. 그게 아니면 기적이라고 봐야죠. 그런데 부인, 의사 선생님께서 자세한 설명 안 하시던가요?"

"아."

부인은 니트 원피스 주머니에서 종이쪽지를 꺼내어 그것을 보면서 대답하기 시작했다.

"왼손 새끼손가락과 넷째 손가락의 중간 뼈가 부러졌어요. 그리고 왼쪽 팔의 척골, 수근골에서 7센티쯤이 부러졌다는군요. 이걸로 충분한 설명이 될까요?"

"네, 그럼요. 잘 알겠습니다."

"멍청하긴."

오타케가 작은 소리로 화를 냈다.

"히메카와 계장님은 원래 수사 1과셨어. 살인 사건 수사 전문가라고. 당신이 걱정하지 않아도 그런 설명쯤은 척척 알아들을

분이야."

레이코는 이 오타케라는 남자를 비교적 온건하고 냉정한 타입이라고 생각했었다. 뭐, 그것도 크게 틀리지는 않겠지만, 아내 앞에서는 조금 다른 모습이었다. 약간 가부장적인 기질이 있는지도 모르겠다.

"아, 죄송해요. 제가 경찰 일은 잘 몰라서……."

그렇군. 보기에도 경찰과는 거리가 멀어 보이는 타입이다. 그렇다면 오히려 오타케와 어떻게 만나서 결혼했는지 자못 궁금하지만 오늘은 그런 이야기를 들으러 온 게 아니다.

"아니에요. 괜찮아요. 왼손과 왼쪽 팔 척골, 다른 곳은요?"

"네, 왼쪽 쇄골에 금이 갔고 오른쪽 머리뼈에도 선상(線狀) 골절, 그러니까 이쪽도 금이 간 모양이에요. 머리는 오늘까지는 고정만 해뒀고, 내일 더 자세한 검사를 해서 뇌에 이상이 없으면 이렇게 고정한 상태로 낫게 하려나 봐요. 오른쪽 눈은 잘 모르겠지만 오른쪽 귀는 잘 들려서 의사 선생님도 그렇게 걱정할 정도는 아니라는 듯이 말씀하셨어요."

"그랬군요. 다행이에요."

레이코는 오타케를 향해 말했다.

"오타케 씨, 사건 당시의 상황을 지금 이야기할 수 있겠어요?"

"네, 기억하는 범위에서라면 가능합니다."

부인이 의자에 앉으라고 권해서 레이코는 에다와 나란히 앉았다.

오타케는 기침할 때 머리와 몸 이곳저곳이 아픈 모양이었다.

그 밖에는 별다른 고통을 호소하는 일 없이 침착한 태도로 사건 경위를 이야기했다.

“오후 11시 반쯤 니시이케부쿠로 2가, 35번지 부근 노상에서였어요. 특별경계 중이기도 해서 순찰을 돌 때였습니다. 나이는 20대 중반이었고, 항공 점퍼를 입었는데 초록색으로 보였어요. 어쩌면 갈색인지도 모르겠군요. 하의는 청바지였고, 신발은 흰색 스니커즈였어요. 키는 175센티 정도였고요. 머리카락은 검은색이었고 귀를 덮는 정도의 길이였어요. 인적이 드문 주택가였고, 소지품은 없었어요. 또 술에 취한 것 같지는 않았는데 태도가 수상해 보여서 불러봤죠. 남자는 소변이 급해서 적당한 곳을 찾는 중이었다며 피하려고 했어요. 살살 구슬려가면서 계속 붙잡아뒀죠. 불심검문을 하면서 주머니에 뭐가 들었는지 물으니까 그건 알아서 뭐 하냐며 태도가 돌변하더라고요. 이거 뭔가 있구나 싶어서 신분증 제시를 요구했죠. 그랬더니 갑자기 무언가를 들고 있던 오른손으로 저를 후려쳤어요.”

무언가로가 아니라 무언가를 들고 있던 손으로 후려쳤다고?

“어디에 맞았나요?”

“왼손에요. 재빨리 방어하느라 왼손을 쳐들었다가 이 꼴이 난 겁니다. 단 한 방으로 이렇게 손바닥이 박살났어요. 이거 제대로 해보자는 건데 싶더군요. 왼팔로 얼굴을 막으면서 오른손을 권총으로 가져갔죠. 하지만 권총을 잡기도 전에 왼쪽 손목과 왼쪽 쇄골을 맞았어요.”

두 차례 공격으로 쇄골을 노렸다는 건가.

"간신히 권총을 잡았는데 권총만 날리듯이 옆에서 또 한 방 후려쳤어요. 그때 여기 관자놀이 위를 맞았어요. 그런데 바로 그 순간 옆에 있는 민간인 주택에서 창이 열리더니 '뭐 하는 거야?'라고 집주인이 소리를 질렀어요. 그때 거기서 범인이 도망쳤습니다."

내일 다시 사건 현장 인근 주민에게 사람을 보내 정황을 확인해야겠다.

"오타케 씨, 흉기는 간단히 말하면 뭐였나요?"

고개를 젓기가 힘든가 보다. 오타케는 대신 한숨을 쉬며 입을 삐죽거렸다.

"잘 모르겠어요. 하지만 한 방 한 방 칠 때마다 꽤 무거워 보였어요. 흉기 자체는 아주 작았지만요. 처음에 주머니에 들어 있을 정도였거든요."

"쇠파이프처럼 기다란 물건이 아니었다는 말이죠?"

"네, 쇠파이프 종류가 아니었어요. 기다란 봉 같은 물건과는 달랐어요. 훨씬 작았고, 주머니에 넣고 꺼내기가 쉬운 것이었어요. 게다가 다루기도 편해 보였고요. 이렇게 움켜쥐고 주먹질을 하듯이 사용하더라고요."

가볍고 작고 주먹질을 하듯이 사용할 수 있는 것.

"너클* 같은 건가요?"

"아뇨, 그보다 훨씬 묵직해 보였어요. 피부가 찢어지기 전에

* 너클: 손가락 관절에 씌워 사용하는 금속제 무기.

뼈부터 부러질 만큼 뼈에 직접 충격이 가해지는 그런 무거운 둔기였어요."

언제 자리를 옮겼는지 침대 맞은편에 가서 서 있는 부인의 표정이 정면으로 보였다. 이를 악물고 필사적으로 눈물을 참고 있었다. 그녀는 무슨 생각에 눈물이 나는 걸까. 남편의 직업이 죽음과는 불가분의 관계에 있다는 사실을 처음으로 통감하고 몸서리가 난 걸까. 아니면 어두운 밤길에서 정체불명의 흉기로 남편이 습격을 당하는 장면을 상상하며 공포에 휩싸였을까.

어느 쪽이든 상관없다고 레이코는 생각했다.

오늘 밤만큼은 남편이 죽지 않고 살아 돌아왔다는 사실을 진심으로 기뻐하면 된다.

"진술해줘서 고마워요. 일단 오늘 밤은 이만 돌아갔다가 내일 다시 올게요. 뭐, 벌써 내일이 아니라 오늘이긴 한데. 다시 청취하러 올 테니 그때까지 편히 쉬세요."

"와주셔서 고맙습니다."

오타케는 불편한 몸을 움직이는 대신에 눈을 맞추며 레이코에게 인사했다.

레이코는 병실을 나서면서 부인의 어깨에 손을 올렸다.

"천만다행이에요. 잘 돌봐주세요."

부인도 연신 고맙다고 인사하며 고개를 숙였다.

한쪽 눈을 잃은 오타케를 돌아보며 레이코는 한순간이지만 오쓰카를 떠올렸다가 바로 지워버렸다.

아니야, 달라. 저 사람은 살아 있어.

적어도 이번 사건에서는 아직까지 순직자는 나오지 않았다.

니시이케부쿠로 클리닉에서 이케부쿠로 서까지는 걸어서 10분도 걸리지 않는 거리다. 레이코는 에다와 둘이서 도보로 복귀하기로 했다.

도중에 2인조로 움직이는 제복 경찰과 여러 번 마주쳤다. 당직 형사와 생활안전, 조직범죄 대책과, 경비 쪽 경관까지 수색에 참여했을 게 분명하다.

"에다 씨, 오늘 밤 일을 참고해서 오 가쓰요시와 가사이 시게노리를 다시 찾아가 봐야겠어요. 아니면, 이름이 뭐였더라. 지난번 탐문 때 에다 씨랑 얘기했던 한구레 있잖아요. 비보이 같은 사람 말이에요."

잠시 생각하더니 에다가 큰 소리로 아, 하며 고개를 끄덕였다.

"고이케 말이군요. 고이케 다카히토요."

"네, 고이케요. 그 사람도 한 번 더 찾아가 보죠."

하지만, 하고 에다가 고개를 흔들었다.

"다시 가본다고 얻을 게 있을까요, 그 자식들."

"그야 모르죠. 지난번에는 고이케하고 오 가쓰요시와 연관된 사건은 가와무라 사건뿐이었어요. 하지만 이번에는 달라요. 이이지마 다카유키와 하야시 후미오도 살해당했어요. 요컨대 니와타 조직의 두목과 신도쿄연합 출신, 슈카류 출신이 모두 죽음을 당했다는 뜻이죠."

"아니, 하야시 사건은 아직……."

"맞아요. 동일범이라고 단정할 만한 단서는 아직 없어요. 동일범이라는 게 확정될 경우에는 그렇다는 얘기예요."

게키조도리까지 왔을 때 잠깐 주위를 살핀 다음 이야기를 계속했다.

"가령 세 건의 범행이 동일범의 짓이라면, 에다 씨는 범인의 목적이 뭐라고 생각해요?"

대학생일까. 젊은 남자 둘이서 어깨동무를 하고 비틀거리며 보도로 걸어왔다. 재빨리 위아래를 훑어보았으나 오타케가 말한 인상착의와는 거리가 멀었다.

"범인의 목적 말인가요? 이 이케부쿠로라는 거리를 제 세상인 양 활보하는 놈들에 대한, 뭐랄까, 본보기랄까, 숙청 비슷한 게 아닐까요?"

일리 있는 말이다. 꽤 그럴듯하게 들렸다.

"그래요. 큰 방향으로 보면 나도 그런 느낌이 들기는 해요. 하지만 거리를 제 세상인 양 활보하는 놈들에게 경고할 목적이라니, 그런 이유 때문에 조폭 두목이건 뭐건 닥치는 대로 살인을 하는 사람이 실제로 있을까요? 난 도저히 상상이 안 돼요."

에다가 또 고개를 저었다.

"이렇게 말하면 아까 히가시오 과장님의 제안이나 히메카와 계장님의 생각과는 반대일지 모르지만요."

"괜찮아요. 어서 얘기해봐요."

"네, 아무리 생각해도 범인은 지정 폭력단 선에서 벗어나지 않는 것 같아요. 니와타 조직의 가와무라가 살해당한 건 분명한 사실이잖아요. 한구레 출신이나, 어쩌면 슈카류도 범행 대상에 포함됐겠죠. 하지만 니와타 조직 이외의 표적은 혹시 눈가림용이 아니었을까요? 물론 그럴 리는 없겠지만, 가령 말이에요, 그냥 이대로 내버려두면, 끝장을 볼 때까지 놔두면 마지막에 남는 그룹이 범인이 아닐까, 그런 생각이 언뜻 들기는 해요."

"그건 예를 들면?"

"예를 들면…… 후지타 일가일지도 모르고, 기도 조직이나 모리타 조직일지도 모르죠. 그중에서 어느 그룹인지는 저도 감이 안 와요. 그렇다고 한구레나 중국계 그룹이 이렇게까지 해서 얻을 게 있을까요?"

한편으로 맞는 말인지도 모른다. 이케부쿠로 일대를 중심으로 폭력을 일삼아온 사람들을 잇달아 처참하게 살해한다. 어깨뼈를 부러뜨리고, 무저항 상태로 만들어 온몸의 뼈라는 뼈는 전부 부러뜨린다. 결정타는 뒤통수다. 척수, 뇌간을 철저히 파괴한다. 하지만 확실히 한구레나 중국계 그룹은 그렇게 해서 취할 이득이 없다. 그들에게는 조직이라는 틀도 없고 영역이라는 개념도 없다. 그들은 오직 검은 이윤만을 추구한다. 그것을 위해 그들이 연쇄 살인도 서슴지 않는다고 보기에는 무리가 있다.

그때 자기를 향해 똑바로 걸어오는 미니스커트 차림의 여성이 보였으므로 레이코는 일단 입을 다물었다. 금발에 키가 컸고, 코트를 입었는데 한눈에 보기에도 스타일이 좋았다. 아마도 일본인은 아닌 듯했다. 뭐랄까, 체격이 달라 보였다. 그렇다고 서양계, 러시아계는 아니었다. 그쪽보다 피부가 까무잡잡했다.

바로 앞까지 다가왔을 때 필리핀계 사람이 금발을 했음을 알아차렸다.

"당신, 형사죠?"

여자는 갑자기 레이코의 오른팔을 붙잡고 다짜고짜 물었다. 레이코는 재빨리 상대의 오른팔을 비틀려고 하다가 당황해서 손의 힘을 풀었다. 상대의 얼굴이 금방이라도 울음을 터뜨릴 듯 일그러져 있었다.

"미안해요. 갑자기 팔을 잡으니까 놀라서 그랬어요. 아프죠?"

그녀는 레이코를 돌아보며 괜찮아요, 하면서 고개를 젓고는 되풀이해 물었다.

"형사죠? 당신 형사 맞죠?"

"네, 그런데요. 당신이 그걸 어떻게 알죠?"

"봤어요. 당신이 우리 가게에 왔을 때 봤어요. 그때 형사란 걸 알고 당신에게 의논하려고 했어요. 부탁이에요. 나를 보호해줘요. 이젠 이런 나라에 있고 싶지 않아요. 일본이 이렇게 무서운 나라인 줄은 몰랐어요. 더 이상은 못 견디겠어요. 이런 나라는 무서워서 못 있겠어요."

뭐야, 대체 무슨 말이지?

3

시모이는 이케부쿠로 거리를 걸으면서 생각했다. 한번 상념에 잠기면 쉽게 헤어나지를 못한다. 이것도 형사라서 생긴 일종의 직업병이라고 자책했다.

기노. 녀석은 대체 어디로 사라졌을까. 그리고 이번 가와무라 살해 사건에 관여하지는 않았을까. 그 후에 발생한 신도쿄연합 출신 폭행 치사 사건은 어찌된 일일까.

사실, 확인할 방법이 하나 있기는 했다. 시모이가 기노를 심어놓았던 모로타 조직의 초대 두목인 모로타 유조에게 직접 물어보면 된다. 그것이 최선이다. 적어도 4과 시절의 시모이였다면 주저 없이 그렇게 했을 것이다. 단신으로 조폭 사무소에 쳐들어가서 주먹을 날리든가 발길질을 하든가 권총을 들이대서라도 단서를 찾아냈을 것이다. 그러나 지금은 불가능했다. 물론 경시청 본부 소속이 아니라는 점 때문이었다. 수사 4과 소속이 아니라 관할 서 조직범죄 대책과 폭력범계 경관이라는 불리한 입장 탓에, 시모이 스스로 그런 수사 기법을 사용할 생각이 없었다. 그리고 시절이 변했다.

시모이가 4과 시절에 구사했던 수사 기법은 이제는 무용지물이었다. 당근과 채찍. 때로는 협박에 가까운 행위로 단서를 잡는다. 어느 때는 뒷거래를 해서 범인을 찾아내기도 한다. 성매매 업소 단속 정보를 흘려주는 대가로 권총 같은 무기류를 적발한다. 마약 소지를 눈감아주는 대신 살인범의 이름을 끌어낸다. 그러나 그런 수사는 폭력단 대책법 시행 이후 특히 더 경원시되었다. 무엇보다 먼저 폭력단 측에서 거래에 응하지 않았다.

모든 것을 시절 탓으로 돌릴 생각도 없었고, 예전으로 돌이키고 싶은 마음도 없었다. 옛날식 수사 기법이 옳았다고 주장할 생각도 없었다. 그저 어디 한번 해보시지, 하는 오기는 생겼다. 폭력단 대책법을 내세우고, 조직범죄 대책부를 설치하고, 낡은 4과를 일소하겠단다. 제 손은 더럽히는 일 없이 점잖게 사건의 실마리를 찾겠다는 요즘 패거리들에게 하고 싶은 말이 있었다. 해볼 테면 해보시라. 나는 지금 아무 능력도 없지만 당신들이 얼마나 잘해내는지 끝까지 지켜보겠다.

그것은 시모이가 보기에 일생일대의 승부였다.

자타 공인 일본 최대 광역 지정 폭력단은 오쿠야마 히로시게를 필두로 한 5대 야마토회다. 일본 지정 폭력단의 약 60퍼센트가 이 계열에 속한다. 여기에 버금가는 조폭 세력이 7대 스미다 조직이고, 4대 시라카와회가 그 뒤를 잇는다. 비율로 보면 지금은 스미다 조직 계열이 전체의 20퍼센트 정도를 차지하고, 시라카와회 계열은 15퍼센트 정도를 차지한다. 남은 5퍼센트는 독립 계열인데, 이는 지정 폭력단으로 한정할 때 이야기고, 비지정 폭력단까지 합치면 비율은 또 달라진다.

벌써 9년도 더 된 일이다.

당시 야마토회는 자금원의 대부분을 장악하고 있던 부두목과 보좌 역 등 간부 몇 명이 체포되어 일시적으로 조직이 약화되었다. 경시청은 이를 계기로 야마토회를 단숨에 쓸어버릴 작정을 했다. 게다가 야마토회와 적대 관계에 있던 시라카와회는 항쟁 준비에 돌입하여 간토 권역의 세력을 재편하기 위하여 안간힘을 썼다. 이런 와중에 야마토회를 위기에서 구해줄 도움의 손길이 나타났다. 바로 스미다 조직이었다. 그때까지도 야마토회와는 우호 관계에 있던 스미다 조직이 중재에 나서서 항쟁을 가라앉혔다.

그때 시모이가 속해 있던 형사부 수사 4과는 이런 일련의 움직임을 어떻게든 역이용하기 위해 고심했다. 스미다 조직이 사이에 있다 해도 시라카와회가 공짜로 거래에 응했을 리는 없다. 스미다 조직은 시라카와회가 야마토회에 대한 공격을 거두는 모종의 교환 조건을 제시했을 게 틀림없다. 그 조건이 무엇인지만 안다면 야마토회도, 스미다 조직도, 시라카와회도 단숨에 쓸어버릴 수 있다. 4과는 그것을 노렸다.

시모이가 맡았던 '그것'도 작전의 일환이었다.

스미다 조직 계열에서 가장 큰 세력을 가진 쪽은 예나 지금이나 2대 도에이회다. 이 도에이회의 부두목이 초대 모리타 조직 두목인 모리타 유조고, 첫 번째 부두목 보좌가 지난번에 살해된 2대 니와타 조직의 두목 가와무라 조지다.

시모이는 온갖 수단을 동원해서 기노를 모리타 조직에 간신히 침투시켰다. 그 후 2년 동안 기노는 시모이에게 정보를 제공했다.

그러나 기노와의 선은 비가 오던 그날 밤 갑자기 툭 끊기고 말았다.

시모이 자신도 왜 또 새삼스럽게, 하고 생각하지는 않았다. 하지만 가와무라 살해 사건은 하나의 큰 계기였다. 당시를 아는 가와무라가 살해되었고, 그의 주변 단체는 활동을 멈추었다. 이런 판국에 모리타까지 살해당한다면 당시의 일을 아는 사람은 한 명도 없는 셈이 된다. 기노의 소식을 알 만한 사람이 아무도 남지 않게 되는 것이다.

마지막 기회일지도 모른다고 생각했다.

자신의 형사 인생에 남은 오점을 털어낼 수 있는, 최후의 마무리라고 시모이는 믿었다.

시모이는 이케부쿠로의 번화가를 벗어나서 메이지도리를 따라 니시스가모 방면으로 걸어갔다. 곧게 뻗은 대로를 멀리서 내다보았을 때는 길가에 고층 맨션만 즐비하게 늘어선 풍경이더니, 막상 길 안으로 들어가자 그렇지만도 않았다.

이 일대에는 쇼와 중기에 세워졌을 법한 낡은 단층집들이 아직 여러 채 남아 있었다. 대개는 무언가를 파는 상점이었다. 늦은 시간이라 셔터가 내려져 있기는 해도 자전거포, 옛날 이발소, 작은 전파사 그리고 직공들을 상대로 지카다비*나 목장갑을 파는 양품점도 있었다.

시모이의 목적지도 그런 쇼와 시대의 분위기가 물씬 풍기는 한 상점이었다.

"어서 오세요."

'가노'라는 상호가 히라가나로 들어가 있는 포렴을 들추자 여주인이 차분한 음성으로 맞아주었다. 카운터 바에 일곱 자리

* 지카다비(地下足袋): 엄지발가락과 나머지 발가락이 나뉘어 있는 일본식 버선 모양에 고무창을 댄 노동자용 작업화.

밖에 없는 아주 작은 술집이었다.

“어머! 시모이 씨.”

벌써 몇 년이 흘렀는데도 주인 가노 야스에는 여전히 빼어난 용모를 지니고 있었다.

“이거 오랜만이야. 좋군. 예전하고 변한 게 하나도 없군. 가게도, 야스에 자네도.”

깔끔하게 올린 머리에 희끗희끗 백발이 섞여 있기는 했지만 그 말은 하지 않았다.

“아이, 왜 그러세요. 시모이 씨도 이제 빈말을 다 하시네. 나이 드셨나 봐.”

“뭔 소리야. 내가 원래 입 좀 놀리는 사람이었다고.”

손님은 입구 근처에 단 한 명. 곁에 지팡이를 놓고 앉아 있는 노인이 전부였다. 안쪽 자리는 비어 있었다.

시모이는 어구구 앓는 소리를 내며 야스에와 마주 보는 자리에 앉았다.

“뭐 드실래요? 맥주? 청주? 소주?”

“맥주로 할까?”

“네, 그러세요.”

바로 기린 맥주병과 기본 안주를 내온다. 식초를 넣은 목이버섯과 오이 된장무침인가.

시모이는 불청객이 끼어 있어 신경이 쓰였다. 그런데 지팡이 노인은 10분쯤 지나자 얼마요, 하며 무뚝뚝하게 묻더니 2천 엔 정도를 지불하고 나갔다. 걸음걸이가 조금 위태로워 보였다. 그것이 술 탓인지 나이 탓인지는 확실하지 않았다.

야스에가 출입구까지 나가 배웅했다.

"늘 찾아주셔서 감사해요. 살펴 가세요."

야스에는 니시스가모 쪽을 한참 쳐다보다가 춥다, 추워, 하고 중얼거리며 손을 비비면서 들어왔다. 그리고 시모이의 등 뒤를 지날 때 맥주 한 병 더 하실래요, 하고 물었다. 시모이는 됐어, 하고 고개를 흔들었다. 더 마시면 몸에 한기가 들까 봐 싫었다.

카운터 안으로 들어온 야스에가 시모이의 손을 탁 쳤다.

"자, 시모이 씨, 이제 아무도 없어요. 사양 말고 뭐든지 다 물어보세요."

장난스럽게 고개를 갸웃하는 몸짓도 야스에가 하면 은근히 요염했다.

"미안하군. 가끔은 느긋하게 놀러 와서 야스에가 만들어주는 음식 맛도 보고 해야 하는데."

"그런 적, 지금까지 한 번도 없으면서. 시모이 씨는 오빠와 비밀리에 연락할 때만 오시잖아요. 모리타 조직을 통하지 않아도 되고, 경찰 자료에도 남지 않는 밀담을 나누고 싶을 때만 오시잖아요."

그렇다. 가노 야스에는 모리타 유조의 이복동생이었다. 나이는 모리타와 정확히 열두 살 차이가 났다. 그러니 올해 서른여덟 살이든가 그쯤이리라.

"할 말이 없군. 그래, 자네 말이 맞아. 모리타에게 급히 연락을 해야겠는데, 자네도 알다시피 이케부쿠로 사무소는 다른 형사 놈들이 진을 치고 있어서 접근하기가 영 쉽지 않아."

"가와무라 두목 때문인가요?"

야스에는 폭력배의 여자였던 적도 없고, 법을 어기는 일에 손을 댄 적도 없었다. 가게에도 기껏해야 1년에 한두 번 모리타가 얼굴을 내밀 뿐, 모리타 조직 사람이 와서 눌어붙는 일도 없었다. 지금 가와무라의 이름을 언급했지만, 이케부쿠로 일대에서 장사하는 사람이면 누구나 다 아는 일반적인 지식으로 입에 올렸을 뿐이었다.

"뭐, 크게 보면 가와무라 사건 때문만은 아니지. 난 모리타의 휴대전화 번호를 몰라서 찾아온 거야. 최근 몇 년 동안 얼굴도 못 봤거든. 그러니 야스에 자네한테 부탁 좀 함세. 모리타에게 선을 좀 대줘. 지금 꼭 물어봐야 할 일이 있어."

언제부터 준비하고 있었는지 야스에는 조려낸 생선 토막을 접시에 담아서 여기요, 하며 시모이에게 내밀었다. 손가락 끝으로 다듬어서 삼각형으로 빚은 간 생강이 아주 앙증맞았다.

"알았어요. 제 전용 번호로 걸어볼게요. 만날 수 있다고 하면 장소와 시간은 제가 연락드릴게요. 그러면 되겠죠?"

좋아, 하고 시모이는 고개를 끄덕이며 다시 젓가락을 집었다.

생선 토막은 젓가락 끝으로 잡기만 해도 금세 부스러질 듯이 푹 조려져 있었다.

하지만 입에 넣자 어쩐지 쓸쓸한 맛이 느껴졌다.

야스에가 지정해준 시간은 나흘 뒤인 2월 26일 저녁이었다.

시모이 자신은 시나가와도 괜찮았고 긴시초도 괜찮았다. 이케부쿠로에서 먼 곳이면 상관없었다. 하지만 모리타는 생각이 달랐던 모양이다. 약속 장소는 이케부쿠로 역에서 가나메초도리를 따라 곧장 내려와서 야마테도리와의 교차로 바로 앞. 비교적 오래전부터 있었고, 붉은 벽돌 외장이 인상적인 도심 호텔의 한 객실이었다.

"시모이 씨는 오후 4시쯤 607호실에 체크인을 하세요. 그리고 거기서 세 시간 정도 기다리세요. 오빠는 7시쯤 갈 건가 봐요."

시모이를 미행하는 자가 없는지 확인하기 위해서 세 시간 차이를 두었을 것이다. 경계심이 조금 지나치지 않나 생각했지만 야스에에게 말해봐야 소용없는 일이었다. 시모이는 잘 알겠다고 대답하고 고맙다고 인사한 뒤 전화를 끊었다.

모리타와 만나기 전 나흘 사이에 또 폭행 치사 시체가 나왔다. 정확히 말하면 시모이가 마침 야스에의 가게를 찾아갔을 때쯤 발견되었다. 시모이는 그 사실을 다음 날 아침 텔레비전 뉴스를 보고 알았다.

같은 날 밤, 이케부쿠로 서의 지역과 경관이 누군가에게 폭행을 당하여 중상을 입었다. 가와무라 살해 사건, 신도쿄연합 출신자 살해 사건, 중국인 살해 사건 그리고 이번 경찰 폭행 사건도 수사 관계자들은 동일범의 소행일 가능성이 높다고 판단한 모양이었다. 그 결과 경시청 관내의 모든 경찰은 일정 기간 이어폰과 권총을 소지하라는 지시가 떨어졌다. 본부든 관할 서든 상관없이 외근을 나갈 때는 반드시 권총을 소지해야 했다. 물론 지금은 시모이도 규정에 따라 이어폰과 권총을 소지하고 있었다. 스미스앤드웨슨 M3913 기종. 스테인리스 총신에다, 뜻밖에도 최신식 자동 권총이었다.

오후 4시 10분 전. 시모이는 프런트에서 체크인 수속을 했다. 방은 정확히 시모이의 이름으로 예약되어 있었다.

카드 키 사용법에 대한 설명을 듣고 나자, 객실로 안내해드리겠습니다, 하며 객실 담당 직원이 607호까지 데려다주었다. 호텔 안에서 특별히 눈에 띄는 점은 없었고, 객실 담당 직원의 태도도 지극히 자연스러웠다. 또 607호는 복도 막다른 곳에 있어서 실내로 들어가면 어안 렌즈를 통해 복도 상황을 파악하기도 쉬웠다. 시모이는 자신에게 주위를 경계시키려고 하는 모리타의 의도가 손에 잡힐 듯 빤히 읽혔다.

그렇게 혼자 세 시간을 흘려보냈다. 술을 마시거나 샤워를 할 계제가 아니었다. 바깥소리를 들어야 했으므로 텔레비전도 켜지 않았다. 기껏해야 담배를 피우거나 냉장고 안에서 음료수를 꺼내 마시는 정도가 전부였다.

시모이가 보기에 자기가 입실한 뒤로 이 복도를 지나간 사람은 아무도 없었다. 월말에다 월요일이었다. 게다가 번화가에서 떨어진 이런 낡은 호텔을 어느 얼간이가 벌건 대낮부터 얼씨구나, 하고 드나들겠는가.

오후 7시 3분 전이었다. 엘리베이터에서 내린 남자 세 명이 모퉁이를 돌아 복도로 들어섰다. 한눈에 알아보았다. 한가운데에 있는 자가 모리타 유조였다. 일행 두 명은 모리타보다 훨씬 젊었고 키가 컸다. 일행 중 한 명은 엘리베이터 모퉁이에 서 있었고, 모리타와 다른 일행 한 명은 607호실 앞까지 왔다. 복도는 여기서 오른편으로 더 이어진다. 동행한 청년은 잠시 그쪽에 신경을 쓰더니 별일 없다고 확인한 기색이었다. 청년이 벨을 눌렀다.

"네."

시모이는 대답을 하고 자물쇠와 안전 고리를 연달아 풀었다. 문을 당겨 열자 굳은 표정의 모리타만 안으로 들어왔다. 청년은 문 밖에 서 있었다. 모리타가 자기 손으로 문을 밀어 닫는 바람에 시모이는 미리 생각해두었던 재회의 인사고 뭐고 꿀꺽 삼켜야 했다.

"모리타, 경계가 좀 지나치지 않아?"

자물쇠와 안전 고리를 다시 잠그면서 모리타가 시모이를 쏘아보았다. 시모이와 모리타는 키와 몸집이 비슷해서 마치 쌍둥이 같았다. 눈높이도 3센티쯤 차이가 날까 말까 한 정도였다.

"가와무라 조지가 살해당했소. 경계가 심하니 어쩌니 할 때가 아니라고."

"아무리 그래도 자네까지 노린다고 장담하긴 어렵지 않나?"

"물론 날 노린다고 장담하긴 어렵소만. 반대로 우리 중 누구를 노리는지, 그건 모르는 일 아니오?"

모리타는 화장대 쪽으로 가서 앉았다. 쓱 둘러보더니 곧바로 냉장고 문을 열었다. 안에서 콜라가 든 페트병을 꺼내어 뚜껑을 돌려 땄다.

"노린다니. 자네, 그게 무슨 뜻이야?"

"말 그대로요. 시모이 씨, 당신은 조지가 죽기 전에 다니자키와 시라이가 사라졌다는 사실을 알고 있었소?"

"아니, 몰랐네. 지금 처음 듣는 얘기야."

"아마 그 두 사람도 벌써 죽었을지 모르오. 그 일 말고도 이야기하자면 한두 가지가 아니오. 최근 몇 년 사이에 그런 일이 자꾸 벌어지는데 언제 시작됐는지, 이유가 뭔지 전혀 아는 게 없소. 하지만 이거 하나만은 확실해요. 놈이 우리 모리타 조직을 노린다는 거요. 이제 우리는 언제, 누가 죽더라도 그러려니 할 정도요."

모리타는 뚜껑을 딴 콜라를 마시지도 않고 그저 손에 들고만 있었다.

"누군가가 노린단 말이지……."

"그런 건 낌새를 맡자마자 이쪽에서 먼저 밟아줘야 하는데, 상대가 누구인지도 모르고, 이유가 뭔지도 모르오. 하지만 분명히 죽이러 올 거요. 내가 아는 정보만으로도 벌써 20명도 넘게 사라졌소. 아니지. 그중에는 시체 처리를 동료들이 했다는 말까지 있더이다."

"그건 또 무슨 소리야?"

그제야 모리타는 콜라를 한 모금 마셨다.

"예를 들면 중국인과 결탁해서 강도질이며 장물 장사며 여기저기 손을 댔던 야마토회 전 멤버 얘기요. 아지트에 갔는데 리더와 넘버 투는 이미 온몸의 뼈라는 뼈는 전부 부러진 채로 뭉쳐져 있더라는 거요. 처음에는 사람인 줄도 몰랐답니다. 그 정도로 팔과 다리, 목까지 마구잡이로 꺾여 있었던 거지. 아지트에 있던 통처럼 생긴 둥근 의자와 똑같은 모양으로 테이프를 뚤뚤 감아 놨더랍니다. 장난치듯이 진짜 의자 옆에 나란히 세워둬서 의자가 네 개인 줄 알았는데, 손가락하고 얼굴이 밖으로 삐져나와 있어서 그걸 보고 알아차렸다고 했소. 그게 시체였던 거지."

사람 몸을 꺾고 휘어서 의자 형태로 만들었다고?

"결국 두 사람의 시체는 부하들이 비용을 지불해서 우리 계열에 있는 청소 업체가 처리했소. 그런 얘기들이 이케부쿠로 일대에 쫙 퍼져 있소. 최근 세이와 회의 누구누구도 행동대장을 보지 못했다든가, 니시구치 주변에서 시끄럽게 굴던 한구레 멤버가 갑자기 사라졌다든가 하는 말들이 돌고 있소. 건물을 통째로 사들여서 요릿집이며 바카라 도박장에 마약 바까지 가리지 않고 해 처먹던 중국인들이 갑자기 몽땅 내팽개치고 어디론가 사라졌다는 말도 있고. 요즘…… 이케부쿠로에서는 그런 얘기들뿐이오."

모리타는 무언가를 쫓아내듯이 연신 고개를 흔들었다.

"모두가 전전긍긍하고 있소. 애매한 돈벌이에는 손도 대지 않아요. 겁이 나서 칼과 권총을 손에서 놓지도 못하고, 항시 옷을 입은 채로 지내고. 우스운 얘기지만, 욕실에도 못 들어가고 여자도 멀리할 정도요. 그렇게 흉기를 갖고 다니다가 경찰에게 불심검문이라도 걸리는 날엔 무기단속법 위반으로 끌려가겠지. 벌써 조폭 노릇을 관두겠다고, 전부 때려치우겠다고 난리들이

오. 어디 조폭뿐인가. 한구레 멤버들도 시끌시끌하오. 어떻게 이런 일이 다 있냐면서."

설마 이 끔찍한 연쇄 살인이 이케부쿠로 악당들의 활동을 멈추게 했단 말인가.

"모리타, 난 그런 얘기 처음 듣는군."

"당연할 거요. 웬만한 놈들은 경찰한테 이런 얘기를 떠벌릴 리가 없잖소. 뒤가 구린 놈들이 뒤가 구린 장소에서 테이프에 똘똘 말려 죽은 거요. 어떤 경우에는 메모를 남겼다는 말도 있소. 시체를 확실하게 청소하면 목숨만은 살려준다나 뭐라나."

대체 무슨 목적일까.

"모리타, 그 뭐냐, 왜인지 모르지만 시체를 테이프로 똘똘 말았다는 얘기하고, 가와무라 살해 사건이 정말 같은 이야기인가?"

모리타는 화장대 앞에서 일어나 다시 침대에 앉았다.

"시모이 씨, 조지의 시체는 봤소?

"아니, 못 봤네."

"나는 봤소. 경찰서에서 넘겨준 시체를 봤지. 겉보기에는 피부색이 변해서 흉했지만 시체에 이상한 점은 별로 없었소. 하지만 사후강직이 풀리니까 아주 가관이더군요. 사람 모양으로 빚은 떡 같았소. 온몸의 뼈가 전부 따로따로 노니까 몸의 어디를 잡아도 축축 늘어지더이다. 아예 너덜너덜해져서 녹아내리는 것 같았소. 그 지경이라 이불로도 지탱이 안 되더군요. 결국 관에 넣을 때도 우리가 얼마나 애를 먹었는지 모를 거요. 일단 가와무라의 시체를 미닫이 문짝에 얹었소. 그렇게 하지 않으면 시체가 축축 처지면서 흘러내렸으니까. 나와 젊은 조직원들 손에서 연체동물처럼 흘러내리더라 이거요."

전에도 그런 살해 수법이 있었던가.

모리타는 페트병을 테이블에 놓고 안주머니에서 담배를 꺼내 물었다.

"뭐요, 시모이 씨, 그렇게 놀란 얼굴을 하고. 나는 야스에한테서 연락을 받았을 때 이미 예상했소. 시모이 씨는 나에게서 가와무라 살해 사건의 단서를 찾으려는 게 분명하다고. 아니오? 내 예상이 빗나갔나?"

그렇다. 자기 이야기를 듣는다면 모리타는 예상 밖이라고 느낄 것이다. 그래도 달리 할 말은 없었다.

"당신이 나에게 연락하려고 했던 원래 목적이 뭐요? 일부러 야스에를 통할 정도면 꽤 중요한 일일 텐데. 맞소?"

시모이는 일부러 뜸을 들였다. 탁자 옆에 있는 의자를 끌어다가 앉았다.

"모리타, 내가 오늘 자네를 만나러 온 이유는 따로 있네. 실은 옛날이야기를 했으면 해."

모리타가 숱이 거의 다 빠진 눈썹을 꿈틀거리면서 한쪽을 치떴다.

"옛날이야기?"

"그래. 벌써 칠팔 년 전 일이군. 자네 부하 중에 기노 가즈마사라는 자가 있었지?"

그 순간 모리타의 눈초리가 날카로워졌다.

"새삼스럽게 그 얘기를 왜 지금 나한테 하는 거요?"

"다른 게 아니라, 녀석의 친척들이 날 찾아왔더라고. 기노 소식을 알고 싶다면서 어찌나 성화를 부리던지."

"그렇다면 기노가 전직 경찰이란 소문은 역시 사실이었군요."

뭐지? 벌써 다 알고 있었단 말인가.

4

레이코는 일단 그 필리핀 여자를 이케부쿠로 서에서 보호해 주었다.

여권은 빼앗겨서 지금은 갖고 있지 않았다. 이름은 록산 레예스 산티아고, 22세라고 했다.

사안 성격상 경비과로 인계할 일이었지만 공교롭게도 접수대에 담당자가 한 명도 없었다. 조사실을 빌려서 레이코가 사정을 청취하기로 했다. 오타케 경사의 청취 결과 보고서는 에다가 특수부가 있는 회의실로 갖고 올라갔다.

"여권은 누가 빼앗아 갔어요?"

"매니저요. 사실은 마피아가 가졌어요. 깡패."

신속하게 청취를 시작했다.

"그 마피아는 일본인인가요, 아니면 중국인?"

"……몰라요. 아마 일본인일 거예요."

"어디서 일했어요? 아까 우리가 들렀던 가게라면서요."

"골드요. 니시 1번가에 있어요."

분명히 그 가게에는 두 번 정도 탐문을 갔다. 업종은 마사지였다고 기억한다. 시라카와회 계열의 호시노 일가가 뒤를 봐주는 가게였던가.

"이젠 이런 나라가 싫다고 했는데, 무슨 험한 일이라도 당했나요? 폭행을 당했다거나."

록산은 세게 고개를 흔들며 레이코의 말을 부정했다.

"무서운 건 가게가 아니에요. 손님도 아니고. 그 동네. 이케부쿠로 거리요. 그런 데가 있는 일본이 싫어요. 다른 나라에는 그런 데 없어요."

대체 무슨 소리지?

"록산, 일단 진정하세요. 거리가 무섭다니. 무슨 말이죠?"

"Do you speak English?"

갑자기 진지한 얼굴로 물어서 어리둥절했으나 사실 레이코의 대학 시절 전공은 영미 문학이었다. 영어 검정 2급도 땄다. 영어는 결코 미숙하지 않았다.

정신을 가다듬고 레이코도 영어로 대답했다.

"네, 가능해요. 영어로 하세요. 괜찮아요."

"다행이에요. 일본어로는 설명을 잘 못 하겠어요."

하지만 록산은 영어도 서툴렀다. 억양에 필리핀 말투가 꽤 섞여 있었다.

"얘기해보세요. 대체 무슨 일이 있었죠?"

"당신, '블루 머더'라고 알아요?"

필시 '크라이 블루 머더(cry blue murder)'라든가 '스크림 블루 머더(scream blue murder)' 같은, '비명을 지르다' 또는 '새된 소리를 내다'라는 의미를 가진 관용구라고 생각했다.

"큰 소리를 지른다는 말인가요?"

"무슨 소리예요? 그게 아니라, '블루 머더'요. 이 동네에 소문이 파다한 그 괴물 말이에요."

"괴물?"

록산은 '몬스터(monster)'라는 단어를 사용했으므로 그것이 사람이라면 '수상한 사람'이라는 의미에 가까울 텐데.

"잠깐만요. 무슨 말인지 잘 모르겠어요. 그 '블루 머더'라는 건 수상한 사람의 이름인가요?"

"역시 리사 말이 맞았어. 일본 경찰은 '블루 머더' 이야기를 해도 전혀 믿지 않는다더니. 우리 주위에서 이런 엄청난 일이 매일같이 일어나는데 경찰은 상대도 안 해준다고 했어요."

영문을 모르겠다. 이 아가씨가 무슨 이야기를 하는지 전혀 모르겠다. 물론 레이코는 리사가 누구인지도 몰랐다.

"천천히 말씀해보세요. 우선 그 '블루 머더'에 대해서 구체적으로 말해봐요. 그자는 누구고, 대체 무슨 짓을 하는데요?"

믿지 못하겠다는 듯이 록산은 눈을 크게 떴다.

"'블루 머더'는 당연히 살인자죠."

'머더'라는 단어는 '살인'이라는 행위를 의미하는 단어이기도 하다. 살인을 행하는 '살인자'라고 말하고 싶다면 '머더러(murderer)'라고 해야 한다. 하지만 그녀들 사이에서 이미 '블루 머더'가 '푸른 살인자'라는 의미로 퍼져 있다면 지금 여기서 정정하려고 해봐야 소용없다.

록산이 계속 이야기했다.

"당신, 조폭 보스가 살해된 사건을 수사하고 있죠?"

"그래요. 가와무라 두목 사건을 조사하고 있어요. 혹시?"

"맞아요. 그 보스를 죽인 자는 틀림없이 블루 머더예요."

설마!

"당신이 그걸 목격했나요?"

"그 사건은 못 봤어요. 하지만 블루 머더가 살인하는 장면을 본 사람 이야기라면 들은 적이 있어요."

이 아가씨의 말을 어디까지 믿어야 할까.

"그건 누구죠? 누구한테 들었어요?"

"리사요. 아까 말했잖아요."

그런 이야기는 한마디도 하지 않았다.

"좋아요. 리사라고 쳐요. 리사는 당신 친구인가요, 아니면 직장 동료?"

"직장 동료예요. 나보다 먼저 태국으로 돌아갔어요. 이런 나라에서는 더 이상 못 있겠다고 하면서. 일본은 안전하다고 해서 왔는데 전혀 그렇지가 않다면서 화를 냈어요."

"그 리사가 블루 머더의 범행 현장을 본 거죠?"

"아니에요. 그런 얘기를 리사가 듣고 와서 나한테 알려준 거예요."

아무래도 신빙성이 떨어진다.

“리사가 전해준 얘기는 이랬어요. 한 남자가 조폭의 은신처에 숨어들었어요. 그는 돈과 마약을 훔칠 목적이었는데 운이 나빴는지 그때 조폭 멤버가 돌아왔어요. 그는 별수 없이 옷장에 숨어서 바깥을 살폈죠. 그때 나타난 사람이 푸른 가면을 쓴 남자 블루 머더였던 거예요.”

푸른 가면은 금시초문이다.

“블루 머더는 갑자기 남자의 어깨를 내리쳤어요. 그러자 남자의 팔이 덜렁거렸고, 아무런 저항도 못 했어요. 그는 그저 큰 소리로 비명을 지를 뿐이었어요. 아무것도 할 수 없었죠.”

록산은 지금 ‘스크림 라우드(scream loud)’라고 했는데 원래 그 말은 ‘스크림 블루 머더(scream blue murder)’가 맞지 않나? 그 말이 사람들의 입을 거치면서 어느새 가면에 대한 소문과 어우러져 ‘푸른 살인자’라는 의미로 쓰이고 있다…… 그런 맥락이 아닐까.

그렇다고 해도 처음에 어깨를 내리쳤다는 대목은 놓쳐서는 안 될 증언이다.

록산은 거기서 더 이야기를 계속했다.

“마침내 블루 머더는 목숨이 끊어진 남자를 아예 곤죽을 만들어서 온몸의 뼈를 전부 부러뜨린 다음 가방에 넣어서 가져갔대요. 블루 머더는 신출귀몰해요. 언제 어디서 누구를 죽일지 몰라요. 범행 현장에 있는 사람은 아무리 여자라도 눈 하나 깜짝 않고 다 죽인대요. 실제로 이 목격담을 경찰한테 알려준 남자도 지금 행방불명됐어요. 블루 머더가 죽여서 어딘가에 버린 거죠."

아무리 그렇더라도 이 이야기를 곧이곧대로 믿을 수만은 없다.

다음 날 아침, 일단 히가시오에게는 록산의 이야기를 보고하기로 했다.

특수부가 있는 회의실에서 말하면 조직범죄 대책부 4과 사람이 엿들을지 몰라서 만약을 위해 4층 형사부실로 내려왔다.

"온몸의 뼈를 꺾어서 가방에 집어넣다니. 그런 일이 실제로 가능한가?"

히가시오는 이야기 중반부터 내내 인상을 쓰고 있었다.

"모르겠습니다. 하지만 시체 처리 과정에서 가장 거추장스러운 부분이 뼈라는 건 맞는 말이죠. 단단한 뼈를 자유자재로 꺾을 정도라면 나머지는 별로 어렵지 않았을 겁니다. 그냥 살덩어리니까 가방에 담기만 하면 되잖아요. 물론 아주 커다란 가방이 필요하겠지만요."

히가시오가 한숨을 쉬듯이 콧김을 뿜었다.

"자네, 그 얼굴로 그런 무참한 얘기를 아무렇지 않게 하는군. 사람 시체를 그냥 살덩어리라고 하다니."

또 무슨 소리인가 했더니.

"여기서 얼굴이 무슨 상관입니까? 게다가 히가시오 과장님도 검시 경험이라면 남부럽지 않게 많으시잖아요."

"그야 그렇지. 아무리 그래도 사람 아닌가. 죽은 사람에게도 소위 존엄이란 게 있어."

그것도 하나의 훌륭한 가치관이라고는 생각한다.

"하지만 범죄자는 아마 아무 생각 없었을 겁니다. 뼈든 근육이든 내장이든 해체해서 늘어놓으면 그냥 물체니까요. 물체로 여기니까 처리하기도 쉬웠을 거고요. 범죄자에게 시체는 그냥 쓰레기죠. 오히려……."

레이코는 한참 자기 말을 하다가 문득 깨달았다.

네 자신은 의식하지 못하지만 너는 분명히 범인의 의식에 동조하고 있다. 아무 근거도 없이 범인을 알아맞히거나 범인의 행동을 읽어내는 능력은 필경 네가 범인과 아주 유사한 사고 회로를 가졌기 때문이다.

결국 이런 의미였나. 이것이 가쓰마타가 주장하는 '범죄자에 가까운 발상'인가.

히가시오가 의아한 눈빛으로 레이코를 쳐다보았다.

"오히려, 뭐?"

그런 건 지금 아무래도 상관없다.

"아, 그게…… 오히려 전 이게 의문입니다. 범인이 범행 현장에서 어떻게 그렇게까지 자유자재로 사람의 뼈를 꺾었을까 하는 점이에요. 게다가 가와무라나 이이지마의 시체는 출혈이 거의 없었어요. 전신의 피부가 피와 근육, 뼈를 감싸는 봉투 역할을 했기 때문이죠."

또 저런 식으로 말하다니, 히가시오가 어이없다는 표정으로 쳐다보았다. 하지만 레이코는 더 이상 남의 반응을 일일이 신경 쓸 때가 아니었다.

"범인은 폭력에 아주 도가 튼 사람이에요. 록산도 얘기했듯이 피해자는 조직폭력배였어요. 결코 일반인이 아니었다고요. 쇄골을 부러뜨리는 걸로 시작해서 무저항 상태로 만든 다음 무차별 폭행을 가했어요. 최종적으로는 척추를 꺾어서 마무리하는 방식이죠. 그런 범행을 가능하게 할 만한 무기가 대체 뭘까요?"

히가시오가 팔짱을 꼈다.

"쇠파이프는 어떨까?"

"네, 확인해봤는데 그런 종류는 아니었다고 록산이 말했어요. 록산 자신이 범행 광경을 직접 본 게 아니라서 신빙성은 거의 없지만요. 그 이야기를 들려준 리사라는 여자 동료는 이미 태국으로 돌아갔습니다."

"지금 그 록산이라는 여자는 어떻게 하고 있나?"

"솔직히 어떻게 해야 하나 난감하네요. 여권은 매니저에게 뺏겨서 없다고 하고, 본인은 불법체류 중이니 어서 강제송환시키라고 난리예요. 이런 나라에서는 무서워서 더 이상 못 살겠다는군요. 혼자 떠드는 말이긴 한데 불법체류가 사실이라면 무시할 소리는 아닌 듯합니다. 아까 니시가오카 분실에다 이송 수속을 접수했어요. 나머지 절차는 경비과에 인계했고요."

"그랬군."

히가시오는 형사부실을 휙 둘러보더니 레이코를 다시 쳐다보았다.

"지금 이 얘기, 단순한 도시 괴담으로 정리하기에는 조금 께름칙해. 그렇다고 록산의 증언에 무슨 증거 능력이 있느냐면 그렇지도 않고, 리사라는 사람은 이미 일본을 떠났고. 이거 참. 현장을 봤다는 남자는 특정할 수 있나?"

"아니요. 그 남자도 이미 행방불명 상태라고 합니다."

무의식적으로 중얼거리듯 히가시오는 한숨을 쉬며 말했다.

"어휴, 이를 어쩌지…… 히메카와, 회의에 참석하겠나? 아니면 단독으로 더 파보겠나?"

"별다른 문제가 없으면 에다 경사와 좀 더 조사해보고 싶습니다. 허락해주시겠어요?"

히가시오는 입을 삐죽거리더니 한참 동안 말이 없다가 결국 다음과 같이 말하고 형사부실을 떠났다.

"사흘 주겠네. 그사이에 뭐든 찾아와봐."

오전 회의에서는 세 번째 피해자 하야시 후미오에 대한 상세 보고가 이루어졌다. 보고서를 낭독한 사람은 아카시 계장이었다.

"피해자 하야시 후미오, 33세. 모친은 중국 잔류 일본인, 하야시 본인은 재일 중국인 2세입니다. 중학 시절부터 잔류 고아 2세를 중심으로 결성된 폭주 그룹 슈카류에 가담하여 스무 살 때 탈퇴했습니다. 그 후로는 이른바 중국 동북계 마피아와 연대하여 절도, 강도, 장물 매매, 마약 밀수입 및 밀매, 폭행 상해, 살인 등에 관여했다고 보입니다. 10대 때 보호처분 12회, 감별소 입소 3회 처벌을 받은 적은 있지만 그 밖의 체포 이력이나 전과는 없습니다. 조직범죄 대책부도 요주의 인물로 올려두기는 했으나 검거로까지 이어진 일은 없었습니다. 다음, 사망 시각은 18일 밤부터 19일 새벽 사이로 추정됩니다. 요컨대 이이지마 다카유키보다 먼저 살해된 셈입니다. 시체는 47군데에 골절이 있었고, 직접 사인은 늑골이 폐를 찔러서 호흡 곤란을 일으켜 질식사했다고 추정됩니다. 또한 좌우 쇄골 골절은 가와무라 조지나 이이지마 다카유키의 검시 결과와 동일해서, 이후 본서 및 네리마 서 특수부와 연계하여 자세한 검시 결과가 나오는 대로 합동 수사본부를 설치할 계획입니다."

이어서 레이코가 오타케 경사의 증언 청취 결과까지 보고를 마치자 안도 조직범죄 대책부 4과장은 권총과 무선 통신 장치 휴대에 관한 지시를 내렸다.

"오타케 경사 건까지 포함하면 벌써 네 번째 사건이다. 동일범 소행으로 보이는 범행이 연속적으로 발생하고 있다. 이에 경시청 관내의 모든 경관은 일정 기간 권총과 무선 통신 장치를 휴대한다. 더 이상 일반 시민은 물론 경찰 가운데서도 피해자가 발생하지 않도록 심기일전하여 수사에 임해주길 바란다."

사복형사가 권총을 소지할 정도라면 몹시 심각한 사태였으나 안도 과장의 어조는 평소와 다름없이 매우 담담했다.

사흘 뒤, 레이코와 에다는 '블루 머더'라는 단서를 갖고 지금까지 사정 청취를 했던 관련자들을 다시 찾아다니며 탐문에 들어갔다.

이제는 착실하게 휴대전화 대리점에서 일한다고 주장하는

신도쿄연합 출신 히사마쓰를 만나 캐물었다.

"그게 무슨 소립니까? 모르겠는데요."

한발 움직이려 해도, 시선을 회피해도 레이코는 히사마쓰의 앞을 끈질기게 가로막았다.

"그렇게 무서워요?"

"뭐가요? 그러니까 내 말은……."

"사라진 사람이라도 있어요? 당신 주변 사람 중에 갑자기 사라진 사람 누구 없어요?"

"모른다니까요. 모른다면 그런 줄 알지."

히사마쓰는 결국 레이코를 밀치고 냅다 뛰어 달아났다.

그 뒷모습을 보면서 에다가 중얼거렸다.

"분명히 짚이는 데가 있다는 반응이에요."

"맞아요. 저자는 훤히 알고 있어요."

"차라리 공무집행방해로 잡아올까요?"

"됐어요. 그렇게까지 할 필요는 없잖아요. 다음은 어디죠?"

오 가쓰요시와는 좀처럼 연락이 닿지 않았다. 가까스로 전화가 연결됐구나 싶었는데 후쿠오카에 있다고 했다.

에다가 건네주는 휴대전화로 통화했다.

"오 가쓰요시 씨, 후쿠오카는 일 때문에 가셨나요?"

"그건 왜요? 그쪽 일에는 관여하고 싶지 않소. 나는 그냥 좀 내버려둬요."

"딱 하나만 물을게요. 혹시 블루 머더라는 자를 아세요?"

그러자 오 가쓰요시는 전화를 뚝 끊어버렸다.

레이코는 어깨를 으쓱하며 에다에게 휴대전화를 돌려주었다.

이전에 편의점 앞에서 보았던 고이케 다카히토도 다시 찾아가 이야기를 들었다. 그에게는 조금 다른 방식으로 접근했다.

"너도 블루 머더의 먹잇감이지?"

레이코가 그렇게 묻자 고이케의 반응은 예상보다 격렬했다.

"무, 무슨 소립니까, 그게?"

입술을 덜덜 떨면서 눈물까지 그렁그렁해서 레이코를 쳐다보았다.

"뭐 짚이는 데 없어?"

"그러니까 뭐냐고 묻잖아요. 왜, 왜 내가 놈의 먹잇감입니까? 내가 뭘요? 뭘 어쨌다고요?"

신기하게도 누구 하나 '블루 머더'라는 말을 크게 소리 내어 말하는 사람이 없었다. 입 밖으로 내는 순간 주문이 걸려서 자기가 다음 표적이 된다고 믿는 듯했다.

이해하기 힘든 점은 왜 범인은 가와무라, 이이지마, 하야시의 시체를 그냥 방치했을까, 였다. 록산의 증언이 확실하다면 블루 머더는 시체를 꺾고 접어서 간단하게 운반할 수 있는 괴물이다. 그렇다면 왜 가와무라와 이이지마, 하야시도 그렇게 하지 않았을까. 왜 사람들 눈에 띄기 쉬운 곳에다 시체를 버렸을까.

2월 26일, 월요일. 이날 아침 히가시오가 레이코에게 준 사흘의 기한이 끝났다. 하지만 레이코는 오전 회의에 일부러 참석하지 않았다. '눈 가리고 아웅'식이었지만 기한 연장을 노렸다. 저녁 무렵까지 신도쿄연합 출신인 가사이 시게노리를 만나 증언을 끌어내 보자는 생각에서였다.

하지만 가사이도 블루 머더에 대해서는 꿀 먹은 벙어리였다.

"관두쇼. 전에도 말했을 텐데. 이제 그런 일에는 엮이고 싶지 않다고요."

"아무거나 괜찮아요. 블루 머더에 대해서 아는 게 있으면 뭐든 이야기해봐요."

장소는 니시이케부쿠로에 있는 찻집. 가사이는 주위를 조금 살피는 눈치였다.

"거 목소리 좀 낮추쇼. 창피하게."

"계속 말 안 하면, 더 크게 떠들지, 뭐."

"마음대로 하쇼. 난 절대로 말 안 할 거니까. 그놈은 괴물이에요. 사람이 아니라고요."

"다 알면서! 말해봐요. 알고 있는 것만 가르쳐줘요."

하지만 아무리 들러붙어도 입을 열려고 하지 않았다.

저녁 무렵 레이코는 조금 일찍 이케부쿠로 서의 특수부로 돌아왔다. 결국 블루 머더에 관한 결정적인 정보는 얻지 못했다고 보고하면서 히가시오에게 고개를 숙여야 했다.

"히가시오 과장님, 잠깐 시간 좀……."

바로 그때 레이코 뒤에서 조직범죄 대책부원이 뛰어 들어왔다. 그가 내지른 한마디 말로 히가시오에게 하려던 구차한 변명이 어디론가 사라졌다.

“관리관님, 가와무라의 휴대전화에서 사진이 나왔습니다!”
그 자리에 있던 모든 경관들이 상석으로 우르르 몰려들었다.
뛰어 들어온 조직범죄 대책부원은 A4 복사용지 한 장 그리고 같은 크기의 사진 두 장을 상석 데스크에 늘어놓았다.
미우라 관리관이 미간을 찌푸렸다.
“이건…….”
복사용지에는 전화 메시지가 인쇄되어 있었다.
발신자도 없었고 바로 본문부터 나왔다.

시라이와 다니자키의 사진이다. 다니자키는 아직 살아 있다. 구하고 싶으면 밤 12시, 로사 회관에서 대각선 방향에 있는 제2 혼고 빌딩 4층으로 혼자 와라.

레이코는 사진을 보았다.
우선 첫 번째 사진. 콘크리트가 그대로 노출된 벽과 바닥을 정면에서 촬영했다. 거기에는 벌거벗은 남자가 두 다리를 쫙 벌리고 앉아 있었다. 물론 가랑이 사이도 전부 드러낸 채. 양팔과 두 어깨에서부터 가슴팍까지 일본 전통 문양 문신이 화려하게 뒤덮고 있었다. 거리가 멀어서 무슨 문양인지는 알아보기 힘들었다. 하지만 분명히 어깨가 뒤틀려 있었다. 양쪽 쇄골이 부러졌고, 아마 척추도 손상되었을 것이다. 자세히 보면 앉아 있는 모습도 기분 탓인지 아주 추잡스러웠다. 메시지로 볼 때 사진 속의 남자가 부두목 다니자키였다.

다른 사진은 구도가 전혀 달랐다.

나일론 재질로 보이는 커다란 가방이 지퍼가 열린 상태로 찍혀 있었다. 그 가방 속에 사람의 등이 보였다. 일반적으로 머리가 들어 있거나 엉덩이가 들어 있을 위치에서는 그런 것들이 보이지 않았다. 머리와 하반신은 잘라냈나 싶게 등판만 가방 입구로 들여다보였다.

이쪽도 일본 전통 문양 문신이 아주 그럴싸했다. 붉은 용이 한 손에 범자(梵字)가 새겨진 구슬을 쥐고 아, 하고 소리라도 지르는 듯이 입을 크게 벌리고 있었다. 배에 새겨진 호랑이 문신은 털빛이 고왔고 금방이라도 달려들 기세였다. 전형적인 용호상박 도식이었다. 배경으로 그려진 거무칙칙한 구름에서도 묘한 박력이 느껴졌다. 물론 가와무라도 이것이 시라이의 등인 줄은 한눈에 알아보았을 것이다. 그리고 시라이가 이미 죽었다는 사실도 순간적으로 알아차렸으리라.

레이코도 방금 겨우 이해했다. 사실 믿기로 했다는 표현이 맞을지 모른다.

시체를 자유자재로 꺾고 접어서 가방에 집어넣는 블루 머더라는 괴한이 실제로 존재했던 것이다.

5

시모이가 기노의 소식을 묻자 모리타는 콜라를 한 모금 더 마신 뒤 고개를 흔들었다.

"몰라요. 쥐도 새도 모르게 사라졌소."

"무슨 일 있었나? 녀석이 사라져야 했던 이유라도 있었어?"

모리타는 시모이에게 말을 해야 하나 말아야 하나 주저하는 눈치였다.

한참 뜸을 들이다가 갑자기 아무 방송도 나오지 않는 텔레비전 쪽을 쳐다보았다. 침묵하는 검은 화면을 응시했다. 거기서 문득 유령이라도 본 듯한 눈빛이었다.

"설마 그 녀석이……."

무슨 뜻이지?

"무슨 말이야? 녀석이라니?"

"그러니까 그게…… 일련의 사건들 말이오. 행방불명인지 살인 사건인지. 설마 전부 기노 짓은 아니겠지 싶은 거요."

"왜 그렇게 생각하는데? 짚이는 데라도 있나? 녀석이 그럴 만한 이유라든가."

모리타는 시선을 떨어뜨리고는 한 번 더 짧게 한숨을 쉬더니 또 고개를 흔들었다.

"아니, 없소. 이렇게까지 할 이유가 뭐가 있겠소. 그게 기노든 다른 누구든."

시모이는 앉은 채로 모리타의 어깨로 손을 뻗었다. 손을 대보니 의외로 골격이 작게 느껴졌다. 희미하게 떨고 있었다. 범인은 이런 사람의 뼈를 부러뜨렸단 말인가. 머릿속으로 잠시 범행 장면을 상상했다.

"됐어, 됐어. 자네 지금 무슨 생각을 하는 거야? 왜 기노라고 생각하나? 얘기해보게."

모리타는 시선을 내리고 이번에는 꽤 길게 한숨을 쉬었다.

"시모이 씨는 기노에 대해 어디까지 아시오?"

여러모로 알고 있었다. 연락이 두절되기 전 일들은 대부분 다 안다고 생각했다.

"별로 아는 게 없어. 녀석이 전직 경찰관이고, 몇 년 동안 자네 쪽에 드나들었다는 정도, 그게 다일세."

모리타가 힘없이 고개를 끄덕였다.

"나도 처음에는 그저 주먹 좀 빠른 건달이라고 생각했소. 우리 젊은 애들하고 싸움이 붙은 적도 있었고, 세이와 회의 똘마니를 때려눕혔다는 얘기도 들었소. 나는 그냥 놔두라고 했소. 자칫 복수라도 해서 괜히 우리 애들만 잡혀가면 귀찮으니까. 경찰 눈에 걸려서 우리한테까지 불똥이라도 튀면 그런 어이없는 일이 또 어디 있겠소. 하지만 그런 식으로는 젊은 애들을 다독이기가 힘들었소. 반드시 찾아내서 본때를 보여주겠다고 얼마나 씩씩거리던지…… 그런데 어느 날 무슨 영문인지 기노 쪽에서 사과를 하러 왔더이다. 녀석은 자기가 잘못해서 우리 애들을 다치게 했다고 미안하다고 했소. 녀석도 일이 커지기 전에 무마해야겠다고 생각했던 모양입디다."

시모이도 들어서 아는 일이었다. 아마 지금으로부터 십이삼 년 전쯤의 이야기일 것이다. 그 일이 있고 조금 지나서 기노는 시모이와 다시 만났다.

"자초지종을 듣고 보니 기노 말이 옳았소. 녀석이 우리 마에가와라는 애가 관리하는 히가시이케부쿠로의 바에서 술을 마셨다는 거요. 그때 기노가 앉았던 자리가 하필 마에가와 녀석의 지정석이었던 모양이오. 거기에 마에가와 본인이 나타나 서 있으니까 가게 직원이 그걸 눈치채고 기노에게 자리를 옮겨달라고 부탁했어요. 기노는 점잖게 다른 자리로 옮기려고 했는데, 그러다가 기노 쪽에서 마에가와의 발끝을 조금 밟았는지, 결국 승강이가 벌어졌소. 그래서 기노가 이랬다는 거요. 일반인들이 편하게 놀아야 매상이 오르지 않느냐고. 맞는 말이오. 성매매든 술집이든 일반인들이 놀아줘야 우리도 돈을 버는 거니까. 마에가와는 그 입바른 소리가 아니꼬웠겠지. 그래서 먼저 달려들었는데, 오히려 자기가 된통 당하고 말았지. 발단은 이랬소."

세부적인 내용은 조금 다르게 느껴졌지만 대강은 시모이가 들은 이야기와 같았다.

"괜찮은 녀석이다 싶어서 내가 관심을 좀 뒀었소. 당시에는 머리카락이 금발이었고, 불량기가 있는 게 조금 마음에 안 들었지만 가라테를 했는지 주먹이 아주 세더군요. 마에가와도 두세 대 연타를 맞고 그 자리에 뻗었다고 하고. 그 후에도 몇 번 더 다툼이 있었는데 큰 싸움으로 번진 일은 없었소. 마에가와도 언제부터인지 형제처럼 지냈소. 한번은 시내에서 봤는데 '이치마사!'라고 부르면서 마에가와가 먼저 알은척하는 사이가 됐더군요. 나도 언제든 우리 집에 놀러 오라고 했소. 그런데 녀석은 그러겠다고 끄덕인 적이 없었소. 조직 생활은 아직 서툴다면서 슬슬 피하기만 하고…… 그래도 그땐 무슨 바람이 불었는지, 어느 날 갑자기 기노가 먼저 부탁을 하더군요. 우리 집에서 지내도 되느냐고."

그때는 지금으로부터 9년 전이다.

"아무튼 주먹 하나는 끝내줬소. 내가 경호원처럼 데리고 다녔소. 영업 뛰지 말고 나만 따라다니라고 했소. 입도 무거웠고 의리가 뭔지 잘 알더이다. 전에는 무슨 일을 했는지 물어본 적이 있었는데 좀체 입을 열지 않았소. '하루살이 인생 그냥 똘마니지요, 뭐.' 이러면서 얼버무리기만 하고. 그러던 어느 날 가와무라가 불쑥 사무실로 날 찾아왔소. 할 말이 있다면서. 둘이서만 긴히 할 얘기가 있다고 해서 사장실로 들어갔어요. 그때 처음 들었소. 기노가 전직 경찰관 같다는 얘기를."

시모이는 등골이 서늘해지면서 오싹한 기운을 느꼈다. 그러나 지금은 무표정으로 일관해야 했다.

"기노는 내가 꽤 아끼는 놈이었소. 그래서 그럴 리가 없다고 생각했어요. 나는 그 말이 사실이라도 지금 경찰이 아니라면 상관없다고 했소. 가와무라는 그게 아니라고 했소. 기노는 여전히 경찰과 관련이 있다면서 놈은 경찰의 개라고 펄펄 뛰었소."

어쩌다 발각이 되었을까.

"가와무라는 갑자기 왜 그런 소리를 했을까?"

"나도 모르오. 누구 아는 건달이라도 만나는 장면을 본 게 아닌가 싶은데, 가와무라는 당장 확인해보라고 성화였소. 실토하지 않으면 두들겨 패서라도 자백을 받아내라고 말이오. 하지만

난 그렇게까지 해서 털어놓게 하고 싶지 않더군요. 그 자리에서는 사태를 좀 더 지켜보자는 말로 가와무라를 달래서 돌려보냈소. 바로 그 직후였소. 절대로 들통 날 리 없는 우리 아지트가 경찰한테 털린 거요. 총도 거의 다 빼앗겼고, 젊은 애들도 다섯 명이나 끌려갔소."

듣고 보니 짚이는 데가 있기는 했다. 그러나 그 건은 기노나 시모이와는 상관없는 가택수색이었다. 원래 그 가택수색을 주도한 쪽은 당시 생활안전부가 틀림없었다.

"그때부터는 나도 수상쩍게 보이기 시작했소. 가와무라는 그것 보라며, 틀림없이 기노 짓이라고 했소. 녀석이 수상하다면서 당장 잘라버리라고 나를 들들 볶았소. 못 하겠으면 자기가 처리하겠다고 난리였지요. 나도 더 이상 가와무라를 말릴 도리가 없었소."

시모이는 어서 계속하라는 말이 쉽게 나오지 않았다.

기노에게 무슨 짓을 했나? 그저 그 물음만이 응어리가 되어 목을 꽉 막고 있었다.

모리타는 서두르지 않고 이야기를 계속했다.

"기노를 불러서 물었소. 물론 녀석은 부정했지. 나보다는 가와무라 쪽에서 더 험악하게 몰아붙였소. 가와무라 딴에는 알게 모르게 동료애를 느껴서 그랬는지. 동료애도 그땐 이미 평소 같지는 않았을 거요. 가와무라는 자기가 가진 정보에 꽤나 자신이 있었던 모양이오. 때리고 차고, 여간해서는 실토할 기미가 보이지 않으니까 꼼짝 못 하게, 이렇게 두 손을 콘크리트에다…… 그래요, 꼭 십자가에 못 박힌 예수그리스도 같았소. 손바닥에 커다란 콘크리트용 못을 박았던 거요. 벽에다 박아놓고는 젊은 부하 한 명과 나, 가와무라, 이렇게 셋이 달려들어서 쇠파이프로 사정없이 두들겨 팼소. 그때 가와무라가 우리 아지트가 털렸다는 연락을 받았소. 우리는 기노를 그대로 놔두고 자리를 떴소. 어차피 도망치지도 못할 테니 상관없었소. 그런데 이틀 뒤에 가보니 기노는 벌써 사라지고 없었소. 벽에는 피범벅이 된 못 두 개가 그대로 박혀 있었고. 그 후로 나는 기노를 한 번도 못 보았소."

어쩌다 들통이 났을까? 왜?

이런 의문이 시모이의 뇌리에서 소용돌이쳤다.

"만약 그때 일을 복수하려고 녀석이 벌인 짓이라면, 그때 차라리 온정 따윈 베풀지 말 걸 그랬소. 눈 딱 감고 저세상으로 보냈어야 했는데."

"그때는 왜 그러지 않았나?"

모리타가 곁눈질로 힐끗 쳐다보았다.

"누구 끄나풀인지 털어놓지 않았는데 어떻게 해치우겠소? 안 그렇소, 시모이 씨?"

그게 이유일까. 모리타도 기노에 대한 정이 각별해서 마지막 일격을 포기한 것은 아닐까.

무심코 내뱉은 '온정'라는 단어가 이자의 거짓 없는 마음을 대변한 게 아닐까. 조직폭력배와 어울리다 보면 이따금 자기 입장을 망각할 때가 있다. 상대가 범죄 집단의 일원이라는 사실을 잘 알면서도 일종의 정이라는 감정이 생기기 마련이다. 한 사람 한 사람 진지하게 대하다 보면 의리나 인정, 가족애까지 느껴지는 경우가 의외로 많다. 적어도 외국인 마피아나 폭주족 출신의 한구레 패거리보다는 확실히 말이 잘 통하는 편이다. 그렇다고 해서 지정 폭력단을 '사회적 안전망'이라고 정당화하는 일도, 필요악이라고 허용하는 일도 이제는 용납되지 않는다. 하지만 일제 소탕이 제일이라는 작금의 풍조도 잘못돼 보이기는 마찬가지다. 마구잡이 단속은 조직폭력배를 마피아로 악화시킨다. 그나마 존재했던 '임협(任俠)'이라는 명목의 테두리에서 이탈시키는 결과만 낳을 뿐이다.

달리 무슨 방책이 있을까. 이제는 시모이 자신도 어찌해야 좋을지 막막했다. 구습을 타파하기 위해서는 시대적 배경과 여론의 동향을 고려해야 했고, 시모이 자신의 나이와 입장의 변화도 큰 관련이 있었다. 지금 자신이 할 수 있는 일은 무엇인가. 아무것도 없었다. 자책 같은 감정이 가슴을 짓눌렀다.

사실 자기가 속한 조직에도 일정 부분 이해를 구한 상태에서 진행한 일이었다. 그래서 지금까지 조직폭력단 전담 형사로서 직무에 충실했다는 자부심도 갖고 있었다. 엄밀히 말하면 법적으로 처벌 대상이 될 만한 행위도 숱하게 저질렀다. 그렇다고 사회적 정의에 어긋난다고는 생각지 않았다. 경찰로서 해서는 안 될 일을 100가지도 넘게 했다. 시모이도 모르는 바가 아니었으나 법이 전부는 아니라고 생각했다.

모리타가 눈을 감았다.

"기노는 끝까지 입을 열지 않았소. 그대로 조용히 내 앞에서 사라진 거요. 그게 전부요, 시모이 씨."

모리타는 이야기를 마치자 시모이에게 먼저 호텔 방에서 나가라고 했다. 자기는 잠시 여기에 남아서 안전을 확인한 다음 나가겠다는 뜻이었다.

호텔 방을 나갈 때 모리타가 말했다.

"일련의 살인 사건이 기노 짓이든 아니든 조폭들은 이제 여기서 막을 내려야 할 거요. 그렇게 되면 시모이 씨 당신이 할 일도 사라지겠군."

시모이는 고개를 조금 흔들어 보였다.

"난 그러기 전에 정년퇴임할걸."

시모이는 문을 열면서 자기가 생각해도 조금 매정하다고 생각되었는지 어깨 너머로 손을 흔들어주었다.

복도에는 여전히 주위를 감시하는 부하 두 명이 서 있었다. 그들은 수고하셨습니다, 하고 정중하게 고개를 숙여 인사하며 시모이를 배웅했다.

기노와 처음 만난 때는 지금으로부터 20년쯤 전으로 거슬러 올라간다.

당시 시모이는 경위로 승진하여 본부 수사 1과에서 시나가와의 에바라 서로 이동한 직후였다. 직함은 지역과 2계 계장이었고, 자기 밑으로 들어온 직원이 기노였다.

19세. 여드름도 가시지 않은 얼굴에는 소년티가 아직 역력했다.

“오늘부로 지역과 2계에 배속된 기노 가즈마사 순경입니다. 잘 부탁드립니다.”

크고 늠름한 역삼각형의 상반신은 몸집이 왜소한 시모이가 보기에 한없이 부러울 정도였다. 듣자하니 어릴 때부터 가라테를 익혔다고 했다. 경찰학교 때는 선택 종목으로 유도를 배웠으나 가라테의 지르기나 차기 등을 이용한 체포술에 훨씬 자신이 있다고 했다.

시모이가 직접 업무를 가르치지는 않았지만 같은 파출소에 근무하는 경사들은 그를 좋게 평가했다. 체력도 좋았고 업무에도 성실히 임했다. 유도 실력도 빠르게 늘어서 언젠가 한번은 조회에서 시모이가 보기 좋게 내던져진 적도 있었다. 좀 살살하라고 농담을 했던 기억도 난다.

시모이는 그 뒤 1년 정도를 본부 수사 4과로 이동해 근무했고, 기노와도 멀어졌다. 어차피 수십 명의 직원 중 한 사람이었을 뿐이다. 몸집이 크다는 특징은 있었지만 당시에는 솔직히 그렇게까지 인상에 남는 사람은 아니었다.

그런 기노와 재회한 때가 9년 전이다. 모리타가 말한 대로라면 기노가 마에가와를 이용해서 모리타 휘하로 들어간 지 얼마 안 되었을 때의 일이었다.

당시 시모이는 스미다 조직에 대한 뒷조사로 한창 바쁠 때였다. 야마토회와 시라카와회의 항쟁을 스미다 조직이 어떻게 중재했는지, 그 이면을 밝히기 위해서 불철주야 조직원들의 동향을 살피고 감시하고, 때로는 관계자에게 뇌물을 먹여가며 정보를 수집했다.

오랜만에 만난 기노는 겉모습이 확 바뀌어 있었다. 무엇보다도 머리가 금발이어서 처음에는 알아보지 못했다. 모리타 조직이나 니와타 조직 패거리와 친하게 이야기를 하고, 때로는 술잔을 나누기도 했지만 아무래도 조직원처럼 보이지는 않았다. 뭐하는 녀석이지 싶을 정도였다. 그러나 몇 번 눈에 띄는 사이에 누군가와 닮았다고 느꼈다.

결정적인 순간은 따로 있었다. 어느 폭력단의 똘마니와 시비가 붙은 광경을 목격했을 때였다. 왼손으로 면상에다 잽을 한 방 날리더니 예전에 시모이에게 썼던 허리후리기로 상대를 땅바닥에 메다꽂았다. 시모이 자신이 기노의 기술에 당했을 뿐만 아니라 다른 경관들도 그에게 당하는 모습을 여러 번 본 적이 있어서 바로 알아차렸다.

아니, 기노잖아?

확신을 갖고 주의 깊게 살펴보았다. 기노가 분명했다. 날카로운 이목구비와 얼굴의 윤곽, 넓은 어깨, 긴 팔다리. 틀림없이 그는 기노 가즈마사였다. 그런데 왜 이런 곳에서 건달과 시비가 붙었을까. 모리타나 니와타의 부하들과 어울리고 있다. 혹시 잠입 수사라도 하는 중인가?

시모이는 본부로 돌아와서 당시 상사였던 히라마 계장의 허락을 받고 기노를 조사했다. 얼마 안 가 의외의 사실과 맞닥뜨렸다. 기노는 그 시점에서 이미 6년도 더 전에 경시청을 퇴직한 상태였다. 본부에 보관된 자료로는 본인 의사에 따른 퇴직을 했다는 사실밖에 얻을 정보가 없었다. 최종 임지가 에바라 서였다는 점은 확인했다. 어쨌든 기노는 한 번도 다른 곳으로 이동하지 않고 경찰 생활을 접은 듯했다.

당연히 시모이는 에바라 서로 향했다. 기노가 퇴직한 구체적인 사유를 조사했다. 시모이가 이동한 뒤로 8년, 기노가 퇴직한 뒤로 6년 만이었다. 자료가 조금 남아 있었지만 시모이와 안면이 있거나 기노를 아는 사람은 한 명도 없었다. 결국 시모이는 당시 사정을 알 만한 예전 동료를 찾아 관할 서 몇 군데를 돌아보았다.

예닐곱 사람의 이야기를 바탕으로 시모이가 머릿속으로 간추린 기노의 퇴직 전말은 이러했다. 당시 기노는 에바라 서 도고시 파출소에서 근무하였는데, 관내의 한 맨션에서 불법적인 출장형 성매매가 이루어지고 있다는 사실을 알아냈다. 그런데 이미 생활안전과의 이데라는 경사가 그 불법 성매매를 뒷조사하는 중이었다. 때문에 기노가 굳이 나설 필요는 없었고, 자신의 업무 성과로 남을 일도 아니었다.

사건은 그 후 뜻밖의 방향으로 흘러갔다. 기노가 성매매 업소의 책임자와 이데 경사 둘 모두를 폭행해서 병원으로 실려 가게 만든 것이다. 이데는 불법 영업을 눈감아준 대가로 금품과 성적인 서비스를 제공받은 모양이었다. 그런 뒷사정 때문에 기노는 상해 사건을 일으켰지만 입건되지 않았고, 유야무야 넘어갔다. 그러나 기노는 그 뒤 퇴직을 했다. 실제로는 모종의 퇴직 압력 때문이었는지, 아니면 경찰에 대한 혐오감 때문이었는지 확실한 이유는 알 수 없었다. 기노의 변명을 개인적으로 들었다는 경찰이 한 명 있었다.

"'경찰은 조폭 흉내를 내고, 조폭은 또 그걸 묵인하다니. 둘 다 원리 원칙도 모르는 쓰레기들이야. 내가 그걸 그 인간들에게 가르쳐준 거라고!' 이러면서 녀석이 울분을 터뜨리더군요."

그런 기노가 이제는 모리타 조직, 니와타 조직 패거리와 어울리고 있었다. 시모이는 이것을 절호의 기회로 여겨 히라마 계장과 의논했다. 기노에게 접근해서 정보원으로 삼으면 좋지 않겠냐고 하자 히라마는 좋아, 한번 해봐, 하면서 뒤를 밀어주었다.

며칠 뒤 시모이는 기노가 혼자 있을 때를 노려 그에게 다가갔다.

그는 니시이케부쿠로에 있는 돈코쓰라멘집의 테이블 자리에 앉아 있었다.

"저기…… 혹시 기노 아닌가? 이야! 기노 맞네. 이게 대체 얼마 만이야?"

기노는 아주 잠깐 노려보는 듯하더니 바로 놀란 토끼 눈을 하고서 시모이를 쳐다보았다. 처음 만났던 열아홉, 스무 살 무렵의 표정으로 돌아가 있었다.

"시, 시모이 계장님 아니십니까?"

"그래, 맞아. 기억하는군."

"그럼요. 그간 안녕하셨어요?"

그때 기노의 태도를 보고 알았다. 기노라는 사람의 근본은 별로 달라지지 않았다고.

"자네는 신수가 훤하군그래. 아니, 근데 차림새가 영 경찰 같지가 않구먼. 자네 요즘 뭐 하나?"

기노는 면목 없다는 듯이 고개를 숙이고 어깨를 움츠리며 대답했다.

"실은, 저 경찰에서 나왔습니다."

"저런, 그랬군. 지금 자네 같은 모습으로 경찰 노릇을 한다는 게 흔한 경우는 아니지."

금발에다 화려하게 수가 놓인 검은색 항공 점퍼 차림이었다. 잠입 수사 때문이라고 쳐도 너무 튀는 복장이었다.

"지금은 그냥 친구 일을 돕고 있어요. 녀석이 중고 옷 가게를 하거든요."

거짓말이었다. 그 무렵 기노는 거의 노숙자나 다름없는 생활을 하고 있었다.

"그래? 여기서 만난 것도 다 인연인데 한잔하지. 경찰에 처음 들어왔을 때와는 다르잖아. 이젠 성인이니 말이야. 맥주라도 한잔하자고."

시모이가 기노에게 했던 행위는 폭력단 전담 형사가 폭력단원을 회유할 때 쓰는 수법과 다르지 않았다. 술을 먹이고, 어쨌든 많은 대화를 나누고, 이쪽의 신분을 밝히는 대신 상대방의 신분도 털어놓게 한다. 경우에 따라서는 성매매업소에 데려갈 때도 있고, 경륜이나 경마를 함께 즐기기도 한다. 물론 기노의 주변인들이 눈치채지 못하게 주의를 기울여야 한다.

전화는 대부분 시모이 쪽에서 건다.

"이봐, 나야, 시모이. 자네 지금 어디 있나? 잠깐 신주쿠로 나오지그래?"

"네, 좋습니다. 마침 저도 신바시에 있거든요. 계장님은 어디세요? 아, 그럼 우에노는 어떠세요? 네, 알겠습니다. 그럼 8시에 뵙죠."

사실 여러 이야기를 나누었다. 시모이가 어릴 적에 했던 장난, 경찰 선배의 손에 이끌려 처음으로 성매매 업소에 갔던 일, 그 옛날 임관 초기에 받은 교육, 아무것도 모르고 단골로 다녔던 술집 2층이 실은 좌익 게릴라들의 아지트였다는 사실을 알고 깜짝 놀랐던 일까지.

기노도 자기 이야기를 술술 풀어놓았다. 이바라키 현 출신이라는 점은 시모이도 알고 있었으나 농촌에서 자랐다는 이야기는 처음 들었다. 삼형제 중 막내라고 했다. 지금은 두 형 모두 아버지와 함께 농사를 짓는다고 했다.

"전 일찌감치 집을 나와서 독립했어요. 몸뚱어리 하나는 튼튼했으니까요. 벌써 중학교 때부터 자위대원이나 경찰관을 해야겠다고 결심했거든요."

"그런데 왜 경찰을 5년도 못 채우고 때려치웠나?"

그 일에 대해 몇 번 물었으나 기노는 자세한 이야기를 피했다.

"글쎄요. 왜였을까요. 뭐랄까, 제가 생각했던 정의가 경찰이라는 조직에는 없었어요. 전 경찰과 시민, 둘 다 폭행해서 해고됐잖아요. 그럼 저를 검찰에 넘겨라 이겁니다. 제가 두 사람을 병원으로 실려 가게 한 건 명백한 사실이니까요. 또 모르죠. 시모이 계장님이 계셨더라면 어땠을지."

거기까지 듣고 나자 기노가 경찰을 관둘 때 언급했던 '원리원칙'이 무슨 의미였는지 겨우 이해가 갔다. 건달은 어디까지나 건달이다. 경찰과 한패가 되어서는 안 된다. 경찰도 경찰답게, 아무리 자기 식구라도 처벌할 일은 엄하게 처벌하라는 뜻이었다.

솔직히 스파이로 삼기에는 곤란한 타입이라고 생각했다. 사고방식이 지나치게 단편적이었고 사리 분별에 밝아 보이지도 않았다. 다만 이 한결같은 정의감에는 기대할 여지가 많다고 판단했다.

어느 날 시모이는 작심하고 이야기를 꺼냈다.

"기노, 내 오늘 긴히 할 말이 있는데, 자네한테 부탁 좀 해도 될까?"

기노는 무덤덤하게 네, 그러세요, 하고 대답했다. 표정에도 별다른 변화가 없었다.

"자네, 모리타 휘하로 들어가주겠나?"

모리타 조직의 두목이 벌써 여러 번 권유했다는 이야기를 기노가 직접 들려주어 알고 있었다. 그것을 시모이가 부탁하는 데에 어떤 의미가 있는지, 기노라면 눈치채고도 남았다.

퇴근한 직장인들로 북적이는 저녁 8시의 선술집.

기노는 시모이의 눈을 똑바로 쳐다보았다.

"지금 그 말씀은 저보고 시모이 씨 스파이를 해라, 이겁니까?"

시모이도 정면으로 바라보았다.

"그래, 나를 위해서 모리타 조직에 들어가 정보를 빼내주게."

도박이었다. 기노 앞에서는 우물쭈물해봐야 소용없는 짓이었다. 딱 잘라서 간단명료하게 말하는 편이 낫다고 시모이는 판단했다.

기노는 잠시 말이 없다가 다시 똑바로 쳐다보았다.

"한 가지만 가르쳐주십쇼. 뭣 때문입니까?"

"우선은 시라카와회와 야마토회를 중재할 때 스미다 조직이 무슨 수를 썼는지 알기 위해서야. 모리타에게 붙어 있으면 도에이회 정보는 물론이고, 스미다 조직 본부의 정보까지 자연스럽게 입수할 수 있을 걸세. 지금 일본에서 암흑가의 숨통을 쥐고 있는 건 야마토회가 아니야. 스미다 조직의 도에이회지. 거기만 파보면 고구마 줄기처럼 증거들이 줄줄이 딸려 나올 걸세. 시라카와회와 야마토회를 중재시킨 증거도 드러날 거고. 그렇게 되면 조폭을 이 사회에서 완전히 쓸어내는 것도 어렵지 않아. 완전히는 아니어도 그에 가까운 피해를 입힐 수 있다고 보네. 우리가 노리는 건 바로 그거야."

기노는 다시 눈에 힘을 주었다.

"시모이 씨, 놈들 꼬투리를 잡아서 구차하게 용돈벌이나 하려고 이러시는 건 아니겠죠?"

시모이는 굳이 고개를 끄떡이지도, 가로젓지도 않았다.

"자네가 그리 생각한다면 나는 그런 사람일 거야. 하지만 자네가 내 말을 믿어준다면 나는 구차하게 용돈벌이나 하는 사람이 아닐 테지. 내 목적은 어디까지나 조직폭력단의 괴멸이야. 그리고 그로 인한 조폭 업계 전반의 지반 침하일세. 하지만 이건 말처럼 쉬운 일이 아니야. 서둘러서 한꺼번에 해치웠다가는 조폭들을 전부 실업자 아니면 범죄자 신세로 만들 게 불 보듯 뻔해. 그러니 펑 터지지 않을 정도로만 바늘을 찔러 넣어서 풍선의 바람을 빼듯이 조금씩 천천히 알맹이를 빼내는 길밖에 없어. 나도 조폭 중에 아는 사람이 있네. 모리타는 물론이고 그의 여동생도 잘 알지. 나는 말이야, 그저 조폭이 싫어서 이러는 게 아닐세. 놈들이 바르고 착실하게 살았으면 좋겠어. 밝은 사회로 나와서도 인간답게 살아갔으면 하는 바람이야. 최종적으로는 놈들을 위한 일이기도 하다는 뜻일세. 알겠나, 기노?"

한동안 생각에 잠겼던 기노는 미소를 지었다.

"알겠습니다. 내일 가입할게요."

흔쾌히 대답한 기노는 단신으로 모리타 조직을 찾아갔다. 기노는 그 후 2년에 걸쳐 시모이에게 모리타 조직과 도에이회의 내부 정보를 제공해주었다.

어디서 잘못됐는지 니와타 조직 두목인 가와무라 조지가 눈치채고 말았다. 기노는 콘크리트 벽에 못 박혀 무자비하게 린치를 당했고, 결국에는 그곳에서 모습을 감추었다. 어쩌면 살해당했는지도 모른다.

그대로 조용히 내 앞에서 사라진 거요.

모리타는 그저 예방 차원에서 시모이에게 얼버무린 것인지도 모른다. 또한 그렇지 않고 기노가 정말로 살아서 린치 현장을 빠져나갔다고 한다면, 모리타가 우려하는 것에도 일리가 있다.

최소한 가와무라 조지 살해 사건에 관해서는 기노가 범인이라는 가설의 성립이 가능하니까.

문제는 그 밖에 연속적으로 발생하고 있는 폭행 치사 사건과의 연관성이다.

호텔을 나와서 삼사십 분쯤 지났을 때였나.

시모이가 이케부쿠로 역 근처의 서서 먹는 메밀국수집에서 유부초밥을 먹고 있는데 휴대전화가 울렸다. 저장되어 있지 않은 번호였다. 생각해보니 모리타 유조였다.

"뭐야? 왜, 더 할 말이라도 있나?"

모리타는 조금 사이를 두었다가 이야기했다.

"시모이 씨, 미안한데 아까 그 호텔 방으로 다시 오셔야겠소."

"그러지. 근데 뭔가? 할 얘기가 있으면 지금 전화로 말해. 내 번호는 또 어떻게 알았어? 혹시 야스에가 알려주던가?"

"맞소. 아무래도 만나서 이야기하는 편이 낫겠소."

"그래? 알았네. 지금 역이니까 10분쯤 걸릴 걸세. 서두르지."

"미안합니다. 그럼 빨리 오시구려."

모리타의 말투가 왠지 이상하게 느껴졌다. 가겠다고 대답은 했지만 자기를 다시 호텔 방으로 다시 부르다니, 영 께름칙했다.

시모이는 역 앞에서 택시를 잡아탔다. 가까운 곳이라 미안하지만 가나메초 방면으로 가달라고 했다.

실제로는 10분도 걸리지 않는 거리였다. 잔돈은 넣어두라고 하면서 1천 엔을 주고 택시에서 내렸다. 호텔 입구로 들어가서 프런트 앞을 지나쳐 엘리베이터 쪽으로 향했다.

호텔의 모습은 초저녁 때와 별반 다르지 않았다. 손님이라고는 한 사람도 보이지 않았다. 흘깃 곁눈질로 본 레스토랑도 썰렁하기만 했다. 바깥에 어둠이 내렸고 호텔 안에는 조명이 켜졌다. 다른 점은 그뿐이었다.

하지만 엘리베이터를 타고 6층에서 내린 순간, 시모이는 이변을 감지했다.

모리타의 경호원들이 없었다.

시모이는 권총집에서 스미스앤드웨슨을 꺼내 들었다. 안전고리를 벗기고 총알 한 발을 천천히 장전했다.

엘리베이터 앞의 복도는 좌우로 길게 뻗어 있었고, 왼쪽 막다른 곳에 607호실이 있었다. 시모이는 우선 우측, 자신의 등 뒤를 확인하고는 곧바로 좌측도 살폈다. 아무도 없는지 확인한 다음 복도로 나섰다. 서 있는 자리에서 보기에 6층 복도에는 인기척이 없었다. 중간 어느 객실에서 누군가가 튀어나온다면 모를까, 그렇지 않다면 갑자기 뒤에서 공격당할 염려는 없었다.

경호원 두 명은 어디로 갔을까. 607호실 안으로 들어갔다면 상관없다. 그게 아니라면 모리타는 어디로 갔단 말인가. 지금 저 어안렌즈로 이쪽의 모습을 살피고 있나? 그렇다면 권총을 들고 있는 자기 모습을 보면서 무슨 생각을 할까. 사복형사가 권총을 들다니 웬일인가, 하면서 괜히 불안해하지는 않을까.

607호 앞 2미터 지점까지 와서 시모이는 다시 한 번 이변을 느꼈다. 도어 스토퍼가 내려진 채로 문이 조금 열려 있었다. 다시 말해서 607호는 지금 아무나 자유롭게 드나들 수 있는 상태였다. 안에서 문을 열어주러 나올 필요가 없다는 뜻이다.

시모이는 일단 문 옆에 있는 초인종을 눌렀다. 응답이 없었다.

"나요, 시모이. 들어가도 되겠소?"

대답한 사람은 모리타가 아니었다. 전혀 다른 사람이었다.

"어서 오세요. 문 열려 있으니 그냥 들어오시죠."

모리타보다 훨씬 젊고 또렷하며 울림이 있는 목소리였다.

누구지? 역시 기노인가. 목소리가 꽤 멀리서 들린다. 적어도 문 바로 안쪽은 아니다. 초인종을 눌렀을 때 바로 대답하지 않은 점으로 보아 침대 곁이거나 책상 앞쪽이 아닐까.

시모이는 두 손으로 권총을 쥐고 구두코로 문을 조금씩 밀어보았다.

문틈으로 호텔 방 통로의 벽이 보였다. 그대로 무릎을 사용해서 문을 밀고 들어가자 벽에 걸린 큰 거울, 스탠드 조명, 초박형 액정 텔레비전이 놓여 있는 책상의 측면이 보였다.

아까 시모이가 앉았던 의자도 보였다. 모리타가 거기에 앉아 있었다. 이쪽을 향한 채 두 손을 힘없이 툭 떨어뜨린 채로.

모리타 뒤에 또 한 사람이 서 있었다. 키가 컸고, 어깨가 아주 넓었다. 모리타의 정수리 쪽 머리카락을 움켜쥐고 있었다.

틀림없다. 기노 가즈마사다.

"시모이 씨, 오랜만입니다. 그대로 들어오세요. 문은 좀 닫아주시고요. 권총은 발치에 내려놓으시죠."

기노가 지시한 대로 움직여야 했다. 한 손으로 출입문 하단의 스토퍼를 위로 올리고 문을 닫았다. 오른쪽 무릎을 카펫이 깔린 바닥에 댄 상태로 안전장치를 건 다음 권총을 내려놓았다. 기노 발치에 있는 저것은 뭐지? 누군가의 구두다. 모리타의 경호원인가. 경호원 두 명은 이미 살해당해서 저기에 쓰러져 있다는 말인가.

지금은 그냥 못 본 척한다.

"이거 안부 인사치고는 너무 요란하지 않나, 기노?"

"그건 제가 할 말인데요, 시모이 씨. 해도 해도 너무하신 거 아닙니까?"

"뭘 말이야?"

"세상에! 정말 모르시겠어요?"

기노는 갑자기 무언가를 든 오른손으로 모리타의 왼쪽 가슴께를 내리쳤다.

"으윽!"

옷 위에서 살을 때리는 둔탁한 소리에다 무언가가 투두둑 부서지는 소리가 섞여 들렸다. 아마도 가슴뼈가 부러지면서 뼈끝이 폐를 찔렀을 게 분명하다.

"그만둬, 기노. 왜 그런 짓을 해?"

"그런 짓? 당신한테 그럴 말을 할 자격이 있습니까? 나는, 나를 궁지에 빠뜨린 인간이 누군지 조사하는 것뿐입니다. 가와무라가 가석방으로 풀려난 뒤 놈을 잡아 족치면 진상은 쉽게 밝혀질 거라고 생각했어요. 그런데 놈은 끝까지 모르쇠로 버티더군요. 지금도 이 아저씨한테 이것저것 물어봤어요. 역시 모른대요. 내가 전직 경찰관이고, 당시 모리타 조직의 정보를 경찰에게 흘려주었다는 걸 누구한테 들었는지 아주 친절하게 물었다고요. 그럼 뭐 합니까? 털어놓지를 않는데. 그러니 이럴 수밖에요."

다시 일격. 기노는 같은 자리를 또 내리쳤다. 모리타는 이상한 숨소리만 토할 뿐, 더 이상 비명조차 지르지 못했다.

저건 뭐지? 기노가 지금 무얼 들고 휘두르는 거야?

"시모이 씨, 설마 당신은 아니겠죠? 갑자기 내가 귀찮아지니까 당신 스스로 가와무라에게 밀고해서 나를 제거하라고 시켰다든가, 그런 거 아니죠?"

모리타가 맥이 풀린 눈으로 시모이를 쳐다보았다. 그렇다. 기노를 관리한 사람은 자신이 맞다. 그러나 결코 밀고자는 아니다.

"내가 뭐 하러 그런 짓을 하겠나?"

"그야 모르죠. 하지만 가와무라에게 물어도 소용없고, 이 아저씨한테 물어도 답이 안 나오니 이젠 시모이 씨 당신한테 물어보는 길밖에 없군요. 온몸의 뼈가 산산조각 나기 전에 실토하시는 게 좋을 겁니다."

또 한 번 일격. 기노는 모리타의 뒤통수를 내리쳤다. 퍽! 무언가를 파고드는 소리가 나더니 모리타의 몸이 의자에서 미끄러져 내렸다. 목이 부러진 모양이다.

시모이는 그 모습을 보자마자 고개를 돌려 왼손으로 출입문 손잡이를 잡고 오른손으로 권총을 집어 들었다.

그러나 소용없었다.

"늦었어!"

기노는 모리타가 앉았던 의자를 발판으로 뛰어올라 시모이를 향해 달려들었다. 문은 불과 몇 센티미터밖에 열리지 않았다.

"퍽!"

권총 쪽으로 뻗었던 오른손에 어마어마한 충격이 가해졌다. 기노가 온몸의 체중을 실어서 손을 휘둘러 시모이의 오른쪽 손등을 내리친 것이었다. 전병이 든 자루를 짓밟을 때처럼 손목에서 딱딱한 것이 연달아 부서지는 소리가 났다.

틈을 주지 않고 기노는 오른손을 짧게 쳐 올린 다음 시모이의 오른쪽 쇄골에 초점을 맞추어 스탬프를 찍듯이 흉기를 내리 찍었다. 푹 하는 소리와 함께 오른손이 힘없이 덜렁 늘어졌다. 그래도 시모이는 안간힘을 쓰면서 왼손으로 출입문 손잡이를 잡아당겼다.

갑자기 문에 부딪쳐 눈앞에 불꽃이 튀었다.

그 와중에 누군가가 문 안쪽으로 권총을 들이밀었다.

가쓰마타, 아니, 왜 자네가?

"엎드려!"

가쓰마타는 경고도 하지 않고 다짜고짜 기노를 향해서 방아쇠를 당겼다. 그것도 두 발…… 아니, 세 발을. 그러고는 재빨리 복도 벽 쪽으로 몸을 피했다. 다음 순간 총소리가 크게 울려 시모이는 오른쪽 귀가 떨어져나가는 듯했다. 기노였다. 기노가 시모이의 권총을 주워 발사한 것이다.

"제기랄."

기노는 욕을 한마디 내뱉고는 또 한 발을 쏘았다. 이번에는 시모이의 왼쪽 발목이 으스러졌다. 시모이가 비명을 질렀지만 들리지 않았다. 기노와 가쓰마타는 서로를 향해 사정없이 권총을 난사했다. 거듭된 총성을 이기지 못하고 고막이 전부 파열되었다.

퍽! 기노의 오른쪽 어깨가 튕기는 모습이 언뜻 눈에 들어왔다.

기회인가?

시모이는 모든 것을 운에 맡긴 채 오른쪽 발만으로 걸음을 내디뎠다. 헤드 슬라이딩을 하듯 있는 힘껏 복도를 향해 몸을 던졌다. 낙법에 실패하여 골절된 오른쪽 어깨가 복도 바닥에 세게 부딪쳤다. 왼쪽 발목도 문틀 같은 곳에 부딪치는 바람에 기절할 만큼 극심한 통증에 휩싸였다. 그보다도 시모이를 더욱 충격에 빠뜨린 일은 따로 있었다. 복도로 몸을 날린 자신에게 가쓰마타가 총을 겨누고 있었다.

"도, 돌았어? 나야, 나라고."

가쓰마타는 아차, 하며 객실을 향해 다시 총구를 겨누었다.

그러고 보니 총성이 멈추었다.

몇 초 동안 동태를 살핀 가쓰마타가 문틀에 몸을 기대고 객실 안을 살폈다.

"으윽! 빌어먹을."

시모이도 간신히 윗몸을 일으켜서 객실 안쪽으로 시선을 돌렸다.

객실 정면 끄트머리에 있는 창문 유리가 산산조각 나 있었다.

가쓰마타가 창을 향해 뛰어갔다. 바깥을 내다보더니 갑자기 왼쪽 아래를 향해 총을 발사했다.

"안 돼, 거기 서!"

가쓰마타가 고함을 지르며 총을 쏘아댔다.

총성은 총알이 다 떨어지고 나서야 멈추었다.

결국에는 아주 못마땅하다는 듯이 오만상을 찌푸리며 휴대전화로 누군가에게 악을 쓴 다음 시모이 쪽으로 돌아왔다.

"긴급 배치*하란 말이야! 긴급 배치! 발생 현장, 도요지마 구 이케부쿠로 3가, 어번플라자 호텔 607호실…… 뭐야? 긴급 배치가 갑호인지 을호인지, 경찰서 단위인지 전국 단위인지 내가 어떻게 알아? 거기서 정하라고, 알았어? 그럼 계속한다. 피의자, 키 190센티 이상, 인상착의는 검은색 점퍼에 초록색 바지, 마른 편이고 둔기와 권총을 소지했으니 주의하기 바람. 아니지, 권총은 없는지도 모르겠군. 이런, 여기 떨어져 있잖아. 알았나? 사망자가 또 나오기 전에 얼른 배치하라고!"

가쓰마타는 휴대전화를 끊고 출입문에 서서 시모이를 내려다보았다.

"쳇, 이 양반, 귀찮게 됐네."

이건 또 무슨 수작인가.

"가쓰마타, 이러지 마. 나까지 죽일 셈인가?"

"쓸데없는 한풀이 같은 건 안 합니다. 멀쩡히 잘 살아 계시는

* 긴급 배치: 중요 사건 발생 시, 필요하다고 판단되는 경우 신속한 경찰력 배치, 도주로 차단, 검문검색 등으로 범인을 체포하고 현장을 보존하는 조치.

구먼, 뭘. 이게 다 누구 덕인지 곰곰이 생각해보고 나불대쇼."

쯧, 가쓰마타는 혀를 차면서 다시 객실 안을 돌아보고 말했다.

"대체 무슨 생각으로 이랬을까. 이런 게 무차별 살육이 아니고 뭐요? 또 세 명이나 죽었으니, 원. 그나저나 저러고 달아났으니 사형이고 나발이고 다 글렀네. 그런데 시모이 씨, 이게 대체 뭐요?"

가쓰마타가 왼손에 들고 있던 무언가를 휙휙 흔들어 보였다.

"가면인가……?"

가면무도회에서나 쓸 법한, 눈만 뚫린 형태의 가면 같다. 색은 반짝반짝 빛나는 파란색이다.

"그 정도는 나도 알아요. 뭐 하는 데 쓰는 물건이냐고 묻는 말 아뇨? 지금 장난하나, 이 돼지다 만 양반이."

입 다물어! 장난하는 쪽이 누군데!

이 작자에게 목숨을 빚졌다는 사실이 시모이는 지금 미치고 팔짝 뛸 만큼 원통했다.

제4장

1

처음에는 시체 처리를 돕지 않아도 괜찮았다. 그런데 점점 시간이 갈수록 마사가 잠깐 도와달라며 나를 끌어들이는 일이 많아졌다.

"진짜 운전만 해달라니까 그러네, 오케이?"

"좋아요. 운전만이라면."

마사가 어디선가 조달해 온 소형 트럭 짐칸에 시체를 싣고 지바 방면으로 향했다. 그곳이 민간 산업 폐기물 처리장이었는지, 아니면 공장에 딸린 소각장이었는지는 분명치가 않다. 어쨌든 그와 비슷한 곳으로 차를 몰았다.

"아저씨, 내리쇼."

운전만 하면 된다고 하지 않았냐고 불평해봐야 소용없다. 이 남자의 비위를 거슬러서 좋을 게 없다.

"알았어요, 알았어."

두 사람이 달려들어 짐칸에서 시체를 내린 다음 소각 담당자가 기다리는 소각로 앞까지 옮긴다. 소각 담당자가 지정해준 투입구에 시체가 담긴 가방을 던져 넣으면 작업은 끝난다. 소각 담당자는 그 일만 해주고 100만 엔이나 번다.

"또 봅시다. 아저씨, 그만 갑시다."

아무래도 내가 손해 보는 일 같았다.

나는 살인 현장에 동행해서 시체를 가방에 집어넣거나, 비상계단을 이용해서 시체가 든 가방을 반출하는 일을 돕는다. 창고에다 시체를 하룻밤 보관해주기도 한다.

그렇게까지 협조하고 10만 엔, 아니면 기껏해야 20만 엔밖에 받지 못한다. 더군다나 돈을 더 주고 덜 주고는 마사의 기분에 따라 다르다. 재수가 없으면 아예 동전 한 닢도 못 받는 경우도 있다.

"아저씨, 뭐 불만 있소?"

"아니요. 불만은 무슨. 그런 거 없어요. 신경 쓰지 마요."

가면을 쓰고 일을 하면 더 이상 시체 처리를 할 필요가 없다고 하지 않았나? 그런 생각도 들었지만 역시 입 밖으로 내지는 않았다. 나 자신부터가 가면을 쓰고 있으면 죽은 사람을 그냥 방치해도 된다는 말 따위는 처음부터 믿지 않았다.

아침에 눈을 뜨자마자 소각장으로 시체를 운반했다. 고속도로를 타지 않고 국도로만 빙빙 돌아서 집으로 왔다. 마사는 무슨 까닭인지 아라가와 강을 건널 때쯤이면 꼭 출출한데, 하고 중얼거렸다.

"어떤 게 좋겠어요?"

"아저씨는? 난…… 그래, 고기를 먹어볼까?"

"아침 댓바람부터 고기요?"

"조금만 있으면 점심때인데, 뭘."

그날은 아마 10시나 11시 반이었던 듯하다. 상식적으로 보면 아침도 아니고 점심도 아닌 어중간한 시간대다.

"알았어요. 그럼 스테이크 하우스나 불고기집인데."

"그러게. 어디로 가야 하나. 일반 패밀리 레스토랑도 좋고."

마침 커다란 소 마크가 들어간 간판이 눈에 띄어 그 집으로 들어갔다. 마사는 흑모 와규를 사용한 등심스테이크와 생맥주를 주문했고, 나는 모듬구이와 무알콜 맥주를 주문했다. 아, 사실은 이럴 의도였나, 하는 생각이 들기도 했다. 시체 처리까지 마치고 나서 집에 돌아가는 길에 맥주 한 잔 마시면 딱 좋겠다, 하는 속내. 나는 마사의 그런 욕구를 채우기 위해 운전기사 노릇을 했나 싶어 맥이 풀렸다. 요컨대 살인은 해도 음주운전은 하지 않겠다는 뜻이다. 경우에 따라서는 이런 고지식함도 필요하겠지만 어쩐지 뒷맛이 씁쓸했다.

"미안하게 됐수다. 나 혼자만 술까지 걸쳐가며 제대로 먹어서. 이건 내가 계산하지."

당연한 말이다. 게다가 그 돈은 마사가 제 손으로 죽인 놈한테서 뜯어낸 돈이다. 나도 지금보다 더 많은 돈을 받아야 한다고 생각하지만 언제나 생각뿐이다.

"아니, 됐어요. 난 이걸로 충분해요. 잘 먹을게요."

적당히 배가 차면 내가 또 운전을 해서 마사의 집까지 데려다주었다.

가는 도중에 마사는 드르렁거리며 코를 골았다. 잠꼬대는 별로 하지 않는 사람인데 딱 한 번, 무전기 건전지가 다 됐습니다, 하고 소리를 질러서 웃은 적이 있었다. 웬 무전기냐고 되물으며 잠꼬대에 장단을 맞췄더니 그 질문에는 대답하지 않았다. 대체 무슨 꿈을 꾸는 건지.

소형 트럭은 렌터카가 아니므로 그대로 1층 창고에 주차해두었다. 주행 기록이 벌써 10만 킬로를 넘었지만 차는 비교적 쌩쌩했다. 아직 3만 정도는 문제없겠다.

그날이었다. 마사는 평소보다 조금 피곤한 기색이었다.

"아저씨, 나 좀 쉬어야겠소. 아무래도 배탈이 났나 봐."

나는 유리문에 자물쇠를 잠근 다음 돌아보았다.

"그래요? 어서 쉬어요. 이불 깔아줄까요?"

"아니, 됐수다. 내가 하지."

마사는 난간을 더듬더듬 짚으면서 2층으로 올라갔다. 나는 마사가 평소답지 않다고는 생각했지만 별로 신경이 쓰이지는 않았다. 소형 트럭 짐칸에 덮었던 포장을 보니 고리에 묶었던 고무줄 몇 개가 풀려 있었다. 다시 묶은 다음 2층으로 올라갔다.

그 후에 내가 무엇을 했더라. 텔레비전이 있는 방에서 혼자 맥주를 마셨나? 나도 모르는 사이에 고타쓰* 속에 들어가서 잠들었던가. 눈을 떴더니 저녁이었고, 그때 형사 드라마 재방송이 막 시작하는 참이었다.

갑자기 물 내리는 소리가 들렸고 화장실에서 마사가 나왔다.

"오줌 냄새 한번 지독하네."

"몸은 좀 어때요?"

"덕분에 배탈은 나았소. 근데 왜 그랬을까…… 아무래도 고기를 과식했나 봐."

그러면서 마사도 고타쓰에 앉아 담배를 피웠다. 내가 사 온 것이기는 하지만, 담뱃값은 마사가 사람을 죽여 얻은 돈으로 냈으니 그걸 피운다고 내가 불평할 입장은 아니다.

"아저씨, 속은?"

"난 괜찮은데요."

"아니, 슬슬 배고플 때 안 됐냐고."

"아, 조금 출출하기는 한데. 죽이라도 쑬까요?"

"됐수다. 밥 먹읍시다. 외식하지, 뭐. 나도 우동쯤은 괜찮을 것 같아."

마사는 점퍼를 걸치고 1층으로 내려갔다. 그런데 1층에 내려서자마자 우뚝 멈춰 서서 어깨 너머로 손을 들어 보였다. 그것은 마사가 자기 집이나 우리 창고에서 하는 행동이 아니었다. 살인할 장소를 습격할 때만 하는 행동이었다. 그것도 침입하기

* 고타스(炬燵): 각로에 틀을 놓고 이불을 덮어 사용하는 난방 기구.

직전, 상대방의 동태를 살필 때 하는 신호였다.

잠깐, 여기서 기다리쇼.

그 순간 나는 그대로 얼어붙어 손가락 하나 까딱하지 않고 마사의 다음 지시를 기다렸다.

마사는 계단 밑에서 신발을 신고 조용히 소형 트럭의 운전석 쪽으로 돌아갔다. 텅 비다시피 한 도구 선반 쪽이었다. 저녁이었고, 소형 트럭의 그림자 때문에 그쪽은 몹시 어두웠다.

"너, 여기서 뭐 하는 거야?"

발치를 내려다본 마사가 나직하게 물었다. 그때였다.

내 쪽에서는 똑똑히 보이지 않았지만 소형 트럭 그림자 속에서 갑자기 어떤 자가 일어서려고 했다. 하지만 마사가 먼저 그 자에게 주먹을 휘둘러 쓰러뜨렸다. 다시 발로 차고, 차고, 또 찼다. 으윽. 외마디 비명이 들렸다. 마사는 몇 번씩 거듭해서 상대를 짓밟았다. 짓누를 때마다 희미하게 금속이 부딪치는 소리가 섞여 들렸다.

한참 뒤에 마사가 이쪽을 돌아보았다.

"아저씨, 불 켜쇼."

나는 잠자코 고개를 끄덕이고는 창고의 불을 전부 켰다.

창백한 형광등 불빛이 몇 번 깜박거리다가 잠시 후 아주 환해졌다.

나는 주춤주춤 마사의 등 뒤로 가서 상황을 살폈다.

거기에는 오리털 재킷에 청바지를 입은 남자가 옆으로 쓰러져 있었다. 짧은 갈색 머리카락으로 보아 비교적 젊은 남자인 듯했다. 그 남자에게는 한 가지 이상한 점이 있었다.
마사가 남자의 무릎에 대고 손톱 끝을 튕겼다.
"이봐! 기절한 척 그만하고 일어나. 수갑은 왜 차고 있어?"
그렇다. 남자의 양손에는 검은 수갑이 단단히 채워져 있었다.
그리고 남자의 어깨가 닿아 있는 바닥에 큼직한 줄칼이 굴러다니고 있었다.

마사는 기본적으로 유별난 것을 좋아하는 성격인 것 같다.
남자를 콘크리트 바닥에 꿇어앉힌 다음 질문을 시작했다.
"이거 진짜 경찰용 수갑 맞지? 흉내만 낸 장난감이 아닌데!"
처음 한동안은 남자가 아무 대답도 하지 않았다.
"옷차림이 멀쩡한 걸 보니, 그렇군. 호송 중에 도망쳤나? 내 말이 맞지?"
간간이 마사는 꿀 먹은 벙어리처럼 굴지 말고 대답을 해, 하면서 손바닥으로 남자의 정수리를 내리쳤다.
"솔직하게 불지 않으면 경찰한테 넘겨버린다."
너는 열 명도 넘게 사람을 죽였으면서 그런 소리를 할 자격이 있느냐고 나는 생각했지만, 물론 잠자코 있었다.
"대체 무슨 죄를 지은 거야? 살인, 강도, 아니면 강간? 뭐가 됐든 죄를 지었을 거 아냐? 이봐, 말해보라니까!"
남자는 그제야 나직이 대답했다.
"……사기요."
"뭐?"

마사는 어이가 없다는 듯이 코웃음을 쳤다.

"사기? 넌 사기 칠 얼굴이 아닌데. 무슨 사기를 쳤는데? 혹시 노처녀 등쳐먹는 혼인 빙자 간음 뭐 이런 거야? 아니지, 아니지. 그보다는 요즘 유행하는 전화 금융 사기인가?"

남자는 움찔했다. 시선이 어지럽게 흔들렸고 엉뚱한 곳만 쳐다보았다.

"뭐야, 내가 맞혔나? 멍청하기는. 순순히 재판을 받지 그랬냐. 누가 알아? 집행유예로 끝났을지도 모르는데 이렇게 도망쳤으니 다 틀렸군. 변명할 기회도 날아갔잖아."

마사는 주머니에서 담뱃갑을 꺼내어 담배 한 대를 입에 물었다. 자기 몫의 담배는 꼭 챙겨 다녔다.

"그래서 너 이 자식, 어디서 도망친 거야?"

별 반응이 없자 마사가 또 손을 쳐들었다. 그러자 남자도 겨우 한마디 대꾸했다.

"센주요."

"센주? 저기 아다치 구에 있는 센주?"

그 말에는 남자가 고개를 끄덕했다.

"아, 왜 또 센주야. 여기까지는 어떻게 도망쳐 왔어? 거리가 꽤 멀 텐데. 10킬로도 더 될걸."

그 대목에서는 내가 먼저 감을 잡았다.

"저기, 혹시 어딘가에서 우리 차에 숨어 탄 게 아닐까요?"

나는 소형 트럭의 짐칸을 툭툭 치며 말했다. 그렇지 않아도 집에 돌아와서 보니 짐칸을 덮었던 포장의 고무줄 몇 개가 풀려 있었다. 이 녀석은 짐칸에 몸을 숨기기는 했지만 양손에 수갑을 찬 탓에 짐칸 안쪽에서는 고무줄을 다시 묶지 못했다. 그래서 벗겨진 채로 둔 것이다. 이런 사정이 아니었을까.

그리고 소형 트럭에 숨어 탈 수 있었던 장소와 시간이라면, 오전 10시가 좀 지난 시각, 아침 식사를 했던 레스토랑 주차장 말고는 없다.

마사도 짐칸이라는 데서 감을 잡았는지 고개를 연신 끄덕였다.

"그래서 우리가 낮잠 자는 사이에 이 줄칼로 수갑을 자르려고 했나?"

그러면서 마사는 큼직한 줄칼을 돌아보았다. 하지만 줄칼로 쓱쓱 갈아서 수갑을 절단하기란 그리 쉬운 작업이 아니다. 나 같은 직공도 그라인더를 사용한다.

마사가 계속해서 질문했다.

"너 철창으로 돌아갈 생각 없지?"

남자는 무슨 말인지 모르겠다는 표정으로 마사를 올려다보았다.

"철창 말이야, 철창. 경찰 유치장에 얌전히 갇혀 있겠냐고 묻는 거야."

그러자 남자는 고개를 절레절레 흔들었다. 콘크리트 바닥에 꿇어앉아 있어서 다리가 저린 모양이었다. 그 참에 엉덩이를 들썩이며 고쳐 앉았다.

"유치장으로 돌아가지 않으면 범죄자로 남는 거야. 사기죄에다 도주한 죄까지 더하면 시효가 끝날 때까지 넌 평생 범죄자로 살아야 해."

남자는 미간을 찌푸리며 어금니를 악물었다. 얼굴 근육이 굳었고 표정도 눈에 띄게 어두워졌다.

"그걸 감수하겠다면 그 수갑, 내가 풀어주지. 하지만 만회할 기회를 네 발로 걷어차는 셈이야. 그걸 알면서도 당장 눈앞에 있는 자유를 선택하겠다면, 좋아, 내가 너를 자유롭게 해주마. 어둠 속을 혼자서 걸어가는 방법을 내가 가르쳐주겠어."

내 경우랑 똑같다고 생각했다.

표현은 다르지만 마사가 누군가를 동료로 포섭할 때 그가 하는 말에는 공통점이 있었다. 독특하면서도 강한 힘이 느껴진다. 설득력이라고 해도 좋다.

막다른 길에서 실수를 저질렀다고 모두가 악당이 되란 법은 없다. 악당이 되려다가 오히려 뜨거운 맛을 보는 경우도 있다. 내가 그랬다. 자포자기하고, 마약에 취하고, 빚더미에 올라앉았다. 결국에는 남들 앞에서 똥을 싸고, 그 자리에 무릎을 꿇리는 수모까지 당했다.

하지만 그런 나를 마사가 구해주었다. 더 이상 선한 사람은 될 수 없지만, 지금부터라도 제법 그럴 듯한 악당은 될 수 있다. 몸의 힘을 키우면 적어도 겁에 질려 살 필요가 없다. 이 모든 것을 마사가 가르쳐주었다.

그런 마사의 강인함에 이 남자도 매료되어가는 듯했다.

남자는 고개를 숙인 채 마사에게 이야기했다.

"이제 더 이상은…… 갇히고, 얻어맞고, 협박당하고…… 노예처럼 살기 싫어."

나는 이 남자가 유치장에서 된통 당했나 보다고 생각했는데 그 정도는 아닌 모양이었다.

"그렇게 살 바엔 철창이나 무덤 속이나 똑같아. 나는 놈들의…… 노예가 아니야. 난 더 이상 노예가 아니라고."

마사가 남자의 목 언저리 쪽으로 천천히 손을 뻗었다. 재킷의 옷깃을 잔뜩 그러쥐더니 쥐어짜듯이 꽉 움켜잡았다.

"그럼 너도 단단히 각오해. 법률은 더 이상 너를 지켜주지 않아. 자기 몸은 스스로 지키는 거야. 자기 힘으로 지키는 거라고. 그 힘은 내가 가르쳐주지. 할 수 있겠어? 나를 따르겠냐고."

남자는 고개를 끄덕였다. 사실 다른 선택의 여지가 없을 것이다.

"좋아. 그럼 먼저, 아저씨, 이 수갑 좀 풀어주쇼."

어쨌거나 공구를 사용하는 일은 순전히 내 몫이었다.

남자의 이름은 도키오라고 했다. 하루의 태반은 마사와 함께 움직였다. 때로는 소형 트럭을 바깥으로 빼내 창고를 비운 다음 가라테 비슷한 무술을 마사에게 배웠다.

"고개는 쳐들지 마. 앞으로 나갈 때 반동을 이용해서…… 그렇지!"

도키오의 체격은 마사보다 왜소했다. 키는 나와 비슷했지만 군살의 양으로만 보면 내가 더 강해 보일지도 몰랐다. 그러나 도키오에게는 젊음이 있었다. 운동 신경도 나쁘지 않았다. 게다가 자신을 변화시키고자 하는 의욕에 가득 차 있었다. 마사에게 두세 번 얻어맞고 바닥에 뻗어버리기도 했지만 조금도 포기하지 않았다.

"헉, 헉…… 연습, 한 번 더 해요."

권투 연습 따위와는 근본적으로 달랐다. 처음부터 스포츠와는 거리가 멀었다. 마사는 살인 기술을 가르치려고 했다. 체력을 기르고 근육을 키워서 위력을 높이려는 의도가 아니었다. 차라리 페인트(feint) 같은 속임수 동작에 가까웠다. 상대의 발 위치가 이렇고 자세가 이럴 경우 여기다 발을 내밀고 몸을 숙이면서 이렇게 하라는 식의 구체적인 격투기 기술을 전수했다. 언성을 높이지 않았다. 조용히 설명하고, 따라 해보게 하고, 미흡하면 마사가 반격을 해서 능숙하게 공격할 때까지 같은 기술을 반복해서 연습하게 했다.

도키오는 어느 시점에 깨달았을까. 살인 현장에 처음 따라갔을 때, 녀석은 눈앞에서 사람을 죽이는 광경을 보고도 눈도 깜짝하지 않았다. 표적은 아마도 도키오가 속해 있던 패거리와 비슷한 부류의 전화 금융 사기단이었을 것이다.

우선 사기단 네 명 가운데 똘마니 두 명의 어깨를 부러뜨린 다음 방구석에 꿇어앉혔다. 나와 도키오는 그들을 감시했다.

마사는 똘마니들의 선배 중 한 명을 옴짝달싹 못 하게 만들어 놓고 그가 구역질을 할 만큼 입에다 신문지를 욱여넣었다. 그러고는 이미 목숨이 끊어진 또 한 명의 선배를 공들여서 둥글게 말았다.

"사람 몸이란 게 정말 부질없어. 쇄골이 부러지면 팔을 못 써요. 허리가 부러지면 하반신을 못 쓰고, 숨골을 얻어맞으면 그냥 골로 가지. 한 사람이 목숨을 부지하려면 놀라울 정도로 많은 조건이 필요해, 안 그런가? 평생 아무 탈 없이 천수를 누린다는 건 거의 기적이나 마찬가지라고. 그러니 너희처럼 인간의 도리를 저버린 놈들은 살아갈 자격도 없는 거야. 보아하니 그런 걸 누가 정하냐고 묻는 얼굴들인데, 그야 나지. 내가 내 마음대로 정하는 거야. 당연하잖아?"

파란 가면을 쓴 마사가 넋이 나갈 만큼 화려한 손놀림으로 시체를 둥글게 뭉쳤다. 특히 그날 만든 시체 덩어리는 만듦새가 아주 그만이었다. 매우 작게 뭉쳐져서 사무용 책상의 깊은 서랍 정도면 충분히 들어갈 만한 크기였다.

그렇다. 시체를 얼마나 둥글게 뭉쳤느냐를 놓고 훌륭하다고 생각하는 시점에 나 역시 광기에 물들어 있었다.

하지만 도키오는 나와는 또 달랐다. 분명히 흥분한 상태였다. 마사가 하는 일을 보면서 마치 사춘기 소년이 누드 사진에 시선을 빼앗기듯 눈도 깜빡이지 않았고 숨소리도 거칠었으며, 자세히 보면 가랑이 사이도 부풀어 있었다. 뭐, 저런 변태 자식이 다 있지?

"어때? 너도 이렇게 되고 싶지? 이 녀석처럼 둥글게 변하고 싶지 않아? 뭐? 싫다고? 그럼 네 자신이 어떻게 해서 뭉쳐지는지 네 눈으로 확인할 수 있게 해줄게. 산 채로 발부터 탁탁 접어줄게. 마취는 안 해. 아플 거야. 차라리 프레스기에 빨려 들어가 죽는 편이 백배는 낫겠다고 생각할걸. 너도 참 안됐다. 그럼, 시작해볼까?"

도키오는 사기단 똘마니들을 보고 이렇게 지껄일 정도였다. 그러므로 도키오가 자기도 사람을 죽여보고 싶다는 말을 꺼내는 것은 시간문제라고 나는 생각했다.

하지만 그 문제에 대한 마사의 대답은 냉정했다.

"지금은 때가 아니야. 나를 공격해서 한 번이라도 성공하면 그때 허락하마. 내가 쓰는 도구하고 똑같은 걸 만들어주지."

실제로 도구를 만드는 사람은 나지만 그 문제는 일단 제쳐두기로.

스파링이랄까, 대련이랄까. 두 사람의 훈련은 그날부터 더욱 격렬해졌다. 나 같은 일반인이 보아도 알아볼 정도로 도키오의 실력은 나날이 좋아졌다. 하지만 그보다 훨씬 놀라운 쪽은 마사였다. 불과 수 밀리의 미세한 움직임으로 젊은 도키오의 공격을 받아내고 무력화시켰다.

"아직 멀었어. 너, 어디가 틀렸는지 알아? 여기, 여기가 틀렸다고."

그러면서 장난치듯 자신의 관자놀이 부근을 가리켰다.

그러나 도키오의 장점은 이런 도발에 일일이 반응하지 않는다는 점이었다.

"한 번 더 해볼게요. 공격 받아주세요."

마사로 인하여 도키오라는 남자는 점점 단단해졌고, 냉정해졌고, 날카롭게 단련되어갔다. 그런 변화가 내 눈에 훤히 보였다.

반년 정도 지났을 때였나. 도키오의 오른쪽 주먹이 드디어 마사의 가슴에 닿은 일이 있었다. 내가 보기에는 아무 타격도 주지 못한 헛된 주먹질이었는데 마사는 그 공격을 아주 높이 평가했다.

"이제야 호흡이 뭔지 깨달았구나. 좋았어. 아저씨, 내가 쓰는 거랑 똑같은 도구 하나 만들어주쇼."

"어, 알았어요."

만들기는 쉽다. 자루를 자르고, 엄지에 거는 고리를 달아주고, 타격면을 반들반들하게 연마해주면 끝난다. 완성까지 반나절도 걸리지 않는다.

다음 날부터는 도구를 사용한 싸움 연습이 시작되었다. 도키오는 도구를 사용하는 기술이 마사와 똑같았다. 게다가 체격까지 어딘지 모르게 닮아갔다. 나약함이라는 군살이 사라지고, 금속처럼 무미건조하며 차가운 존재감이 증가했다. 키 차이만 무시하면 두 사람은 영락없는 닮은꼴이었다.

하지만 각자의 내면은 전혀 다른 종류여서 다행이었다.

마사가 빛이라면 도키오는 그림자였다. 내 생각에는 원래 그늘진 도키오의 성격이 마사의 살인 기술을 익히면서부터 일종의 광기로 변하는 듯하여 안타깝기만 했다. 나는 어느새 도키오가 더 이상 발전하지 않기를 몰래 기도할 지경이었다.

마사라는 남자 역시 도무지 이해가 가지 않았다.

혼자서도 무적이나 다름없는데 제자까지 키워서 어쩌겠다는 걸까. 무슨 속셈일까.

참 알다가도 모를 인간이었다.

2

2월 26일, 심야 수사 회의.

레이코 자리에서 한 줄 뒤에 있는 좌석에서 이케부쿠로 서 조직범죄 대책계 경관이 보고를 시작하려고 한 바로 그때였다.

"드릴 말씀이 있습니다."

누군가가 갈라진 목소리로 갑자기 끼어들었다. 모두 소리가 난 쪽을 돌아보았다.

회의실 뒤편, 사무용 책상을 맞붙여 만든 본부 데스크 쪽이었다. 거기에 있던 한 사람이 일어서서 손을 번쩍 들고 있었다.

"뭐야? 왜?"

상석 중앙에 있던 미우라 관리관이 물었다. 하지만 데스크의 남자는 바로 대답하지 않았다. 수신기인지 이어폰인지를 낀 왼쪽 귀를 감싸 쥔 채 일어나서 꼼짝도 하지 않았다.

무슨 일이지?

레이코도 당황하여 주머니에 들어 있던 수신기로 손을 뻗었다. 주위의 수사관들도 모두 자기 양복 안주머니와 바지 주머니를 뒤져 수신기를 찾았다.

레이코는 수신기 본체에 연결된 선이 쉽게 풀리지 않아 답답했다. 선이 엉킨 상태로 귀에 갖다 대고 이어폰을 귀에 꽂았다.

"피의자는 현장에서 도주. 인상착의는 키 190센티 이상이며 마른 체형의 남성 한 명. 나이 30세에서 40세로 보이며 검은색 점퍼와 초록색 바지를 입었다. 권총 외에도 흉기를 소지했을 가능성이 있다. 지금부터 이케부쿠로를 중심으로 한 D 배치를 발령한다."

무전 내용의 첫 부분은 놓쳐서 모르지만 요컨대 발포 사안이란 말인가? 그렇다면 폭력단원이 관여했을 가능성을 고려해야 한다. D 배치는 인접 경찰서와 연계한 긴급 배치다. 현장이 어디지?

똑같은 무전 내용을 들은 모양이다. 다른 데스크 요원이 메모지를 갖고 상석으로 올라왔다.

메모를 받아 든 미우라 관리관이 서장과 다른 간부들에게도 보여주었다.

두세 마디가 오간 뒤에 최종적으로 메모를 받아 든 사람은 히가시오였다. 메모 내용을 적혀 있는 그대로 소리 내어 읽었다.

"20시 03분. 이케부쿠로 서 관내에서 발포 및 살상 사건이 발생했다는 통보가 들어왔다. 사망자 세 명, 부상자 한 명. 발생 현장은 도요지마 구 이케부쿠로 3가 ×-×, 어번플라자 호텔 6층. 피의자는 도주, 남성이며 키 190센티 이상……."

레이코의 기억이 정확하다면 어번플라자 호텔은 레이코가 출근하는 경로에 있다. 기와집풍의 외관을 한 호텔이다. 주소로 보면 이케부쿠로 서와 메지로 서 관할 구역 경계 부근이다.

미우라 관리관이 덧붙여 말했다.

"본 사건과 무슨 관련이 있는지 정보를 수집하기 위해 1시 회의를 중단한다. 전원, 여기서 대기하도록!"

많은 수사관들이 아직도 무선을 들으면서 메모를 했다.

레이코도 이어폰을 끼고 있었지만 노트는 덮고 지휘석으로 향했다.

"히가시오 과장님."

"자네도 따라와."

"네."

미간을 찌푸리고 있는 미우라 관리관, 입가를 씰룩이는 아카시 계장, 한숨을 쉬는 다카쓰 조직범죄 대책과 과장 그리고 히가시오 과장. 그 밖의 경위 몇 명과 레이코도 회의장 뒤편에 있는 데스크 쪽으로 갔다.

바로 그때 전화가 왔는지 처음에 갈라진 목소리로 회의를 중지시켰던 데스크 요원이 미우라 관리관님, 하고 외치더니 미우라에게 수화기를 건네주러 다가왔다.

미우라는 헛기침을 하고 수화기를 받아 들었다.

"네, 미우라입니다."

미우라는 꽤 오랫동안 상대방의 이야기를 듣기만 했다. 중간에 아사카와와 고타니 조 말입니까, 연락은 아직 없습니다, 하고 대답했는데 자세한 내용까지는 알기 어려웠다. 짚이는 데라면 폭력범 4계 소속인 아사카와 주임과 고타니에 대한 이야기인 듯했다.

그들이 맡은 임무는 모리타 조직의 두목, 모리타 유조를 미행하는 일 아니었나?

마침내 미우라는 서둘러 정보를 정리하겠습니다, 그럼 전화 끊겠습니다, 하며 통화를 마친 뒤 수화기를 데스크 요원에게 돌려주었다.

아카시가 잡아먹을 듯한 시선으로 미우라를 보았다.

"관리관님."

미우라는 한숨을 쉬더니 고개를 가로저었다.

"안도 과장님이야. 살해된 사람 가운데 한 명은 모리타 유조라는군. 나머지 두 명은 경호원으로 보이는 폭력단원이고. 미행이라는 말이 뭔지 제대로 알기나 하느냐고 야단이다. 목소리가 얼마나 으스스하던지……. 아사카와랑 고타니는 대체 뭘 하고 다닌 거야?"

"바로 확인하겠습니다."

아카시가 무리에서 빠져나갔다.

이어서 히가시오가 물었다.

"부상자 한 명은 또 뭡니까?"

"그게…… 경찰관이라는군."

모두가 아무 소리도 내지 못했다.

미우라가 다시 이쪽을 보고 이야기를 계속했다.

"부상자는 나카노 서 조직범죄 대책과의 시모이 마사후미 경위야."

"네?"

레이코는 자기도 모르게 목소리가 크게 나왔다.

"나카노 서의 시모이 씨라고요?"

"히메카와 계장, 시모이를 아나?"

"네, 그럼요. 재작년에 제 수사 파트너였습니다."

레이코가 경시청 본부에서 마지막으로 맡았던 그 사건 때였다.

"그랬군. 목숨에는 지장이 없나 본데 중상을 입은 모양이야. 둔기에 맞아서 여기저기 골절이 심하다더군. 죽은 세 사람의 사망 원인도 현재로써는 구타에 의한 사망으로 보고되었어. 총기로 인한 사망이 아니라는 얘기지."

구타에 의한 살해. 범인은 블루 머더인가?

"그리고 또 하나, 사건을 통보해 온 쪽은 살인범 수사 8계의 가쓰마타 주임이라고 한다. 네리마 서 특수부 수사 중인데 단독으로 모리타를 미행했던 모양이야. 우리 쪽에서는 감시 대상자한테 네 명이나 붙였는데도 놓쳤구먼. 저쪽은 어떻게 단독으로 사건 현장까지 덮쳤을까?"

그러나 그것은 가쓰마타 겐사쿠라는 인간을 알면 별로 이상한 일이 아니다.

레이코는 한 가지 더 질문했다.

"관리관님, 시모이 씨는 왜 그 현장에 있었나요? 가쓰마타 주임과 같은 조였기 때문인가요?"

나카노 서와 네리마 서는 인접해 있지 않다. 따라서 나카노 서의 시모이가 네리마 서 특수부를 지원하러 나왔다고 보기는 어렵다. 그러나 시모이와 가쓰마타는 예전에 수사 1과에서 같은 계에 배속된 적도 있어서 속사정까지 훤히 아는 사이다. 두 사람이 비밀리에 연락해서 수사하는 중이었다면 충분히 가능한 일이다.

미우라도 고개를 끄덕였다.

"그 점은 안도 과장도 아무 말 없었다. 조직폭력단 관련 사건이 동시다발적으로 일어나고 있는 이 시기에, 그것도 우리 관내에서 왜 나카노 서의 시모이가 모리타와 함께 있었을까?"

시모이에게 경칭을 쓰지 않는 점으로 보아 미우라도 시모이와는 안면이 있는 듯했다.

또 어디선가 전화가 왔다.

"관리관님, 전화를 받으시죠."

"어, 그래."

또 안도 과장인가?

미우라는 수화기를 귀에 대고 네, 네, 고개를 끄덕이면서 탁자 위의 연필꽂이 쪽으로 손을 뻗었다.

그사이 히가시오는 가까이 있던 이케부쿠로 서 경관에게 지역과에서 들어온 정보가 없는지 확인하고 오라고 지시했다. 조직범죄 대책과의 다카쓰 과장은 데스크 요원에게 외근을 나가 있는 수사관 전원과 연락을 취하라고 지시했다.

미우라는 마지막으로 잘 부탁드리겠습니다, 하고 조용히 말한 뒤 수화기를 내려놓았다. 그러고는 이내 탁자 옆에 있는 복사기를 가리켰다.

"바로 팩스가 들어올 테니 잘 지켜봐."

"네."

미우라는 짧게 혀를 차면서 고개를 또 한 번 좌우로 흔들었다.

"현장에서 피의자만 총을 쏜 게 아니었나 봐. 가쓰마타 주임도 반격을 하느라 총을 꽤 쏘았다는군. 경시청 통신 센터에 신고가 여러 건 들어왔는데 동일 사건이라고 판단해서 본부가 정보를 차단했대. 그리고 시모이의 증언으로 보면 적어도 피의자는 오른쪽 어깨에 총을 한 방 맞은 모양이고. 게다가……."

그때 데스크 요원이 팩스 들어왔습니다, 하고 큰 소리로 말했다. 그는 복사기에 손을 넣어 종이 한 장을 꺼내서는 곧장 미우라에게 내밀었다.

"그래, 시모이의 증언대로라면 이 남자가 피의자야."

히가시오를 비롯하여 본부의 다른 주임들과 함께 레이코도 그 팩스 용지를 들여다보았다.

기노 가즈마사, 38세. 주소 및 기타 불명

그 밑에는 믿기 힘든 내용이 기록되어 있었다.

"전직 경시청 경찰관?"

레이코의 질문에 미우라가 고개를 끄덕였다.

"시모이와 같은 경찰서에 소속된 적이 있었나 본데, 자세한 내용은 현재 확인 중이야. 어쨌든 시모이는 지금 치료 중이니까 자초지종은 치료가 끝나는 대로 확인해야겠지. 기노가 현장에서 사용한 권총은 시모이가 소지하고 있던 총이고, 현장에 그대로 남아 있었다고 한다. 다른 권총을 가졌는지는 확인되지 않았다. 그게 아니더라도 시모이까지 포함해서 모두 네 명이 무자비하게 폭행당했어. 최근에 벌어진 일련의 사건과 동일범일 가능성이 높다."

아카시가 이쪽으로 돌아왔다. 웬걸, 금방이라도 울음을 터뜨릴 듯한 얼굴이었다.

"아사카와와 고타니 일은 면목이 없습니다. 모리타가 사무소에서 빠져나갔다는 사실도 모르고 있더군요."

"이런 등신들!"

미우라가 불을 뿜었다.

"어쨌든 피의자는 부상을 입었어. 둔기 형태의 흉기를 소지하고 있을 가능성이 높다. 그것을 이용해서 다시 범행을 저지를 위험성도 충분해. 안도 과장은 형사부와 연계해서 수사에 들어가라고 했다. 피의자가 도주하는 중에 인질극을 벌일 가능성도 고려해서 특수반 출동 요청도 검토하라는 지시다. 경우에 따라서는 특수부대를 불러야 하는 사태가 벌어질지도 몰라."

형사부 수사 1과 특수범 수사계, 통칭 SIT 그리고 경비부 특수부대, 통칭 SAT는 둘 다 인질극이나 하이잭*에 대비해서 훈련해온 전문 팀이다.

"피의자는 가와무라와 이이지마, 하야시, 모리타와 조직원 두 명 그리고 다니자키와 시라이까지 포함해서 총 여덟 명을

* 하이잭: 항공기 공중 납치 또는 해상에서의 선박 납치.

죽였다. 그것도 모자라서 경찰관 두 명에게 중상을 입혔다. 안도 과장은 상황에 따라서는 피치 못할 경우 사살도 고려하고 있다. 이번 피의자는 무슨 일이 있어도 우리 관내에서 생포해야 한다. 잡지 못하면 다들 옷 벗을 줄 알아! 히가시오 과장, 다카쓰 과장."

네, 하면서 두 사람은 차렷 자세를 취했다.

"특수부 수사관 전원을 투입해서 피의자 확보에 전력투구합시다. 이케부쿠로 경찰서 서장도 불러서 모든 경관에게 불심검문과 경계 근무에 만전을 기하도록 지시하라고 하세요."

알겠습니다, 두 사람은 입을 모아 대답했다.

일이 이 지경에 이르자 비로소 특수부가 하나로 뭉쳤다. 바로 이렇게 되나.

'소 잃고 외양간 고치기'만 아니면 좋겠다.

레이코와 동료들도 곧장 서로 복귀했다. 이번에는 이케부쿠로 서의 모든 경관이 무전 수신기에다 외근 활동용 무전기까지 휴대하고 출동해야 했다. 왼쪽 팔에는 '수사'라고 쓰인 완장까지 찼다.

레이코와 에다에게 할당된 구역은 이케부쿠로 역 구내, 유라쿠초 선 북쪽 개찰구에서 세이부 이케부쿠로 선 승강장으로 향하는 남쪽 중앙 광장이었다.

귀가하는 직장인, 놀러 나온 학생 그리고 술에 취한 사람, 피곤에 절은 사람. 밤 9시가 되기 전의 이케부쿠로는 아직 인파로 가득했다. 바꿔 말하면 인질로 삼을 대상이 무한정이라는 뜻이었다.

"히메카와 씨, 저기……."

레이코는 양쪽 귀에 이어폰을 꽂고 무전 연락을 들으면서 경계 활동을 하고 있었다. 솔직히 옆 사람과 대화하기가 쉽지만은 않았다.

에다가 눈짓으로 가리킨 쪽에는 어떤 키 큰 남자가 기둥에 기대 서 있었다.

"아니에요. 얼굴이 달라요."

레이코는 경시청 시절의 자료이기는 하지만 기노 가즈마사의 얼굴 사진을 미리 봐두었다. 눈, 코, 입이 모두 마치 자로 재어 그린 듯했다. 직선적인 기계 부품으로 조립한 얼굴 같았다. 어떤 의미에서는 아주 기억하기 쉬운 인상이었다. 헷갈리지 않을 자신이 있었다. 자신이 봐둔 기노의 사진은 지역과 경관들이 소지한 휴대 단말기에도 일제히 배포되어 있을 게 틀림없었다.

그러는 동안에도 레이코의 양쪽 귀로 온갖 정보가 쏟아져 들어왔다. 역 동쪽 입구에서 취객이 소란을 벌이고 있다는 통보. 이케부쿠로 혼초 노상에서 날치기 사건 발생. 헤이와도리에서 행인과 경차의 접촉 사고. 똑같은 헤이와도리에서 무전취식…….

레이코와 에다는 어느새 세이부 선 개찰구 부근까지 왔다.

"에다 씨, 식품 매장들도 한번 둘러볼까요?"

"네, 그러시죠."

세이부 백화점 지하의 식품 매장. 오른쪽 어깨에 총을 맞은

키 큰 남자가 몸을 숨기기에 적당한 장소일까 싶지만 상대는 전직 경찰이다. 어떻게 뒤통수를 치고 도주로를 모색할지 모를 일이다. 통상적인 수사 감각으로 판단했다가는 큰코다친다.

반찬 가게가 늘어선 구역. 판매대 대부분이 벌써 썰렁했다. 남은 상품에는 '30퍼센트 할인', '반값' 따위의 스티커가 붙어 있었다. 평소 같았으면 레이코가 망설이지 않고 냉큼 손을 뻗었을 상품들이 여기저기서 눈에 들어왔다.

조금 걸어가자 양과자와 화과자 코너, 수입 와인 전문점도 보였다. 손목시계를 보니 폐점 시간인 9시에서 5분 정도 지났다. 주위를 둘러보아도 이제 손님이라고는 눈으로 헤아릴 수 있을 만큼 아주 적었다. 키가 190센티가 넘는 장신의 남자가 있는지 없는지 확인하기란 식은 죽 먹기였다.

그래도 일단은 상점가 전체를 훑어보기 좋은 곳에 위치한 점포에 들어가서 점원에게 물었다.

"바쁘신데 죄송합니다. 바로 한 시간쯤 전에 키가 크고 검은색 점퍼를 입은 남자 못 보셨나요? 이런 사람인데요."

바지 색이나 어깨를 다쳤다는 등의 정보는 일부러 주지 않는다. 어쩌면 대수롭지 않은 상처일지 모르고, 점원이 남자의 하반신이 보이지 않는 위치에 있었을지도 모르기 때문이다.

"글쎄요, 그게…… 못 본 것 같은데요."

"네, 감사합니다. 이 일대에서 여러 사건이 발생했거든요. 뭐 아시는 거 있으면 사소한 일도 괜찮으니까 경찰서로 연락 좀 주세요."

레이코는 점원에게 고개를 숙여 인사한 다음 에다에게 가죠, 하고 말했다. 바로 그때였다.

"긴급! 긴급! 여기는 니시구치 5, 본서 나오십쇼."

경찰 무선에서 흥분한 목소리가 흘러나왔다.

"여기는 본서, 말씀하십쇼."

"니시이케부쿠로 1가 25번지 부근, 호텔 선타운 앞 노상에서 긴급 배치 중, 사건 관련 피의자와 인상착의가 비슷한 남성 발견, 불심검문을 시도하자 도주했습니다. 위 로드*로 빠져나가서 미나미이케부쿠로 1가에 있는 파르코 백화점 방면으로 가는 중입니다."

위 로드를 빠져나가서 파르코 백화점으로 갔다면 여기서 멀지 않다.

"에다 씨."

"네."

우선 식품 매장을 나와서 가장 가까운 계단을 통해 지상으로 올라왔다.

바로 눈앞에 메이지도리가 펼쳐졌다. 보도에는 아직 많은 사람들이 지나다녔다.

레이코는 곧장 왼편에 있는 파르코 백화점 방면으로 향했다. 그자가 직선으로 뛰어가면 따라잡기가 어려울지 모르지만, 행인들을 피하면서 지나갔다면 그렇게 빨리 도주하지는 못했을

* 위로드(WE ROAD): 이케부쿠로 역에 인접한 보행자 전용 터널로, 조시가야 터널의 애칭.

것이다.

"죄송합니다. 좀 지나갈게요."

더군다나 남녀가 똑같은 완장을 차고 상기된 얼굴로 뛰어간다면 대부분의 사람들은 뭐야, 하며 발길을 멈추기 마련이다. 그들을 피하면서 앞으로 나아가기만 하면 되므로 그자를 따라잡기는 별로 어렵지 않다.

동쪽 출구 앞에 도착해서 자기들처럼 지하 매장에서 올라온 수사관과 합류했다. 경찰 무선에서 다시 목소리가 흘러나왔다.

"피의자는 메이지도리를 건너 직진했습니다."

젠장. 벌써 지나갔나?

눈앞의 메이지도리 횡단보도의 신호등이 파란색으로 깜박이고 있었다.

"에다 씨, 이쪽!"

"네!"

거의 대각선 방향으로 길을 건넜다. UFC 은행을 바라보면서 전력 질주했다.

"죄송합니다."

"비키세요!"

"용의자 직진, 도요지마 공회당 방면으로 진행 중."

한 블록 더 지나갔단 뜻인가?

빨라도 너무 빠르다. 피의자가 오른쪽 어깨에 총상을 입었다는 말이 사실일까.

레이코와 에다가 다시 왼쪽으로 돌아가자 바로 다음 모퉁이로 제복 경찰 두 명이 들어갔다. 지금 무전을 보내는 사람이 저 사람들 중 한 명인가. 그렇다면 이제 다 왔단 뜻이겠지.

레이코와 에다도 같은 모퉁이를 돌아 길 안쪽으로 들어갔다. 그때 이미 제복 경찰들은 길 끝에서 벗어나려는 참이었다. 다행히 행인들이 좌우로 비켜서며 길을 터주었다.

이런 제기랄.

약한 체력 탓인지, 아니면 불편한 신발 탓인지 레이코는 쭉 뻗은 길로 접어든 순간 남자 수사관들에게 추월당하고 말았다. 코트를 입은 남자 수사관들의 뒷모습이 조금씩 멀어져 갔다. 숨까지 찼다.

"주차 빌딩! 다시 주차 빌딩 앞 공원으로 이동!"

다음 대로로 나왔을 때 앞서가던 수사관을 따라잡았다.

신호등은 적색 신호가 들어와 있었다. 합류한 수사관들은 신호를 무시하고 차도를 건너갔다. 양손을 들어 주행 차량을 정지시키며 건너갔다. 에다도 그들을 따라 무단횡단을 했다. 레이코도 따라붙었다. 길을 건너자 왼편에 건물이 보였다. 아까 무전에서 말한 주차 빌딩인가. 그러고 보니 요 앞에 공원이 있기는 하다.

무슨 일인가 싶어 길 끝을 바라보는 행인들. 그 행인들 사이로 뛰어갔다.

벌써 네 번째 모퉁이다. 왼편을 주시한다.

좋아, 보인다.

"움직이지 마!"

놀이기구도 분수도 없는 평범한 광장 형태의 공원이었다. 가로등 불빛 아래 제복 경찰 대여섯 명의 뒷모습이 보였다. 그들은 이미 질주를 멈추고 누군가를 에워싸듯이 흩어져 있었다. 상황을 살피는 일반인들은 길가로 피해 있거나 허둥지둥 공원을 빠져나갔다. 경찰차의 붉은 경광등은 보이지 않았지만 어디선가 사이렌 소리가 들렸다.

"손 들어!"

레이코와 에다도 공원 안으로 들어갔다. 경관이 생각보다 많았다. 대충 보기에 제복 경찰 여덟 명, 사복 경찰 세 명쯤. 레이코와 에다까지 합치면 전부 열다섯 명.

광장 중앙. 경찰관들이 원을 그리듯 에워싼 중심에 한 남자가 땅에 무릎을 꿇고, 상체를 조금 수그리고 앉아 있었다. 등을 보니 확실히 검은색 점퍼를 입었다. 하의는 여기서 보기에 갈색 같았고, 카고 팬츠였다. 신발은 검은색 스니커즈.

양손이 어떻게 되어 있는지 이쪽에서는 보이지 않았다.

경찰차의 붉은 경광등 불빛으로 남자의 등이 밝아졌다. 공원 맞은편 구민 센터 앞에도 순찰차가 한 대, 수사용 차량이 한 대 주차되어 있었다.

"안 들려? 두 손 들어!"

포위 반경은 3미터 정도. 제복 경찰 네 명, 사복형사 두 명이 총을 꺼내 들었으나 아직 피의자에게 겨누고 있지는 않았다. 다른 여러 명의 경찰들은 주변의 일반인들을 대피시키고 있었다. 레이코도 주위를 둘러보았으나 출입구에 가까워서인지 일반인들은 모두 공원 바깥으로 나가 있어서 위험해 보이지는 않았다. 순찰차에서 내린 몇 명의 경찰들도 주변 정리에 합류했다.

"한 번 더 경고한다. 주머니에서 두 손을 빼서 위로 들어."

레이코는 피의자의 뒷모습을 주시했다. 상체는 널찍한데 하체는 가늘었다. 키 190센티 이상, 마른 체형이라는 인상착의는 틀린 말이 아니었다. 머리카락은 검은색. 면도하듯 바짝 밀지는 않았지만 길이가 짧은 편이기는 했다.

피의자의 양쪽 팔꿈치가 조금씩 움직였다.

성질 급한 경찰 몇 사람이 피의자를 향해 총구를 겨눴다.

"좋아. 그대로, 천천히 위로 올려."

남자와 정면으로 마주 보고 서서 지시를 하는 제복 경찰은 피의자가 맨손이라고 판단했는지 총은 치우고 크게 고개를 끄덕여 보였다.

피의자가 천천히 양손을 위로 들기 시작했다. 어깨 위로 조금씩 올라가는 양손은 장갑을 끼고 있었다. 분명히 권총 말고 다른 흉기 종류는 갖고 있지 않은 듯했다.

오른손은 올리다 말았고 왼손은 머리 위로 높게 들었다. 엉거주춤 만세를 부르는 듯한 자세였다.

등 뒤에서 지원 인력이 줄줄이 도착했으나 공원 안으로는 들어오지 않았다. 무전으로 들은 정보 이상은 알지 못하므로 경솔하게 진입하지 않는 것이다.

상황은 시시각각 빠르게 돌아갔다.

레이코와 가장 가까운 거리에 있고, 범인의 바로 등 뒤에 있던 사복형사가 조용히 전진, 하고 외치면서 오른손을 들어 흔들었다. 한 걸음, 또 한 걸음, 다가갔다.

2미터쯤 떨어진 곳까지 접근했을 때 범인 정면에 서 있던 경찰이 또 지시했다.

"좋아, 그대로 앞으로 수그리면서 두 손을 땅에 대고 납작 엎드려. 천천히, 천천히."

지시대로 피의자는 상체를 앞으로 기울였다. 엎드렸다기보다는 무릎을 꿇고 고개를 조아린 모습에 가까웠다. 그게 아니라 알라에게 기도를 올리는 자세인가?

포위망을 점점 더 좁혀 들어갔다. 한 걸음, 한 걸음.

1미터 반, 1미터. 이제 수십 센티밖에 남지 않았다.

그 순간 바로 옆에서 권총을 들지 않은 제복 경찰이 달려들었다.

피의자의 옆구리를 무릎으로 가격하더니 이내 왼쪽 팔을 붙잡았다. 그 순간 다른 경찰이 반대편에서 오른쪽 팔을 붙잡았다. 허리를 짓누르는 자, 권총을 들고 경계하는 자, 열 명가량의 경찰들이 협력해서 피의자를…….

"확보! 확보!"

즉시 무전으로도 보고가 들어왔다.

"긴급! 긴급! 니시구치 5, 본서 나오십쇼."

"본서. 말씀하세요."

"히가시이케부쿠로 1가 16, 도요지마 공회당 앞 공원에서 도주 중인 피의자를 확보했습니다. 오른쪽 어깨에 부상을 입었습니다만."

4과 주임이 피의자에게 연달아 질문을 퍼부었다. 반응 유무는 알 수 없었지만 대충 보기에도 오른쪽 어깨를 살펴보는 모습이었다. 아마도 주머니 속에 무슨 물건이 들었는지 묻는 모양이었다. 아니면 이름을 확인하나?

충분히 확인했는지 다른 수사관이 옆에서 피의자의 주머니에 손을 넣었다. 허리 주변도 확인하는데 아무것도 발견하지 못한 눈치였다. 경찰들이 피의자의 양팔을 붙잡고 상체를 천천히 일으켰다. 가슴과 바지 앞주머니를 다시 살피는데 수사관은 연신 고개를 흔들었다.

"특별한 소지품은 없습니다. 권총, 둔기 모양의 흉기도 발견하지 못했습니다. 본인에게 물어봤는데 대답을 하지 않아서 미확인 상태입니다."

4과 주임은 범인의 사진을 꺼내어 다시 피의자와 대조해보았다. 일치한다고 확신했는지 주임은 수갑을 꺼냈고 체포 이유와 피의자의 권리 등을 고지하기 시작했다.

2월 26일, 21시 33분.

피의자의 양손에 검은 수갑이 채워졌다.

주위에 있던 경관 몇 명이 체포를 도왔다. 누구는 벨트를 끌어당겨 피의자를 일으켜 세웠다. 4과 주임은 주위를 돌아보더니 그나마 이쪽의 순찰차가 가깝다고 판단했는지 레이코 쪽으로 다가왔다.

여섯 명의 경관에게 둘러싸여 걸어가는 피의자. 가까이 다가

왔을 때 주위가 어둡긴 해도 인상착의를 확인하기는 어렵지 않았다. 확실히 사진 속의 인물과 닮았다. 직선적인 부품으로 짜맞춘 듯한 용모. 지금은 고개를 숙이고 있어서 조금 다르기는 했지만 눈초리가 상당히 날카로워 보였다.

이자가 기노 가즈마사인가?

정말로 이 남자가 블루 머더란 말인가?

3

피의자는 일단 인근 응급실로 후송되었다. 레이코와 에다는 빈자리가 있는 순찰차를 얻어 타고 서로 복귀했다.

특수부가 있는 회의실로 돌아오자 놀랍게도 가쓰마타가 지휘석에 있었다. 정확히 말하면 지휘석에 마련된 간부석 맨 앞에 간이의자를 가져다 놓고 앉아 있었다.

“이거 시골뜨기 아가씨네! 마라톤은 완주하셨나?”

회의 테이블을 사이에 두고 가쓰마타 맞은편에는 미우라 관리관과 아카시 계장, 히가시오 과장이 있었다. 하지만 컵을 들고 커피를 마시는 사람은 가쓰마타 혼자였다.

고개 숙여 인사를 하고 레이코가 물었다.

“가쓰마타 주임님, 어번플라자 호텔에서 대체 무슨 일이 있었던 겁니까?”

가쓰마타는 레이코를 칩떠보면서 천천히 커피를 한 모금 마셨다. 검고 작은 눈. 그래서 어디를 보는지 도통 가늠이 안 되는 눈. 그 탓에 수사 1과라는 붉은 배지만 달지 않았다면 불심검문이라도 한번 해야 할 듯한 기분 나쁜 눈초리였다.

흥, 콧방귀를 뀌면서 커피 잔을 내려놓았다.

"히메카와, 질문할 때 버릇없는 태도는 여전하군. 아니면 이건가? 서른 중반에 간신히 부모 그늘에서 벗어나 독립하니까 어깨가 으쓱한가? 나도 이제 어엿한 어른이다 싶은 게냐고?"

당신도 여전하시군요. 남의 사생활을 잘도 캐고 다니십니다. 그보다, 서른 중반이라니, 말이 지나치잖아. 아직 30대 초반이라고.

"시모이 씨와는 어쩌다 현장에 함께 계셨어요? 시모이 씨는 네리마 구의 특수반 소속 아니던가요?"

"틀렸어, 멍청아. 내가 거기에 갔을 때 마침 시모이 경위가 있었을 뿐이야. 시모이 경위도 까딱 잘못했으면 저세상으로 갈 뻔했다고. 운 좋게 목숨만 부지한 거지. 이 몸께서 뭐, 조금 도와주기는 했지만."

"그러니까 모리타를 미행했는데 거기에 우연히 시모이 씨가 있었다는 말씀인가요?"

"나한테 뭘 더 알고 싶은 거야? 우리가 그렇게 의리 있는 사이는 아니잖아? 꼭 듣고 싶으면 과자라도 한 상자 가져와봐. 그, 왜, 시골에서 만든 전병 같은 거 있잖아. 사실 말이지, 몇 번 일러준다고 어디 기억이나 하겠어? 이 촌스런 사이타마 시골뜨기가."

레이코에게는 모든 것이 의문투성이였다. 이 가쓰마타라는 남자는 왜 사이타마를 두고 이렇게 시골, 시골, 하는지 모르겠다. 적어도 레이코의 본가가 있는 미나미우라와는 시골이라는 소리를 들을 만큼 외진 곳이 아니었다.

"아무튼, 기노 취조는 내가 할 테니 그런 줄 알고 준비해. 이봐, 미우라 관리관 나리, 듣고 있나?"

미우라는 어금니를 악물고 가쓰마타를 노려보았다.

"발포 사건은 우리 관내에서 발생했어. 모리타와 조직원 두 명이 살해된 사건도 당연히 우리 담당이야. 설령 증원을 한다 해도 자네가 끼어들 자리는 없어."

"이런, 이런, 그건 또 무슨 얼토당토않은 견해신지?"

가쓰마타도 질세라 노려보며 안주머니에 손을 넣어 담뱃갑을 꺼내 들었다. 이 회의실에서는 당연히 금연이지만 가쓰마타에게 그런 규칙 따위는 안중에도 없었다.

시선도 피하지 않은 채 담배 한 대를 입에 물고 일회용 라이터로 불을 붙였다.

처음 한 모금의 연기는 물론 미우라를 향해 뿜었다.

"이봐, 잘 들어둬. 기노의 오른쪽 어깨에다 총알을 박은 사람이 바로 나야. 출혈량도 엄청날걸. 놈은 그런 상태로 1킬로인지 2킬로를 도망 다녔어. 빈혈을 일으켜서 픽 쓰러지고도 남을 일이었다고. 그런 놈을 어쩌다가 이 특수부 멍청이들이 오줌 냄새 진동하는 공원까지 쫓아가서 수갑만 채웠을 뿐이잖아? 그런 식으로 솔개가 채간 튀김은 도둑고양이도 먹지 않는 법이야, 안 그래? 그까짓 걸 우리가 잡았다고 잘난 척하면서 생색을 내시다니, 아주 역겨워 죽겠어요, 미우라 관리관 나리."

미우라가 가쓰마타에 대해서 얼마나 아는지는 미지수지만 그는 용케 참아냈다.

"호텔에서 벌어진 발포 행위가 합법적이었는지 어떤지 몹시 의문스럽군."

"그걸 합법적이게 하려고 내가 조사한다잖아? 그럼 위법이었다고 치자. 오냐, 잘했다, 하고 좋아할 놈이 어디 있어? 적어도 경시청에는 없을걸. 불상사는 들춰봤자 이득 볼 사람 아무도 없다, 이 말씀이야."

세상에. 대체 이 남자에게 정의의 기준은 무엇일까.

가쓰마타는 담배를 한 모금 더 빤 다음 커피 잔에 톡 떨어뜨렸다.

"정 뭣하면 내가 직접 너희 과장한테 설명할까? 절대로 안 된다고는 하지 않을걸. 애초에 넌…… 이 사건을 기존 폭력단만 놓고 생각하느라 실태를 전혀 파악하지 못했어. 세력 다툼이라느니, 보복 살인이라느니…… 범인이 몇 명인지도 못 맞췄지? 누가 범인인지 특정하지도 못했고. '손 안 대고 코 풀기'라더니 딱 그 짝이야."

미우라는 계속 가쓰마타를 노려보기만 했다.

"어쨌든 나 혼자서 결정할 일이 아니야. 취조관 선임은 안도 과장과 협의해서 정한다."

"협의 따위는 필요 없어. 가쓰마타 주임한테 부탁했다고 보고만 해. 그럼 다 끝나. 그게 아니라도 여기 이 멍청이가 나서서 긴급체포부터 할 테니 조사할 시간이 부족하지는 않을 거야. 결국 기노는 병원행이라 이건데…… 아, 참, 그건 내가 총을 쐈기 때문이지."

맞는 말이었다. 아침에 체포하면 검찰로 송치할 때까지 꼬박 이틀의 조사 시간을 확보할 수 있다. 하지만 본 건의 경우 밤 9시에 체포된 기노는 곧장 병원에 입원했다. 치료를 마치고 돌아와서 내일 아침부터 조사를 시작한다 해도 모레 아침에는 검찰로 송치해야 한다. 실질적으로 조사 시간은 만 하루가 될까 말까다.

어쨌든, 하면서 미우라가 일어섰다.

"기노가 치료를 마치고 영장이 떨어질 때까지는 결론을 내겠어. 자네도 저쪽 특수부로 돌아가서 자네 할 일이나 하라고. 우선 그것부터 정리하고 와."

"남 걱정하지 말고 이 글러먹은 부하부터 다시 교육시켜. 이 멍청이가 제대로 미행했으면 모리타가 죽을 일은 없었을 거 아냐, 안 그래?"

미우라 입장에서는 가장 뼈아픈 말이었다.

미우라는 그대로 회의실을 나갔다. 아카시도 그 뒤를 따랐다.

상석에 남은 사람은 레이코와 히가시오뿐이었다.

"이야, 히가시오 과장, 당신도 계셨나? 있는 줄도 몰랐네. 존재감 없는 건 여전해."

상관에게 이렇게까지 악담을 할 수 있는 경찰관을 레이코는 어디서도 본 적이 없다.

이런 인간이 어디에나 있다면 그것도 재앙이지만.

기노를 긴급체포한 사람은 조직범죄 대책부 4과 폭력범 4계의 후쿠다 경위였다. 그가 체포영장 청구 서류를 작성했는데, 통상적으로는 취조까지 담당한다. 후쿠다가 아니라면 다른 주임 경위나 아카시 계장이 취조해야 맞다.

현 단계에서의 죄목은 총포 도검에 관한 단속법 위반, 구체적인 혐의 내용은 권총 발사였다. 물론 이것은 단순한 시간 벌기로, 가장 유력한 죄목은 모리타 유조 및 모리타 조직원 두 명의 살해와 시모이 마사후미에 대한 상해 혐의다. 영장에다 상해 치사 수법을 밝히기로 했다. 거기에다 가와무라 두목 살해 사건을 엮고, 가능하다면 오지 역 이이지마 살해 사건, 네리마 구 하야시 살해 사건 수사도 이쪽으로 이첩하려는 중이다. 그럴 경우 웬만한 실수만 하지 않으면 1차 구류 기간이 끝나도 2차, 3차, 4차 구속도 가능하다. 니와타 조직의 다니자키와 시라이 살해 사건도 자백만 받아내면 거기서 취조 기간을 더 연장할 수 있을 것이다.

그러나 여전히 흉기는 수수께끼로 남아 있었다. 체포 당시 기노는 아무것도 소지하지 않았다. 상해 치사에 쓰인 둔기는 물론 휴대전화, 지갑 그리고 집 열쇠 같은 생활에 필요한 물건조차 갖고 있지 않았다. 상식적으로 볼 때 도저히 이해하기 힘든 경우다. 그나마 생각할 여지라면, 도주하면서 소지품을 전부 버렸을 가능성이다.

가쓰마타도 그럴 만한 가능성에 관한 정황을 이야기했다.

"내가 쏜 총알에 맞았잖아? 그 와중에 창문 유리가 깨졌지. 나는 문틀에 기대서 놈이 발사하지 못하는 타이밍을 계산했어. 나도 죽고 싶지는 않았거든. 아, 그랬더니 이게 웬걸, 놈이 그 창문으로 뛰어내렸지 뭐야. 창문 왼편에 비스듬하게 붙어 있는 비상계단으로 내려갔더라고. 내가 창문으로 내다보았을 때는 벌써 두 층이나 내려간 뒤였어. 내 총에는 아직 총알이 남아 있어서 또 두 발을 쏘았는데 빗맞았지. 그게 맞았어야 했는데. 그래야 내 손으로 직접 수갑을 채웠을 텐데 말이야."

시모이의 권총은 사건 현장인 607호실에 남아 있었지만 둔기 종류는 없었다. 기노가 그대로 어번플라자 호텔을 벗어나 곧장 이케부쿠로 역 부근까지 와서 북쪽 출구를 돌아 호텔 선타운 앞에서 불심검문을 당한 것이었다면 그 이동 거리는 약 1킬로. 도주 구간 어딘가에서 흉기와 휴대전화를 버렸을 가능성이 높다. 물론 불심검문을 당한 뒤 체포 장소인 공원에 이르기 전에 버렸을 가능성도 아예 없지 않다. 그 점에 대해서 지역과 하야미 경사는 이렇게 증언했다.

"무언가를 버린 눈치는 아니었습니다. 피의자는 그럴 여유도 없었을 겁니다. 오른팔은 총상을 입어서 뜻대로 움직일 수 없는 처지였고요. 사실 뛰어서 달아날 때도 거동이 불편해 보였습니다. 이렇게요…… 오른팔은 되도록 흔들리지 않게 품에 감추듯이 대고 있었고요. 대신 왼팔을 크게 흔들면서 뛰어갔어요. 아마도 불심검문 받은 뒤에 무언가를 버렸을 리는 없을 겁니다."

하지만 그런 증언을 곧이곧대로 받아들인다 해도 개운치가 않았다. 히가시오 과장이 하명하여 수사관 몇 명을 보내서 확인하게 했다. 두 시간 반쯤 뒤에 나온 결론은 '도주 경로에 흉기로 보이는 물건은 없음'이었다.

그렇다면 남은 가능성은 어번플라자 호텔과 호텔 선타운 사이 어딘가라는 이야기인데, 이미 밤도 깊었다. 아무리 이케부쿠로라고 해도 가나메초도리는 역 주변만큼 밝지가 않았다. 본격적인 수사는 내일 하기로 방침이 정해졌다.

기노를 체포하여 긴급 배치는 해제되었고, 특수부에도 잠시 동안 휴식 시간이 찾아왔다. 경찰서 세면장에서 땀을 씻어내는 자, 차갑게 식은 도시락을 미지근한 차와 함께 목으로 넘기는 자, 간이의자에서 쪽잠을 자는 자, 가지각색이었다.

레이코도 도시락을 먹으면서 이케부쿠로 역의 서쪽 지역 지도를 뚫어져라 쳐다보았다.

어번플라자 호텔에서 이케부쿠로 역에 이르는 길은 신기하게도 레이코가 걸어서 출근하는 경로와 겹쳤다. 길가에는 음식점과 다양한 상점이 즐비했다. 그리고 편의점은 분명히 두 곳밖에 없었다. 편의점 말고 쓰레기통을 밖에 내놓는 점포가 있었던가? 폭행을 당한 오타케 경사 이야기로는 흉기가 주머니에 들어갈 만큼 작다고 했다. 크기가 작다는 점에 초점을 맞춰 찾는다면 흉기를 버릴 만한 틈새나 은폐 장소는 얼마든지 있다.

가쓰마타 자신은 기노의 둔기를 못 보았다고 했다.

"시모이 그 양반이라면 봤을 텐데. 지금은 치료 중이니. 참, 오른손 뼈가 아주 가루가 됐다며? 안됐어. 죽을 때까지 불구로 살겠군. 에이그."

그런 가쓰마타도 흉기 수색은 내일 한다는 소리를 듣더니 레이코는 알아듣지도 못할 말을 남긴 채 투덜거리며 돌아갔다.

"새로운 정보가 들어오거든 나한테도 꼭 연락해줘. 알았냐, 소카 센베이*?"

단 한 번의 공격으로 손의 뼈를 가루로 만드는 흉기, 전신의 뼈를 자유자재로 꺾을 수 있게 만드는 둔기, 그러면서도 주머니에 들어갈 만큼 작은 크기의 물건이란 대체 무엇일까?

레이코는 다시 한 번 지도를 주시했다.

그렇다. 어번플라자 호텔에서 이케부쿠로 역까지, 기노가 직선으로 이동했다고 단정하기는 어렵다. 조금 옆길로 들어가면 편의점이나 월정액 주차장도 있다. 주차장에 서 있는 트럭 짐칸에라도 던져 넣었다면? 아마도 내일 수색 작업 때 발견하지 못할 확률이 높다.

어떻게 하면 좋지? 수색 지역을 어느 정도까지 넓혀야 할까.

이런저런 생각에 빠져 손가락으로 지도 위를 더듬었다. 탐문 중이던 그날 기쿠타와 마주쳤던 라이브 하우스 근처에 검지 끝이 닿았다.

아주 잠깐 잡았던 커다란 오른손. 그 촉감이 손바닥에서 되살

* 소카(草加)는 주인공 레이코의 고향인 사이타마 현에 위치한 도시 이름으로, 가쓰마타가 시골이라는 의미를 강조하기 위해 사용한 말로 보인다.

아났다.

기쿠타. 오늘은 어떻게 지냈을까.

오늘도 그 주변에서 탐문 수사를 했을까. 기쿠타도 당연히 무전기를 휴대했을 테니 오늘 밤에 있었던 긴급 배치도 알고 있었겠지. 그렇다면 기쿠타도 자기 일은 잠시 미뤄두고 우선 인상착의에 맞는 남자를 찾아 주변을 돌아다녔겠구나. 신기하게도 우리는 아주 잠시나마 같은 피의자를 뒤쫓은 셈이었어.

예전처럼.

수사 1과 10계의 히메카와 반이라고 불리던 팀의 주임과 베테랑 경사 관계였던 그 시절처럼.

그런 감상에 젖어 있을 때였다.

"네? 아, 네, 알겠습니다. 즉시 이쪽으로 갖다주세요."

목소리가 나는 쪽을 돌아보니 데스크 요원 한 명이 엉거주춤한 자세로 통화를 하고 있었다. 그는 곧 인사를 하고 수화기를 내려놓은 뒤 멀리 떨어져 있는 상석으로 다가갔다.

"저기, 관리관님."

그러자 조직범죄 대책부의 누군가가 서장실에 가셨는데, 하고 느긋한 목소리로 대답했다. 다른 수사관이 관리관님은 왜, 하고 그에게 물었다.

"그게 지금, 지역과에서 연락이 왔는데 니시이케부쿠로 5가에서 개조한 듯한 둔기 같은 게 발견됐답니다."

뭐야!

간부들도 이내 회의실로 돌아왔다.

"흉기가 발견되었다면서. 정말이야?"

미우라 관리관과 아카시 계장, 다카쓰 과장이었다.

대답은 히가시오 과장이 했다.

"개조한 둔기라고 하는데 흉기인지는 아직 확실하지가 않습니다."

바로 5분 뒤에 지역과 경관이 그 물건을 가져왔다.

"실례하겠습니다."

확신컨대 그는 우치다라는 이름의 이케부쿠로 후타마타 파출소 소속 경장이었다. 발견 장소는 마루이 백화점 바로 옆이라고 했다.

"제가 순찰 중에……."

"됐고, 어서 꺼내봐."

아카시가 우치다의 손에서 비닐봉지를 잡아챘다. 얼굴 높이로 들고 상석 안쪽으로 가져왔다. 우치다는 그 자리에 차려 자세로 굳어버렸다.

미우라가 눈살을 찌푸렸다.

"이게 뭐야?"

뭐라고 해야 할지. 아무리 봐도 짧게 자른 막대 자루에 금속 기둥을 붙인 것으로밖에 보이지 않았다. 머리에 해당하는 쇳덩어리 부분은 지름 4센티 정도의 원기둥 형태였다. 길이는 10센티 정도일까. 모서리 색이 조금 벗겨지기는 했지만 전체적으로 검었다. 막대 자루는 짧기는 해도 10센티쯤은 되었으며, 목제로 만들었고, 절단 부분은 쇠줄 같은 도구로 가장자리를 적당히 둥

글러 놨다.

묘하게도 절단 부분 근처에 작은 링이 달려 있었다.

갑자기 어떤 수사관이 중얼거렸다.

“세트 해머인가?”

아, 아닙니다, 하고 그는 슬쩍 고개를 흔들었다.

“사실은 ‘석두(石頭)’ 해머라고 부르는 도구라고 생각했습니다. 그게 아니면 채석장에서 쓰는 쇠메일지도 모릅니다. 엄밀히 말하면 어느 쪽인지 분간하기 어렵지만 둘 다 채석장 기술자가 사용하는 물건이란 것만은 분명합니다. 돌을 두드려 깨뜨리거나 깎아낼 때 쓰는 도구죠. 본가에서 공구 전문점을 해서 이게 뭔지 잘 압니다.”

아까까지 열심히 조서를 쓰고 있던 후쿠타 주임이 하지만, 하고 끼어들었다.

“이렇게 자루를 짧게 만들면 휘두르지를 못하잖아?”

“그게 아니라요, 아마 이런 식으로 사용했을 겁니다. 잠깐 줘 보세요.”

그러자 아카시는 비닐봉지에 든 둔기를 후쿠타에게 건네주었다.

그는 막대 자루의 절단면이 검지 쪽으로 오게 하고, 쇳덩어리 부분이 새끼손가락을 향하게 해서 손에 쥐었다. 다시 말해 통상적으로 막대 자루를 잡는 방식과 정반대로 둔기를 손에 쥔 것이다. 그러자 고리와 엄지 위치가 딱 맞았다.

“이 고리에다 엄지를 집어넣지 않았을까요? 그러면 이렇게 막대 자루가 짧아도 떨어뜨릴 염려도 없고 다루기가 쉬웠을 겁니다."

어리둥절한 표정으로 아카시가 물었다.

"그걸 거꾸로 잡아서, 그런 다음 어떻게 하는데?"

"당연히 이렇게 하겠죠."

그는 새끼손가락 쪽으로 튀어나온 쇳덩어리를 붕 소리가 날 만큼 크게 휘두른 다음 수직으로 내리쳤다. 확실히 둔기치고는 단출하면서도 다루기가 쉬워 보였다.

미우라가 물었다.

"그렇게 해서 사람의 뼈를 부러뜨릴 수 있나?"

그는 진지한 표정으로 고개를 끄덕였다.

"그럼요. 틀림없이 부러뜨릴 수 있을 겁니다. 돌보다 단단한 뼈가 있다면 모를까요."

뒤이어 레이코의 파트너인 에다가 아, 하고 놀라 소리쳤다.

"그래서 쇄골을 공격했나?"

"에다 경사, 무슨 소리예요?"

으흠, 하고 헛기침을 한 다음 에다가 설명했다.

"저도 자세히는 모르지만 가라테에 비슷한 기술이 있습니다. 이렇게 주먹을 쥐고 이쪽으로 내리치는 겁니다."

에다는 주먹을 쥘 때 새끼손가락 쪽 측면에 살집이 두툼하게 잡히는 부분을 가리켰다.

"주먹의 이 부분을 상대방 쇄골에 내려치는 기술입니다. 쇄골 내려치기였나…… 여튼 손날치기를 할 때 쓰는 부위로 공격을 하는데요. 온 힘을 실어서 가격하면 상대방도 큰 손상을 입을 겁니다. 그렇게 가격해도 때린 사람의 손은 아무렇지 않아요. 공격자 입장에서는 자기 공격이 아주 절묘하게 먹혔다고 여길 겁니다."

다카쓰가 고개를 끄덕였다.

"나도 학생 때 가라테를 조금 배운 적이 있는데, 그래, 맞아. 그런 기술이 있었어. 손날쇄골치기였나, 손망치쇄골치기였나."

미우라가 다카쓰에게 물었다.

"이 도구를 사용해서 그런 기술을 쓰면 어떻게 되나?"

"아마 한 방만 맞아도 뼈가 부러질 겁니다. 범인과 마주치자마자 이걸로 맞았다면 그 즉시 한쪽 팔은 망가지는 거죠. 그럼 방어하기도 힘들고요. 바로 반대쪽 쇄골도 부러뜨렸겠죠. 결국 두 손은 아무 저항도 못 한 채 범인이 요리하는 대로 당했을 겁니다. 다리든 팔이든, 아니면 허리든 목이든 범인 마음대로였겠죠."

그러나 흉기가…….

그저 자루만 짧게 만든 쇠망치라니.

4

이것은 차라리 불행이라고 해야 맞다.

오른손과 오른쪽 쇄골 그리고 왼쪽 발목뼈의 골절. 게다가 문틀에 머리를 부딪쳐서 이마가 쫙 찢어져 피를 흘렸다. 그렇게까지 부상을 입고도 실신하지 않았다니, 이건 불행이다.

시모이는 구급차로 후송되는 동안 줄곧 의식이 살아 있었다. 심한 메스꺼움을 느꼈으나 그래도 의식은 또렷했다. 병원에 도착하여 엑스레이 촬영을 하고, 부러져서 어긋난 오른쪽 쇄골과 왼쪽 발목뼈를 강제로 교정할 때도 이를 악물고 참았다. 석고 붕대를 감는 동안에는 시종일관 천정을 노려보았다. 이마를 꿰맬 때만큼은 바늘이 열십자로 오가며 피부를 관통했으므로 눈을 질끈 감아야 했다.

오른손은 분쇄골절이라는 진단을 받았다. 철심으로 고정할지, 금속판을 대어 지지할지는 내일부터 진행할 검사를 보고 결정한다고 했다. 어느 쪽이든 깁스만으로 끝날 증상은 아니라는 뜻이다.

"질문 있으십니까?"

"아니요, 없습니다."

묻지 않아도 안다. 엄청난 골절이다. 아무리 정성스럽게 치료를 한다 해도 후유증은 남는다. 특히 오른손이 심각하다. 펜 하나도 제대로 쥘 수 없게 된다니, 도저히 믿어지지 않는다. 우선 사격은 불가능하다. 한동안은 왼손으로 젓가락질 연습이라도 해야 하나.

그런 생각을 느긋하게 할 여유조차 시모이에게는 주어지지 않았다.

의사가 나갈 때 가쓰마타가 엇갈려 들어왔다.

"뭐야? 생각보다 멀쩡하네. 난 또 온몸에 붕대라도 칭칭 감고 미라처럼 누워 계신 줄 알았지."

왜 지금 이 꼴로 이 남자를 상대해야 한단 말인가.

"가쓰마타, 용건만, 간단히, 말해. 질문은, 짧게."

간신히 쥐어짜듯이 말했을 때였다.

"실례하겠습니다. 시모이 씨, 저 히메카와예요."

쳇, 가쓰마타는 일부러 들으라는 듯이 혀를 차며 입구를 돌아보았다.

"히메카와, 넌 뭣하러 왔어? 새로 정보가 들어오면 연락하라고 했지? 너까지 여기 오면 나한테 연락은 누가 해?"

"수사에 진전이 있으면 저에게 연락이 올 겁니다. 주임님도 꼭 알고 싶으시다면 알려는 드릴게요. 그보다 지금 몇 시인 줄 아세요? 목소리가 너무 크잖아요. 다른 병실에 피해를 준다고요."

그렇다. 지금이 몇 시인가?

히메카와가 시모이를 들여다보며 다가왔다. 길게 늘어진 머리카락이 그림자를 드리워서인가, 아니면 자기 눈이 잘못되었나? 히메카와의 얼굴이 또렷하게 보이지 않았다. 흐릿하니 어둡다. 눈의 초점이 맞지 않는다.

"시모이 씨, 괜찮으세요? 많이 아프시죠?"

아프냐고?

"아니, 진통제를 맞아서 약기운이 도는지 지금은 별로 아프지 않아. 근데 자네, 여긴 왜 왔어?"

"다행이에요. 저 지금 이케부쿠로 서에 있거든요. 시모이 씨 사건은 일단 저희가 맡게 됐어요."

맞아, 맞아, 하고 가쓰마타가 고개를 들이대면서 끼어들었다.

"아, 왜, 그 사건 있었잖소. 그때 그 사건 때문에 이 녀석, 본부에서 쫓겨났잖아. 웃기지 않소? 조폭 놈과 그렇고 그런 사이라니…… 아, 아야!"

그러던 가쓰마타가 갑자기 시야에서 사라졌다. 아프다고 소리를 질렀는데 대체 어디가 아프다는 것인지 시모이는 영문을 알 수 없었다.

히메카와가 계속 이야기했다.

"시모이 씨, 지금 좀 안정이 되셨나요? 대화가 가능하시면 어번플라자 호텔 607호실에서 무슨 일이 있었는지 말씀해주시겠어요? 모리타 유조, 아다치 게이스케, 세오 준지. 이 세 사람이 살해된 경위도 포함해서요."

가쓰마타와는 길게 상대할 기력이 없지만 히메카와라면 달랐다.

"그래, 괜찮아. 다 설명해주지."

가쓰마타는 아직도 아프다고 난리였다. 그냥 넘길 생각을 말라느니, 몸으로 직접 가르쳐주겠다느니, 하면서 악을 쓰는데 어차피 발을 삐끗한 정도겠지, 신경 쓸 필요도 없었다.

히메카와가 의자를 들고 와서 바로 옆에 앉았다.

"피곤하시면 바로 말씀해주세요. 한 템포 쉬었다 하죠, 뭐. 다음 이야기는 나중에 해도 괜찮으니까요."

"그래, 피곤하면 말할게."

그럼 이야기를 어디서부터 시작해야 하나.

역시 모리타와 만나는 대목부터 말해야겠다.

"이번에는 내 쪽에서 모리타를 불러냈지."

모리타에게 피해를 주면 안 되겠다는 생각에 가노 야스에를 통해서 연락했다는 말은 접어두었다.

모리타와 호텔에서 만난 이야기를 했다.

"무슨 이야기를 하셨나요?"

"그건……."

애초에 경시청에서 퇴직한 기노를 모리타 조직에 잠입시킨 경위, 녀석의 정의감을 역이용한 점 그리고 회한.

여전히 시야가 흐릿했으나 히메카와의 표정이 심각해졌음을 느낌으로 알았다.

"그러니까 시모이 씨는 기노 가즈마사를 한때 스파이로 삼았었다, 이렇게 해석해도 되겠죠?"

"어, 상관없어."

2년에 걸쳐 모리타 조직와 도에이회, 니와타 조직의 정보를 수집해왔다. 하지만 어느 날 갑자기 기노와 연락이 끊겼다.

그 당시의 뒷얘기를 이번에 처음으로 모리타한테 들었다. 모리타는 기노가 전직 경찰관이라는 사실을 가와무라를 통해 알았고, 기노에게 린치를 가했다. 그러나 기노는 가택수색으로 혼란한 틈을 이용해서 종적을 감추었다. 이후 기노의 소식은 모리타도 모른다고 했다.

그렇게 모리타와 만나고 있을 때 돌연 기노가 그 호텔 방에 나타났다.

"나는 호텔에서 나왔다가 모리타가 불러서 다시 호텔로 돌아갔어. 모리타는 그때 이미 어깨가 부러져 있었을 거야. 경호원 두 명도 진즉에 살해된 모양이었고. 모리타는 기노가 시키는 대로만 했겠지. 난 거기에 감쪽같이 속아 넘어간 거고."

히메카와가 시모이의 얼굴을 물끄러미 들여다보았다.

"그때 기노와는 무슨 말씀을 하셨나요?"

"그게, 놈이 전에 경찰이었다는 얘기를 했는데……."

그 정보를 가와무라가 물어 왔다는 사실을 기노도 잘 알고 있었다. 기노는 우선 가석방으로 풀려난 가와무라부터 노렸다. 하지만 정보의 출처까지는 알아내지 못하자 모리타를 2차 목표물로 삼았는데 모리타도 명쾌한 답을 갖고 있지 않았다.

그리고 마지막으로 기노의 의문을 풀어줄 사람이 시모이였다.

"나도 무슨 사연이 있는지 전혀 몰랐어. 어쨌든 기노가 전직 경찰이라는 걸 들켰다는 사실도 이번에 처음 들었고. 놈이 가와무라와 모리타 그리고 나를 원망한다는 건 알고 있었지. 그렇더라도 정보의 출처가 어딘지 나도 짐작 가는 데가 없어."

히메카와가 과장되게 고개를 갸웃했다.

"아까 시모이 씨 쪽에서 먼저 모리타를 불러내 만났다고 하셨잖아요?"

"그래, 그랬지."

"애초에 시모이 씨는 모리타를 왜 불러내신 거죠?"

"그건……."

열흘쯤 전에 감찰 조사 받은 일을 이야기했다.

"조사를 받는 자리에서 이런 이야기를 들었어. 그즈음 이케부쿠로 일대에 거점을 두고 활동하는 폭력단이 잠잠해졌다는 거야. 활동을 멈춘 폭력단에는 니와타 조직이나 모리타 조직도 들어 있었지. 난 당연히 기노가 신경 쓰였어. 직접적인 계기는 역시 가와무라 피살 사건이고."

가와무라의 죽음을 알고 모리타에게 접촉했다면 그 일에는 틀림없이 기노가 관련되어 있을 것이라고 생각했다.

이 이야기를 단순한 우연으로 돌리기에는 이미 늦었다고도 생각했다.

"어쩌면 기노는 나를 제거하는 게 목적이었는지도 몰라. 나와 모리타가 만난 건 예상 밖이었겠지. 그때가 아니었어도 언젠가는 나를 죽여야겠다고 마음먹지 않았을까. 지금에 와서는 그런 생각도 들어."

"흠……."

히메카와가 작은 소리로 한숨을 쉬었다.

"제 생각은 좀 다른데요."

"어째서?"

"시모이 씨는 기노를 처음 보셨을 때 인상이 어땠나요?"

처음 만났을 때. 기노가 아직 스무 살도 되기 전. 소년티가 남아 있는 기노의 얼굴.

"정의감이 강하고, 착실하고, 괜찮은 남자였지."

"9년 전에 재회했을 때도 여전히 그런 인상이었나요?"

"어, 그래서 내가 녀석을 스파이로 집어넣은 거야."

"하지만 반대로, 뭐랄까, 그런 점 때문에 모리타에게도 호감을 샀다는 거잖아요. 덕분에 가입하자마자 조직원이 될 수 있었던 거고요."

"맞아, 그렇다고 생각해. 모리타도 기노를 마음에 들어 했어. 자기 입으로도 그렇게 말했고."

"과연……."

표정이 보이지 않아서 히메카와가 무슨 생각을 하는지 시모이는 알 길이 없었다.

이 여자, 나에게서 대체 무엇을 얻으려 하는 것일까.

"시모이 씨, 사실 기노는 자기를 격려해주던 사람을 원망했는지도 몰라요. 복수할 생각도 했을 거고요. 시모이 씨도 그 대상에 들어 있었는지도 모르죠. 하지만 그것만으로는 일의 아귀가 맞지 않아요. 기노는 가와무라 이전에도 사람을 죽였으니까요."

시모이는 모리타의 이야기를 다시 떠올렸다.

"온몸의 뼈를 꺾어서 둥글게 말아버린다는 살인자 얘긴가?"

"알고 계셨나요?"

"모리타에게 들었어. 녀석의 말로는 그 살인자가 20명도 넘게 죽였다고 하더군."

"무려 20명이나!"

천하의 히메카와도 이 말에는 깜짝 놀라는 눈치였다.

시모이는 다시 마음을 가다듬고 이야기를 계속했다.

"그럼 더욱더 가와무라와 모리타, 시모이 씨에 대한 복수는 아니겠네요. 물론 지금 단계에서 아직 확실한 증거는 없지만, 그 20명을 살해한 자와 모리타를 습격한 자가 동일범이라고 치면, 기노의 범행 대상은 암흑가 사람들뿐이에요. 복수가 아니라 전혀 다른 목적이 있었지 않을까요?"

전혀 다른 목적이라…….

"자네는 그게 뭐라고 생각하나?"

"모르겠어요."

쳇, 가쓰마타가 혀를 찼다. 그 소리가 맞은편에 앉은 히메카와에게까지 들렸다.

히메카와가 또 시모이의 얼굴을 들여다보았다.

"시모이 씨, 피곤하세요?"

"아…… 아니, 괜찮아. 그런데 지금 몇 시인가?"

"벌써 3시 반이네요."

아직 그것밖에 안 되었나.

시모이는 침대 머리맡의 조명등 불빛을 받아 옅은 주황빛으로 물든 천장을 응시했다. 가노 야스에도 이제 모리타의 죽음을 알았을까. 아니다. 이 시점에 통지해줄 사람이 있을 리 만무하다.

"히메카와…… 모리타 사건은 언제 발표하지? 벌써 언론에 나왔나, 아니면 내일 기자회견이라도 하나?"

정확히 말하면 내일이 아니라 오늘이군.

히메카와가 네, 하고 고개를 끄덕였다.

"기자단에는 벌써 알렸어요. 빠르면 조간에 실릴 거예요. 어쨌든 내일은 기자회견을 열 테니까 각 신문사에서 늦어도 내일 석간에는 게재하겠죠."

그렇다. 이케부쿠로 서에는 방면 본부를 담당하는 기자단이 따로 있다. 이번만큼 심각한 사안이 발생하면 보도를 늦추려고 애써봐야 소용없다.

히메카와가 등을 쭉 펴면서 시선을 조금 들고 물었다.

"시모이 씨, 아까 기노가 전직 경찰관이라는 정보를 가져온 자가 가와무라라고 하셨죠? 가와무라는 그 정보를 어디서 입수했을까요?"

"그건 모리타도 모른다고 했어. 모리타는 기노에게 어깨를 맞고 뼈가 부러지면서도 털어놓지 않더군. 정말 몰랐던 거야."

"짚이는 데는 없으세요?"

"기노가 누구 아는 건달이라도 만나는 장면을 가와무라가 본 게 아니겠냐고 모리타가 말하기는 했는데."

"그럼 사실대로 말했더라면 좋았을 텐데."

"누가, 누구한테?"

"가와무라가 기노에게요. 가와무라가 살해당하기 전에 기노한테 그렇게 말했더라면 무사하지 않았을까요? 그랬으면 가와무라가 살해당할 일은 없었을 거예요."

분명히 옳은 말이긴 하다.

"그렇게 변명해도 기노가 납득하지 않았을지도 몰라."

"그럴까요? 네가 언제 어디서 경시청의 누군가와 만나는 장면을 보았다고 했다면 기노도 충분히 납득했을 겁니다. 아, 그래서 들통이 났구나, 하고 이해하지 않았겠어요?"

"그럴 가능성이 있다고 치면…… 경시청 누군가란 곧 내가 되는 셈이군."

"하지만 그렇게 말하지 않았잖아요. 모리타와 시모이 씨는 당시에도 아는 사이였죠?"

"그, 그렇긴 하지."

"가와무라는요?"

"그 녀석도…… 아는 사이였어."

"그러니까요. 기노와 시모이 씨가 만나는 장면을 보았다면 본 대로 이야기할 일이지. 그랬으면 좋았을걸. 모리타가 기노에게 린치를 가할 때도 '너 이 자식, 시모이와 만났지?'라고 물어봤더라면 어땠을까요. 하지만 가와무라는 그렇게 하지 않았어요. 요컨대 가와무라는 비밀리에 만나는 장면을 목격하고 기노가 전직 경찰관이었다는 사실을 눈치챈 게 아니에요. 사실 비밀리에 누군가와 만나는 장면만 보고 전직 경찰관인지 아닌지 어떻게 알겠어요. 혹시 현역 경찰관이 누설한 게 아닐지…… 영화 같은 얘기지만요. 조폭 쪽에서 보면 의심할 만하지 않겠어요? 하지만 그쪽을 의심하지는 않았죠. 아마 현역 경찰관보다 드러내기가 훨씬 더 애매한 정보원이었을 거예요. 그래서 가와무라는 모리타한테도 누구라고 공개하지 못한 거예요. 기노에게도 단도직입적으로 묻지 못하고 그저 두드려 패서 자백시키는 방법 말고는 도리가 없었던 거죠."

무슨 말이지?

"히메카와, 자네 무슨 말을 하려는 게야?"

"저도 확실하지는 않아요. 혹시 누군가 밀고했을 가능성도 있지 않나, 짐작할 뿐이에요."

"밀고? 으윽……."

조금 목소리가 높았다. 놀라는 바람에 시모이의 쇄골에 통증이 밀려왔다.

"괜찮으세요?"

"괘, 괜찮아. 밀고라니. 대체 무슨 뜻으로 하는 말이야?"

"그건요……."

레이코는 뜸을 들이며 고개를 끄덕였다.

"그러니까 어떤 자가 가와무라에게 전화든 뭐든 이용해서 귀띔을 했을 가능성이에요. 기노 가즈마사는 전직 경찰관이고, 지금도 경찰과 연락이 닿아 있다. 요컨대 기노는 스파이라는 사실을 가와무라에게 밀고했다. 뭐, 대충 그런 이야기예요."

설마. 그럴 리가 없다.

"누가 그런 짓을 했을까?"

"모르죠. 하지만 기노가 모리타 조직에 스파이로 숨어 들어간 게 탐탁지 않은 사람도 있지 않았을까요? 저도 잘은 모르지만요."

기노의 스파이 짓을 탐탁지 않게 여긴 사람?

"그야 조직원 입장에서는 스파이가 반가울 리 없겠지."

"그런 얘기가 아니에요. 밀고까지 했다면 기본적으로는 폭력단 바깥의 인물이죠."

"니와타 조직이나 모리타 조직의 구성원은 아니다?"

"좀 더 분명히 말하면 신분을 숨기고 정보만 흘리고 싶었던…… 그런 입장에 있는 사람이 아닐까요?"

요컨대 가와무라 자신도 정체를 몰랐던 정보원이란 말인가.

"경찰이란 얘기야?"

"그럴 가능성이 아예 없지는 않죠."

당시에 그 작전을 알았던 사람은 소수의 몇 명뿐이었다.

5

시모이의 치료는 이제 막 끝났다. 장시간의 대화는 몸에 지장을 주리라는 생각에서 레이코도 오전 4시 전에 조사를 마쳤다.

"앞으로 누가 담당할지는 모르지만 또 찾아뵐게요. 긴 시간 정말 수고하셨어요. 감사합니다. 몸조리 잘하세요."

레이코가 고개를 숙여 인사했다.

"이제 겨우 내 차례인가?"

레이코가 앉았던 의자에 이번에는 가쓰마타가 앉으려고 했다.

"아유, 저하고 그만 돌아가시죠."

"이봐, 히메카와, 너 지금 뭐 하는 거야?"

반강제로 손을 잡아끌면서 레이코는 가쓰마타를 복도까지 데리고 나왔다. 사실 복도에서도 시끄럽게 굴면 다른 환자에게 폐를 끼치는 일이므로 곧장 야간 접수대 근처까지 끌고 갔다.

"히메카와, 네가 이럴 수 있어? 난 그래도 점잖게 순서를 기다려주자고 인심 썼는데 말이야. 너만 실컷 질문하고. 네가 뭔데 네 맘대로 조사를 끝내는 거야? 그리고 너 아까 내 발 밟았지?"

쉿, 하고 가쓰마타의 입을 막으며 더 세게 붙잡았다.

"조용히 하세요. 주임님도 옆에서 같이 들으셨잖아요. 덕분에 직접 청취하시는 수고도 덜었고요. 이것으로 내일…… 아니, 이제 오늘이지만, 기노를 취조할 준비도 완벽해졌죠?"

간신히 병원 정문을 통해 밖으로 나왔다. 거기서 가쓰마타는 이거 놔, 하며 레이코의 손을 난폭하게 뿌리쳤다.

가쓰마타는 담배를 물고 신경질적으로 불을 붙였다. 레이코가 돌아보니 주변에 재떨이 비슷한 것도 없었다. 그렇다고 이 남자가 자기 재떨이를 챙겨 다닐 리는 없다.

"젠장, 뭐가 취조할 준비야? 네가 알아낸 얘기는 나도 이미 다 아는 거야. 오래전부터 알고 있던 일이라고. 그것보다 더 새로운 정보를 찾아. 그렇지 않으면 앞으로 기노와 싸우기가 별로 쉽지는 않을 거야. 그러고 보니 주인공 기노는 어떻게 됐나?"

"참! 아까 무슨 메시지가 들어왔던데."

휴대전화를 확인해보니 예상한 대로 기노에 관한 경과 보고였다.

"뭐라는데?"

"어머, 주임님도 알고 싶으세요?

그러자 원래 작은 가쓰마타의 눈 속에서 좁아지는 동공이 보였다.

그런 눈으로 노려보면서 담배를 끼고 있던 두 손가락으로 레이코를 가리켰다.

"너, 새로운 정보가 들어오면 알려달라고 했어, 안 했어? 그 조건으로 네가 먼저 시모이와 이야기를……."

"네? 제가 그런 조건을 걸었나요? 전 분명히, 꼭 알고 싶으시다면 알려는 드릴게요, 하고 말했어요. 이번 일에 아무 관심도 없어 보이셔서 별로 알고 싶지 않으신 줄 알았죠."

이 자식이, 가쓰마타는 레이코를 발길로 걷어찰 듯 위협했지만 유감스럽게도 가쓰마타의 다리는 극단적으로 짧았다. 레이코는 딱 반 발 물러났는데 가쓰마타의 구두 앞코는 허공만 가르고 말았다.

"알겠어요. 그럼 이렇게 하죠."

"이봐, 지금 네가 조건을 걸겠다는 거냐?"

"주임님이 청취하실 수 있게 저도 협조할게요."

"취조할 때 같이 입회하겠단 얘기야?"

"눈치도 빠르셔."

가쓰마타는 레이코를 노려보면서 길게 담배 연기를 들이마셨다.

레이코가 계속 이야기했다.

"사실 기노를 체포할 수 있었던 건 주임님이 총알을 명중시켰기 때문이에요. 하지만 그걸 근거로 범인을 취조할 권리가 주임님한테 있다니. 주임님, 진심으로 하신 말씀 아니시죠? 기노는 무려 여덟 명을 살해하고 경관 두 명에게 중상을 입힌 혐의까지 있어요. 유죄로 판명 나면 사형 말고는 달리 생각할 여지도 없는 사건이에요. 계장님, 관리관님, 자칫하다가는 이사관님에 과장님까지 자기가 취조하겠다고 나설지도 몰라요. 그 정도로 중대 사건이란 말입니다."

가쓰마타는 담배를 한 모금 더 빨고 나서 발치에 떨어뜨렸다.

"그런 중대 사건이…… 네가 협조하면 확실하게 내 쪽으로 넘어온다는 보증이 있나?"

"적어도 가장 먼저 취조할 점은 발포 사건이에요. 살인 사건과는 무관하게 이케부쿠로 서가 맡아야 할 새로운 사건이죠. 그러니까 제가 입회할 테니 취조는 주임님께 맡기자고 제가 제안하면 첫 번째 취조는 틀림없이 주임님 몫으로 돌아올 거예요. 어차피 조직범죄 대책부 수사관들은 모리타를 미행했다가 실패했잖아요. 그들은 모리타가 사무소를 빠져나간 사실도 눈치채지 못했어요. 그 결과 모리타는 감쪽같이 기노에게 살해당했죠. 이 점을 들면 현재로썬 조직범죄 대책부도 세게 나오지는 못할 거예요."

"모리타를 미행한 놈들이 누구야?"

레이코는 일부러 천천히 고개를 흔들어 보였다.

"그걸 말하면 주임님은 더 이상 저를 찾지 않을 거잖아요."

"뭐야? 이게 어디서 건방지게 나하고 거래를 하려고 들어?"

"주임님께 여러 가지로 배운 점이 많거든요."

몹시 불쾌하다는 듯이 가쓰마타가 혀를 찼다.

"아, 짜증 나. 노처녀가 잔머리만 늘면 못쓴다니까. 이렇게 뻰

뻔해진다고. 차라리 조직범죄 대책부에 있는 할머니 관리관 쪽이 다루기는 더 쉽지."

그 말씀은 칭찬으로 듣겠습니다.

기노는 오전 8시면 도요지마 구에 있는 응급 의료 지정 병원에서 이케부쿠로 서로 이송되어 온다고 했다. 그때까지 취조 준비를 마쳐야 했다.

교섭할 상대는 조직범죄 대책부 4과의 안도 과장이었다.

"그게 왜 기노 취조를 가쓰마타에게 맡겨야 하는 이유지?"

큰 키, 긴 얼굴, 저음의 목소리. 좀처럼 익숙해지지 않고 기이하기까지 한 존재감이다.

"과장님도 아시다시피 벌써 조간신문 세 군데서 기노의 체포를 다루었습니다. 현장에 시모이 경위가 있었다는 점도 기사화되는 건 시간문제입니다. 하지만 아사카와 주임과 고타니 경사 건은 아직 새어 나가지 않았어요. 미행까지 했으면서 기노가 모리타를 채갈 때까지 수수방관한 셈이었죠. 지금이라면 그 문제만큼은 일단 덮어두고 취조를 진행할 수 있어요. 그러려면 가쓰마타 주임을 우리 쪽으로 끌어들일 필요가 있습니다."

"1과 속의 공안이라고 불리는 그를 굳이 끌어들이겠다는 말인가?"

본부 과장이라 역시 다르다. 가쓰마타의 이면까지 훤히 꿰고 있다는 뜻인가.

"이 사건을 수사하려면 다른 건 몰라도 그가 꼭 필요합니다."

내 입으로 말하면서도 비위가 상하지만 다른 도리가 없다. 지금은 그저 눈 꾹 감고 참아야 한다.

안도가 고개를 조금 갸웃했다.

"가쓰마타에게 취조를 맡기지 않으면 어떻게 되지?"

"아마 아사카와, 코타니 조의 실패가 외부로 새어 나가겠지요."

"가쓰마타에게 취조를 맡기면 누설을 방지할 수 있나?"

"네, 취조를 맡고 나면 그가 이 특수부에 책임을 전가할 이유가 사라지니까요. 그게 가장 안전한 대책입니다."

엄밀히 말하면 레이코는 지금 평소 가쓰마타가 쓰는 수법을 빌려 공갈을 치는 중이었다. 이번만큼은 레이코와 가쓰마타, 서로의 이해득실이 일치하여 다른 선택의 여지가 없었다.

안도는 한참 동안 생각하더니 이렇게 물었다.

"그자를, 자네가 제대로 감시할 수 있겠나?"

"가쓰마타 주임은 저 말고 다른 수사관이 입회하는 걸 허락하지 않을 겁니다."

"자네는 특별하다는 말인가?"

가쓰마타는 아마 범죄자와 동일한 사고 회로라느니 하면서 또 딴죽을 걸겠지만, 그런 문제를 레이코 본인이 먼저 언급할 필요는 없었다.

"특별하냐고요? 스스로를 특별하게 여기지 않는 형사에게 어떻게 범인을 맡기죠? 자신은 특별하다고 말하지 못하는 형사한테는 절대로 범인을 맡겨서는 안 됩니다."

이런 논리가 조직범죄 대책부에서도 통용되는지 어떤지는

레이코도 알지 못했다.

4층에 있는 형사부실로 내려가니 가쓰마타가 소파에 앉아서 유유히 담배를 피우고 있었다. 물론 이곳도 현재는 금연이다.

"주임님, 허락 받았어요. 취조 부탁드릴게요."

조금 떨어진 곳에서 히가시오 형사과장과 오사코 총괄 계장이 보고 있었다. 그 밖에도 이케부쿠로 서 형사들이 열 명 정도 더 있었다.

어쩌면자이 사람들은 지금까지 레이코가 남 앞에서 머리를 숙이는 모습을 본 적이 없었을 것이다. 레이코 자신도 최근 1년 사이에 누군가에게 머리를 숙인 기억이 없었다.

가쓰마타가 히쭉 웃었다.

"기노는 몇 시에 오지?"

"이제 15분쯤 있으면 도착할 예정입니다."

"히메카와……."

여전히 웃음을 머금고 있는 가쓰마타는 음흉한 눈빛으로 레이코를 보았다. 이 남자 말고 이런 눈빛을 띨 만한 사람이 또 있을까? 아마도 마약 중독자 정도겠지.

"네, 왜요?"

"네가 나설 자리는 어떻게든 꼭 만들어줄게. 하지만 그때까지는 내가 취조하는 동안 잠자코 지켜보기나 하라고, 알겠나?"

가쓰마타가 웬일로 이번만큼은 시골뜨기 운운하지 않고 말을 맺었다.

기노가 실제로 이케부쿠로 서에 도착한 때는 오전 8시 10분이 지나서였다.

레이코와 가쓰마타는 경찰서 뒷문으로 나가서 피의자를 인계받지 않고 취조실이 있는 4층에서 기노를 기다렸다. 피의자 인수인계는 텔레비전 카메라에 찍혀도 상관없는 말단이든지, 갓 승진한 주임 정도가 해도 될 일이라고 가쓰마타는 말했다. 레이코는 그 말에 굳이 토를 달 생각도 없었기에 그냥 흘려듣고 말았다.

저벅저벅. 드디어 성인 몇 명의 발소리가 복도 끝에서 들렸다. 발소리는 레이코와 가쓰마타가 기다리고 있는 취조실 앞에서 멈추었다.

똑똑. 짧게 문 두드리는 소리가 났다.

"들어오세요."

레이코가 대답하자 조용히 취조실 문이 열렸다.

"실례하겠습니다."

형사과와 조직범죄 대책부 소속 수사관 십여 명에게 둘러싸여 출입문에 서 있는 자는…… 틀림없다.. 지난밤 공회당 앞 공원에서 붙잡힌 기노 가즈마사다.

"들어와."

가쓰마타가 대답하자 이케부쿠로 서 형사과의 경사 두 명이 기노를 실내로 들여보냈다. 기노는 오른팔에 삼각포를 두르고 있었다. 그 손과 멀쩡한 왼쪽 손목이 검은 수갑으로 묶여 있었다. 기노의 허리에 묶인 포승줄을 의자에 동여맨 다음 수갑을 풀어준 경사 두 명은 고개를 숙여 인사하고 취조실을 나갔다. 물론 기노 맞은편에는 가쓰마타가 앉아 있었다.

레이코는 가쓰마타의 등 뒤 오른쪽 대각선 방향에 의자를 놓고 앉았다.

"천만다행이었지, 기노? 심장을 피해갔으니 말이야."

경시청 시절에 찍은 얼굴 사진에 비하면 나이가 조금 들기는 했다. 그래도 기노는 자못 의연한 얼굴을 하고 있었다. 38세라는 나이를 생각하면 오히려 동안 축에 들 정도였다.

"그럼 슬슬 시작해볼까?"

가쓰마타는 어젯밤에 발급된 체포영장의 내용을 낭독하고 기노에게 변호사 선임 권리가 있음을 고지했다. 피의 내용은 현재로써는 26일 밤에 있었던 '어번플라자 호텔 607호실에서의 권총 발사'였다.

"뭐 변명하고 싶은 점이라도 있나?"

기노는 그저 묵묵히 가쓰마타의 가슴께만 쳐다보았다. 그 시선에서는 아무런 감정도 드러나지 않았다. 분노도, 동요도, 낙담도.

"경시청 소속 시모이 마사후미 경위가 소지했던 권총, 스미스 앤드웨슨 M3913을 여덟 발 쏘았고, 총알이 다 떨어질 때까지 계속해서 발포했다. 여기에 틀린 점이 있나?"

갑자기 기노가 미간을 찌푸리며 인상을 썼다.

"그보다, 당신 누구요?"

레이코는 기노의 목소리를 처음 들었다. 아주 낮은 저음이지만 또렷하고 힘이 있는 목소리여서 말을 알아듣기가 쉬웠다. 허스키하지 않았다.

어떤 의미에서는 매우 맑은 음성이었다. 하지만 듣기에 따라서는 칼날처럼 날카로운 울림으로 느껴지기도 했다. 그렇다. 잔뜩 벼려진 일본도 같았다.

"나? 난 가쓰마타다. 수사 1과 소속 가쓰마타."

"아, 당신이 가쓰마타 씨군요? 저쪽 업계에서도 꽤나 유명했지. 악평이지만 말이야. 조폭 부두목이 체포되었을 때 풀어주는 조건으로 현금 300만 엔을 가져오라고 했다며? 어느 조직 두목이 이를 갈더군. 경찰한테 몸값을 요구당하기는 처음이라고."

가쓰마타는 조금 고개를 갸웃거렸다. 레이코 자리에서는 그 표정이 보이지 않았다.

"그건 내가 아닐걸. 다른 가쓰마타겠지."

"경시청에 가쓰마타라는 이름을 가진 놈들이 그렇게 많은가?"

"그야 모르지. 적어도 나는 가쓰마타 보살님으로 통하거든."

잘도 지껄이시네. 넉살도 좋으시지.

"그리고, 저 여성분은 누구지?"

질문과는 달리 기노의 시선은 레이코에게 향해 있지 않았다.

"이케부쿠로 서 형사과의 히메카와입니다."

"아, 그래? 여기 소속이군. 본 적은 없지만 말은 많이 들었지."

가쓰마타가 한 차례 헛기침을 했다.

"자, 그러니까 기노, 변명하고 싶은 점 없냐고 물었잖아."

"아, 변명을 하라고? 그건 순전히 정당방위였어. 먼저 쏘지 않으면 내가 당할 판이었거든. 가쓰마타라는 이름의 악덕 경찰한테 말이야. 지금 이 말, 토씨 하나 빼먹지 말고 기록하쇼. 마침 눈앞에 권총이 떨어져 있어서 죽다 살아났지 뭐야."

일단 거기까지 진술한 내용으로 피의자의 녹취서를 작성하고 서명날인을 받았다. 기노는 별로 저항하지도 않았다. 가끔 엷게 미소를 띠는 여유까지 보였다.

나아가 진술거부권에 대하여 설명했고 드디어 취조를 개시했다.

가쓰마타가 그나저나, 하고 한숨을 쉬더니 중얼거렸다.

"일단 어젯밤부터 이야기해보자고. 넌 어번플라자 호텔 같은 곳에 왜 있었나?"

기노가 키득거렸다.

"경찰 노릇도 참 못 할 짓이네."

"뭐가?"

"사실 아무래도 상관없잖아? 내가 시모이 씨의 권총을 어떻게 했든, 어느 쪽을 향해서 몇 발을 쐈든, 사실 그런 건 당신도 아무 흥미 없을 텐데."

가쓰마타가 흥, 콧방귀를 뀌었다.

"그럼 내가 흥미 있어 할 게 뭔데?"

"글쎄올시다. 벌써 여죄를 취조하겠다는 건가? 내 눈치가 좀 빨랐나, 가쓰마타 씨?"

태도로만 보면 뺀질거리면서 취조를 피하려는 수작인가 싶다. 하지만 그렇지는 않은 모양이었다.

"농담이오. 무엇이든 다 물어보쇼. 대답할지 말지는 질문을 받아봐야 알겠지만."

지금 이 취조는 인근의 건달들을 상대할 때와 차원이 다르다.

가쓰마타가 조금 고개를 끄덕였다.

"그렇게 말해주면 이쪽에서도 감사하지. 어쨌든 넌 권총으로는 아무 짓도 하지 않았잖아. 혐의가 유력한 안건까지 다루려면 아주 지루한 시나리오가 필요하겠다 싶었는데. 솔직히 지긋지긋하거든."

"혐의가 유력한 안건이라니, 무슨 말이오?"

"아, 먼저 그것부터 보자고. 넌 결국 몇 명이나 죽인 거냐?"

통상적인 취조라면 결코 써서는 안 될 질문 방법이었다. 뭐, 이번 사건은 다른 도리가 없나.

기노는 보란 듯이 크게 한숨을 쉬었다.

"질문 참 시시하네. 머리 좀 써가면서 질문을 하쇼. 대화는 즐겁게 해야지, 간테쓰 씨."

이번에는 본격적으로 악질적인 피의자 노릇을 하려는 모양이다.

하지만 가쓰마타도 아직까지는 여유만만이었다.

"이봐! 자꾸 무례하게 굴 거야? 그럼…… 화제를 바꿔보자고. 지금부터 7년쯤 전 일이야. 네가 모리타 조직에 잠입한 스파이였다는 걸 가와무라에게 누설한 인간이 있다. 이건 어때?"

그건…….

가쓰마타가 그자의 정체를 알고 있는지 어떤지는 미지수다.

그런데도 그 문제를 지금 여기서 불쑥 협상 카드로 꺼내 들다니, 시기상조 아닌가?

그러나 어느 정도 효과가 있는 듯했다.

지금까지와는 달리 기노의 얼굴에 긴장한 기색이 역력했다.

"그게 누구인지 알고 있소?"

"모른다고 하면, 이야기는 여기서 쫑 나는 건가?"

"괜히 뻥치는 거면 그냥 안 둬."

"웃기시네. 지금 네가 뭘 할 수 있는데?"

"뭐든. 못 할 것도 없지. 난 블루 머더니까."

가쓰마타가 고개를 슬쩍 두 번 끄덕였다.

"그럼 그 블루 머더 이야기 좀 해볼까. 그 파란 오니의 정체가 뭔지는 일단 제쳐두고, 목적부터 보자고. 파란 오니는 네 녀석을 함정에 빠트린 놈의 정체를 알려고 했어. 그건 틀림없는 사실이야. 실제로 그걸 캐내려고 사람을 대여섯 명이나 죽인 거지. 니와타 조직으로 치면 시라이, 다니자키, 가와무라였어. 모리타 조직에서는 똘마니 두 명에다 모리타였고. 이 많은 사람을 혼자서 해치웠다면 그 희생자 숫자만으로도 그냥 사형감이야. 그렇게까지 해서 자신을 망친 인간에게 복수를 하고 싶었나? 다른 건 몰라도 너를 고문한 인간은 가와무라였잖아. 가와무라를 해치웠을 때 어느 정도 한풀이는 되지 않았나?"

기노가 비아냥거리듯 고개를 갸웃했다.

"이보쇼. 내 얘기가 아니라 정체불명의 파란 오니 얘기잖아."

"이게 또 건방지게 구네. 여하튼, 파란 오니 나리께선 여섯 명이나 죽이기 전에도 아주 그럴듯한 무용담이 있던데. 블루 머더라는 별명을 입에 올리기만 해도 불알이 오그라든다며? 암흑가에서는 그 정도로 무시무시한 공포의 대상이라던데. 일설에 따르면 파란 오니가 해치운 사람만도 족히 20명에 이른다는군. 그렇게까지 암흑가를 공포로 몰아가서 뭘 어쩌려던 걸까?"

기노의 얼굴에 더 이상 웃음기는 남아 있지 않았다. 눈동자가 없는 석고상처럼 체온도, 심장 고동도, 심지어는 사람으로서의 기운조차 느껴지지 않았다. 그저 그 자리에 인형으로서만 존재하는 듯했다.

"조폭은 물론이고 예전 신도쿄연합과 슈카류 멤버들, 속칭 한구레라는 놈들이던가, 그런 놈들까지 힘으로 합쳐서…… 뭐야, 암흑가의 제왕이라도 돼서 군림할 생각이었나?"

가쓰마타도 호흡을 가다듬고 기노의 기색을 살폈다. 기노는 아무 반응도 하지 않았다.

"아무리 그래도 이해가 안 가는 부분이 있어. 우선 가와무라 말이야. 그자의 시체를 니시이케부쿠로의 빌딩 안에 방치한 점부터가 의문이거든. 소문이 사실이라면 파란 오니는 시체 처리에도 아주 능숙했다던데. 어쨌든 쥐도 새도 모르게 20명이나 해치웠잖아. 가와무라의 시체도 없애려고만 했다면 쉬운 일이었을 텐데 바로 치우지 않았어. 무슨 이유가 있다고 보는데 어때, 내가 너무 정곡을 찔렀나?"

기노는 미동도 하지 않았다. 눈도 깜빡이지 않았다.

"그 후에도 한구레의 리더 격인 놈을 잔인하게 죽여서 주차장과 주택가에 방치했지. 시체를 잘게 다져서 하수구에 흘려보낸다든가 소각장에서 태워 없앤다든가, 완벽한 처리 방법이 얼마든지 많았을 텐데 그렇게 하지 않았어. 왜 그랬을까? 이봐, 기노, 넌 어떻게 생각해?"

이번에도 기노는 대답하지 않았다.

이런 식으로 질문해서 술술 자백하리란 기대를 가쓰마타 본인도 하고 있지는 않을 것이다.

제5장

1

도키오라는 부하를 얻으면서 마사의 마음속에 어떤 변화가 생겼던 것일까.

날마다 반복되는 악행은 누가 보더라도 점점 더 과격해졌다. 그 전까지는 습격 대상에 이렇다 할 기준이 없었으나 갈수록 범위가 좁아졌다.

하지만 적대 관계가 되어도 상관없는 상대와 곤란한 상대가 분명히 존재했다.

나는 더 이상 참지 못하고 마사에게 내 의견을 털어놓았다.

"아무래도 니와타 조직은 찜찜하지 않나요?"

마사는 무슨 생각을 하는지 알 수 없는 얼굴로 나를 돌아보왔다.

"아니, 왜? 지금까지 얼마나 많은 조폭들을 손봐줬는데? 그놈들하고 다를 게 없어. 왜 니와타 조직만 찜찜하지?"

"아니, 이 이케부쿠로에서, 니와타라니…… 게다가 시라이는 나도 이름을 알 만큼 높은 간부라고요. 왠지 불길해요. 무사히 지나가지는 못할 거라고요."

하지만 나 같은 겁보의 말은 마사에게 '소귀에 경 읽기'였다.

"그럼 좋수다. 아저씨는 집이나 지키쇼. 도키오는 어떻게 할래? 괜히 나 때문에 의리 지킨다고 위험한 일에 손댈 필요는 없어. 난 그저 내가 좋아서 하는 일이니까."

도키오는 말수가 적은 남자였지만 마사의 질문에는 꼬박꼬박 대답했다.

"나도, 갈게요."

혼자 집을 지키려니 그것도 어색해서, 결국 나도 함께하기로 했다.

그러나 예상대로 이때만큼은 그들과 동행한 것을 후회했다.

"저기, 두목이 그렇게 중요한가요? 목숨을 걸면서까지 지켜야 하는 겁니까?"

마사가 납치한 자는 니와타 조직의 부두목 보좌인 시라이 요시히사였다. 감금 장소는 기타 구에 있는 버려진 공장이었다. 시라이는 이미 양쪽 쇄골이 부러지고 벌거벗은 상태로 콘크리트 바닥에 널브러져 있었다.

그런 시라이의 음경을 마사는 밑창 두꺼운 스니커즈로 짓밟았다.

"괜히 멋 부린다고 이런 데다 진주 같은 걸 집어넣는다니까. 쓸데없는 짓이야. 아프지?"

"으윽…… 억!"

뭉개진 음경과, 그 속에서 부서진 진주와, 모래알이 박힌 콘크리트가 서로 마찰하면서 짓이겨지는 소리가 났다. 기름과 때와 피 냄새가 뒤섞여 공중에 맴돌았다.

"정말…… 모, 몰라."

"그럴 리가 없을 텐데. 보좌 역이란 자가 두목이 출소하는 날짜를 모른다니 말이 돼?"

"정말이야. 발설하면 위험하니까, 아무한테도 알려주지 않았다고."

"부두목 다니자키도 모르나?"

일순간 시라이는 침묵했다.

"알았어. 그럼 다니자키한테 물어봐야겠네."

몇 군데 뼈가 부러지고 음경까지 으스러졌는데도 이때 시라이는 안간힘을 쓰며 몸을 일으키려고 했다. 실제로 땅바닥에서 등을 조금 떼기는 했다.

"과, 관둬. 두목은 건드리지 마."

"그럼 네가 당장 털어놓든지."

"그게 난……."

"모른다는 거지? 그럼 너한테는 더 이상 볼일이 없군. 안심해. 아직 죽이지는 않을 테니. 넌 다니자키가 실토하기 쉽게 그가 보는 앞에서 죽여줄게. 어떤 방법으로 죽이면 좋을까. 나도 생각 좀 해봐야겠는데. 다니자키가 내 요구에 고분고분 따를 만큼 네 녀석을 고통스럽게 하는 고문이 좋겠지? 지금 내가 구해주지 않으면 이 녀석은 평생 밥 먹는 것도, 밑 닦는 것도 남한테 신세를 져야 하는 병신이 되겠구나, 한시라도 빨리 살리려면 두목이 출소하는 날짜를 실토하는 수밖에 없겠구나, 하고 생각하게 말이야."

마사는 두말하지 않는다. 마음먹으면 반드시 한다.

시라이가 아직 목숨이 붙어 있는 동안에 다니자키를 납치해 왔다. 다른 때처럼 또 양쪽 쇄골을 부러뜨려서 벽 쪽에 앉혔다. 그의 눈앞에다 사지가 불구가 되고, 음경이 짓이겨진 시라이를 끌어다 놓았다. 이미 산송장이었다.

"시, 시라이!"

다니자키는 시라이의 모습만 보고도 울상이 되었다.

반듯하게 눕혀진 시라이의 얼굴 옆에 마사가 쭈그려 앉았다.

"다니자키, 너희 우두머리가 이제 곧 출소한다며? 그 날짜 좀 가르쳐줘. 내가 개인적으로 물어볼 말이 있거든."

그러면서 마사가 푸른 가면을 벗었다.

"너, 혹시 모리타 조직에 있던……."

"내가 누구든 상관 말고, 질문에나 대답해."

그러고는 바로 그 무기, 자루 짧은 석두 해머를 이여차, 하고 소리 지르며 갑자기 내려쳤다.

퍽!

시라이의 얼굴 한가운데였다. 그 일격만으로 코가 완전히 함몰되었다. 피부가 전부 얼굴 중앙으로 밀려들었다. 그 영향으로 눈동자는 괴기스럽게 툭 불거져 보였다.

"두목님은 언제 오시려나."

콧노래를 섞어가며 또 일격. 이번에는 입을 가격했다. 그 한 방으로 입속에서는 모든 앞니가 잇몸과 함께 떨어져나갔다. 왠지 모르게 나는 다니자키를 보면서 출렁다리가 무너져 내리는 장면을 연상했다. 계속해서 또 일격. 이번에는 코와 입 사이, 인중이었다. 얻어맞을 때마다 시라이의 얼굴이 함몰되었다. 피부가 찢어졌고 살과 뼈가 노출됐고 눈알도 한쪽은 튀어나가고 없었다. 어쩐지 얼굴 전체가 설익은 전골 요리처럼 보이기도 했다.

"두목님은 아직도 안 오시네."

그러고는 더 크게, 마사가 손을 휘둘렀을 때였다.

"그, 그만해. 알았어, 알았다고. 두목은, 2대 두목님은 벌써 가석방으로 풀려나셨어."

"아하, 그랬군."

그래도 마사는 손짓을 멈추지 않았다.

우지끈. 이번에는 시라이의 이마가 부서졌다. 본래 돌이나 콘크리트를 깰 때 쓰는 망치다. 인간의 두개골을 깨부술 때 쓰는 도구가 아니다.

"가와무라 씨가 어디 계실까? 어디, 숨어, 계시려나."

집요하고 고집스럽게 마사는 시라이의 머리를 계속 난타했다. 이미 죽었다. 누가 보더라도 절명한 상태였으나 연신 망치로 내리쳤다. 지금까지는 출혈이 생기지 않게 숨통을 끊어서 시체를 처리해왔는데 이때만큼은 전혀 달랐다. 자기 몸이 온통 피 칠갑이든 말든 상관 않고 시라이의 시체를 마구잡이로 짓뭉갰다.

다니자키도 더 이상 아무 말도 먹히지 않는다는 사실을 깨달은 모양이었다.

"어디에 있는지는 나도 몰라. 죽일 거면 나도 죽여. 아무리 다그쳐도 모르는 건 모르는 거야."

그런 식으로 배짱 부릴 줄은 마사도 예상치 못한 눈치였다.

"참, 나! 이거, 갑자기 세게 나오시네. 요즘 조폭들은 근성도 없어요. 그러니 한구레 자식들한테 손가락질당하고 비웃음을 사지. 창피하다고 생각하지 않나? 어?"

그러고는 시라이의 시체를 가방에 담은 다음 등에 새겨진 문신이 잘 보이도록 놓고 사진을 찍었다. 다니자키도 발가벗겨서 마찬가지로 사진을 찍었다. 마사는 다니자키에게 허벅지를 벌리라고 했다. 다니자키는 대퇴골이 부러져서 자력으로는 두 다리를 오므리지도 못했다. 그 꼬락서니가 몹시 우스워서 마사는 폭소를 참지 못했고, 촬영을 중단할 지경이었다.

사진 촬영이 끝났을 때쯤 도키오가 휴대전화를 내밀며 다가왔다. 다니자키가 지니고 있던 것이었다.

"이 번호, 가와무라 두목 같은데요. 느긋하게 헤네시 한 잔 마시고 싶다, 다음에 만날 때 가져와라, 이런 내용이에요. 그런데 헤네시가 뭐죠?"

분명히 고급 브랜디라고 생각했는데 그 질문에는 아무도 대답하지 않았다.

그런 경위로 다음 목표는 가와무라 두목이라는 사실을 나도 알고 있었다.

"두목을 건드렸다가는 진짜 큰일 난다니까요. 이번 일은 관둡시다."

"그러니까 말했잖소. 그렇게 억지로 나 따라다닐 필요 없다고. 정 뭣하면 아저씨는 어디 먼 데로 피해 계시라니까. 나는 아저씨의 과거사든 친구 관계든 아는 게 하나도 없어. 그러니 도망을 쳐도 어디로 갔는지 내가 뭘 알겠소? 나중에 경찰한테 잡혀도 자백할 말 자체가 없다니까. 괜찮으니까 언제든지 빠지쇼. 지금까지 신세 많았수다. 고마웠소."

마사의 말대로 어디론가 멀리 도망쳐 버리고 싶은 마음은 굴뚝같았다. 하지만 마사와 도키오를 이대로 버려두어서는 안 된다는 마음도 있었다. 무슨 까닭일까. 내 마음속에는 그런 이율배반적인 마음이 분명히 존재했다.

그래서 일단 이번 현장에도 동행했다.

"이봐, 가와무라 두목, 내가 스파이였다는 걸 당신한테 일러바친 자가 누구요? 자, 말씀해보쇼. 모리타 두목한테 당신 입으로 이 녀석이 스파이라고, 제거하지 않으면 큰일 난다고 일러바쳤잖아?"

"욱, 으아악!"

손끝 하나하나를 신중하고 확실하게 짓뭉갰다. 설령 산 채로 풀려난다 해도 평생 젓가락질이나 글씨 쓰기는 불가능할 것이다.

"누구냐니까? 이봐, 어서 말하지 못해?"

"악, 으악!"

이제 가와무라는 성적으로도 불구가 되었다. 아마 소변도 예전처럼 해결하기 힘들 것이다.

이제야 드디어 마사의 목적이 무엇인지 내 눈에도 보였다.

마사는 오래전에 모리타 조직에 적을 두었던 모양인데 어쩌다가 두목인 가와무라에게 경찰 스파이라는 의심을 샀고, 결국 무자비하게 린치를 당한 뒤 조직에서 쫓겨나는 신세가 되었다. 좌우 손등에 있는 딱딱한 흉터는 그때 다쳐서 생긴 모양이었다.

"이 상처, 진짜 얼마나 아프던지. 2년 동안은 자위도 제대로 못 했다고. 사람을 정통으로 때리게 된 것도 3년이 지나서였어. 죽일 수 있게 되기까지는 1년이 더 걸렸지. 덕분에 지금은 자유자재로 사람을 죽이지만 말이야."

가와무라는 산 채로 팔다리가 따로따로 뭉개졌다. 그래도 가와무라는 누구에게 정보를 얻었는지 실토하지 않았다. 당시에 정보만 달랑 제공받았을 뿐, 상대가 누군지 정체는 알지 못한다, 가와무라는 그 말만 반복했다.

내 개인적인 생각으로는 가와무라가 이때 진실을 말했던 듯싶다. 아무리 고문을 해도 모르는 일은 죽었다 깨어난다고 아는 일이 되지 않는다. 대답할 말이 없는 것이다. 어쩌면 마사도 가와무라를 고문하면서 중반부터는 그렇게 생각하지 않았을까.

그래서인지 마사는 마지막으로 목을 쳐서 가와무라를 편하게 해주었다.

“나, 원. 이거야말로 진짜 삽질이었네.”

가와무라의 시체는 땅바닥에 쓰러져 있다기보다 질펀하게 퍼져 있는 상태에 가까웠다. 그나마 옷을 입어서 시라이나 다니자키만큼 흉측하지는 않았다.

그런데 마사가 가와무라의 시체를 치우지 않고 일부러 그 자리에 두고 간다고 했다. 나는 깜짝 놀랐다.

“잠깐만요. 이런 데다 두고 가면 금방 발견될 텐데.”

“상관없소. 이 자식 시체는 사람들 눈에 띄어야지, 그렇지 않으면 의미가 없어.”

그러면서 마사는 시뻘겋게 부푼 가와무라의 얼굴을 흙발로 짓이겼다.

“발견되면, 그럼 경찰이…….”

“뭐, 수사가 시작되겠지.”

“그렇게 되면 언젠가는…….”

“아니, 언젠가가 아니오. 그때 비로소 놈들은 생각할 거요. 지금 이케부쿠로에서 무슨 일이 일어나고 있는지. 조폭, 한구레, 불량 외국인…… 이런 놈들 사이에서 대체 무슨 일이 벌어지고 있는지. 아주 볼만하겠지. 그렇지 않소, 아저씨?”

나 자신이 마사라는 남자의 본질을 제대로 이해하고 있다는 생각은 감히 하지 않았다. 악당에게서 돈을 빼앗고, 현장에 있었던 사람은 모두 살해하고, 돈을 태우고, 또다시 돈을 빼앗으러 대상을 찾아 나선다. 무슨 원한이라도 있나 보다고 생각은 했지만 표적이 누구인지는 오랫동안 의문이었다. 바로 조금 전에 그 표적이 니와타 조직 두목인 가와무라 조지와 모리타 조직 두목인 모리타 유조라는 사실을 알게 되었다. 그런데 이제는 시체를 방치하겠다고 한다. 일부러 경찰에게 발견되게 하려고 한다. 그래야 진정한 의미가 있다고 한다.

점점 더 모르겠다.

그래도 마사는 자기만의 생각을 고집하며 애초 의도한 대로 밀어붙였다.

"도키오, 네가 모리타 쪽을 감시해."

"알았어요."

마사는 모리타 조직 사무소 근처에 방을 얻었다. 도키오가 거기에 묵으면서 모리타의 일거수일투족을 감시했다. 도키오가 보고한 바에 따르면 언제부터인지 경찰이 모리타 유조를 미행하는 눈치라고 했다.

"그런데 뭔가 이상해요. 경찰이 미행을 하긴 하는데 별로 조심하는 눈치가 아니었어요. 상대한테 들켜도 상관없는지. 내가 미행했으면 훨씬 더 그럴싸하게 잘했을걸요."

도키오는 마사의 충직한 개였다. 마사에게 명령을 받으면 살인도 마다하지 않을 인간이었다. 미행은 마사가 지시한 일 중에서도 비교적 쉬운 종류였다.

도키오의 보고를 듣고 마사는 박장대소했다.

"너 같은 아마추어가 지적할 정도야? 아주 얼간이들만 골라

보냈나 보군. 어디 형사래? 이케부쿠로 서? 아니면 본부 조직범죄 대책부인가? 아무튼 별일 아니니까 신경 쓰지 마."

도키오에 따르면 모리타는 종종 사무소를 나가서 어떤 여자를 찾아간다고 했다. 젊은 경호원 두 명을 데리고 나가 일정 시간을 즐긴 다음 다시 사무소로 돌아왔다. 모리타 조직 사무소가 있는 빌딩과 그 건물 뒤편에 위치한 민가의 부지가 절묘하게 연결되어 있었다. 모리타는 사무소를 나갈 때 꼭 그 민가의 뒷마당을 지나갔는데, 아무래도 경찰은 그것도 모르는 눈치라고 했다.

마사도 이제 웃는다기보다 어처구니가 없다는 표정이었다.

"하도 어이가 없어서 말도 안 나오네. 모리타 두목이 불쌍해서 눈물이 날 지경이야."

또 도키오에게서 연락이 왔다.

"그래…… 알았어. 갈게."

이번에도 모리타는 평소처럼 경호원 두 명을 데리고 조직 사무소를 나왔는데, 무슨 영문인지 여자를 찾아가지 않고 가나메초 교차로 부근에 있는 한 도심 호텔로 들어갔다고 했다.

현장에 도착해보니 도키오는 호텔 바로 맞은편에 승합차를 세워놓고 운전석에서 캔 커피를 마시고 있었다. 나와 마사는 뒷좌석에 올라탔다.

"아직 안 나왔나?"

마사는 검은 가죽 장갑을 끼고 있었다. 결코 추워서가 아니었다. 이제부터 작업에 들어간다는 준비의 일환이었다.

"6층 객실로 들어갔어요. 몇 호실인지는 몰라요."

"잘했어. 이제 나머지는 내가 알아서 할게."

마사가 차에서 내리려는데 내가 그의 어깨를 황급히 붙잡았다.

"잠깐. 호텔 안에서는 곤란해요. 다른 기회에 합시다."

"무슨 소리요? 모리타가 요즘 얼마나 몸을 사리는데. 여자한테 갈 때 말고는 좀처럼 바깥으로 나오지를 않는다고. 확률은 반반이야. 해치울 거면 오늘 밤밖에 없소. 오늘 밤이……."

마사는 거기까지 말하다 말고 잠시 침묵했다.

그의 시선 끝에는 호텔 출입문이 있었다. 알고 보니 누군가를 눈으로 쫓는 듯했다. 저 남자인가? 방금 호텔에서 나온 저 왜소한 남자를 보는 건가?

마사가 작은 소리로 혀를 찼다.

"그런 거였나."

마사는 가죽 장갑의 입구를 꽉 조이고 주머니에 든 무기를 확인했다. 습격하기 전에 반드시 거치는 일련의 동작이었다.

"아저씨, 도키오, 오늘 밤은 따라오지 마쇼. 정말이야. 나 혼자로 충분해. 두 사람은 먼저 돌아가서 전골 요리라도 만들어두쇼. 요즘 내가 속이 별로 좋지 않으니까 되도록 맵지 않게, 순하게 해주쇼."

나는 이때 얼핏 감지했다.

마사는 이제 돌아오지 않겠구나, 하고.

누군가와 결투를 하다 죽을 작정인가 보다, 하고.

"아, 참! 그리고…… 딱히 숨길 생각은 아니었는데 말이야. 아저씨, 화장실 천장에 점검구 있는 거 아쇼?”

내가 말이 없자 대신 도키오가 고개를 끄덕였다.

“쥐꼬리만큼이긴 한데 거기에다 현금을 뒀거든. 그 돈 써도 되니까 전골 재료도 사고, 맥주도 사시라고. 발포주 같은 거 말고 진짜 맥아 100퍼센트 맥주로 말이야. 부탁 좀 합시다.”

그렇게 당부한 다음 마사는 승합차의 슬라이딩 도어를 열고 밖으로 나갔다.

검은색 점퍼를 입은 뒷모습이 조금씩 작아지면서 멀어져 갔다.

마사는 무단횡단을 하지 않고 20미터쯤 떨어져 있는 횡단보도를 지나 호텔 쪽으로 건너갔다. 긴 다리와 넓은 보폭의 걸음걸이가 멀리서도 멋있게 보였다. 전혀 살인자 같지 않았다. 배구나 농구 선수 또는 야성미 넘치는 패션모델 같았다.

“마사…….”

무심코 흘러나온 말에 도키오는 내가 마사를 쫓아가리라 생각했는지 운전석에서 차문을 잠갔다.

“이봐, 도키오, 뭐 하는 거야?”

도키오는 손잡이를 돌려서 운전석 유리창을 조금 내렸다.

강바람이 날카로운 소리를 내며 차 안으로 불어 들어왔다.

“아저씨…… 저 사람, 아주 가버린 거죠? 오늘 밤에 상대할 적은 평소와 다르겠죠? 몸을 사린다고는 해도 어쨌든 조폭 두목이니까요. 우리가 따라가면 방해만 된다고 생각한 거겠죠?”

“그래서 네 말은, 이제 돌아가자고?”

한가하게 전골 따위나 만들 때가 아니다.

도키오는 고개를 흔들었다.

"기다려봐요. 만약 습격에 성공해서 도움이 필요하면 틀림없이 전화를 할 거예요. 이봐, 시체 옮기는 것 좀 도와줘, 가방도 제일 큰 걸로 있는 대로 다 갖고 와, 이럴걸요."

그 말에 나는 아무 반론도 하지 못했다. 지금으로써는 나보다 도키오 쪽이 습격 현장에서는 훨씬 쓸모가 있었다. 나는 기껏해야 모든 일이 끝난 다음 시체 운반을 도울 뿐이었다.

별도리 없이 도키오가 말한 대로 나도 함께 기다리기로 했다.

틀림없이 마사는 돌아온다. 그게 아니라, 연락을 해서 우리보고 6층 객실로 오라고 평소처럼 지시할 것이다. 귀찮다는 눈으로 시체를 내려다보겠지. 세 사람이나 죽였네, 이걸 어떻게 한꺼번에 다 옮기지? 힘들게 말이야, 난감하네, 이러면서 투덜거리겠지. 그래도 결국에는 손뼉을 짝 치면서 이럴 것이다. 멀거니 보고만 있으면 뭐 해, 저절로 해결될 일도 아니고, 얼른 접어서 치워버립시다.

하지만 아무리 기다려도 이날 밤 마사에게서는 아무런 연락도 오지 않았다.

오히려 신기한 일이 벌어졌다. 무슨 까닭인지 아까 호텔에서 나온 왜소한 남자가 돌아와서 다시 호텔로 들어갔다.

"도키오!"

"왜요?"

"지금 저 남자, 아까 마사가 쳐다보던 남자야."

"네, 누구요?"

그때는 이미 남자가 호텔 로비 안쪽으로 모습을 감춘 뒤였다.

당장 뛰어가고 싶은 마음도 있었다. 마사가 어떻게 되었는지, 확인해야겠다는 생각에 조바심이 났다. 하지만 도키오가 말린 덕에 당장 뛰어가야겠다는 내 마음도 가라앉았다.

그 후 몇 분 동안 차 안에서 대기했는지 정확한 기억은 나지 않는다.

하지만 심야의 가나메초에서는 분명히 총소리가 울려 퍼졌다.

"이봐! 지금 이 소리는?"

이번에는 내 손으로 잠긴 문을 열고 차에서 뛰쳐나갔다.

마사, 어떻게 된 거야? 왜 연락이 없어?

총소리가 계속 들렸다.

마사, 설마, 총에 맞지는 않았겠지?

다행히 도로에 차가 별로 없어서 나는 차도를 가로질러 호텔 앞까지 갔다.

다시 두 발의 총성이 울려 퍼졌다. 마사가 총에 맞아 벌집이 되어 있는 광경만 머릿속에 그려졌다. 초인적이라고 해도 좋을 만큼 강인한 육체를 지닌 마사였지만 총에 맞으면 무사할 리 없었다. 이렇게 여러 번 총에 맞는다면 어쩌면 목숨은…….

"아저씨, 여긴 왜 왔어? 일단 도망쳐!"

마사, 어떻게 된 일이야? 어떻게 된 거냐고? 마사!

"어서 도망치라고, 아저씨. 경찰이 곧 올 거요."

마사, 너만은 그렇게…….

2

가쓰마타도 여러모로 미끼를 던졌다. 하지만 기노는 좀처럼 가쓰마타의 뜻대로 반응하지 않았다.

정오가 되기 전에 취조를 중단하고 기노를 일단 유치장에 집어넣었다. 사진 촬영, 신체검사, 지문과 유전자 채취, 점심 식사. 거기까지 마친 다음 오후부터 취조를 다시 시작할 예정이었다.

그때까지 레이코와 가쓰마타도 식사를 하고 어느 정도는 말을 맞춰둘 필요가 있었다.

"네가 보기엔 어때?"

설마 가쓰마타와 점심을 같이 먹을 날이 올 줄이야. 일의 흐름상 선택의 여지가 없었지만.

"묵비권을 행사하지 않아서 조금 놀랐어요."

가쓰마타는 돼지생강구이정식을, 레이코는 카레라이스를 먹었다.

"의외로 수다스럽다는 말인가?"

"뭐, 생각했던 이미지보다는."

"네가 생각하는 기노의 이미지는 뭔데?"

"별거 아니에요. 그렇게 확실한 이미지도 아니고."

흥, 가쓰마타가 콧방귀를 뀌었다.

"그럴 리가 없을 텐데. 잘 생각하고 말해. 넌 기노에 대해 특정한 이미지를 가졌어. 그건 말수가 적은 남자라는 이미지였지.

왜였을까? 왜 기노는 말수가 적다고 생각했을까? 기노가 나불거리는데 네가 왜 위화감을 느꼈을까?"

이렇게 질문 공세를 받으니 당황스럽다.

레이코는 카레라이스를 한 숟갈 떠서 입으로 가져갔다.

듣고 보니 맞는 말이긴 하다. 나는 왜 기노가 입이 무거운 사람이라고 생각했을까.

"뭐랄까…… 직접 얼굴을 맞대고 기노의 이야기를 들으니 처음 가졌던 이미지는 더 이상 떠오르지 않더군요. 전 기노를 어떤 이미지로 생각한 걸까요. 잘 모르겠어요."

"건망증이야?"

그럴 리가.

"그럴지도 모르고요."

일찌감치 식사를 마친 가쓰마타가 찻잔을 손에 쥐었다.

"잘 들어, 히메카와. 넌 기노를……."

가쓰마타가 그렇게 말할 때였다.

식당으로 뛰어 들어온 남자가 주위를 휙 둘러보더니 레이코에게 바로 시선을 고정했다.

히가시오 형사과장이었다.

"히메카와 계장!"

무슨 메모지 같은 것을 들고 히가시오가 다가왔다. 레이코도 자기 의자에서 일어섰다. 냅킨으로 입 주위를 닦으며 대답했다.

"네, 무슨 일이시죠?"

"지금 본부 데스크에서 이런 정보가 들어왔어."

그러면서 레이코에게 메모지를 건네주었다. 가쓰마타는 눈을 치뜨고 쳐다보기만 할 뿐, 의자에서 일어설 생각은 하지도 않았다.

메모지에는 갈겨쓰기는 했지만 읽을 만한 글자로 이렇게 써 있었다.

이케부쿠로 히라이와 외과 원장, 기노 위암 말기, 4월 9일 고지.

오늘은 2월 27일이다.

"이 4월 9일이 언제인가요?"

"작년인가 봐."

요컨대 벌써 10개월 이상 지났다는 뜻이다.

"그럼 기노는 이미……."

"아마 그렇겠지."

그제야 가쓰마타가 시큰둥하게 손을 내밀었다.

레이코가 메모지를 건네주자 가쓰마타는 흘깃 쳐다보고는 쳇, 하고 혀를 찼다.

"젠장, 김샜네. 아, 이게 뭐야. 이놈이고 저놈이고 다 뒈져버리니, 헛수고였잖아."

그렇지 않다. 이 사건은 그렇게 끝날 일이 아니다.

사실 검찰로 송치할 때까지 남은 시간이 별로 많지 않았다.

하지만 영장을 청구하면 분명히 열흘간의 구류는 인정될 테고, 거기서 또 구류 기간을 열흘 연장하더라도 별로 문제될 일은 없었다. 좀 더 확실히 말하면 기노는 2차 구속, 3차 구속, 4차 구속, 심지어 무한에 가깝게 취조 기간을 연장해도 좋을 만큼 범죄 용의가 차고 넘쳤다.

그 때문이라고 생각했다. 가쓰마타는 기노를 별로 다그치지 않았다. 내일 검찰로 송치할 때까지 인적사항만 확인하면 그것으로 충분하다는 계산이리라. 레이코가 보기에는 그랬다.

"어머니는 4년 전에 돌아가셨고…… 뭐야? 설마 그것도 몰랐던 건 아니지?"

기노는 기본적으로 잡담이나 할 생각은 없어 보였다. 성장 배경, 가족 관계, 학창 시절, 경시청 시절, 건달 시절. 대체로 과거에 관한 이야기를 꺼렸다.

"주소 불명이라, 어디 일정한 거처는 있겠지. 아니면 어느 여자 집에 얹혀살거나."

어떤 의미에서는 괴상한 피의자였다.

끝까지 묵비권으로만 일관하지 않는다. 마음에 내키는 화제가 있으면 어느 정도는 대답도 하고 반응도 보인다. 그러나 내키지 않는 이야기에는 일절 반응하지 않는다. 그렇게 대답을 하는 화제와 대답하지 않는 화제를 구분하는 기준이 무엇인지 레이코는 도무지 알 길이 없었다.

오후 취조에서 기노는 시모이가 화제에 올랐을 때 처음으로 반응을 보였다.

"넌 왜 시모이 그 양반을 쏘지 않았지?"

갑자기 한숨을 쉬듯 깊게 숨을 쉬어 내뱉었다. 조금 이야기할 마음이 생긴 모양이었다.

"그게 당신이 할 말이오? 당신이 계속해서 총을 쏘니까 나도 필사적으로 쏘았을 뿐이야."

그저 어이가 없다는 투였다.

"아니, 그럴 리가 없을 텐데. 넌 시모이를 죽일 수 있었는데도 죽이지 않았어. 왜지?"

그러고 보니 기노는 아침에 시모이를 '시모이 씨'라고 불렀다. 그를 지금도 존경한다는 뜻인가.

"죽이지 않은 이유? 역시 가쓰마타 씨쯤 되니까 질문도 재미있게 하시는군. 뭐요, 내가 시모이 씨든 누구든 가리지 않고 죽였어야 말이 된단 뜻이오? 그게 아니라서 이해하기가 힘드신가?"

저 말은 곧 자기가 저지른 일련의 범행이 막가파식 살육은 아니었다는 주장으로 해석된다.

"아니긴, 가리지 않고 죽였잖아. 이봐, 나 형사야. 네가 그렇게 끔찍하게 죽인 한구레나 조폭이 아니라 공무원이라고. 공무원 나부랭이가 총알이 바닥날 때까지 조준 사격을 하니까 못 버티겠던가? 그래서 내뺀 거 아냐?"

아니, 틀렸다. 기노는 시모이를 죽이고도 남았다. 하지만 그렇게 하지 않았다. 죽이지 않았다는 것은 살려줬다는 뜻이나 마찬가지다. 왜 살려줬을까. 물론 살려줄 필요가 있었기 때문이겠지. 바꿔 말하면 이용 가치다.

기노는 시모이에게 무엇을 기대했을까.

"가쓰마타 씨, 당신이 쏜 총에 두세 발 맞긴 했는데 별거 아니었어."

시모이는 할 수 있지만 기노는 할 수 없는 일. 무엇일까.

"너, 그거 문제 발언이야! 알아? 그건 그렇고, 그 전까지는 둔기로 일을 했으면서 왜 갑자기 그 호텔에서는 권총을 쏜 거야?"

그렇다. 기노는 이제 오래 살기는 틀린 몸이다. 그래서 시모이에게 무언가를 부탁한 것이다. 아니, 그것도 아니다. 시모이는 기노에게 폭행을 당해서 운신하기도 힘든 처지다. 무언가를 기대했다면 사람을 그렇게까지 망가뜨릴 필요는 없지 않은가.

"뭐야, 둔기로 일을 한다는 게."

이것 봐라. 그 부분은 은근슬쩍 넘어갈 심산인가. 역시 이 정도 꼼수에는 걸려들지 않는단 말인가.

"얼버무릴 생각 마. 둔기라고 하면 '블루 머더' 수법 아냐? 이런 망치를 이렇게 높이 쳐들어서 내리치는 수법이잖아."

그렇다. 이 남자는 더 이상 오래 살 수 없는 육신을 가졌음에도 완력이 필요한 일을 해왔다. 전신의 뼈를 자유자재로 부러뜨리고 휘어서 시체를 아주 작게 뭉쳐 처리했다.

잠깐, 저 대목이 조금 거슬린다.

미래가 없어서, 체력적인 힘이 약해서, 시체 처리를 포기하고 현장에 방치했고? 아니, 그렇지 않다. 가와무라의 시체는 온몸의 뼈가 박살 나 있었다. 둥글게 뭉쳤다면 옮길 준비는 끝난 셈인데 일부러 방치했다고 봐야 한다.

그렇다면 왜 일부러 방치했을까?

방치해두면 어쨌든 누군가가 발견해서 경찰에게 신고한다. 사건이 만천하에 드러난다. 거기에 특별한 의미가 있지는 않을까.

"아무튼 그런 값싼 도구로 지금까지 용케 싸웠더군. 상대가 칼을 들었을지도 모르고, 실제로 칼을 지닌 놈도 있었을 텐데. 그래서 더 총을 쏘았다는 게 이상해."

블루 머더의 존재를 좀 더 확산시키기 위해서?

"어떤 의미에서는 굉장하다고 생각해. 그런 조그만 도구로 이케부쿠로의 암흑가를 주름잡기 직전까지 갔으니 말이야. 암튼 끝내줬어. 짱이야, 짱!"

이케부쿠로 암흑가를 주름잡기 직전까지 갔다고?

가쓰마타의 말마따나 이케부쿠로의 암흑가는 블루 머더라는 존재로 겁에 질려 있었다. 언제 누가 죽음을 당할지 모른다는 공포가 지배하고 있었다. 아무리 그래도 주름을 잡았다고 할 정도인가? 블루 머더의 범행은 오히려 역효과를 내지 않았나? 사실 이케부쿠로의 암흑가가 활동을 멈추기는 했다. 그것 때문에 시모이가 감찰 조사까지 받았다.

아니다. 역효과가 아니다. 거꾸로 보면 암흑가의 침체가 바로 블루 머더의 진짜 범행 동기였다는 추측이 가능하지 않은가.

"기노 씨."

"히메카와!"

레이코가 말을 걸자 가쓰마타가 냉큼 째려봤다. 그래도 기죽지 않았다.

"당신은 암흑가를 주름잡을 생각 따윈 조금도 없었어요. 당신은 그저 암흑가의 천적이 되려고 했던 거죠?"

그때 기노가 처음으로 레이코의 눈을 보며 되물었다.

"천적?"

레이코는 고개를 끄덕였다.

"현재 이케부쿠로 암흑가는 급격한 침체에 빠졌어요. 그 원인 중 하나가 블루 머더에게 있다고 보면 어떨까요? 자신이 천적이 되어 범죄 집단의 활동을 마비시킨다, 그것이야말로 블루 머더의 진짜 목적이었다고 가정하면 어떤 의미에서는 저도 이해가 가는군요."

"그만해, 히메카와."

아니, 계속하겠어. 기노가 확실히 반응을 하고 있었다.

기노는 강렬한 눈빛으로 레이코를 뚫어져라 쳐다보았다.

"내 말이 틀린가요, 기노 씨?"

그렇게 묻는데도 이 남자는 이상한 눈빛으로 쳐다보기만 했다.

초점은 이쪽에 두었지만 눈과 눈을 맞출 때와 다른 느낌이 들었다. 분명히 나를 보기는 하는데 시선을 받는다는 느낌이 들지 않았다. 이 자리에서는 그저 눈만 마주볼 뿐이다. 어쩌면 어딘가 인접해 있는 다른 차원의, 다른 시공에서 대화를 나누고 있는 게 아닐까.

그런 생각이 들게 만드는 눈빛이었다.

"내가 왜 그래야 하지?"

아무래도 상관없었다. 다른 시공간에서의 대화든, 현실에서의 승부든 얼마든지 상대해주마. 이쪽은 아무것도 숨길 생각이 없다. 보자. 서로의 솔직한 생각을 확인해보자.

살의를 품고 있는 사람들끼리 뭉쳐보자고.

레이코는 고개를 끄덕였다.

"아마도, 당신은 정의감이 무척 강한 사람일 거예요. 그렇지 않다면 시모이 씨가 정보원으로 삼을 생각은 하지 않았겠죠. 시모이 씨는 당신의 정의감을 믿었어요. 범죄 조직에 숨어들어서도 자신과의 관계를 유지할 수 있다고 예상했기 때문에 당신을 스파이로 만들었던 거라고요."

"그것과 천적이 무슨 상관이지?"

입장이 완전히 뒤집혔다. 기노에게 질문을 당하고 레이코가 진술하는 꼴이었다.

"당신은…… 경찰관 시절에도 못 했고, 스파이가 되어 협력했을 때도 하지 못한 일을 블루 머더가 되어 완수하려 했던 거예요. 조폭, 폭주족 출신들, 외국인 범죄 그룹…… 웬만해서는 외부에서 소탕하기 힘든 범죄자 집단도, 내부에서부터 와해시킨다면 가능하다는 것을 증명하려고 했어요. 아닌가요?"

조금씩 기노와 시선이 맞춰지는 느낌이 든다.

레이코는 기노가 자신을 바라본다는 느낌이 강하게 들었다.

왜 저러지? 잘못 짚었나?

"안됐지만, 유감스럽게도 완전히 빗나갔어."

더욱 강렬하게 서로의 시선이 뒤엉키는 느낌이다. 요동치고,

얽혀서 한 가닥의 선으로 정리되려 한다.

이 선은 기노가 지적한 만큼 그렇게 크게 빗나가지 않았다고 레이코는 생각했다.

다시 기노가 이야기를 계속했다.

"당신들…… 설마 이 나라가 법치 국가라서 다행이라고 여기는 건 아니지?"

낭패다! 갑자기 논점이 흐려진다. 하지만 시선만큼은 절대로 놓쳐서는 안 된다.

"법치 국가는 이거 하면 안 돼, 저거 하면 안 돼, 이러면서 아이들 꽁무니만 쫓아다니는 엄마가 아니야. 그런 무능한 존재가 아니라고. 여기서 딱 두 종류의 인간으로 나뉘지. 아무리 시간이 흘러도 혼나기만 하는 멍청한 꼬마하고, 요령 좋게 피해 다니는 영리한 애새끼. 법률이란 게 원래 그래. 법률에 따라 나뉘는 건 선한 인간과 악한 인간이 아니야. 속이 시커먼 악인과 그보다는 나은 악인, 이 두 종류지. 법률적 개념에는 선한 인간 따위는 존재하지도 않아."

형법으로만 보면 그런 측면이 있을지도 모른다.

"내가 경찰과 조폭, 양쪽 다 겪어보니 제대로 알겠더군. 양쪽 세계를 다 살아봤고, 양쪽에서 배신도 당해봤지. 그제야 깨달았어. 경찰은 악인을 소탕하려는 의지가 없다. 악인은 아무리 두들겨 맞아도 반성할 생각을 손톱만큼도 하지 않는다. 놈들은 형무소를 별장 정도로밖에 여기지 않아. 10년, 15년 살고 나와도 풀려나면 무얼 할까, 어느 집에 얹혀살까, 무슨 마약을 할까, 여자를 어떻게 덮칠까, 사람들을 어떻게 등쳐먹을까, 협박 할까…… 형무소에서 되레 도가 트고 더 악질이 되어 사회로 복귀하는 거라고. 그런 범죄자 실태도 모르면서 어떤 놈들은 사형 제도 폐지니 뭐니 하며 떠드는데, 아주 등신들이지."

또 시선이 마주친다. 피해서는 안 된다.

"복역수에게도 인권이 있다고? 가장 효과적인 형벌은 종신형이야. 그들이 회개할 기회를 빼앗아서는 안 된다고? 이봐, 그런 개소린 집어치우라고 해! 범죄자들은 절대로 자기 죄를 회개하지 않아. 결국 사형 제도가 사라지면 형무소에서는 폭력 사태가 끊이지 않을걸. 매일같이 폭동이 일어나고, 생지옥이 따로 없겠지. 교도관은 벌떼같이 달려들어서 매질을 할 거고, 탈옥하는 놈들이 속출할 거야. 체포해봐야 뭐 하겠어? 어차피 사형시키지도 않는데."

과연. 말하려는 논점이 이것인가.

"알겠어? 중요한 건 사형이라고. 이렇게 안이하게 있다가는 최악의 사태가 닥칠 거야. 중요한 건 최악의 사태를 예측할 수 있는 상상력이지. 그런 상상력만이 세상을 좋게 바꿀 수 있어. 그래서 내가 그런 상상력을 놈들에게 심어줘야겠다고 생각했지. 경찰에 의한 적발, 수사, 체포, 재판 그리고 징역…… 그런 건 어차피 대증 요법일 뿐이야. 백날 잡아다 감옥에 처넣어봐야 다람쥐 쳇바퀴 돌리기라고. 악을 근절하기란 애초에 불가능해. 제대로 근절하려면…… 모조리 죽여야지. 그것밖에 없어."

지금 이 말은 자신의 죄를 모두 인정한다는 뜻이다. 이 남자는 그것을 자각하면서 떠드는 게 분명하다. 어쩌면 기노는 이 말을 하기 위해 가와무라 이후의 시체를 현장에 방치했는지도 모른다. 블루 머더를 한낱 도시 괴담으로 끝나게 하지 않기 위해서.

"경시청에서 아무리 조직 개혁을 해도, 내부 단속을 엄격히 해도, 공무원이 백번 법률을 고쳐도 소용없어. 폭력단은 그저 지하에 숨어서 기회만 엿볼 뿐이야. 불편할 게 하나 없거든. 하지만 한편으로 그놈들이 지하로 숨어 자기 발톱을 감추고 있을 때는 그 빈자리에 당연히 다른 세력이 고개를 들지. 폭주족 출신들, 중국인, 한국인, 대만, 브라질, 콜롬비아…… 설상가상으로 이런 후속 세력과 폭력단이 결탁하면서 사태는 더 악화돼. 하지만 그런 흐름을 경시청은 제대로 쫓아가기나 했나? 조직범죄 대책부? 개나 주라고 해. 조폭 사이에서 정보도 빼내지 못하고, 외국인 그룹의 실태 파악도 전혀 못 하는 주제에. 폭주족 출신들이 패거리를 지어서 시내를 활보하지만 경찰은 지정 폭력단이 아니란 이유로 단속할 엄두도 못 내고 있지. 같은 경찰로서 당신들이 보기에도 한심하지 않나? 창피한 적 없어?"

나는 폭력배가 아니니까 상관없다고 책임을 회피하려는 자가 있다면, 이 기노라는 남자는 그를 결코 용서하지 않을 것이다.

"경찰이 범죄 조직의 천적이 될 수 없다면, 어쩌겠어. 내가 그 역할을 대신해야겠다고 생각했지. 잘났다고 설쳐대면 가만히 안 두겠다, 그저 그런 메시지였을 뿐이야. 사실 이 이케부쿠로의 나쁜 놈들은 무서워서 오금이 저렸을걸. 잔뜩 쫄아서 돈벌이도 못 했을 거야. 문제될 거 없잖아? 내가 다 해결했잖아? 어디서 누가 봤는지는 모르겠지만, 그 파란 가면 말이야. 언제 부터인지 내가 블루 머더라는 이름의 괴물이 되었더군. 그 이름, 별로 싫지 않더라고."

하지만 법의 파수꾼으로서 레이코는 꼭 해야 할 말이 있었다.

"좋아요. 당신이 취한 행동에 일리가 없는 건 아니야. 그렇다고 해서 당신의 판단이 완벽했다고 단정하기도 어려워. 블루 머더가 죽인 사람한테도 가족이 있어. 악행을 일삼았지만 한편으로는 인간적 측면도 있었을 거라고. 죄를 따져 물었다면 뉘우쳤을지도 몰라. 무슨 죄인지 판결도 내리지 않고 그냥 죽이는 게 정의라고 한다면, 너무 오만한 태도 아닌가?"

기노의 표정에는 아무런 동요도 보이지 않았다.

"그렇게 부모가 중요하면 부모 눈에 피눈물 나게 하는 악행은 하지 말았어야지. 그렇게 자식이 중요하면 더 올바르게 교육했어야지."

기노는 끼어들지 말라는 식으로 가슴 앞에 검지를 세워 보이며 이야기를 계속했다.

"그러니까…… 어쩌면 블루 머더라는 존재는 이미 나 혼자만이 아닐지도 몰라. 블루 머더가 일개 범죄자의 별명이 아니라 하나의 범죄 모델로 굳어진 게 아니냐는 얘기야. 전화 금융사기, 사이버 테러…… 그렇게 모방 가능성이 높은 범죄 유형의 하나라면 당신들은 어떻게 하겠어? 가만히 있어도 조폭, 한구레, 불량 외국인들을 손봐주는 블루 머더 쪽에 서겠나, 아니면 반대로 블루 머더를 잡아서 조폭과 한구레를 향해 치사하게 생색이라도 내겠나? 지금부터라도 판단 잘해두라고. 나를 모방했다면 그건 어쩌면 나보다 훨씬 악질일지도 모르니까."

기노를 모방한다고? 블루 머더가 범죄 모델이라고?

이 남자는 대체 어디까지…….

저녁 6시에는 취조를 마무리했고 이후에는 내일 검찰로 송치할 때 필요한 서류를 작성했다.

기노를 유치장으로 돌려보내고 취조실로 돌아오는 도중 가쓰마타가 말했다.

"예상대로 기노는 나보다는 너와 말이 더 잘 통하는 것 같군."

"그 예상한 대로는 또 뭡니까?"

아, 그거, 하면서 유쾌한 얼굴로 고개를 끄덕였다.

"말하자면 이런 거야. 살인의 씨앗이랄까. 기노라는 씨앗에서는 싹이 나고 잎이 나서 이미 꽃까지 피었어. 네 씨앗은 이제 싹을 틔운 정도?"

살인자와 사고 체계가 같다고 하더니 이제는 아예 예비 범죄자 취급인가?

"사실 싹 정도는 나와도 상관없어. 뭐, 꼭 기노 얘기가 아니더라도, 꽃을 피우고 씨앗까지 맺어서 여기저기 뿌려지기라도 하면 그야말로 속수무책이지."

대체 무슨 소리야.

취조실로 돌아왔다.

"히메카와, 나는 그냥 여기서 서류나 작성할 테니 너는 특수부에 가서 새로운 정보가 없는지 알아보고 와."

그 정도는 말하지 않아도 벌써 알아서 할 생각이었다. 하지만 기노의 취조는 이제 시작 단계였다. 공연히 가쓰마타와 불편한 관계를 만들고 싶지는 않았으므로 레이코는 그의 지시를 따르기로 했다.

"알겠습니다. 다녀오겠습니다."

가쓰마타를 취조실에 남겨두고 혼자서 특수부로 올라갔다.

저녁 6시 반, 회의실. 수사관들이 복귀하려면 아직 이른 시간이었다. 상석에는 이케부쿠로 서의 다카쓰 조직범죄 대책과장이 있었다. 정보 데스크에서는 조직범죄 대책부 4과의 미우라 관리관과 아카시 계장, 이케부쿠로 서의 히가시오 형사과장 등이 협의를 하고 있었다.

일단 미우라에게 보고했다.

"관리관님, 기노에 대한 오늘 취조를 마쳤습니다."

"그래? 수고했어. 어떻게 됐어? 어디까지 인정하던가?"

"네, 뭐라고 말씀드려야 할지…… 큰 틀에서는 범행을 인정하긴 했습니다. 하지만 구체적인 이야기는 사실 전혀 하지 않았다고 봐야 옳을 겁니다. 현재는 권총 사용에 대해 묻고 있습니다. 시간을 들여서 살해 수법과 연관해 추궁할 예정입니다."

"그래, 그것도 좋기는 한데……."

미우라는 방금 컴퓨터로 인쇄 명령을 넣어 출력한 어떤 사진을 레이코에게 건넸다. 복사용지로 출력한 사진은 선명도가 떨어졌다.

"이게 뭡니까?"

"어젯밤 발포가 있었던 때의 어번플라자 호텔 앞 모습이야. 호텔 입구 방범 카메라에 수상한 2인조가 찍혔다는 보고가 조금 전에 들어왔어."

사진에는 확실히 남자 두 명의 모습이 찍혀 있었다.

"영상은요?"

"이제 가져올 거야. 최대한 서둘러서 얼굴을 식별하기에 가장 좋은 장면으로 보내라고 했는데, 이게 그 사진이야."

짧은 머리, 다부진 체격의 직공으로 보이는 남자와 머리카락이 조금 길고 마른 편인 남자가 찍혀 있었다. 직공으로 보이는 남자 한 명은 50대에서 60대, 마른 체형의 남자는 20대에서 30대 정도. 우두커니 서 있는 나이 든 남자의 팔을 젊은 남자가 뒤에서 잡아끄는 듯했다.

"이 사진 앞뒤에는 무슨 장면인가요?"

"아마 이 중년 남자가 먼저 호텔 앞까지 오고, 다른 남자가 따라왔겠지? 최종적으로는 따라온 남자가 이 중년 남자의 팔을 잡아끌었고, 그다음에는 어디론가 사라졌어."

그렇군.

한시라도 빨리 실제 동영상을 봐야겠다.

"총소리를 듣고 놀라서 서 있는 행인들일지도 모르잖아요."

"맞아, 하지만 그렇지 않을 가능성도 높아."

요컨대…….

“기노와 한패라는 말씀이세요?”

“그래, 가와무라 사건 현장에는 두 개의 스니커즈 족적이 있었어. 아까 보고가 들어왔는데 지금 기노가 신은 신발의 족적과 가와무라 현장에 남아 있던 족적 하나가 완전히 일치한다는군. 그 말은, 기노 말고 동료가 한 명 더 있었을 가능성이 높다는 뜻이야. 아니지. 동료가 한 명이 아니라 두 명이라는 추측도 가능해. 두 명이서 범행을 저지르고 다른 한 명이 밖에서 망을 보았다고 해도 자연스러워.”

이 두 사람이 기노의 동료라…….

블루 머더의 모방 범죄라고?

3

기쿠타는 이케부쿠로 4가 주변에서 탐문을 계속했다.

100엔 숍에서 컵라면 같은 식료품을 조달했던 점으로 볼 때, 아마도 이와부치는 번거롭게 손수 밥을 지어 먹거나 하지는 않았으리라 추측했다. 식당 음식을 배달시켰을 가능성이 높았다.

이 지역에서 배달을 해주는 라멘집, 메밀국수집, 초밥집을 뒤졌다. 피자 배달이나 솥밥, 덮밥 전문점 등을 돌며 물었다.

실마리가 잡힌 때는 일요일 저녁이었다. 숙직을 마친 다음 휴일까지 반납하고 적극적으로 탐문에 나선 보람이 있었다.

장소는 이케부쿠로 4가에 있는 고풍스러운 메밀국수집이었다. 식당 주인은 60대쯤으로 보이는 왜소한 남자였다.

"맞네, 이 사람. 가야바 씨 집에 살던 사람이잖아?"

"가야바 씨 댁은 어디인가요?"

"저기, 4가에 있는 석재상에서 두 번째……."

수첩을 볼 필요도 없이 짚이는 데가 있었다. 건물 옆에 쇠파이프 따위를 보관하고 있던 가설공사 전문의 도급 업체, 속칭 비계공이라고 짐작했던 그곳이다.

"가야바 조직이라고 입구에 써 있던데, 거긴가요?"

"맞아, 원래는 그랬지. 이제는 비계 일을 하지 않는 모양이야."

"가야바 씨가 그렇게 연세가 많으세요?"

"연세? 아니, 한 예순쯤 됐나? 보기엔 그래."

다시 한 번 이와부치 도키오의 몽타주와 2년 전 얼굴 사진을 가게 주인에게 보여주었다.

"그럼 이 남자는 어떤가요? 가야바 조직의 직원 아닌가요?"

"음, 사업을 작파했으니 직원은 아닐걸."

직원이 아니면 뭐 하는 자일까.

"그 집에는 이 남자와 가야바 씨, 두 사람만 사나요?"

"아니, 더 있는 것 같아. 주문을 하면 늘 3인분이거나 더 많이 주문하기도 했거든. 그 집은 1층이 차고처럼 되어 있고 아마 2층이 살림집일 거요. 내가 그 집에 배달을 가면 1층 안쪽 계단까지 쟁반이나 배달통을 들고 가서 이 젊은이한테 건네주었거든. 돈은 가야바 씨한테 받으라고 하더군. 식사는 2층에서 하니까 난 가야바 씨하고 이 사람 얼굴밖에 못 봤어."

역시.

"가야바 조직에서 이 남자를 몇 번이나 보셨어요?"

"몇 번이라…… 대여섯 번? 까먹었어. 그런 걸 누가 세나?"

"네, 그렇긴 하죠. 하지만 다섯 번이든 여섯 번이든 보셨다는 건, 그 남자가 그 집에 산다는 말씀이시죠?"

"아니, 그것도 잘 모르겠어. 나는 배달하러 갔을 때만 봐서 별로 아는 게 없어."

"네, 알겠습니다."

식당 주인에게 정중하게 인사를 하고 곧장 4가로 돌아가서 가야바 조직을 확인했다.

모르타르로 마무리한 낡은 목조 가옥.

도로와 집 정면으로 네 쪽짜리 미닫이문이 굳게 닫혀 있었다. 문의 절반 윗부분은 간유리였고 아랫부분은 은빛 알루미늄 판으로 가려져 있었다. 때가 많이 타서 몹시 더러웠다. 출입구 한가운데, 두 번째 문짝에 회사 이름이 있었다. 왼쪽에 '유한회사', 오른쪽에 '가야바 조직'. 입구는 거기뿐이었다. 마주 볼 때 좌측은 이웃집과의 사이에 쇠파이프를 연결해 만든 선반이 가득 차 있었고, 우측은 벽돌 담장으로 막혀 있어서 그곳도 사람이 드나들 만한 상태가 아니었다. 뒷문도 없는 듯했다.

2층 정면에 창문은 하나, 건물 좌측에는 크고 작은 창문이 모두 세 개, 우측에는 두 개. 지금 불이 켜진 창은 좌측에서 중간쯤에 있는 한 군데뿐이다. 10분 정도 지켜보았으나 사람의 움직임은 확인하지 못했다.

초인종을 누르고 가야바를 불러내 탐문을 하자는 생각도 했다. 그러나 가야바와 이와부치의 관계를 모르면서 섣불리 접촉했다가는 일을 망친다고 판단했다.

현재 쓸 만한 증언은 가야바 조직에서 이와부치로 보이는 남자가 가야바와 함께 메밀국수를 여러 번 배달시켜 먹었다는 정도뿐이었다. 거주를 하는지 어떤지, 만약 방문을 한다면 얼마나 자주 방문하는지도 알지 못했다.

그렇다면 어떻게 하지?

주위를 둘러보니 아쉽게도 잠복을 하기에 적당한 장소는 아니었다. 그렇다면 서에서 차를 갖고 와야 하는데 공교롭게 주차할 만한 장소도 근처에는 없었다. 조금 떨어진 곳에 불법주차를 해야 했다. 그럴 때는 꼭 쓸데없이 지역과 경관이 순찰을 돌다가 불심검문을 하러 오기 마련이다. 인근 주민이 수상한 차량이라고 신고하는 경우도 있다.

어쨌든 오늘 밤은 늦게 들어가거나 어쩌면 아예 못 들어갈지도 모른다고 아즈사에게 문자를 보냈다.

센주 서로 돌아오니 때마침 가야마 총괄 계장이 당직을 서고 있었다.

"그 집에 이와부치가 있다는 확증이 있었나?"

"없었습니다. 하지만 나타날 확률은 높습니다. 어쨌든 하룻밤 정도 잠복해보겠습니다."

고개를 끄덕이면서 가야마는 차량 사용 신청서에 도장을 찍어주었다.

"자네, 차만 있으면 돼? 혼자서 괜찮겠어?"

"네? 지원 인력이라도 붙여주시는 겁니까?"

그래주시면 감사할 따름이지만.

"아니, 오늘 밤은 좀 힘들어."

자기도 모르게 기쿠타는 한숨을 쉬었다.

"할 수 없죠. 오늘은 일요일이기도 하니."

원래 일요일에는 경찰서 안에 경관들이 별로 없다.

"뭐, 내일 일은 내일 가봐야 알겠지만, 시간이 나는 사람은 지원 나갈 수 있게 대기시켜둘게."

감사합니다, 고개를 숙여 인사하고 기쿠타는 형사부실을 나왔다.

실제로 칭찬을 받은 적은 없지만, 이렇게 나서서 수사에 임할 때는 형사로서 좀 더 자부심을 가져도 좋지 않을까, 하는 게 평소 기쿠타의 생각이었다.

사실 기쿠타는 잠도 제대로 못 자면서 장시간 근무하는 희생을 감수하고 있었다. 당직을 서느라 하룻밤 꼬박 새우는 정도로는 끄떡없었다. 나중에 깨닫고 보니 사흘 동안 잠을 못 잤던 경우도 과거에는 있었다. 나흘 동안 밤을 샌 적은 없는 것 같지만, 아마 그것도 가능하지 않을까.

예전에 그런 이야기를 하면 레이코의 반응은 이랬다.

"난 그렇게까지는 못 해. 잠복은 아주 젬병이야. 딱히 할 일이 없으면 금방 잠들어버리거든."

"그래요? 전 아무렇지 않은데. 건물 입구나 창문만 계속 지켜보는 거잖아요. 몇 시간을 지켜보든 아무렇지 않아요."

음, 못 믿겠는데, 레이코는 진저리를 치듯 고개를 흔들었다. 그때 흔들리던 머리카락의 움직임, 코끝에 맴돌던 향기. 아직도 생생히 기억한다.

"그럼 쭉 지켜보면서 무슨 생각해? 무슨 생각을 하면 잠이 안 와? 특별한 요령이라도 있어?"

그 말에는 고개를 갸웃했다.

"글쎄요. 딱히 요령은 없는데요. 무슨 생각이라…… 뭐, 수사에 대해서든가 이런저런 잡생각이겠죠."

"그래? 사실은 어디 숨겨둔 여자라도 생각하는 거 아냐?"

별로 틀린 말은 아니었다. 잠복근무 중에 차 앞 유리 너머를 노려보면서 가장 자주 떠올리는 것은 다름 아닌 레이코였다.

왜 그녀는 그렇게까지 강해지려고 했을까. 그리고 실제로 어떻게 강해졌을까. 기쿠타만큼 오래 겪어본 사람이라면 알고도 남을 일이다. 히메카와 레이코라는 사람은 근본적으로 강한 사람이 결코 아니었다. 수사 1과 주임이라는 직책 때문에 나름 중압감을 느꼈을 테고, 항상 나이와 성별을 의식했다. 하지만 그런 중압감을 전혀 못 느끼는 척했다. 실은 아닌 척하는 버릇이 붙었다고 해야 옳을지도 모르겠다.

내면은 지극히 평범한 여자였다. 근무를 마치고 청사를 나서면 울기도 했고, 침울해하기도 했다. 실수를 두려워하기도 했고, 피곤하면 어깨가 축 늘어져 한숨을 쉬기도 했다. 하지만 그녀는 경찰서 청사 안에서는 약한 모습을 철저히 숨기려고 했다. 그런 센 척이 제법 통하기도 했다. 검은 정장은 마치 갑옷인 양 레이코를 '철의 형사'처럼 보이게 만들었다.

좀 더 편하게 살아도 좋을 텐데.

그런 충고를 수도 없이 했다.

당신이 좋아. 이제는 내가 당신을 지켜줄게. 그러니…….

하지만 생각뿐이었다. 결국에는 아무 말도 하지 못했다.

고백할 만한 순간이 분명히 몇 번인가 있었다. 한번은 레이코가 먼저 키스를 한 적도 있었다. 그래서 전혀 가망이 없는 일도 아니라고 생각했다. 하지만 실제로 고백하려고 마음먹었다가도 그녀의 눈을 보는 순간 그럴 마음이 쑥 들어갔다.

지켜주려고 손을 뻗으려다가도 뿌리치지 않을까, 끌어안으려다가도 온 힘을 다해 거부하며 밀어내지는 않을까. 그런 예감이 기쿠타의 마음을 얼어붙게 만들었다.

하지만 그녀는 자기 자신에게 위험한 상황이 닥치면 스스로 뛰어드는 사람이었다. 자신의 갑옷이 어느 정도의 압력까지 견디는지 시험이라도 하듯, 일부러 압력이 센 쪽으로만 나아갔다. 특유의 구부정한 자세로.

근래에는 이런 생각이 들었다. 마키타 사건과 상관없이 자신은 레이코에게 끝내 마음을 전하지 못했을지도 모른다, 하는. 경찰로서 존경하는 상사였고, 여성으로서도 매력을 느꼈다. 하지만 함께 살아갈 배우자로 느끼는 감정과는 거리가 멀었던 게 아닐까, 하는.

굳이 한마디로 표현하면 이런 것일지도 모른다.

그녀, 히메카와는 평온 따위 원하지 않는다.

이렇게까지 생각하면 지나친 억측일까.

탐문 중에는 방해가 되어 무전 수신기를 듣지 않았다. 그러다 잠복에 들어간 다음부터는 무전 수신기의 이어폰부터 귀에 꽂았다. 이케부쿠로는 여전히 경계 태세를 강화한 상태였다. 하지만 눈앞에 보이는 이케부쿠로 4가의 풍경은 어떤 의미에서는 평화롭다고 해도 좋을 만큼 한가로웠다. 일요일이어서인지 지나다니는 사람도 거의 없었다.

밤이 깊어지자 상대가 움직이기 시작했다. 기골이 장대한 남자 한 명이 가야바 조직으로 들어갔다. 이와부치는 분명히 아니었다. 이와부치의 키는 170센티 안팎인데, 지금 들어간 남자는 족히 190센티는 되어 보였다. 유감이지만 모르는 얼굴이었다. 검은색 항공 점퍼와 카고 팬츠를 입고 있었다.

키가 큰 남자는 다음 날 아침 9시경 가야바 조직에서 나왔다. 모습은 들어갈 때와 똑같았다. 마치 여자 친구 집에 묵으러 왔던 것처럼. 그러나 상대가 가야바라는 초로의 남성이라는 사실이 떠올랐다. 다시 상상해보니 몹시 당혹스러운 그림만 그려져서 얼른 지워버렸다.

오전 10시경에는 가야마 총괄 계장의 메시지를 받았다.

유한회사 가야바 조직 대표이사 가야바 하지메, 56세 때 전과 있음. 21년 전 마약 소지 및 사용으로 집행유예. 19년 전 같은 죄목으로 체포, 1년 6개월 실형 선고. 주의 요망.

어쩐지 냄새가 난다 했더니.

일단 가야마 총괄 계장에게 '감사합니다. 가능한 한 지원 바랍니다.'라고 답신을 보내두었다.

가야바로 보이는 남자가 나온 때는 한낮이 지나서였다. 상의는 베이지색 점퍼, 하의는 회색 바지를 입었고 검은 구두를 신었다. 꽤 후줄근한 인상이었다. 미행을 해볼까 잠시 생각했으나 키가 큰 남자가 갑자기 나타났듯이 이와부치도 불쑥 나타날 가능성이 있었다. 여기서는 그저 가야바 조직을 감시하며 죽은 듯이 잠복이나 하자고 마음을 고쳐먹었다. 가야바는 잠시 후 비닐봉지를 하나 덜렁거리며 들고 돌아왔다. 아마도 편의점에서 도시락을 사서 데워 온 모양이었다. 기쿠타도 사다 놓은 음식 중에서 소시지빵을 꺼내 먹었다.

오후 2시경 흰색 자전거를 탄 제복 경찰이 불심검문을 하러 왔다. 그러나 차 안을 보고 순간적으로 경찰 차량임을 눈치챘나 보다. 기쿠타가 신분증을 보이기도 전에 수고하십시오, 하고 거수경례를 한 뒤 사라졌다.

저녁 6시경 아침에 본 키 큰 남자가 다시 나타났다. 그 뒤로 한 시간쯤 지났을 때 이번에는 가야바와 둘이서 집을 나섰다. 어디론가 외출을 하는 모양이었다. 시간으로 보아하니 저녁 식사를 하러 나가는 건가, 아니면 술이라도 마시러 가나? 그것도 아니라면 미행을 해야 하나? 목적지에서 이와부치와 합류할 가능성도 점쳐졌다. 끝내 마음을 정하지 못한 채 기쿠타는 잠복 거점에서 꿈쩍도 하지 않았다. 지원해줄 동료가 있으면 좋겠다는 생각을 했다. 지금 당장 옆에 없으니 아쉽기만 했다. 가야마는 아까 보낸 메시지에 답장도 없었다.

가야바 조직에서 시선을 떼지 않도록 주의하면서 주변을 조금 걷기도 하고 이따금 차를 이동시키기도 했다. 캔 커피를 사거나 편의점에 양해를 구하여 화장실을 이용하기도 했다.

저녁 8시경 무전기에서 시끄러운 소음이 쏟아지기 시작했다.

"경시청에서 각 무선국과 이동파출소에 통보한다. 도요지마구 이케부쿠로 3가 ×-×, 어번플라자 호텔 6층에서 총기 발포, 살상 사건 발생. 사망자 세 명, 부상자 한 명. 피의자는 현장에서 도주. 인상착의, 신장 190센티 이상에 마른 체형의 남성 한 명. 연령 30세에서 40세. 상의 검은색 점퍼, 하의 초록색 바지 착용. 권총 외에 흉기를 소지했을 가능성이 있다. 현시점에서 이케부쿠로를 중심으로 D 배치 발령한다. 각 이동파출소와 경관들은 부상 사고 방지에 유념하여 긴급 출동하기 바란다. 반복한다……."

신장 190센티 이상으로 검은색 점퍼와 초록색 바지의 인상착의라면 분명히 가야바와 집을 나선 그 남자다.

대체 무슨 일이지?

다시 상황에 변화가 생긴 때는 저녁 8시 반쯤이었다.

은색 소형 승합차가 가야바 조직 앞에 정차했다. 조수석에서 내린 사람은 가야바였다. 운전석에서 내린 사람은 키가 큰 남자인가 했는데 아니었다.

"저, 저 자식!"

다름 아닌 이와부치 도키오였다. 확실히 2년 전보다 머리카락이 길었고, 막연히 품고 있던 이미지보다 훨씬 체격이 좋았다. 몸놀림이 가벼워 보였다. 차 뒤쪽으로 돌아가 가야바 조직으로 들어가는 동작으로 볼 때 하루 이틀 드나든 모양새가 아니었다.

곧장 가야마 총괄 계장에게 전화를 걸었다.

"이와부치로 보이는 남자가 나타났습니다. 현재는 가야바와 단둘뿐인 듯합니다."

그러나 가야마 총괄 계장도 방금 D 배치 발령 소식을 들어서 경황이 없었다.

"나도 아직 근처에 있기는 한데, 만일의 경우를 대비해서 서로 복귀하려던 참이야. 상황이 정리되면 내 쪽에서 다시 연락하지."

"잠깐만요, 가야마 계장님, 저녁에 여기서 가야바와 함께 있던 남자 말입니다. 지금 무전에서 수배하고 있는 남자와 인상착의가 딱 맞습니다."

반 박자 늦게 응답이 들려왔다.

"……뭐? 자네 무슨 소리 하는 거야?"

"여기는 이케부쿠로 4가입니다. 사건 현장인 어번플라자 호텔과는 조금 거리가 떨어져 있긴 한데, 피의자와 인상착의가 동일한 남자를 제가 목격했습니다. 그 남자는 가야바와 함께 집을 나갔는데, 방금 가야바는 귀가했으나 그 남자는 보이지 않습니다. 가야바는 함께 나간 남자가 아니라 이와부치로 보이는 자를 데리고 건물 안으로 들어갔습니다. 가야마 계장님, 빨리 지원 인력 보내주십쇼."

가야마는 잠시 신음하더니 대답했다.

"알았다. 어쨌든 서에 도착해서 다시 연락할게."

그러고는 전화를 끊었다.

한 시간 정도 지나자 발포 사건의 피의자를 도요지마 공회당 근처 공원에서 확보했다는 보고가 무전에서 흘러나왔다. 잠시 후 D 배치도 해제되었다. 가야마가 연락한 시간은 통화를 끊고 조금 지났을 때였다.

"지금부터 나가세와 호시나를 그쪽으로 보낸다. 두 사람이 합류하면 되겠지?"

"네, 감사합니다."

실제로 두 사람이 현장에 온 때는 10시도 훌쩍 넘어 10시 30분이 다 되어서였다.

뒷좌석 쪽 차 문을 열며 물었다.

"기쿠타! 우리가 많이 늦었지? 미안해. 근데 자네, 어제 새벽부터 계속 혼자 잠복한 거야?"

차에 오르자마자 호시나가 물었다.

"네, 뭐, 괜찮습니다."

뒤이어 올라탄 나가세 경사가 어이, 하고 캔 커피를 내밀었다.

"뜨거워. 조심해. 그나저나 젊은 게 좋긴 좋구나. 부럽다, 부러워. 그런 정력으로 밤에는 아즈사하고 깨를 볶겠지?"

"나가세 씨, 어디 가서 그런 말 하면 성희롱으로 걸립니다."

그보다 말이야, 하고 말하면서 호시나가 일부러 화제를 돌렸다.

"발포 사건 피의자와 비슷한 남자를 목격했다면서? 그게 무슨 소리야? 가야마 계장 얘기만 들어서는 지금 이게 무슨 상황인지 통 알 수가 있나."

"저도 정확하지는 않지만……."

본 대로 설명을 하자 호시나는 고개를 갸웃거렸다.

"발포 사건의 피의자는 이미 확보했다. 그리고 수배자와 비슷한 인상착의의 남자는 돌아오지 않았다…… 뭐야, 아귀가 들어맞네?"

"바로 그겁니다. 만약 그 생각이 맞는다면 가야바와 이와부치도 발포 사건의 피의자와 연관이 있을지 모릅니다."

하지만, 하고 나가세가 끼어들었다.

"소형 승합차를 운전해 돌아온 자가 이와부치인 건 확실해?"

그 질문에는 기쿠타도 확실하게 고개를 끄덕이기는 어려웠다. 바로 앞에서 본 건 아니었다. 어쨌든 여기서 가야바 조직까지는 20미터 정도 떨어져 있었다.

"확실하다고 단언하기는 어렵습니다. 하지만 아주 비슷했어요. 접촉해볼 가치는 있다고 생각합니다."

호시나가 손목시계를 봤다.

"어떻게 할래? 당연히 영장은 가져왔겠지?"

기쿠타는 가방을 두드려 보였다. 체포영장은 진즉부터 가방에 들어 있었다.

"제때 갱신해뒀지요. 이번 한 주 동안은 이 영장으로 충분합니다."

"아침까지 기다렸다가 확보할까?"

"어쨌든 한 번쯤은 제대로 확인하고 싶다 이거군요. 어차피 여기서 확보해야 할 경우 이케부쿠로 서에도 통보는 해둬야 할 겁니다. 안 그럼 나중에 곤란할 테니까요."

그건 걱정 마, 하고 나가세가 말했다.

"벌써 서에서 나올 때 가야마 총괄 계장이 당부하셨어. 이케부쿠로 서와는 처음 안면을 트는 거니까 인사 잘 해두라고."

"그래요? 그렇담 안심이고요. 자, 이와부치가 언제 나오려나. 이대로 좀 기다려보죠. 튀려는 낌새가 보이면 그때는 임기응변으로 대응해야죠."

그러자 호시나가 어깨를 툭 쳤다.

"그럼 자네는 잠깐 눈 좀 붙여. 먼저 우리가 지켜볼 테니."

"그러시겠어요? 죄송하긴 한데…… 그럼 그럴까요."

호시나와 나가세에게 잠복근무를 맡기고 기쿠타는 뒷좌석에 누워 잠시 모자란 잠을 보충했다.

오전 6시경 자연스럽게 눈이 떠졌다.

"어이쿠, 이런, 죄송합니다. 너무 깊이 자버렸네요. 덕분에 푹 잤습니다."

운전석에 있던 나가세가 고개를 저었다.

"자네, 코를 엄청 골더군. 매일 이러면 아즈사도 정나미 떨어지겠어."

천만의 말씀. 아즈사가 코 고는 소리를 지적한 적은 없었다.

"그랬나요? 죄송합니다."

후훗, 호시나가 가볍게 웃는다.

"농담이야, 농담. 그 정도로 시끄럽지는 않았어. 이 녀석이 기쿠타를 갖고 노네, 아주. 노자키를 빼앗긴 게 그렇게 분하냐?"

"그럼! 난 무슨 일이 있어도 이 자식만큼은 용서 못 해."

이 말은 나가세가 입버릇처럼 하는 말이라 기쿠타도 웃어 넘겼다.

두 사람 덕에 잠을 보충한 보답까지는 아니지만 기쿠타는 자기가 나서서 아침거리를 사러 편의점에 다녀왔다. 마침 새 상품이 입하된 참이었는지 주먹밥이나 샌드위치는 골라잡을 여지가 많았다.

"자, 오래 기다리셨습니다."

"우아! 참 많이도 사왔다. 이거 다 못 먹겠는데."

"별거 아닙니다. 이것저것 눈에 보일 때 사다놔야지, 안 그럼 좀 불안하잖아요."

아침 식사를 마친 다음부터는 호시나, 나가세와 돌아가면서 쪽잠을 잤다. 때로는 기쿠타 혼자서 주위를 돌아보거나, 아니면 가야바 조직의 동태를 살피러 나가보기도 했다.

가야바 조직에서는 아무런 움직임도 보이지 않았다. 낮 동안에는 조명도 꺼져 있어서 내부의 상황을 엿보기가 더욱 어려웠다. 키 큰 남자도 찾아오지 않았다. 그 남자가 발포 사건의 피의자가 아닐까 하는 의심이 더욱 커져갔다.

하루 중에 몇 번인가 서에다가도 연락을 했다. 기쿠타가 근황을 보고하자 가야마는 호시나가 내일 당직이니 적당한 때에 복귀시키라고 지시했다. 기쿠타는 알겠습니다, 하고 대답한 뒤 전화를 끊었다.

3시쯤 호시나에게 가야마의 지시 사항을 전달했다.

"알았어. 그럼 자네들한테는 미안하지만 4시 좀 지나서 들어가지, 뭐."

4시 좀 지나서라는 말은, 그쯤에 출발하면 통상 근무시간이 끝나기 전에 센주 서에 들어갈 테고, 그러면 대신 지원을 나올 수 있는 다른 요원을 확보할지 모른다는 호시나 나름의 판단 때문인 듯했다.

"별로 움직임이 없군. 난 슬슬 복귀해야겠어. 남아 있는 사람 있으면 이쪽으로 보낼게. 자, 그럼 먼저 들어갑니다."

그러면서 4시 15분 호시나는 차에서 내렸다.

그 뒷모습을 보면서 나가세가 흘리듯 중얼거렸다.

"호시나 녀석, 아내와 사이가 안 좋은가 봐."

"아, 그래요? 전혀 몰랐어요."

"뭐, 나도 같은 처지지만 형사들은 어느 집이나 다 거기서 거기거든. 그래서 자네 부부는 참 다행이야. 뭣보다 부부 둘 다 형사니까. 적어도 괜한 오해를 사거나 할 걱정은 없잖아. 나는 말이지, 풍찬노숙하면서 잠복근무 마치고 겨우 집에 들어가봐야 별 볼일 없었어. 오히려 마누라는 내가 어디서 바람이나 피우지 않나 의심을 했지. 그 정도면 양반이게? 남편이 집에 들어오지 않으면 때는 이때다, 하고 외간 남자를 끌어들이는 마누라들도 있다더군."

사실 나가세가 이야기한 대로라면 기쿠타도 마음만 먹으면 한두 번의 외도는 가능했다. 그렇지 않다는 점을 아내가 얼마나 믿어줄까. 대답하기 참 곤란한 문제라고 생각했다.

나가세는 한 번 이혼한 독신남이었다. 이혼의 직접적 원인은 무엇이었을까. 물어보고 싶은 마음도 있었지만 실례라는 생각도 들었다. 이런저런 상념에 빠져 잠시 침묵을 지켰다. 나가세는 어느새 잠이 들어 코를 골기 시작했다. 깜짝이야, 내 코 고는 소리가 아니었잖아, 하고 생각하면서 기쿠타는 전방의 가야바 조직 쪽으로 주의를 돌렸다.

그 뒤 자신이 무슨 생각을 하면서 시간을 보냈는지는 기억이 나지 않았다. 또 레이코를 생각했는지, 아니면 혼자 집을 지키고 있을 아즈사를 생각했는지, 생각이 돌고 돌아서 다시 호시나에 대하여 생각했는지. 혹시 승진 시험이었나.

정신을 차려보니 밤 9시였다.

그로부터 몇 분 뒤, 가야바 조직에서 움직임이 포착되었다.

"나가세 씨, 누가 나왔어요."

마침 나가세도 잠이 깰 때였다.

"뭐? 어, 그러네!"

상대방 쪽에서 얼굴이 보이지 않게 두 사람은 몸을 낮추었다. 그 상태로 아주 잠깐 건너편을 한쪽 눈으로 힐끗 보았다. 때마침 가야바 조직의 미닫이문에서 누군가가 얼굴을 내밀었다.

"저 사람, 가야바가 맞죠?"

"뭐 하는 거지? 바깥을 살피는 건가?"

"네, 그런 눈치예요. 아무래도 이상한데."

마침내 가야바는 커다란 가방을 안고 나와서 그것을 차 뒷부분 짐칸에 실었다.

"저 자식, 튀려는 거 아니야?"

가야바의 뒤를 이어 젊은 남자도 짐을 안고 나타났다.

나가세가 물었다.

"저자가 이와부치인가?"

"네, 아마 그럴 겁니다."

"확실히…… 그렇게 생각하고 보면 많이 닮기는 했어."

기쿠타도 다시 한 번 확신했다. 틀림없다. 저자는 이와부치 도키오다.

"여기서 튀면 곤란합니다. 지금 잡죠."

하지만, 하고 나가세가 대답했다.

두 사람이 건물 안으로 다시 들어간 사이에 차에서 내려 조용히 문을 닫고 빠른 걸음으로 가야바 조직을 향해 다가갔다. 도중에 나가세가 내가 차를 맡을게, 하고 말해서 기쿠타는 네, 그럼, 대답하며 고개를 끄덕였다.

10미터 앞까지 접근했을 때 가야바가 다시 건물에서 나왔다. 이쪽을 보고 조금 경계하는 기색이었지만 더 이상 아무 반응도 하지 않았다.

기쿠타는 가야바 쪽으로는 시선을 두지 않으려고 애쓰면서 다가갔다. 나가세는 종종걸음으로 차 운전석 쪽을 향했다. 차에 열쇠가 꽂혀 있으면 빼내려는 심산이었다. 그런데 나가세가 돌아보며 고개를 살며시 가로저었다. 차 열쇠가 없다고?

마침내 목소리가 들릴 만한 곳까지 다가갔을 때 기쿠타가 먼저 말을 걸었다.

"실례합니다. 가야바 하지메 씨, 맞죠?"

그가 거뭇거뭇 수염으로 뒤덮인 입을 갑자기 삐죽거렸다.

"네, 그렇소만. 무슨 일입니까?"

"뭐 좀 물어볼 게 있는데, 잠깐 괜찮으시죠?"

그러면서 미닫이 한 짝만큼 열린 문으로 안을 들여다보았다. 안쪽 계단 주위에만 조명이 켜져 있었고 다른 곳은 어두워서 잘 보이지 않았다. 이와부치의 모습도 확인하기가 어려웠다. 또 2층으로 올라갔나.

"뭘 물어본다는 거요? 그보다, 당신 누굽니까?"

"지금 어디 외출이라도 하시나 보죠?"

"그래요. 현장에 갑니다."

"이 시간에요? 벌써 9시가 넘었는데?"

"그게 뭔 상관이오? 현장이 멀어요. 내일 날 밝자마자 할 일이라서…… 그보다 당신 누구냐니까?"

기쿠타는 경찰수첩을 내밀면서 미닫이에 손을 대고 문을 조금 더 열었다.

"경시청에서 나왔습니다. 지금 이 집에 가야바 씨 혼자 사시나요?"

경찰수첩을 보면서도 가야바의 표정은 별로 달라지지 않았다. 나가세는 기쿠타 뒤로 가서 미닫이를 열고 안으로 들어가려고 했다.

"혼자 삽니다. 그게 뭐 잘못됐소?"

"방금 함께 짐을 옮기던 분은 누구시죠?"

"그건 저기…… 동료요. 같이 일하는 동료."

"꽤 젊은 분이던데. 실례지만 그분 성함 좀 알 수 있을까요?"

그 질문에 가야바는 분명히 우물거렸다.

"가야바 씨, 이름만이라도 괜찮으니 가르쳐……."

거기까지 말했을 때였다.

실내에 들어간 나가세의 등 뒤로 다가가는 검은 물체가 보였다.

"앗!"

이와부치라고 깨달았을 때는 이미 늦었다.

퍽, 하고 둔탁한 소리가 나더니 나가세의 몸이 그 자리에 무너져 내렸다.

틈을 주지 않고 이와부치가 이쪽을 돌아보았다.

이와부치의 얼굴을 보았다는 사실을 기쿠타도 의식하고 있었다.

그런 의식이 기쿠타의 행동을 한순간 지체시켰는지도 모른다.

몽타주로 보던 것보다 훨씬 날카롭게 번득이는 그의 눈빛이 기쿠타를 얼어붙게 만들었다.

그 순간 기쿠타는 허리에 폭발이라도 일어난 듯한 엄청난 충격을 느꼈다.

4

레이코는 일단 공범이 있을 가능성을 가쓰마타에게도 보고했다. 하지만 별로 흥미가 없는 모양이었다. 어쨌든 지금은 검찰 송치에 필요한 서류를 작성하느라 바쁘다고 했다.

"회의라고? 그것도 네가 적당히 둘러대."

이럴 줄 알았다.

"네, 그러죠. 뭐 숨겼으면 한다거나 발표되면 곤란한 진술이라도 있습니까?"

그러자 가쓰마타가 쳇, 하고 들으라는 듯이 혀를 찼다.

"뭘 묻는 거야? 그걸 판단하는 게 네 일이잖아. 쓸데없는 거 묻지 마, 알겠어? 취조에 너를 끼워준 것도 다 내가 온정을 베풀어서니까 착각하지 말라고. 알았으면 꺼져!"

네네, 속으로만 대답하면서 레이코는 담배 냄새로 찌든 취조실을 나왔다.

심야 수사 회의는 8시부터 시작되었다. 수사관 절반은 어젯밤 발포 사건 현장 주변을 탐문하러 돌아다녔다. 어느 팀은 시모이 경위, 어느 팀은 이케부쿠로 서 지역과의 오타케 경사에 대한 청취를 맡았다.

오타케 경사 청취를 담당한 조에서 주목할 만한 보고가 들어왔다.

"하지만 오타케 경사는 기노의 모든 사진을 보았는데 자기를 덮친 자가 아니라고 했습니다. 오타케 경사는 피습 사건 직후 피의자의 키가 175센티 정도라고 했습니다. 기노는 192센티입니다. 따라서 오타케 경사가 잘못 보았다고 생각하기는 어렵습니다."

상석에 있던 안도 4과장, 미우라 관리관, 아카시 계장, 이케부쿠로 서의 야마노이 서장, 히가시오와 다카쓰 두 과장도 각자 고개를 끄덕였다.

요컨대 오타케를 습격한 자는 기노가 아니라 그 일당이었을 가능성이 높다는 뜻이다.

안도 과장이 마이크를 잡았다.

"그럼 오타케 경사에게 그 어번플라자 호텔 앞에서 촬영된 사진에 대해 의견을 물어보자고. 다음 청취 때 사진을 가져가서 확인해봐. 됐나?"

보고를 했던 수사관은 네, 하고 대답한 뒤 자리에 앉았다. 그때였다.

회의실 뒤쪽에서 바퀴 의자가 쿵 부딪치는 소리가 나더니 이어서 구두 소리가 가까워졌다.

정보 데스크의 수사관이 또 메모지를 들고 방금 상석으로 올라갔다.

그는 상석 뒤편으로 돌아가서 중앙에 있는 안도 과장에게 메모지를 건네주었다. 뭐라고 설명을 붙이는지 귀엣말까지 했다.

안도는 난감한 표정을 지으면서 옆에 앉은 야마이 서장에게도 메모지를 보여주었다. 그것을 들여다보던 히가시오의 안색이 돌변했다.

"그거, 제가 좀 보겠습니다."

그러고는 메모지를 빼앗아서 휴대전화로 어딘가에 전화를 걸었다. 통화가 연결된 직후 '총괄'이라는 말이 들렸으므로 어느 형사과 총괄 계장에게 전화를 걸었나 보다고 짐작할 뿐이었다.

"그럼 곧장 그걸 갖고 이쪽으로 와주십쇼."

레이코는 자리에서 일어서서 상석으로 향했다. 4과 주임들 몇 명도 똑같이 모여들었다.

통화를 마친 히가시오는 주위를 둘러보더니 자기 주변 사람들만 들리도록 이야기했다.

"어젯밤 기노 확보 직후 센주 서에서 가까운 이케부쿠로 4가에서 한 건 올릴 것 같다는 통보가 있었다. 그것과 관련이 있는지는 모르겠는데 지금 이케부쿠로 4가에서 인질극이 벌어졌다는 통보가 본부에서 들어왔다."

그것만으로는 대체 무슨 일인지 레이코는 도무지 이해가 가지 않았다.

"과장님. 관련이라니, 무슨 근거라도……."

"그건 지금 오사코가 가져올 거야."

잠시 후 회의실 문이 열렸고 오사코가 들어왔다.

"늦어서 죄송합니다. 이게 그 자료입니다."

A4 크기의 용지 두 장. 한 장은 사건 보고서였고, 다른 한 장은 피의자의 신상을 기록한 문서였다.

히가시오가 헛기침을 하고 나서 설명을 시작했다.

"이 문서에 따르면 센주 서 조직범죄 대책과, 강력계 소속의 기쿠타 경사가……."

"네?"

갑자기 그렇게 큰 소리를 내면 주위에서는 당연히 이상한 눈으로 보기 마련이다.

"뭐야? 히메카와."

"아, 저 그게, 기쿠타라면 혹시 기쿠타 가즈오 말씀인가요?"

"이 문서만으로는 모르겠는데. 그럼 뭐 문제라도 있나?"

"네, 만약 맞다면 기쿠타는 본부에서 제 부하로 있던 경사입니다."

히가시오의 미간에 희미하게 힘이 들어갔다.

"알았어. 그건 나중에 확인하지. 그 기쿠타 경사가 이와부치 도키오라는 도주범의 정보를 근거로 이케부쿠로 4가 부근에서 탐문 수사를 하던 중, 이자와 비슷한 인상착의의 남자가 동 지역에 있는 비계 가설공사 도급 업체인 유한회사 가야바 조직에 드나든다는 정보를 얻었고, 25일 오후부터 잠복에 돌입, 26일 밤 이와부치의 존재를 확인한 모양이다. 그 뒤 이케부쿠로 4가에서 그자를 확보할 예정이라는 연락이 들어왔다. 뭐, 지명수배선을 보아도 순전히 우리 쪽 사건이니까 우리더러 알아서 하라고만 했는데…… 그런데 일이 이렇게 됐군."

이야기는 아까 돌려본 메모지로 되돌아갔다.

"방금 전 일이다. 21시 15분경 이케부쿠로 4가 ×-×, 유한회사 가야바 조직 안에서 인질극이 발생한 모양이야. 보고자는 센주 서 조직범죄 대책과 소속, 쓰치다 경사. 피해자는 해당 사건의 담당자인 기쿠타 경사와 나가세 경사로 보인다. 자세한 사항은 아직 모른다. 서장님!"

히가시오 과장이 부르자 이케부쿠로 서의 야마이 서장이 고개를 끄덕이며 일어섰다.

"회의를 중단하고 바로 지금부터 본 사건에 이케부쿠로 서의 모든 경관을 투입하겠습니다. 조직범죄 대책부 4과 수사관도 여기에 협력하기 바란다."

안도 과장이 그 긴 얼굴을 위아래로 끄덕였다.

"본부에서 지시가 내려오는 즉시 지휘에 따르겠습니다. 그때까지는 야마이 서장님께 인원 배치를 부탁드립니다."

야마이 서장은 이내 레이코 쪽을 돌아보았다.

"히메카와 계장, 우리 서에 있는 형사과 인원을 데리고 곧장 현장으로 가게. 히가시오 과장은 본부 형사부와의 연락을 맡아 주고, 오사코 총괄 계장은 센주 서에서 피의자에 대한 새로운 정보가 들어오면 들어오는 순서대로 현장에 있는 히메카와에게 전달해주시오. 그럼 됐나요?"

네, 하고 고개를 끄덕인 레이코는 곧장 가방을 가지러 자기 자리로 돌아갔다.

기쿠타가 인질극 현장에 있다고?

내가 아는 기쿠타가 인질로?

레이코는 수사용 차량으로 이동하는 내내 안절부절못했다. 두 발로 뛰어가는 편이 빠르다면 그렇게라도 가고 싶었다. 날 수만 있다면 날아가고 싶은 심정이었다.

수사본부 데스크가 이케부쿠로 서 지역과에 확인한 결과 유한회사 가야바 조직은 기업으로서의 가치를 상실한 지 이미 오래였고, 사옥이라고 해봐야 평범한 2층짜리 목조 건물만 남아 있을 뿐이라고 했다.

현장 부근까지 오니 벌써 여러 대의 순찰차와 수사용 차량이 도착해 있었다. 적색의 경광등 불빛이 주변 건물들을 붉게 물들이며 번쩍거렸다. 이런 일이 또 있을까 싶을 만큼 삼엄한 분위기였으나 그리 소란하지는 않았다. 거리의 모습은 오히려 차분해 보일 정도였다. 경찰차의 확성기를 사용해서 밖으로 나와라, 나와서 이야기하자, 하며 범인을 불러내는 소리가 들렸다. 하지만 거기에 반응이 있는지 여부는 알 길이 없었다.

레이코와 일행은 현장 바로 앞 모퉁이에서 하차하여 구경꾼들을 헤집고 들어가 현장으로 향했다. 테이프로 구분된 출입 통제 구역 안에는 이미 20명이 넘는 경찰관이 대기하고 있었다. 레이코는 무선 통신 지휘 차량을 눈대중으로 찾아내 우선 그쪽으로 갔다.

마침 잘됐다. 얼굴을 아는 경사가 있었다.

"수고하십니다. 저희 쪽에서는 보고자가 센주 서의 쓰치다 경사라고 들었는데요. 그분은 지금 어디에 계신가요?"

네, 하고 대답한 제복 경찰이 이내 손으로 가리켰다. 순찰차 우측 대각선 앞쪽에 반코트를 입은 남자가 다른 제복 경찰과 무언가 이야기를 하고 있었다. 중키에 살집이 있었고 서른쯤 되었을까. 기쿠타보다 조금 젊어 보였다.

"고마워요."

곧장 반코트를 입은 남자에게 뛰어갔다.

"수고하십니다. 이케부쿠로 서 강력계 계장 히메카와입니다. 이번 사건을 보고한 쓰치다 경사님이죠? 잠깐 괜찮으세요?"

그는 네, 하고 대답하며 공손하게 고개를 숙여 인사했다.

"센주 서 강력반의 쓰치다입니다."

"다짜고짜 죄송하지만, 사건을 인지하신 경위부터 간략하게 설명 부탁드립니다."

이야기를 들어보니 그도 이와부치 도키오의 사건에 대해서는 별로 아는 바가 없었다. 기쿠타 경사와 나가세 경사가 이케부쿠로에서 잠복근무를 하고 있으니 지원을 나가라기에 현장으로 달려갔다고 했다.

"그 기쿠타 경사라는 분이 혹시 기쿠타 가즈오인가요?"

"네, 1년쯤 전까지 본부 수사 1과에서 근무한 기쿠타 경사입니다."

그렇다. 같은 경찰서에 기쿠타라는 이름을 가진 경사가 그렇게 많을 리는 없다. 하지만 자기가 아는 기쿠타가 확실하다는 사실을 안 순간 등줄기가 서늘해졌다. 그래서는 안 된다고 생각하면서도 사사로운 감정을 억누를 길이 없었다.

"쓰치다 씨가 도착하셨을 때 현장 상황은 어땠나요?"

"네, 전 맨 먼저 차량부터 확인했습니다. 우리 순찰차가 맞더군요. 그런데 건물 안에 아무도 없나, 하고 생각한 바로 그 순간이었어요. '으악!' 하고 남자의 비명 소리가 들렸어요."

고통으로 일그러진 기쿠타의 얼굴이 머릿속에 그려졌다.

"그건, 기쿠타였나요? 아니면 다른 경관이었나요?"

"아니, 모르겠어요. 그게, 소리가 난 쪽으로 뛰어가 보니 건물의……"

쓰치다가 수 미터 앞에 있는 유한회사 가야바 조직을 가리켰다. 정면 출입구의 절반을 가로막듯이 서 있는 은색 소형 승합차가 보였다.

"차 뒤편에서 몸싸움이 벌어지고 있었어요. 중년 남자가 건물에서 나오려고 했고, 하지만 누군가가 허리에 매달려 있었고…… 그건 아마 기쿠타 경사였을 거예요. 중년 남자는 막대기 같은 것으로 달라붙어 있는 남자를 때리고 있었어요. 아마 짧은 쇠파이프였을 거예요. 전 권총을 꺼내서 꼼짝 말라고 경고했는데 남자는 건물 안을 보면서 뭐라고 소리쳤어요. 그러고는 이쪽을 보았고, 제가 또 한 번 무기를 버리라고 경고하자 달라붙어 있는 남자를 팔꿈치로 내리쳤어요. 그래도 떨어지지 않는지 일단 문을 닫고 안으로 들어가더군요."

"그사이에 다른 경사는요?"

"전 나가세 경사는 못 봤어요. 주변에도 없었고 차 안에도 없었던 걸 보면 기쿠타 경사보다 먼저 현장 안으로 들어갔는지도 모르죠."

대체 어떻게 된 일인가.

"문이 닫힌 다음에는 어떻게 됐죠?"

"네, 계속해서 문을 열고 나오라고 경고했어요. 그랬더니 저렇게 된 겁니다."

그는 유리에 '유한회사'라고 쓰인 문짝 아래쪽을 가리켰다. 원래는 은빛의 금속판이었을 문짝은 기름인지 페인트인지 알 수 없는 때가 덕지덕지 끼어 있었고 게다가 조금 뒤틀리기도 했다.

"피의자가 갑자기 발포했어요."

"네?"

발포? 놀라서 뚫어져라 쳐다보았지만 레이코가 있는 위치에서는 총알 자국이 보이지 않았다.

"한번 확인해볼게요. 그런데 기쿠타와 나가세 경사는 권총을 휴대하고 현장에 들어갔나요?"

"그랬을 겁니다. 총기 휴대 명령은 아직 풀리지 않았으니까요."

피의자가 처음부터 권총을 소지하고 있었을 가능성도 없지는 않다. 그러나 그보다는 기쿠타나 나가세 둘 중 한 명의 권총을 빼앗아 발포했으리란 추측이 더 자연스럽다. 아니면 두 사람의 권총을 모두 손에 넣었을까?

"두 사람의 권총 종류가 뭔지 아세요?"

"아까 확인해보니 나가세 경사의 것이 뉴 남부고, 기쿠타 경사의 것이 M36 치프 스페셜입니다."

둘 다 소형 회전식 권총이다. 장탄 수는 똑같이 다섯 발. 모두 합쳐 열 발이다.

"발포는 그 한 번뿐이었나요?"

"네, 제가 들은 소리는 그때 한 번뿐이었어요."

나머지 아홉 발은?

"피의자가 뭘 요구하던가요?"

"아니요, 그렇게까지 상황이 진전되지는 않았어요. 본서에서 듣기로는 피의자가 저 은색 차를 타고 여기로 돌아온 모양입니다. 그래서 기쿠타 경사와 나가세 경사는 다시 차를 타고 나가기 전에 범인을 확보하려고 움직였던 게 아닐까 생각합니다. 그런데 뜻하지 않게 저항을 받아서…… 그래서 피의자도 어떤 목적 때문에 인질극을 벌인 게 아니라 어쩌다 보니 결국 인질극으로 몰린 게 아닌가 싶습니다."

이와부치에 대해서 더 묻고 싶었는데 누군가가 말을 걸었다.

"히메카와 계장, 이거 혹시, 어쩌면 말입니다."

오사코 총괄 계장이었다. 레이코는 쓰치다에게 잠깐 실례할게요, 하고 인사한 뒤 오사코에게 갔다.

"네? 무슨 말씀이세요?"

"이것 좀 보세요."

오사코가 내민 서류에는 여러 장의 얼굴 사진이 첨부되어 있었다. 어두워서 잘 보이지 않았으므로 가방에서 회중전등을 꺼내어 비추었다.

"이게 이와부치 도키오고, 이쪽이 가야바 하지메입니다. 히메카와 계장, 이 두 사람, 누구하고 닮지 않았습니까?"

물론 바로 짚이는 데가 있었다.

"어번플라자 호텔의 두 사람?"

"게다가 기쿠타 경사는 센주 서 강력반 총괄 계장한테 어젯밤 발포 사건의 피의자와 인상착의가 비슷한 남자를 여기서 목격했다고 보고했다더군요."

발포 사건의 피의자.

"그러니까 기쿠타가 기노를 여기서 보았다는 말씀이세요?"

"그런 해석이 가능합니다."

설마, 하는 말이 목구멍까지 올라왔다.

"그게 몇 시쯤 얘기인가요?"

"보고 자체는 발포 사건 피의자를 수배하는 무전이 있었던 직후라고 생각됩니다. 기쿠타 경사가 언제 목격했는지는 정확하게 알 수 없어요."

가야바 조직에 기노가 드나들었다면 우선은 가야바와 이와부치가 그 호텔 앞에서 방범 카메라에 찍힌 두 사람일 가능성이 높아진다. 게다가 가야바 조직은 비계업을 한다. 이전에 에다와 함께 나카타 공업이라는 비계업자를 찾았을 때 그곳에는 쇠파이프는 물론이고 그것을 절단하는 도구와 각종 해머까지 갖추어져 있었다. 업종이 동일하다면 가야바 조직 내부도 상태가 비슷하겠다는 추측이 어렵지 않다. 게다가 두 집 건너에는 석공도 있다. 흉기로 사용한 '석두 해머'를 손에 넣기까지 무언가 관계가 있었을지 모른다.

오사코는 또 한 부의 서류를 내밀었다.

"곧 센주 서에서도 책임자가 오기는 하겠지만 일단 히메카와 계장한테 먼저 보여드리는 겁니다."

아마 이와부치 도키오에 관한 조서인 듯했다.

"고맙습니다."

그 서류에 따르면 이와부치가 태어난 곳은 후쿠이 현 사카이시였다. 본가는 하나랏쿄*를 재배하는 농가였는데 본업은 세 살 많은 형이 이어받았고, 이와부치는 본가를 돕지 않고 고등학교 졸업 후 도쿄로 올라왔다는 이야기였다. 두 살 터울인 여동생이 무슨 일을 하는지는 확인되지 않았다.

상경 후 4, 5년은 파친코 게임장이나 편의점에서 점원 노릇을 하여 생계를 꾸려나갔다. 그러나 23세 때 여자관계로 문제가 생겨 157만 엔의 대출을 받았고, 그 돈을 갚기 위해 야마구치 미쓰히로를 중심으로 한 전화 금융 사기단의 일원이 되었다.

훗날 야마구치 일당이 체포되어 진술한 바에 따르면 이와부

* 하나랏쿄(花辣韮): 일본 후쿠이 현에서 특산품으로 재배하는 염교.

치는 동료라기보다 한낱 심부름꾼이었으며, 공짜로 노예처럼 부려먹는 편리한 존재였다고 한다. 이와부치의 여자 문제 자체가 처음부터 야마구치 일당이 꾸며낸 미인계였다고 하니, 애초에 함정에 빠지기 쉬운 사람이라 당한 일이었는지도 모른다.

이 조서에 '노예처럼'이라는 부분은 좀 더 상세하게 설명되어 있었다.

"이건 정말 끔찍하네요."

"그래요. 확실히 노예라고밖에는 할 말이 없군요. 아니면 가축이라든가."

주먹질과 발길질은 당연지사였다. 개똥을 먹게 하거나 물 받은 욕조에다 질식 직전까지 얼굴을 처박았다. '손톱에 박음쇠 박기'는 구체적으로 어떤 행위인지 모르겠지만 아마도 굉장히 고통스러운 짓이었을 게 분명하다. 돌아가며 이와부치의 목을 졸라서 제일 먼저 누가 기절시키는지 겨루는 게임도 한때 유행했다고 적혀 있기도 했다.

"이것도 모자라서 그런 놈들을 대신해 체포까지 되었다는 말인가요?"

"네, 그러다 도망쳐서 도주범이 되었죠. 현재 26세인가요?"

도주범이 된 이와부치는 그 후 어떤 계기로 가야바와 만났고, 기노와 만났을까.

진술서에는 이미 아는 내용도 있었다.

노예나 가축 취급을 받고 학대를 당하던 날들. 조서를 읽어보면 그 노예 상태는 2개월 반이나 계속되었다. 용케 미치지 않고 제정신으로 살았구나. 이와부치가 여자였다면 어땠을까 입장을 바꾸어 생각하면 이해하기는 더 쉽다. 밤마다 남자들의 노리개가 되었을 테니 여자라면 보통은 죽음을 생각한다. 하지만 불행인지 다행인지 이와부치는 남자였다. 성 노리개 신세는 면했지만 육신 자체를 농락당했다. 목숨을 농락당했다고 바꿔 말해도 좋을지 모른다. 아이에게 날개를 뽑힌 곤충처럼, 손가락으로 짓뭉개져 체액이 흘러나온 유충처럼, 남자들은 이와부치의 생명을 집요하게 농락했다. 그런 이와부치가 무엇을 생각했을지는 짐작이 가고도 남는다.

복수. 지금 야마구치 히로미쓰의 생사는 확인 불명이지만, 이와부치는 머릿속으로 수도 없이 상상했을 게 분명하다. 야마구치를 무참하게 죽이는 장면을. 온몸의 뼈를 부러뜨려서 가능한 한 작게 접어 가방에 집어넣는 장면을. 더군다나 범죄 성향으로 보았을 때 야마구치 일당도 한구레 집단이었던 듯하다. 한구레 멤버를 계속해서 희생물로 삼는 기노를 보며 이와부치는 무슨 생각을 했을까. 우러러보았을 리는 없다. 그러나 나도 블루 머더가 되고 싶다, 이런 바람을 갖지는 않았을까.

그런 이와부치를 보면서 기노 역시 생각하는 바가 있지 않았을까.

이 녀석을 훈련시켜서 제2의 블루 머더로 만들어보자고.

오사코가 또 다른 자료를 보여주었다.

"가야바는 가야바대로 마약 복용 전과가 있습니다. 현재 56세. 잠시 후에 본부 특수반도 도착할 텐데……."

"시끄러워!"

오사코의 말이 채 끝나기도 전에 가야바 조직 안에서 고함 소리가 들렸다. 곧이어 쨍그랑, 하는 날카로운 파열음과 함께 '유한회사'라고 적힌 미닫이문의 유리가 와장창 부서졌다.

"위험해!"

주위에 있던 경찰들이 고개를 숙였다. 주변의 모든 사람들이 일단 자동차나 전신주, 건물 밑으로 들어가 몸을 피했다. 피하지 않은 경찰들은 대방패를 들고 있어서 피해자는 없는 듯했다.

"다친 사람 없나?"

"총알이 떨어진 데를 찾아!"

누군가가 여기 있습니다, 하면서 손을 번쩍 들었다. 그는 순찰차에 달린 스피커로 밖으로 나오라며 소리쳤던 제복 경찰이었다.

가야바 조직 안에서는 계속 고함 소리가 들렸다.

보아하니 안에서 누군가가 깨진 유리문 앞까지 다가와 있었다.

"거기 경찰 나리들, 다들 비켜. 길을 열라고."

얼굴은 보이지 않았지만 목소리가 젊었다. 적어도 50대는 아니었다. 요컨대 이와부치일 가능성이 높았다.

"다 비키란 말이야. 비키지 않으면 여기 있는 형사를 한 명씩 죽이겠어."

예상은 하고 있었다. 어차피 그런 이야기밖에 할 말이 없겠지. 하지만 실제로 듣고 보니, 큰 소리로 듣고 나니, 역시 무서웠다.

범인의 말대로 하지 않으면 기쿠타를 죽일 것이다.

이와부치는 지금 분명히 그렇게 말했다.

"총괄 계장님, 특수반이 도착할 때까지 얼마나 남았죠?"

오사코가 손목시계를 봤다.

"도로 상황에 따라 다르겠지만 출발해서 도착할 때까지 20분 정도 소요한다고 치면 아직 10분은 더 걸리겠군요."

"이 짭새들아! 비키라는 말 안 들려?"

그러는 사이에도 남자는 또 유리를 부수더니 거기에다 권총을 내밀고 주위를 위협했다. 소형 리볼버 권총. 틀림없다. 경찰에게 배포하는 대여 권총이다.

"어이! 내 말 못 들었어? 너희가 비키지 않으면 한 명씩 죽이겠다고!"

그렇다면 탄환은 아직 여덟 발이나 남아 있다.

낭패다. 앞으로 10분이라니. '아예'까지는 아니어도 더는 기다릴 시간이 없다.

5

우선 대화로 풀어보자. 어쨌든 무기는 내려놓고 얼굴을 보고 얘기하자.

순찰차 확성기에서는 범인을 설득시키려는 경찰의 말이 계속 울려 퍼졌다. 하지만 그 정도로 사태가 호전되리라고는 기대하지 않았다. 역시 이런 사건에는 전문 부서가 나서야 한다. 오사코가 확인해보니 역시 특수반이 도착하려면 10분도 더 걸린다고 했다. 센주 서 간부도 이쪽으로 이동 중인데 그쪽은 더 늦을 모양이었다.

한편 현장 안에 있는 이와부치는 무엇으로부터 어떤 영향을 받았는지 모르겠으나 언동이 점점 거칠어졌다.

"이 짭새들, 철수하지 않는다 이거지? 좋아. 똑똑히 봐두라고!"

"비, 비켜, 도키오!"

이와부치가 안으로 들어가자 다급하게 외치는 중년 남자의 목소리가 들렸다.

"죽어!"

이와부치의 성난 목소리와 함께 또 총성이 울려 퍼졌다.

이번에는 총성 직후 으윽, 하고 남자의 비명 소리가 이어졌다.

누가 총에 맞았지? 기쿠타? 나가세?

서에서 급히 달려온 히가시오도 혀를 차며 현장을 노려보았다.

"틀렸어. 꼭지가 완전히 돌았어."

누가 봐도 그 정도는 알 법한 상황이다.

"과장님, 무슨 말로든 설득 좀 해보세요. 이와부치부터 진정시켜야 해요. 총알이 아직 일곱 발이나 남아 있다고요."

"그래, 확성기 가져와."

마침 준비되어 있었다. 근처에 있던 에다가 매직펜으로 '이케부쿠로'라고 적힌 흰색 확성기를 갖고 왔다. 히가시오가 눈짓을 하자 그때까지 범인을 설득하고 있던 제복 경찰이 마이크를 차 안에 놓고 물러섰다.

히가시오가 수사용 차량의 그림자 속에서 빠져나왔다. 가야바 조직 입구를 향해 확성기를 들었다.

"안에 있는 사람, 들립니까? 우선 진정하세요. 가야바 씨, 거기 계십니까? 제 말 들리시죠? 전 이케부쿠로 서 형사과의 히가시오 과장입니다. 거기 같이 있는 젊은이, 이름이 뭔지 물어봐도 되겠소? 가야바 씨, 잠깐 얼굴을 보여주시죠. 같이 있는 젊은이 말인데요……."

"시끄럽다고 했지!"

격양된 목소리와 함께 깨진 유리문 쪽에서 사람 그림자가 보였다.

"과장님, 위험해요!"

갑자기 검은 팔이 나타나 방아쇠를 당겼다. 히가시오도 침착하게 몸을 숙이기는 했지만 그대로 우두커니 서 있었으면 총에 맞았을 것이다.

엉망진창이군, 히가시오가 혀를 차면서 중얼거렸다. 그러나 설득할 생각을 버리지는 않은 모양이었다. 다시 일어서서 확성기를 거머쥐었다.

"알았소. 그럼 당신에게 직접 이야기하겠소. 우리는 당신이 이와부치 도키오라고 추측하는데……."

또 사람 그림자가 깨진 유리창에 비치더니 팔이 쑥 나왔다.

히가시오도 순간적으로 몸을 움츠렸으나 이번에는 발포하지 않았고 팔은 그대로 들어갔다.

뒤이어 희미하게 웃음소리가 들리더니 그림자가 안으로 사라졌다.

"저 자식이, 사람을 놀려?"

히가시오는 말은 그렇게 했지만 레이코는 다른 점을 우려했다.

이와부치는 지금 총을 쏘지 않았다. 어쩌면 얼마 남지 않은 총알을 생각해서 의외로 냉정하게 행동하는 것이 아닐까. 이와부치를 최대한 자극해서 쓸데없이 총을 쏘게 하여 어느 순간 총알을 바닥나게 만든다면? 그런 꼼수에 넘어갈 상대는 아닌가.

나머지 여섯 발의 총알이란 권총 두 개에 따로따로 남아 있는 한 발과 다섯 발이다. 한쪽 권총에 총알이 떨어지면 아무리 어리석은 바보라도 다른 권총은 신중하게 쓸 것이다. 그렇게 되면 협상하기가 더욱 힘들어진다. 범인은 총알 한 발의 위력을 최대한 효율적으로 사용해서 가능한 한 많은 총알을 남긴 채 여기서 탈출하려고 시도할 테니까.

그때 경찰이 포착할 수 있는 기회라면, 다음 한 발을 쏜 직후가 아닐까. 지금 쓰고 있는 권총에 총알이 떨어져서 다른 권총으로 바꿔 드는 순간이다. 물론 그것은 이와부치가 권총 두 개를 모두 갖고 있다는 것을 전제로 한 이야기다. 또한 이와부치가 권총 하나에 총알이 몇 개 장전되어 있는지 모르는 상태에서 총알이 다 떨어졌을 때 적잖이 동요하리라는 가정하의 이야기다.

그래도 패를 던질 만한 가치가 있다.

레이코는 수사용 차량의 그늘 속에 쭈그려 앉아서 앉은뱅이 걸음으로 에다에게 다가갔다.

"에다 씨, 지금 갖고 있는 권총이 뭐죠?"

"네? 제 총은 뉴 남부인데요?"

레이코의 총은 스미스앤드웨슨의 에어웨이트(Airweight), 알루미늄 총신이고 비교적 신형이다.

"미안한데 에다 씨 총, 그거 나한테 빌려줘요."

"뭐라고요? 안 됩니다."

"괜찮아요. 그리고 검은색 테이프 좀 찾아다 줘요. 없으면 투명 테이프도 괜찮고요."

"하지만……."

"알았으니까 부탁 좀 들어줘요. 뉴 남부는 나한테 주고."

비슷한 자세로 히가시오가 이쪽으로 다가왔다.

"히메카와, 너 또 무슨 일을 꾸미는 거야?"

"무슨 일은요. 당연히 범인을 설득하는 일이죠."

레이코는 코트를 벗었다. 어쩐지 선뜩하다.

"쓸데없는 소리 그만하고. 조금 있으면 특수반도 도착한다. 협상은 전문가한테 맡겨."

레이코는 히가시오를 일부러 째려보았다.

"저도 인질구조 팀 강습 정도는 받았습니다. 게다가 특수반만 기다리다가는 두 눈 멀쩡히 뜬 채 기회는 다 놓치고 말 거예요."

"기회라니, 무슨 기회?"

"다음 한 발요. 이번에 총을 한 발 쏘고 나면 일단 권총 하나에는 총알이 없을 거예요. 그 순간에 이와부치를 체포하려면 현장 안으로 들어가서 범인에게 접근해야 해요. 그러니 제가 가겠습니다."

그러자 히가시오가 두 팔을 붙잡았다.

"쓸데없는 소리 그만하라고 했지. 아무리 그래도 왜 꼭 네가 가는데? 독불장군 짓도 적당히 하라고."

왜 꼭 내가 가야 하느냐고? 이유는 단 하나다.

"기쿠타 가즈오는 제 부하입니다. 전 '스트로베리 나이트' 사건 때 제 부하였던 순경 한 명을 잃었어요. 그런 경험은 결코 더 이상 하고 싶지 않아요."

왼쪽 눈에 붕대를 감고 관 속에 누워 있던 오쓰카. 게다가 침대 위의 시모이와 오타케의 얼굴까지 머릿속에 떠오른다.

"이제 아무도 다쳐서는 안 돼요. 더 이상 죽어서는 안 된다고요. 그러니 기쿠타의 목숨은 제 손으로 지키겠어요. 나가세 경사도 마찬가지고요. 반드시 제가 두 사람을 산 채로 데려올게요."

히가시오가 눈도 깜박이지 않고 레이코를 물끄러미 쳐다보았다.

"자네가, 할 수 있겠어?"

여기서 가능한 대답은 딱 한마디밖에 없다.

"네, 할 수 있어요."

잠시 망설였지만 히가시오는 끝내 허락하겠다고 말하지 않왔다.

그러나 가지 말라는 말도 더 이상 하지 않았다.

레이코에게 무슨 일이 생기면 물론 히가시오도 무사하지는 못할 것이다. 하지만 그 정도는 각오해야 한다. 지지리 복도 없이 히메카와 레이코라는 경찰관을 부하로 둔 탓이라고 여기며 마음을 비워야 한다.

에다가 돌아왔다.

"죄송해요. 검은색 테이프는 없고 투명 테이프만 있는데요."

"고마워요. 그 총도 빌려줘요."

레이코는 셔츠바람에 권총집만 찼다.

그리고 우선 자신의 에어웨이트를 꺼내 에다가 건네준 뉴 남부와 함께 좌우 양손에 들고 무게를 비교했다. 둘 다 다섯 발을 장전할 수 있는 회전식 권총이다. 손잡이 부분이 조금 다를 뿐, 이렇다 할 기능적 차이는 별로 없다.

"당연하겠지만 역시 에어웨이트 쪽이 가볍네요."

뉴 남부는 권총집에 넣고, 에어웨이트는 에다에게 건넸다.

"에다 씨, 그건 여기에 붙여줘요."

레이코는 뒷머리를 들어 올리면서 목덜미를 에다 쪽으로 돌렸다.

"손을 댔을 때 바로 잡을 수 있는 각도에 붙여줘요. 절반쯤 옷깃으로 가려지게 해주세요. 손잡이 쪽은 머리카락에 가려서 보이지 않겠죠, 어때요?"

"네? 뭐라고요?"

에다는 레이코가 지시하는 대로 에어웨이트를 목덜미에 딱 붙였다. 물론 금속이므로 몹시 차가웠다. 외기 온도의 영향으로 차가워진 데다 레이코는 지금 셔츠 한 장밖에 걸치지 않았다. 방심하고 있으면 턱이 덜덜 떨릴 지경이었다.

"이렇게 붙이면 될까요?"

시범적으로 손을 대보니 아주 적당했다. 단번에 권총 손잡이가 잡혔다.

"응, 좋아요. 이 각도로 붙여줘요. 저절로 떨어지지는 않는데 잡아당기면 떨어질 정도로요."

"그렇게…… 쉽지 않네요."

그래도 에다는 레이코가 주문하는 대로 해주었다.

"뗄 때 있는 힘껏 확 잡아당기세요."

"응, 알았어요. 고마워요."

머리카락의 아래쪽 한 부분을 움켜쥐려는데 에다가 갑자기 손목을 잡았다.

"히메카와 계장님, 꼭 가셔야겠어요? 조금만 더 특수반을 기다리시면 안 될까요?"

뭐야, 에다가 울상이 되어 쳐다본다. 이런 모습은 처음이다.

"그럼요, 가야죠. 기쿠타 가즈오는 내 부하니까요. 소속은 다르지만 그래도…… 지금도 내 소중한 부하거든요."

죄송합니다, 하고 말하면서 에다는 고개를 떨어뜨렸다.

"실은 제가 가겠다고 말하고 싶은데 죄송하다는 말밖에 못하겠습니다. 딸이 아직 어려요. 그 애 얼굴이 눈앞에 어른거려서.

죄송합니다. 전…….”

레이코는 검은색 코트를 입고 있는 에다의 어깨를 최대한 세게 잡았다.

“됐거든요. 나 같은 경찰은 기회가 있을 때마다 실적을 쌓아야 해요. 이렇게 나대면서라도 해야지, 안 그럼 실점을 만회할 길이 없다고요. 게다가 본부로 복귀하지도 못해요. 그래서 나서는 거니까 너무 걱정하지 마요. 난 이런 일에 아주 이골이 났다니까요.”

거짓말이다. 무릎이 떨려서 주저앉기 직전이다. 사실은 당장이라도 도망치고 싶다. 안전한 곳에 숨어서 상황이 끝나면 부르라고 한 뒤 남 일처럼 모른 척하고 싶다. 하지만 그렇게 할 수는 없다. 저 인질극 현장에 기쿠타가 있다. 지금 자기 눈앞에서 기쿠타 가즈오가 살해될 위기에 놓여 있다.

사타 미치코가 죽었을 때 맹세했다. 더 이상 도망치지 않겠다고. 자신은 맞서 싸워서 당당하게 승자가 되겠다고.

오쓰카를 잃었을 때도 그랬다. 목숨의 무게를 외면하지 않는 경찰관이 되자고 마음먹었다. 그렇게 결심했다.

하지만 지금 자기 마음속의 가장 무거운 짐은 마키타 사건일지도 몰랐다. 사랑하는 사람이 눈앞에서 스러져간 공포. 검은 나락 속으로 끝도 없이 추락하는 듯한 절망감. 그것을 또 한 번 겪어야 한다니. 도저히 감당할 자신이 없었다.

게다가 상대는 기노 가즈마사와 한패일 가능성이 높았다. 말하자면 기노로부터 증식된 블루 머더였다. 경찰관 한두 명쯤은 눈도 깜짝 않고 쏘아 죽일지 모른다. 무자비한 폭행으로 목숨을 앗아 갈지도 모른다.

그렇다면 어떻게든 그 고통을, 공포를, 조금이라도 덜어주고 싶다. 기쿠타가 죽어가는 모습을 손가락만 빨면서 보고 있지는 않겠다.

"그럼 들어갑니다. 무슨 일 있으면 에다 씨, 엄호 부탁해요."

"네."

레이코는 일어서서 수사용 차량의 그림자에서 빠져나왔다.

심호흡을 한 뒤 크게 소리쳤다.

"이와부치 도키오 씨!"

레이코가 선 자리는 일대에서 꽤 널찍한 도로였다. 중앙 분리대가 없고, 편도 1차선에 양방 2차선인 도로. 순찰차 앞으로 나와도 현장 입구까지는 3미터 정도 거리가 있었다. 이 위치에서도 유리가 깨진 부분으로 실내가 어느 정도 보이기는 했다. 그러나 희미하게 불빛이 비치고 있다는 정도일 뿐 상황이 어떤지는 파악하기 어려웠다.

"이와부치 씨, 이쪽을 좀 봐주세요."

레이코는 그 자리에서 만세를 부르듯이 두 팔을 들어 보였다.

"자, 보세요. 지금부터 제가 권총을 여기 놓고 그쪽으로 갈 거예요. 아시겠어요? 잘 보세요."

그제야 유리가 깨진 부분으로 얼굴이 조금 엿보였다. 이와부치로 보이는 남자였다. 꽤 안쪽에 있긴 한데 분명히 이쪽을 보고 있었다.

"아시겠어요? 여기 이렇게 내려놓을게요."

권총집의 어깨끈을 풀고 왼팔, 오른팔 순서대로 빼내어 손에 든 다음 권총이 들어 있는 채로 높이 들어 올려 보여주었다.

"보이시죠? 여기 권총 들었죠? 이걸 여기에 둘 테니…… 됐죠? 전 이제 아무것도 없어요. 완전히 무방비 상태라고요."

천천히 제자리에서 한 바퀴 돌았다. 갑자기 바람이 불어와 머리카락이 들뜨지 않는 한 옷깃 속에 숨긴 에어웨이트가 보일 리는 없을 것이다.

일단 자연스럽게 제자리에서 한 바퀴 돌아 무방비 상태임을 보여주었다.

"그렇죠? 아무것도 없잖아요. 잘 아시겠죠? 지금부터 그쪽으로 갈게요. 우리 이야기 좀 해요."

1미터쯤 다가가자 보이는 각도가 달라져서인지 아니면 저쪽에서 자세를 바꾸어서인지 이와부치가 이쪽으로 권총을 겨누고 있는 모습이 보였다. 안에 있는 불빛이 마침 그를 비추고 있었다.

다시 1미터쯤 접근하자 소형 승합차에 손이 닿을 만한 곳까지 왔다. 이 거리에서 총을 맞는다면 틀림없이 몸 어딘가에 명중할 것이다. 그렇게 생각하니 역시 다리가 후들거렸다.

"부탁이에요. 쏘지 마세요. 전 방탄조끼 같은 것도 입지 않았어요. 총에 맞으면 즉사예요. 그러니까 쏘지 마세요."

미닫이문에 손이 닿을 만한 거리까지 왔다. 오히려 이제는 각도가 틀어져서 건물 안이 보이지 않았다. 쭈그려 앉으면 보일 테지만 그러기는 쉽지 않았다.

"좋아요. 문 열게요. 문 열 테니까……."

왜 아무 말도 없지? 왜 오지 말라고 고함도 치지 않지? 내가 여자라서? 여러 생각들이 들었지만 이제는 멈출 수도 없었다.

아귀가 맞지 않는 미닫이문을 양손으로 조금씩 왼쪽으로 밀었다. 레일에 모래가 박혔는지 서걱거리면서 듣기 싫은 소리가 났다.

조금씩 실내의 모습이 보였다.

1층은 도구나 자재를 보관하는 창고 겸 차고였다. 나카타 공업의 모습과 아주 유사했다. 약 3년 전 다마가와 변사체 유기 사건 수사 때 조사하러 들어갔던 다카오카 공업사의 차고와도 비슷한 느낌이었다.

정면 안쪽에 계단이 있었고, 이와부치로 보이는 남자는 거기서 세 번째인지 네 번째 계단에 앉아 있었다. 발치에는 양복 차림의 남자 두 명이 쓰러져 있었다. 아니다. 한 사람은 상반신이 세워져 있다.

기쿠타!

오른쪽 눈이 부었고 극심한 고통에 얼굴 전체가 일그러져 있었으며 입가에 피가 흘렀다. 구타를 당했는지 오른손으로 왼쪽 어깨를 감싸 쥐고 있는 그는 기쿠타 가즈오가 분명했다. 또 한 사람, 옆에 웅크리고 있는 쪽이 나가세 경사인가? 안타깝게도 표정을 확인하기 어려웠다. 이 위치에서는 생사 여부도 판단할 수가 없었다. 혹시 아까 총에 맞아 비명 지른 쪽은 나가세인가.

세 사람이 있는 곳에서 오른쪽에 조금 떨어져 서 있는 사람이 가야바 하지메 같았다. 아까 사진에서 본 얼굴보다 훨씬 늙었지만 틀림없었다.

사건 현장 1층에는 네 사람뿐이었다.

이와부치가 입을 열었다.

"뭐 하러 왔는지 모르겠지만 어쨌든 그 문 좀 닫아요. 그리고 명심해요, 내 말 안 들으면 이 형사 양반은 바로 저세상 사람이라는 걸."

그러면서 오른손에 쥔 권총을 기쿠타의 정수리에 들이댔다. 다른 권총은 어디에 있지?

레이코는 고개를 끄덕이고 천천히 문을 닫은 다음 다시 두 팔을 들었다.

"알았어요. 알았어. 다 들어줄게요. 당신이 진심이라는 것도 알고 있어요."

처음으로 정면에서 이와부치와 시선이 마주쳤다.

이자가 실제 이와부치 도키오인가.

수배 사진보다 목덜미가 훨씬 두꺼웠다. 꽤 단련된 몸이었다. 하지만 기노와는 어딘지 결정적으로 차이가 났다. 무얼까, 뭐가 다르지?

"그런데 이와부치 씨, 그렇다고 뭐든 좋을 대로 하시라는 얘기는 아니에요. 전 경찰이에요. 폭력은 쓰지 마세요."

저 남자가 지금 정말로 방아쇠를 당길까.

이와부치 도키오라는 남자는 한 치의 망설임도 없이 총을 쏠 수 있는 사람일까.

"천천히 대화로 풀어요. 그리고 저한테 총도 넘겨주시고, 인질도 풀어주시고요. 저와 함께 경찰서로 가요."

사실 그럴 리가 없다.

"지금 장난해?"

좋아, 지금이다.

이와부치가 기쿠타에게 겨누었던 총구를 레이코에게 돌리려고 한 바로 그 순간이 승부처였다.

놈은 우선 으름장으로 나왔다. 레이코는 그 점을 노렸다.

들고 있던 오른손을 슬쩍 머리카락 속으로 집어넣었다. 아까 옷깃 안쪽에 붙여준 에어웨이트 손잡이를 꽉 쥐고 테이프를 확 잡아 뜯은 다음 정면을 향해 총을 겨누었다. 목표는 물론 이와부치였다.

순간적으로 어리둥절해하는 눈치였다.

가야바는 한발 늦게 허리를 굽혔지만 그래도 그뿐이었다. 아무 행동도 취하지 않았고, 권총을 겨누지도 않았다. 다른 권총 하나를 가야바가 갖고 있을 가능성은 없나?

"더러운 수를 쓰다니. 폭력은 쓰지 말고 찬찬히 대화로 풀자고 하지 않았나?"

더러운 수? 그런 말을 하다니. 낯짝도 두껍네, 이와부치.

"어리석기는. 경찰은 원래 선하기도 하고 악하기도 한 법이야. 국가가 보유한 폭력 수단이거든. 필요하면 총도 쏘고, 폭력도 휘두르는 거야. 하지만 이와부치 씨, 지금 당신이 그 총을 내려놓는다면 나도 방아쇠를 당길 생각은 없어. 가능하면 그러고 싶어. 내 말 알겠지?"

그러면서 에어웨이트에 남아 있는 테이프를 떼어내고 그 자리에 버렸다. 이물질이 끼어서 제대로 쏘아보지도 못하고 죽는다면 억울해서 눈도 감지 못할 것 같다.

이와부치는 의외로 침착했다. 일단은 레이코를 겨누었던 총을 다시 기쿠타 쪽으로 돌렸다. 이번에는 즉사할 확률이 가장 높은 뇌간 근처에 총구를 댔다.

"너무 애쓰지 말라고. 당신한테는 총 안 쏠 거니까. 게다가 단 한 발로 급소를 명중시켜서 즉사시킬 수 있는 경찰이 몇이나 될까? 하지만 난 달라. 소문은 들었을 텐데. 블루 머더, 그게 나야."

레이코는 솔직히 등줄기가 오싹했다. 이와부치라는 남자가 완전히 자기 상상 속에 매몰되어 있다는 사실이 그저 놀랍기만 했다. 그러면서 일종의 공감과 흥분이 느껴지기도 했다.

승부수는 지금 이쪽에 있다. 레이코는 그렇게 생각하며 마음을 가다듬었다.

"이와부치 씨, 유감이지만 난 평범한 경찰이 아니야. 평범한 여자도 아니고."

그런 다음 한 박자 뜸을 들였더니 오히려 다음 말을 꺼내기가 애매해졌다. 목소리까지 떨렸다. 어서 다음 말을 해야 하는데.

"이런 말은 아무한테도 하고 싶지 않았는데 해야겠네. 난 내가 좋아하는 사람이 그걸 모르게 평생 숨어 살 생각이었거든.

그런데 지금 그 사람이 죽을 위기에 놓였네. 그러니 이젠 상관 없어. 숨어봐야 소용없잖아. 잘 들어. 이건 솔직한 내 얘기야."

기쿠타가 가려지지 않은 왼쪽 눈으로 의아하게 쳐다보았다.

그래요. 바로 당신에게 하는 말이에요.

그러니 기쿠타, 똑똑히 들어둬.

"벌써 15년도 더 지난 일이야. 난 열일곱 살 때 성폭행을 당했어. 여름밤에 집 근처 공원에서 낯선 남자한테."

깨진 유리문을 흔들며 건조한 바람이 불어왔다.

그날 밤과는 전혀 다른 차가운 돌풍이다.

"범인은 체포됐어. 성폭행에다 사람도 한 명 죽여서 지금 그 놈은 아직까지 감방 신세야. 하지만 그것만으로는 아무것도 해결되지 않아. 상처 입은 내 몸은 두 번 다시 원래대로 돌아가지 않으니까. 게다가 나는 끝까지 저항하지 않고 중간에 포기해서 그 남자를 받아들인 나 자신을 죽을 때까지 용서할 수가 없어. 나는 남자를 사랑할 자격도 없고, 사랑받을 자신도 없어. 지금도…… 그럴 생각은 아예 꿈도 꾸지 않아."

미안해, 기쿠타. 지금까지 차마 하지 못했던 말들이야.

목소리가 떨렸고 조준이 빗나갈 듯했다. 하지만 필사적으로 권총을 움켜쥐었다.

"지금도 거울을 볼 때마다 이런 생각을 해. 이 저주에서 풀려나려면 그 강간범을 내 손으로 죽이는 길밖에 없다. 그놈만 죽이면 그 여름밤 폭력에 굴복해서 말 한마디 못 하고 몸을 열어야 했던 억울함도, 나 자신이 망가져가는 슬픔도 사라지겠지.

상처 입은 육신이 남들한테 보이거나 알려지지 않도록 기약 없이 숨어 살아야 했던 비참함까지 말끔히 사라지겠지."

의식적으로 이와부치의 눈을 강렬하게 쏘아보았다.

이와부치, 당신은 알 거야. 당신이라면 내 말뜻을 충분히 알아들을 거야.

"그래서 수도 없이 죽였어. 수백, 수천, 수만 번이나 머릿속에서 그놈을 죽이며 살아왔지. 찔러 죽이고, 총으로 쏘아 죽이고, 목을 졸라 죽이고, 때려서 죽였어. 텔레비전에서 살인 사건 뉴스를 볼 때마다 실제로는 어떻게 해서 죽였을까, 하고 혼자서 상상을 해. 그런 상상은 언제부터인가 점점 더 소름 끼치는 아이디어로 변해가더군. 저 범인이 나였다면 이렇게 했을 텐데, 저놈을 이렇게 죽이는 거라고 보여주었을 텐데, 하고 말이야…… 맞아, 난 그런 생각만 미친 듯이 하면서 살아왔어. 그 사건 이후의 인생을."

눈앞이 흐려져서 손을 써야 했지만 손을 움직여선 안 되었다. 눈을 몇 번 깜박이자 조금이지만 초점이 원래대로 돌아왔다.

이와부치가 어금니를 꽉 깨물고 있는 모습이 보였다. 그러나 기쿠타의 얼굴은 보이지 않았다.

"그래도, 그런 나도 살아갈 근거지는 있더라고. 경찰이 내 과거를 모를 리 없잖아. 그런데도 경시청은 아무 조건 없이 나를 채용해주었어. 나에게 살아갈 터전을 부여해준 거야. 그래서 조금은 용서해도 되지 않을까 싶은 마음이 들기도 했어. 내가 살아서 다행이라는 생각도 했어. 아직 죽을 필요는 없다고, 나 자신에게 말할 수 있었어. 그러면서 동료도 생겼지. 이런 나에게 힘을 주는 동료가 생겼던 거야. 지금 당신이 총을 겨누고 있는 사람이 바로 그 내 동료야."

이와부치의 시선이 한순간 내 손끝으로 향했다.

그래, 그 사람. 기쿠타 가즈오.

지금까지 내가 좋아했던 사람. 하지만 내가 배신한 사람.

"나는 그런 사람이야. 지금 내 눈앞에서 소중한 동료가 살해당한다면 무슨 짓을 저지를지 나도 몰라. 나는 다른 경찰들과는 달라. 당신을 쏘아 죽일 수도 있어. 스스로 억제하지 못하거든. 이성을 잃으면 눈에 뵈는 게 없거든. 총알이 다 떨어질 때까지 당신을 향해서 총질을 해댈지도 몰라."

기쿠타의 시체와 그 위에 겹쳐진 이와부치의 시체. 두 구의 시체를 내려다보는 넋이 나간 나.

"하지만 그것도 결국에는 아무런 해결책이 되지 않겠지. 그래봐야 눈에는 눈, 이에는 이로 끝날 뿐이잖아. 당신이 내 소중한 사람을 죽이고 내가 당신을 죽이면, 그다음에는 내가 당신 가족을 죽일지도 모르지. 그다음은 내 가족이 당신 가족을 죽이러 갈지도 모르고. 그러다가는 한도 끝도 없이 반복될 거야, 안 그래?"

사실 가야바의 움직임도 놓쳐서는 안 되지만 거기까지 생각할 겨를이 없었다.

"이런 내 얘기가 모순된다고 생각하나? 이렇게 생각하면 이해가 갈 거야. 당신이나 나나 우리는 살의를 품고 사는 사람들이야. 이건 더 이상 부정할 수 없는 엄연한 사실이지. 억울한 걸로 치면 더 말해 뭐 하겠어? 이것도 혼자서는 해결할 방법이 없어. 그렇다고 저절로 사라질 리도 없고. 굴욕을 당했던 때의 기억이 몸에 새겨져 있거든. 그때의 망가졌던 몸 그대로 살아가는 한 절대로 잊히지 않아."

심호흡을 하고 다시 이와부치의 눈을 보았다.

이와부치는 레이코를 보는 듯했지만 실은 그렇지 않았다.

지금 아닌 과거, 여기 아닌 어딘가로 생각이 흘러가 있는 걸까.

생각이 다른 곳에 가 있다면 그것은 레이코의 말이 마음을 울렸다는 확실한 증거가 아닐까.

"하지만 말이야. 이런 증오와 살의는 사실 애정의 반증이라고 생각하면 어떨까? 자기 자신이 소중하니까 상처를 입으면 억울하고 슬픈 거야. 내가 소중히 여기는 누군가가 상처를 입으면, 그에게 상처 입힌 사람을 죽이고 싶을 만큼 증오하기 마련이고. 그렇지 않아? 증오나 살의뿐 아니라 우리 안에는 사랑이라는 감정도 충만하기 때문이라고. 그런 식으로 이해하면 안 될까?"

조용히 숨을 쉬고 권총 손잡이를 고쳐 쥐었다.

레이코는 이미 확신하고 있었다.

지금 이와부치는 방아쇠를 당기지 못한다. 방아쇠를 당기는 것은 고사하고, 이와부치는 지금까지 단 한 번도 사람을 죽인 적이 없는지도 모른다. 기노와의 결정적인 차이는 바로 그 점이 아닐까.

괜찮다. 지금이라면 당신은 아직 늦지 않았다. 당신까지 블루 머더가 될 필요는 없다.

"이와부치 씨, 부탁이야. 그 총을 거기에 내려놔. 지금 당신이 권총을 내려놓으면 난 당신을 용서할 수 있어. 우리 동료를 건드리지 않고 가준다면 그보다 더 고마운 일은 없을 거야. 물론 무죄로 방면될 리는 없겠지. 하지만 벌을 받아 마땅한 일은 벌을 받아야지. 죗값을 다 치르고 나면 당신은 반드시 풀려날 거야. 힘들고 괴로울지도 몰라. 살아갈 일이 막막할지도 모르지. 그럴 때는 나를 찾아와. 내가 용서해줄게."

정말이야. 거짓말이 아니야, 이와부치.

"다른 누가 용서하지 않아도 내가 당신을 용서할게. 그러니 부탁이야. 지금은 총을 내려놔."

이와부치가 총을 천천히 들어 올렸다. 레이코의 가슴을 조준하려고 했다.

아니잖아. 그게 아니지? 당신은 더 이상 총을 쏠 마음이 없잖아. 그런 자신을 인정해봐. 괜찮아. 나약했던 자신도, 망가지고 더럽혀진 자신도, 우선은 스스로 인정하는 것에서부터 시작하자고. 나도 그럴 테니. 더 이상 숨거나 스스로를 속이거나 그런 짓은 그만둘 테니.

이와부치가 낮게 읊조리며 권총을 고쳐 잡았다.

그때였다.

"이야앗!"

움직인 사람은 기쿠타였다. 이와부치의 발치에서 무릎을 꿇은 상태로 이와부치의 팔에 매달린 자세는 조금 우스웠다. 하지만 오른팔 하나만으로도 엎어치기 비슷하게 공격 자세를 취했다. 한순간 이와부치에게 짓밟히기도 했지만 깨끗하게 메다꽂았다. 기쿠타는 그를 쓰러뜨린 다음 위에 올라탔다. 자세히 보니 나가세가 이와부치의 다리를 깔고 앉아 있었다. 여태 죽은 척을 했던 거야? 기회를 엿보느라고?

두 사람이 함께 덤벼서 이와부치를 깔아 눕힌 채 기쿠타가 이와부치의 손에서 권총을 빼앗았다. 어디에 넣어두고 있었는지 나가세가 다른 권총도 꺼내 들었다. 레이코는 문득 자신이 뻣뻣하게 굳어 있다는 사실을 깨달았다.

이런 멍청이, 어서 움직이지 않고 뭐 하는 거야? 저 두 사람은 부상을 입고도 제 할 일을 하는데, 멀쩡한 너는 지금 무얼 하는 거냐고!

얼굴이 흉하게 일그러져 오니 형상을 한 기쿠타가 레이코를 올려다보았다.

"주임님, 가야바 잡으세요."

아, 그렇지!

당황하여 오른손으로 가야바를 향해 총구를 겨누자 가야바는 두 손을 위로 들고 울상을 지은 채 레이코를 보았다. 무슨 뜻인지 고개를 살래살래 흔들었다.

"형사님, 그 녀석, 도키오는 아닙니다. 블루 머더가 아니에요. 마, 마사를 도와서 여러 일을 하기는 했지만 사람은 한 명도 죽이지 않았어요. 맹세해요. 그건 제가 제일 잘 알아요. 정말입니다. 믿어주세요."

가야바는 만세를 부르듯이 두 팔을 들고 안짱다리처럼 휜 두 다리를 벌벌 떨면서 레이코에게 연신 고개를 조아렸다.

기쿠타에게 제압되어 엎드려 있는 이와부치는 그 광경을 멍하니 눈을 들어 쳐다보았다. 뒤로 돌려진 손에는 어느새 수갑이 채워져 있었다. 기쿠타와 나가세가 협력해서 용케 채운 모양이다.

레이코는 이와부치에게 말했다.

"이것 봐, 너한테도 있네. 너를 생각해주는 동료가 이렇게 버젓이 있잖아."

그 말이 이와부치에게 가 닿았는지 어떤지는 미지수다.

그러나 가야바는 고개를 끄덕여 보였다.

레이코가 가야바에게 수갑을 채웠다. 어쩐지 노숙자처럼 쉰내가 나는 아저씨였지만 나쁜 사람은 아니겠다는 생각이 잠깐 스쳤다.

기쿠타가 또 고통스러워하며 말했다.

"주임님…… '확보!'라고 외치세요."

"아, 참! 그렇지. 확보! 전원 확보!"

레이코는 황급히 미닫이문을 전부 열고 크게 소리쳤다.

그 즉시 현장을 포위하고 있던 경찰들이 우르르 밀려들었다. 눈 깜짝할 사이에 수갑이 채워진 이와부치와 가야바가 현장에서 끌려 나갔다.

출입구에 서 있던 레이코는 자기 앞으로 지나가는 이와부치에게 말했다.

"총 쏘지 않아줘서 고마워."

유감스럽게도 이와부치는 그 말에 아무 반응도 하지 않았다. 그대로 가버렸다.

구급대가 도착하고 이어서 네다섯 명의 대원들이 이와부치와 엇갈려 들어왔다.

대원들은 기쿠타와 나가세에게 용태를 물었다.

두 사람은 고개를 조금 끄덕여 대답을 대신했다.

일단은 다행이다.

온 힘을 다했다.

기쿠타와 나가세 모두 무사하지는 않지만 살아 있지 않은가.

그것만으로도 지금 나는…….

종장

시모이는 하루 종일 병실 천장만 노려보며 지냈다.

기노가 체포되었다는 소식은 사정 청취를 하러 온 수사관에게 들었다. 히메카와 레이코가 아닌 조직범죄 대책부 4과 주임 경위였다.

기노가 파란 가면을 쓰고 범행을 저질렀다는 이야기. 그것이 살인귀 블루 머더라는 도시 괴담으로까지 비화되었다는 이야기. 흉기는 그저 자루를 잘라낸 망치였다는 이야기. 마지막으로 도요지마 공회당 앞 공원에서 30명의 경관들에게 둘러싸여 꿇어앉은 채로 확보되었다는 이야기도.

"기노는 많이 다쳤나?"

"오른쪽 어깨에 총을 한 방 맞았지만 크게 걱정할 정도는 아닙니다."

"진술에는 응하고 있나?"

"그게, 담당이 아니라서 잘 모르겠습니다."

조직범죄 대책부 4과라는 이유만으로도 마음에 들지 않는데 녀석은 태도마저 영 못마땅했다. 어디에나 있을 법한 말단 공무원풍의 사복형사. 이런 자에게 조직폭력배를 상대하게 했나 싶어 기가 막혔다.

참고인 조사는 저녁 무렵에야 끝났다.

"그럼 또 찾아뵙겠습니다."

'자넨 이제 오지 마.'

머릿속으로는 그렇게 생각했지만 대신 다른 사람을 보내라고 할 만한 일도 아니어서 잠자코 돌려보냈다.

모토후지 서의 히라마가 병실을 찾아온 때는 저녁 식사 직후였다.

"이야, 아주 팔자가 늘어졌구먼."

꽃 비슷한 종류는 갖고 오지도 않았다. 꾸깃꾸깃하고 불룩한 종이봉투 하나를 안고 들어왔다. 그리고 바퀴 달린 보조 선반 위에 툭 던져놓았다. 입구가 벌어져 내용물이 보였다. 바나나였다. 샛노랗고 싱싱한.

시모이는 일부러 얼굴을 찡그려 보였다.

"7년 치 인사를 이걸로 때울 생각입니까? 이걸로는 턱없는데."

히라마는 그 말에 아무 대답도 하지 않고 가까이에 있는 둥근 의자를 끌어당겼다. 허름한 베이지색 코트를 벗지도 않은 채 의자 위에 털썩 앉았다. 거리를 두고 앉아서 얼굴이 제대로 보이지 않았다. 그렇다고 시모이 쪽에서 몸을 일으킬 만한 상태도 아니었다.

히라마는 잠시 입맛을 다시며 머뭇거렸다. 겨우 본론을 꺼낼 마음이 생겼는지 작은 소리로 물었다.

"기노가, 무슨 말 않던가?"

몸이 이 지경만 아니었으면 당장 뺨이라도 한 대 후려 갈겼을 질문이었다.

"뭐, 제가 알면 안 되는 일이라도 있습니까?"

"별소릴 다 하는군. 그런 일 없어."

"안 그래도 여러 이야기를 들었어요. 기노만이 아니라 모리타가 죽기 전에 했던 말도 있고. 재미있는 이야기가 한둘이 아니더군요."

히라마가 고개를 조금 들었다. 시모이에게는 겨우 오른쪽 눈만 보였다.

"뭔데? 무슨 이야기를 들었는데?"

"그렇게 궁금하세요?"

"아니, 뭐…… 나도 당시 무슨 일이 있었는지 진상이라도 알고 싶어서 묻는 말일세."

야단맞은 아이 같다. 히라마는 그러면서 또 얼른 시모이의 눈을 피했다. 시모이의 시선으로는 히라마가 이불 뒤에 숨은 것처럼 보이기도 했다.

이런 작자가 상사였다니.

"히라마 씨, 저도 이번 사건으로 당시 일들을 이리저리 되짚어봤어요. 기노가 스파이 제안을 받아줬을 때 저한테 뭐라고 했는지, 녀석이 가장 싫어했던 일이 뭐였는지, 녀석이 사라졌을 당시 그 세계에서 무슨 일이 일어났는지. 모리타가 죽기 전에 그럴 듯한 이야기를 하더군요. 조금만 생각해보면 별로 대단한 속임수도 아닙디다. 누가 배신했는지는 금방 알 수 있는 일이더라 이거예요."

바로 그 대목에서 히라마가 언성을 높였다.

"난 아니야!"

히라마는 그제야 이불 그림자에서 벗어날 마음이 생긴 모양이었다. 이쪽을 빤히 보며 시선을 맞추었다.

"시모이, 믿어주게. 기노를 팔아넘긴 건 내가 아니야. 그것만큼은 내가 아니라고."

"거짓말 마십쇼. 당신 말고 누가 있단 말입니까?"

히마라는 다시 이불 뒤로 숨으려 했다.

시모이가 계속 다그쳤다.

"히라마 씨, 당신은 빼도 박도 못 하는 비겁자요. 기노가 체포돼서 꼼짝도 못 하게 되니까 겨우 털어놓을 마음이 생긴 거요? 그러려고 오늘 여기에 오셨나 본데, 이왕 오신 거면 더 이상 꼴사납게 변명은 하지 맙시다. 내가 기노를 팔아넘겼다고 그 말 한마디는 정직하게 하시라고요."

"아니야, 아니라고. 시모이, 그것만은 내가 아니라니까."

히라마가 어디를 붙잡고 있는지 모르겠으나 이불이 왼쪽으로 조금 끌려가는 듯했다.

"뭐가요? 아니긴 뭐가 아닙니까?"

"아니라니까. 내가 자네에게 들은 정보를 다른 부서에 흘린 건 맞아. 그건 미안하게 생각하네. 자네한테 아무 언급도 하지 않은 점, 내가 잘못했네. 폭력단 대책과, 국제수사과, 생활안전과의 총기 대책이며 약물 대책…… 쓸 만한 정보가 들어오는 족족 흘려줬어."

시모이는 몸에 한기가 들었다. 분노로 온몸이 부들부들 떨렸다.

"왜, 그런 짓을……."

"뭐?"

히라마가 뚱딴지처럼 큰 소리로 되물었다.

"그야 당연하지! 폭력단의 살아 있는 내부 정보였어. 그런 정보를 경찰이 입수한 거라고. 최대한 효과적으로 활용하는 게 당연하지 않나? 사실 내가 정보를 흘려준 덕에 어느 과에서나 압수수색만 들어갔다 하면 실적들 올리고 좋았다고. 물론 만천하에 떠벌릴 일은 아니었지만 그것도 실적은 실적 아닌가? 실제로 고맙다는 인사도 숱하게 받았고. 그 시절엔 복도에서 엇갈려 지나가는 사람들 태도가 얼마나 각별했는지 아나?"

기노는 그런 점을 가장 싫어했다. 자신도 그런 짓은 절대로 하지 않겠다고 기노와 약속하고 정보를 얻어냈다.

이런, 큰일이다. 화가 치밀어서 피가 거꾸로 솟고 혈관이 터질 것 같다.

"당신, 그런 짓을 해놓고 찬사라도 받고 싶었소?"

“몰라서 물어? 그럴 리가 없잖아. 잘 생각해보라고. 때는 조직범죄 대책부가 설치되기 전날 밤이었어. 폭력단 대책과, 국제수사, 총기, 약물…… 그렇게 많은 팀이 수사 4과에 집중적으로 재편성되었다고. 누구라도 근사한 새 의자에 앉아보고 싶었을 거야. 그러려면 공적이 있어야 했어. 누구나 경의를 표할 만한 공적. 히라마는 진짜 수완가라고, 누구나가 인정할 만한 실적이 필요했다고.”

웃기시네.

“당신은 그때 조직범죄 대책부 설치에 반대하지 않았소?”

“그야 어느 단계까지는 반대했지. 이 판은 더 이상 뒤집지 못한다고 판단했어. 자네들이 탄 배가 가라앉기 전에 새로운 배로 갈아타야 했다고, 안 그래? 나는 자네처럼 어쭙잖게 고집 부리다가 조직에서 내쳐지지는 않았어. 마누라도 어디 도망가지 않고 잘 살고 있고, 아직 학교도 마치지 않은 자식도 있어. 자네처럼 한가하게 조폭이랑 어깨동무하고 술이나 마시러 다니는 인간과는 차원이 다르다고.”

구차하다.

……구차하지만, 한편으로는 말단 공무원이 한 번쯤 품을 법한 속내이기도 하다.

“그렇게까지 편리하게 써먹은 기노를 왜 팔아넘겼소?”

히라마가 고개를 푹 숙이면서 깊이 한숨을 쉬었다.

“그러니까…… 팔아넘긴 쪽은 내가 아니라니까. 아까부터 말했잖아.”

“그럼 누구요? 누가 기노를 팔았소?”

“나도 몰라. 정말이야. 난 모른다고. 하지만 가능성으로 따지면 그 사람이 아닐까?”

그 사람? 당시 수사 4과 2계장이었던 히라마보다 윗선이란 말인가?

“분명히 말하는데, 난 자네가 나에게 상의를 했기에 기노를 스파이로 잠입시키는 데 동의했던 거야. 하지만 그런 건 나 혼자 판단할 일이 아니었어. 당연히 윗선에도 보고를 했지.”

“관리관입니까?”

“그래, 안도 관리관에게 귀띔을 해뒀지.”

현 조직범죄 대책부 4과 과장인 안도 도모히로 총경. 당시에는 아직 경정이었다.

“맨 처음에 이야기했을 때는 조금 난색을 표했는데 내가 설득을 했지. 이 선은 쓸모가 많고, 시모이와 기노의 관계가 긴밀하고, 절대로 안전하다고 말이야. 뭐, 묵인이라고 해야 하나. 적극적인 후원은 없었지만 관두라고도 하지 않았거든. 정말이야. 내가 설득해서 관리관도 일단 이해하고 넘어간 일이었어.”

모아이 석상처럼 기다란 얼굴이 머릿속에 그려졌다.

“그렇게까지 해서 정작 히라마 씨 당신이 얻은 게 뭐요? 조직범죄 대책부에서도 그리 좋은 자리에 앉지 못했잖소?”

역시 얼굴은 보이지 않지만 머리의 움직임으로 보아 고개를 끄덕이는 듯했다.

“그래, 모두 헛수고였어. 조직범죄 대책부에서는 4과에 들어가지도 못했고 3과 정보관리에서 반년을 보냈지. 그 후에는 이리저리 떠돌았고.”

이상하다. 그 무렵에는 안도도 조직범죄 대책부 설치에 반대 입장을 취했을 텐데. 마찬가지로 반대파였던 히라마는 한직으로 쫓겨났으나 안도는 곧장 조직범죄 대책부 4과장이라는 중책을 맡았다.

이 차이는 어디서 생겼을까.

“히라마 씨, 부탁이 하나 있는데 들어주시겠소?”

대답을 하기까지 꼬박 10초 동안 뜸을 들였다.

“뭔데? 이런 한심한 사람한테 뭘 시키려고?”

안심하시라. 당신에게는 더 이상 아무 기대도 하지 않는다.

“나를 이케부쿠로 서에 데려다줘요. 보시다시피 혼자서는 똥도 못 싸는 처지라. 저기 휠체어가 있을 겁니다. 그리고 갈아입을 옷도 위아래 한 벌 있고. 미안하지만 우선 갈아입을 옷부터 건네줘요. 그런 다음…….”

“부탁할 게 또 있나?”

겨우 이 정도 부탁에 불평이라니.

“저기 휴대전화가 있을 텐데, 그것도 좀 가져다주시구려.”

둥근 의자가 덜그럭거렸다.

“아, 이건가. 뭐야? 자네도 폴더 폰이었어?”

지금 그게 무슨 상관이람.

“어디에다 걸려고? 내가 걸어줄게.”

다행히 왼손은 멀쩡하다. 전화 정도는 직접 걸 수 있다. 전화나 어서 내놓으라고.

당직 의사와 간호사가 극구 만류했으나 고함을 질러 떼어냈다. 내키지는 않았지만 히라마의 손을 빌려 택시를 잡아탄 뒤 이케부쿠로 서로 향했다.

경찰서 앞에 도착하자 히라마는 요금도 내주고, 차에서 내릴 때도 도와주었다. 택시 기사의 손까지 빌려가며 간신히 휠체어를 내려 바닥에 세웠다.

"미안하외다, 히라마 씨. 나 때문에 팁도 많이 내고."

"알았다니까. 기사 양반, 됐어요. 자, 그럼 수고하시구려."

물론 휠체어도 히라마가 밀어주었다. 점점 시모이의 입장이 이해되는지 번번이 쏟아내던 불평도 어느새 사라졌다.

배리어 프리*라더니, 이케부쿠로 서의 출입문에는 문턱이 없어서 휠체어로 들어가기가 의외로 편했다. 이곳의 종합 접수처는 무슨 까닭인지 2층에 있고 1층에는 청사 경비원밖에 없었다.

히라마는 일단 휠체어를 세우고 인사를 했다.

"모토후지 서에서 왔소. 이쪽은 나카노 서의 시모이 경위요. 여기 특수부의 가쓰마타 주임을 만나러 왔소만."

두 사람이 나란히 신분증을 제시했다.

경비원은 문제없다고 판단하여 안쪽에 있는 엘리베이터로 가게 해주었다.

* 배리어 프리(barrier-free): 장애인 및 고령자 등 사회적 약자들도 살기 좋은 사회적 환경을 만들기 위하여 물리적, 제도적 장벽을 허물자는 운동.

"몇 층이지?"

"4층이오."

그러나 확실하지 않았다. 여기는 이케부쿠로다. 도쿄에서도 손꼽히는 번화가이며, 이케부쿠로 서는 그런 번화가를 관할하는 대규모 경찰서다. 아무리 밤 9시가 지났다지만 청사 안이 이렇게까지 썰렁할 줄이야.

엘리베이터에도 당연하다는 듯 아무도 타지 않았다. 4층 복도에 내려 형사부실로 들어가서도 이케부쿠로 서 직원은 한 사람도 보이지 않았다.

혹시 또 무슨 사건이라도 생겼나? 청사 경비만 남기고 전원이 출동해야 할 만큼 큰 사건인가?

"히라마 씨, 저기 취조실 앞까지 밀어주시오."

"어, 알았어."

형사부실 한구석에 닫혀 있는 하얀색 문이 보였다. 그곳이 제1조사실이었다. 그 앞까지 히라마가 휠체어를 밀어주었다.

희미하게 담배 냄새가 나는 듯했는데 일부러 말하지는 않았다. 입구에 사람 그림자가 보였기 때문이다.

"나를 불러낸 사람이 당신이오, 시모이 마사후미 경위?"

조금 구부정한 자세로 형사부실로 들어왔다.

조직범죄 대책부 4과장, 안도 도모히로 총경. 나이를 먹어서 뺨 근육이 처진 탓인지 7년 전보다 턱도 길게 늘어진 듯 보였다.

"오랜만입니다. 바쁘실 텐데 뵙자고 해서 죄송합니다."

"짧게 해주게. 지금 우리 관내에서 인질극이 발생했거든. 이야기의 내용에 따라서는 바로 돌아갈 수도 있어."

"관리관님이 솔직하게 말씀해주시면 별로 시간 걸릴 일은 아닙니다."

일부러 도발하듯 대답했지만 안도는 눈도 깜짝하지 않았다.

시모이가 계속 이야기했다.

"그럼 단도직입적으로 묻겠습니다. 7년 전, 기노 가즈마사에 대한 정보를 가와무라 조지에게 팔아넘긴 자가 관리관님, 당신입니까?"

안도는 고개를 끄덕이지도, 옆으로 흔들지도 않았다.

"팔아넘긴다는 말이 금품을 갖고 거래를 한다는 뜻이라면 그런 일 없었네. 결단코."

"그럼 대가가 뭐였습니까?"

"대가도 없었어."

"아무 대가도 없이 기노에 대한 정보를 가와무라에게 흘려주었단 말입니까?"

"그랬네."

자칫하면 흘려들었을 만큼 깨끗하게 인정했다.

"정보 유출을 시인한다는 뜻입니까?"

"자네 속이 풀렸다면 이제 그만 돌아가겠네."

그러면서 문 쪽으로 돌아서려고 했다.

"잠깐. 아직 이야기 안 끝났습니다."

"짧게 끝내자고 했을 텐데."

"그럼 내가 묻지 않아도, 설명쯤은, 하셔야죠."

숨이 가빠서 이어서 말하기가 힘들었고 가슴이 답답했다. 그렇다고 크게 숨을 들이마시면 쇄골이 울렸다.

안도가 천천히 시모이를 정면으로 바라보며 돌아섰다.

"상황이 변해서 잠입 수사를 계속하기가 어려웠어. 그래서 관계를 강제로 해소한 걸세. 이제 이해했나?"

"상황? 무슨 상황 말입니까?"

"조직범죄 대책부 설치를 위한 조직 재편. 그에 따르는 수사 방침의 재고. 도쿄 도 조례 공포에 따라 전부터 추진해온 경시청의 정보 공개. 이런 상황을 종합적으로 고려해서 내가 판단한 일일세."

무슨 의도에서 한 일인지 감이 잡히지 않았다.

"그럼 잠입 수사를 중지하라고 지시하면 될 일 아닙니까?"

"옛 수사 4과에 남다른 애정을 가진 자네 같은 사람이 내 명령에 따른다는 보장이 어디 있나? 관계를 해소했다는 보고를 받는다 해도 그 보고를 뒷받침할 정보도 없었어. 기껏해야 유착 혐의와 낡아빠진 긍지에 대한 혐오 정도?"

자유롭게 운신하지 못한다는 사실이 지금만큼 분했던 때가 또 있었을까.

"당신도 조직범죄 대책부 설치에는 반대하지 않았습니까?"

"그 생각은 지금도 변함이 없네. 조직범죄 수사를 형사 수사에서 분리시키면 모든 점에서 효과적이라고 단정하긴 어렵지. 하지만 신설 부서로의 이동을 수용하지 않으면 개혁을 위한 궤도 수정에 참여할 기회도 사라지는 거야. 옛 수사 4과의 악습을 끊어낼 기회도 사라진단 뜻이지. 그래서 나는 부서 이동을 수용하고 본부에 남기로 결정했던 걸세. 난 그 선택이 전혀 부끄럽지 않아."

안도는 숨을 크게 쉬고 이야기를 계속했다.

"시모이 경위, 범죄는 시대를 반영하는 거울이라더군. 경찰에게는 언제나 범죄자를 뒤쫓아야 할 의무가 있어. 경찰이 범죄자보다 선수를 칠 수는 없지. 그런데 범죄는 날로 진화하고 있어. 경찰 조직도 거기에 맞춰서 변하는 게 당연하지. 시대가 범죄를 낳고, 범죄가 경찰을 변화시키고, 또 시대가 바뀌고……. 그런 변화 속에서 잘려나가는 인간이 바로 당신 같은 사람이고, 기노 가즈마사였어."

이놈이나 저놈이나 말 못 해서 죽은 귀신이 붙었나. 입만 살아서는.

"그럴듯한 말로 넘어갈 생각이면 관두십쇼. 시대가 잘라낸 게 아니지요. 당신이 기노를 잘라낸 거요. 그리고 지옥에서 기어 올라온 기노가 파란 가면을 쓴 살인귀로 변한 거고요. 당신이 수년에 걸쳐 막으려 했던 범죄 조직의 암약과 증식을 녀석은 혼자서 막아냈어요. 녀석은, 망치 한 개 들고 나와 당신과 자기를 배신한 경찰과 암흑가에 도전장을 던졌던 겁니다. 결국에는, 이겼지요. 이긴 쪽은 기노라고요, 안도 과장님."

보일 듯 말 듯 안도의 입술이 일그러졌다. 웃는 듯도 한데 속내가 읽히지는 않았다.

"경찰인 자네가 기노의 범죄를 칭찬하는 겐가?"

돌대가리도 아니고, 아직도 말뜻을 모른단 말인가?

"칭찬하자는 게 아니오. 부럽긴 합디다. 요즘 조폭 앞에서 겁을 집어먹고 나약하기만 했던 저로서는 할 수 있는 일이 아무것도 없었으니까요."

그때 찰칵, 하고 손잡이 돌리는 소리가 나더니 취조실 문이 열렸다.

"시모이 경위님, 이제 됐습니다. 답은 벌써 나왔잖아요."

안에 있는 사람은 가쓰마타였다. 발로 문을 밀어붙여 놓고 한쪽 손으로 담뱃불을 붙였다.

그 안 책상 맞은편에 기노가 앉아 있었다. 오른팔을 삼각건에 걸치고 있었다. 수갑이 채워져 있는지는 분명하지 않았다. 발은 책상이나 의자 턱에 걸치고 있는 모양이었다. 흐트러짐 없이 꽤 바른 자세로 앉아 있었고, 입에는 테이프가 붙여져 있었다.

"자, 이걸로 됐습니다."

자리에서 일어선 가쓰마타가 무심하게 기노의 입에 붙은 테이프를 떼어냈다. 단숨에 떼어내느라 그 반동으로 기노의 얼굴이 좌우로 크게 흔들렸다. 하지만 아픈 표정은 아니었다. 그저 물끄러미 이쪽을 노려보기만 했다. 시모이가 아니라 안도를 쏘아보았다.

안도가 가쓰마타를 돌아봤다.

"이게 뭐 하는 짓인가?"

가쓰마타는 씁쓸하게 담배 연기를 한 모금 내뱉은 다음 대답했다.

"나도 몰라요. 난 시모이 경위님 장단에 박자만 맞췄을 뿐이오. 기노에게 재미있는 얘기를 들려줄 테니 자리나 마련해달라는 말만 들었으니까. 뭐, 재미있는 얘기는 나도 싫어하지 않는 편이라 시키는 대로 했소만. 나중에 써먹을 데가 있을지도 모르고."

그러면서 윗옷 안주머니에 손을 집어넣더니 소형 녹음기를 꺼내 들었다. 시모이는 녹음해도 좋다는 말을 따로 하지는 않았던 모양이다.

긴 침묵이 흘렀다.

사람은 다섯 명인데 시선이 오가는 쪽은 기노와 안도뿐이었다.

불꽃이 튀듯 강렬하지는 않았다. 오히려 눈싸움 같았다. 눈앞에다 뾰족한 나뭇가지를 들이대고 얼마나 오랫동안 눈을 깜박이지 않는지 내기라도 하는 듯한 광경이었다.

먼저 입을 연 쪽은 기노였다.

"당신만큼은 내가 괴물이 돼서라도 반드시 죽이고 말겠어."

눈도 깜박이지 않고 안도가 대답했다.

"바라는 바야."

그 말 한마디만 하고 안도는 가버렸다.

기노의 수갑을 풀어주었다. 그러고는 의자에서 일으켜 세운 다음 그대로 허리에 두른 포승줄만 잡고 따라오게 했다.

취조실을 나오자마자 기노는 시모이에게 고개를 숙였다.

"여러 가지로, 신세가 많았습니다. 이젠 죽어도 여한이 없습니다."

시모이는 아무 말도 하지 못했다. 고작해야 고개를 끄덕여 대답을 대신할 뿐이었다. 가쓰마타와 유치 담당자에게 인계되는 기노를 묵묵히 배웅했다.

그대로 돌아가도 괜찮았지만 그냥 형사부실에 남아 있었다. 10분 정도 지나자 가쓰마타가 돌아왔다. 하품을 하면서 뻐근한 목을 풀듯 고개를 돌렸다.

"별로 재미있는 얘기도 아니구먼."

이 녀석이 하는 소리는 워낙 과장이 심해서 절반쯤 덜어내고 들어야 적당하다. 그보다도.

"가쓰마타, 내가 부탁한 일, 빨리 하라고 재촉하려니 미안한데, 자네는 안 가도 괜찮나? 지금 이쪽 관내에 인질극이 벌어졌다면서?"

초파리라도 쫓는 듯한 동작으로 가쓰마타는 손을 휘둘렀다.

"난 괜찮아요. 그런 일에는 별로 흥미도 없고. 빙글빙글 돌아가는 빨간 경광등만 봐도 눈이 따끔거리고. 난 그게 아주 질색이거든."

그런 문제가 아니라는 점은 굳이 말하지 않아도 안다.

* * *

동일 사건에 연루된 자는 동일 시설에 유치하지 않는다는 원칙이 있다. 다시 말해서 이와부치 도키오와 가야바 하지메는 기노 가즈마사가 유치되어 있는 이케부쿠로 서에 유치해서는 안 된다는 뜻이다.

레이코는 가야바의 호송관으로 나서준 에다에게 고개를 숙여 감사를 표했다.

"그럼 잘 부탁해요."

"알겠습니다. 맡겨만 주십쇼."

그때 이미 이와부치는 같은 도요지마 구 안에 있는 메지로 서로 이송이 끝난 상태였다. 가야바 역시 도요지마 구에 있는 스가모 서에 유치하기로 결정되었다.

참고로 이렇게 타 관할 서에 유치한 피의자를 '위탁 의뢰범'이라고 하며, 반대로 유치를 받은 경우에는 '위탁 수용범'이라고 부른다.

두 사람을 확보한 직후 현장에 도착한 수사 1과 특수반과 기쿠타가 소속된 센주 서 간부들에게도 어느 정도 설명할 필요가 있었다.

"피의자는 몹시 흥분한 상태였고, 권총 두 정이 모두 피의자 손에 들어갔으리라 예상했습니다. 그래서 한 발 남은 총알이 발사되는 순간을 범인과 인질 확보를 위한 절호의 기회라고 판단했습니다."

센주 서의 간부는 그저 못마땅하다는 표정만 짓고 있었다. 하지만 예상했던 대로 특수반 2계장인 아사이 경감에게는 꾸중을 들었다.

"히메카와 계장, 당신이 우수한 경찰이란 점은 나도 다 압니다. 하지만 말이죠, 인질극 현장에서 지원 인력도 갖추어지지 않은 상태로, 게다가 방탄조끼도 착용하지 않고 단독으로 진입하다니, 무모하기 짝이 없는 행동이었어요."

권총을 한 정 감춰 가기는 했는데요, 하고 쓸데없는 농담은 하지 않았다. 그저 죄송합니다, 하고 말하면서 연신 고개를 조아렸다.

"당신까지 순직하면 어떡합니까? 당신은 와다 전 수사 1과장이 수사 1과의 미래를 맡긴 우리의 일원 아닙니까? 이번 일을 두고, 본부로 복귀하고 싶다는 의욕의 표현이라는 말은 하지 마세요. 그런 미사여구만으로는 도저히 설명이 안 되는 일입니다. 결과적으로 당신이 무사하니까 그냥 넘어갈 생각인가 본데 이번 일은 도가 지나쳤어요."

아사이는 지금은 전설로 남은 '수사 1과 강력 7계 와다 반'의 전 멤버였다.

와다 반에는 이마이즈미와 가쓰마타, 시모이 그리고 자료반의 하야시도 소속되어 있었다고 들었다. 속칭 '와다 학교'의 수제자들. 레이코에게는 모두 존경하는 대선배들이다. 반면교사로 삼는 정도 외에 배울 점이라고는 티끌만큼도 없는, 짐승만도 못한 인간이 한 명 섞여 있기는 하다.

"대단히 죄송합니다. 차후에는 이런 일이 없도록……."

"그렇죠. 보통은 그렇게 합니다. 보통은 그렇게 특정 수사관 한 명만 몇 번씩 위험에 처하는 일이 별로 없어요. 하지만 무슨 영문인지 당신은 지나쳤어요. 이건요, 결코 우연도 아니고 주변 동료들이 잘못해서도 아니에요. 나는 지금까지 훈련 때만 당신을 겪어봐서 굳이 지적하지는 않았지만, 이번만큼은 꼭 이야기해야겠어요. 당신은 지나치게 부주의합니다. 자신이 가진 행운에 너무 의지하고 있어요."

더 이상 대답할 말도 없다. 그저 머리만 조아릴 뿐이다.

"죄송합니다, 아사이 계장님."

그때 옆에서 듣고 있던 히가시오가 끼어들었다.

"이번 일은……."

"끼어들지 마세요."

아사이는 손짓으로 히가시오의 말을 막았다.

"알겠습니다. 변명을 할 생각이라면 됐어요. 이 사람이 대체 어떤 눈으로, 어떤 말투로 자기 논리를 밀어붙여서 현장에 들어갔는지 다 알아요. 나도 현장에서 보고 온 사람처럼 아주 눈에 훤합니다. 말하지 않아도 잘 알아요. 히메카와 계장은 이때다 싶으면 강력하게 밀어붙이죠. 굉장한 담력입니다. 나중에 가서 따져보면 도무지 사리에 맞지 않는 판단인데, 그 순간에는 뭣에 홀린 사람처럼 설득되고 맙니다."

살며시 고개를 들어보니 아사이는 아직도 레이코를 무서운 눈으로 내려다보고 있었다.

"아마 이번 사건 피의자도 마찬가지였겠죠. 능수능란하게 설득했다고 생각합니다. 실제로 당신이 현장에 들어간 뒤에는 피의자가 총을 쏘지 않았다고 들었습니다. 그 일은 차후에 있을 조사 결과 여부에 따라 크게 평가될 점입니다. 하지만 말이에요, 난 그런 일을 언급하고 싶지 않아요. 당신, 이런 일이 반복된다면 그때는 분명히 큰 부상을 입을 겁니다. 선불리 행동했다가는 목숨을 잃는 것도 한순간이에요. 나는 그런 일로 당신을 잃고 싶지 않습니다. 아시겠어요, 히메카와 계장?"

아사이의 설교는 거기서 20분 정도 계속되었다.

그러는 동안에도 레이코는 연신 고개만 조아렸다.

그 덕에 허리가 끊어질 듯이 아팠다.

새벽 2시가 지났다. 1층으로 내려와서 형사부실로 돌아오니 아직 열 명 이상의 형사과 경관이 남아 있었다. 쓱 둘러보니 가쓰마타의 모습은 보이지 않았다. 기노를 취조했던 방도 지금은 텅 비었다.

마침 어딘가에 누군가와 통화를 하던 오사코가 수화기를 내려놓기에 물어보았다.

"죄송한데 오사코 총괄 계장님, 수사 1과의 가쓰마타 주임 못 보셨어요?"

오사코도 다시 주위를 둘러보았다. 그도 특수부에 자기 직원이 참여했던 지난 2주 동안 여러모로 힘이 들었을 것이다. 유심히 보면 눈 밑에 그림자가 생겼다.

"아! 아까 기노를 취조했던 분 말이군요. 아니, 못 봤어요. 아까 그 일이 벌어지기 전까지는 분명히 취조실에 있었는데. 그러고 보니 그 뒤로는 보이질 않는군요."

"총괄 계장님이 돌아오셨을 때 취조실에 없던가요?"

"네, 문은 열려 있었다고 기억합니다만."

이럴 수가. 기노의 검찰 송치 서류를 작성하고 있어야 할 인간이 어디로 갔단 말인가.

도리가 없다. 내 쪽에서 전화를 걸어야겠다. 별로 내키지는 않지만 발로 뛰어 찾아다니기는 더 싫다. 전화를 건다.

휴대전화의 주소록에서 '간테쓰'를 찾아 통화 버튼을 눌렀다. 발신음이 몇 번씩 울려도 받지 않았다. 다시 걸어보았으나 역시 소용없었다. 음성 메시지로도 넘어가지 않았다.

"어휴, 이 아무짝에도 쓸모없는 늙은이!"

자기도 모르게 욕이 튀어 나와 얼른 정신을 차리고 주위를 돌아보았다.

문득 찌부러진 두꺼비 같은 목소리로 누구보고 늙은이래, 하며 되받아치는 소리를 상상했지만 상상일 뿐이었다.

이거 참, 모습은 물론 그림자도 안 보인다.

대체 어디로 사라졌지?

집으로 돌아가 샤워를 하고 한 시간만이라도 좋으니 잠깐 눈을 좀 붙이고 싶었다. 그러나 그럴 수 없었다. 잠을 설쳐 더 피곤했다.

동틀 무렵, 5시가 되기 조금 전에 가쓰마타가 돌아왔다.

"어이, 늙어서 잠도 안 오는 노처녀 히메카와, 넋 나간 얼굴로 침까지 질질 흘리고, 코까지 골고 말이야. 그러고 있다가 또 한

10년 동안 시집 못 갈라."

자긴 누가 잤다고 이렇게 큰 소리로 떠벌리다니. 그 말 속에 이 남자가 가진 악의의 핵심이 들어 있다.

"아, 뭡니까? 어디 갔었어요? 남은 이리저리……."

"어디서 고릴라가 도망을 쳤는지 잡혔는지, 이거 원 시끄러워서 일을 할 수 있어야 말이지. 그래서 딴 데 가 있었지. 참! 이거 받아. 검찰 송치 때 필요한 수사 서류 견본이야. 잘 보고 배워둬."

가쓰마타는 어디서 만들어 왔는지는 모르겠으나 출력까지 해서 깔끔하게 파일에 넣은 서류를 책상 위에 툭 던졌다.

"수고하셨습니다. 잘 읽어볼게요."

"알았어. 그리고 기노 호송 있잖아. 그거 평소처럼 본부에서 집단 호송으로 하면 되지?"

이제 와서 무슨 소리인가.

"주임님, 기노는 무슨 짓을 할지 몰라요. 우리 쪽 인원을 붙여야죠. 입감 의뢰자에 경비 담당까지 붙여서 최소 여섯 명 체제로 호송하라고 난리시더니."

"이봐, 누가 무슨 난리를 쳤다고 그래?"

"죄송해요. 말이 좀 심했어요."

가쓰마타는 평소 버릇처럼 침을 뱉듯이 퉤, 하고는 못마땅하게 대꾸했다.

"됐고, 넌 그저 내가 시키는 대로 움직이면 돼. 기노 말고도 호송 건수가 있을 거 아냐? 빨리 본부에 연락해서 피호송자 한 명 더 추가해달라고 부탁이나 해."

이 남자는 와다 학교에서 대체 무엇을 보고 배운 걸까. 의심스러운 게 한두 가지가 아니다.

"알겠습니다. 지시대로 연락하겠습니다."

오전 8시가 넘었다.

기노는 유치장에서 나와 엘리베이터를 타고 경찰서 뒷문에 닿을 때까지 시종일관 침착했다. 다른 사람인 양 온순하게 굴었고 표정도 편안해 보였다. 주위를 둘러싼 경찰관에게도 일일이 머리를 숙이는 기특한 면모를 보였다.

레이코에게도 한마디했다.

"히메카와 씨, 블루 머더는 나 한 사람으로 끝났어요. 이전에는 물론이고 앞으로도 나밖에 없을 겁니다."

그 말만 하고 고개를 숙여서 인사한 뒤 다시 걸음을 내디뎠다.

뒷문 밖에는 언론사 기자들이 진을 치고 대기하는 중이었다. 실제로 기노가 끌려 나오자 일제히 카메라 셔터를 터뜨렸다. 모자가 달린 짙은 감색의 호송용 상의를 입은 등이 셔터 불빛을 받아 하얗게 빛났다. 기노의 모습은 점점 멀어져 가다가 마침내 호송차 안으로 사라졌다.

레이코는 그런 기노를 청사 안에서 전송했다.

기노 가즈마사. 블루 머더라고 불리며 이케부쿠로 일대의 암흑가를 뒤흔든 괴물이 지금 레이코에게는 지극히 평범한 남자로만 보였다.

아니다, 전쟁을 관두고 상처투성이가 되어 전선에서 이탈한 병사라고 해야 맞을까.

그에게 해야 할 질문이 아직 산처럼 쌓여 있었다. 하지만 더 이상 아무것도 물어볼 필요가 없는지도 몰랐다.

기노는 아주 무거운 죄를 저질렀다. 모든 죄목을 나열하면 사형을 열 번 당해도 부족할 지경이었다. 하지만 그는 교수대에 오르기 전에 이 세상을 떠날 것이다.

평생을 복역해도 저지른 죄는 다 갚지 못하고 죽는 셈이다.

지금은 그것조차도 그가 블루 머더여서 생긴 업보 같다.

파란 가면의 살인귀. 블루 머더를 단순하게 직역하면 '파란 살인'이다. 악당들을 닥치는 대로 죽여 없앤다. 생각하기에 따라서는 이렇게 파란 살인을 저지를 자는 다시없을지 모른다. 그 이미지는 완전 연소한 파란 불꽃과도 겹친다.

기노 가즈마사. 지금 그의 심경은 어떠할까.

"우두커니 서서 뭐 하는 거야, 멀대처럼?"

간테쓰! 언제 왔지?

"어머, 가쓰마타 주임님 언제 오셨어요? 오신 줄도 몰랐네요."

키가 어찌나 작으신지 계신 줄도 몰랐다고요.

"너, 안 씻은 지 한 일주일은 됐냐? 냄새 나니까 목욕탕이라도 갔다 와."

"그럴 리가요. 저도 매일같이 목욕하거든요."

"그럼 대충 씻는구먼. 냄새 나니까 얼른 꺼져. 볼일 있으면 기노가 돌아오기 전에 다 마치고 와."

일정이라면 나도 알고 있다. 기쿠타 문병도 가야 하고. 아니, 혹시 가쓰마타가 그것 때문에 이렇게 입상까지 떨면서 재촉하나? 설마, 이 남자한테는 그런 배려 따위 받고 싶지 않다.

그보다 중요한 일이 있다.

"주임님, 오늘 아침 기노의 태도가 어제와는 전혀 다르지 않던가요? 혹시 제가 인질극 현장에 간 사이에 주임님 마음대로 기노를 불러다가 취조하신 건 아니겠죠?"

그러자 난데없이 가쓰마타가 한쪽 뺨을 씰룩거리며 히쭉 웃었다.

"하여간 너란 녀석은…… 그런 놈들과 아주 찰떡궁합이라니깐. 언제 봐도 경찰관에는 맞지 않는 놈이라고 생각했는데, 이렇게까지 나오면 그냥 웃고 말아야 하나."

실컷 떠들고는 휙 돌아섰다.

"목욕탕 다녀오고 화장도 좀 고쳐. 똥 싸고 나면 엉덩이도 깨끗이 닦고."

기노 가즈마사여, 어찌해 어번플라자 호텔 6층에서 이 남자를 쏘아 죽이지 않았단 말인가.

결코 가쓰마타의 지시를 따라야겠다고 생각해서가 아니었다. 일단 집으로 돌아와서 샤워를 하고, 잠깐 눈을 붙이고, 이른 점심을 먹고, 말끔하게 화장을 한 다음 집을 나섰다.

물론 기쿠타를 문병하러 갔다. 장소는 나카노에 있는 도쿄 경찰병원. 병실 호수는 기쿠타를 후송할 때 따라갔던 이케부쿠로

서 경관을 통해 미리 알아두었다. 하지만 상태가 어떤지는 자세히 알지 못했다.

현장에서 기쿠타는 자세를 낮추어 업어치기하는 기술을 보여주었다. 이와부치와 뒤엉켜 콘크리트 바닥에 쓰러졌지만 그러고도 엎치락뒤치락하다가 마침내 수갑까지 채웠다. 일련의 체포 과정에서 무리를 하여 부상이 더 심해졌다. 큰 상처만 아니면 좋을 텐데.

레이코는 병원에 도착해서 자기 눈으로 직접 보고서야 알았는데 기쿠타가 입원한 병실은 4인실이었다. 입구에 붙은 환자 이름표의 나열 순서로 보아 어쩐지 기쿠타는 창가에서 오른쪽에 있지 않을까 짐작했다.

"실례합니다."

레이코는 한 사람 한 사람 확인하면서 병실 안으로 들어갔다. 문 바로 앞 우측에는 중년 남성이 있었고, 그 맞은편 침대는 비어 있었다. 창가 왼쪽은 젊은 남성이었다.

젊은 남성 환자의 맞은편, 침대를 가린 커튼 속을 들여다보았다. 역시 짐작대로였다.

"저기…… 상태는 좀 어때?"

기쿠타는 젊고 체구가 아담한 여성에게 수발을 받고 있었다. 머리에서부터 오른쪽 눈에 걸쳐 붕대가 감겨 있고, 왼쪽 어깨는 미식축구용 어깨 보호대 같은 것으로 고정되어 있었다.

"어? 주임님?"

아, 이 사람이 기쿠타의 아내구나.

기쿠타의 얼굴은 거의 왼쪽 한 부분밖에 보이지 않았지만 당황한 기색이 역력했다.

"이런…… 죄송합니다. 꼴이 이래서. 아즈사, 이쪽은 히메카와 주임님, 아, 아니지. 이케부쿠로 서 강력반의 히메카와 계장님이셔."

기쿠타의 아내는 어머, 하고 놀라 허둥거리며 고개를 푹 숙여 인사했다.

"죄송해요. 그러신 줄도 모르고 실례했습니다. 처음 뵙겠습니다. 전 이 사람 아내 아즈사예요. 말씀은 많이 들었어요. 아이, 당신도 참, 히메카와 씨가 이렇게 예쁜 분이라는 말은 왜 한 번도 안 했어요?"

레이코로서는, 뭐랄까…… 심경이 복잡해지는 말이었다. 예쁘다는 말은 언제 들어도 좋지만, 그 말을 기쿠타가 아내에게 하지 않았다니. 이걸 어떻게 해석하면 좋을까.

"기쿠타 경사, 아내분이 비행기를 너무 태우시네. 어지러워 죽겠어. 참! 이거, 별건 아니지만 드세요."

일단 오는 길에 병문안 선물로 적당해 보여서 산 망고 푸딩부터 건네주었다.

"고맙습니다. 어서 여기 앉으세요. 자리가 좁아서 죄송해요."

창가 자리는 확실히 좁았다. 아즈사는 자기가 서 있던 자리를 내주듯이 비키면서 레이코가 안으로 들어오게 해주었다. 그러다가 아, 하고 생각났다는 듯 주머니를 뒤지더니 사랑스러운 파스텔 그린의 명함 지갑을 꺼냈다.

"저기…… 제 명함인데, 다카나와 서의 기쿠타 아즈사예요. 잘 부탁드려요."

이름은 평범하게 '가래나무'를 의미하는 아즈사(梓)를 쓴다. 성씨는 아마도 최근에 남편 성을 따라 기쿠타로 바뀌었을 테고, 그렇다면 결혼 전 성씨는 무엇일까.

"네, 이케부쿠로 서의 히메카와입니다."

명함을 주고받은 다음 아즈사는 '잠깐 음료수 좀 가져올게요.' 하더니 바로 병실에서 나갔다. 물론 레이코는 사양했지만 기쿠타와 둘이서 이야기하고 싶은 마음은 당연지사였다. 고마운 배려였다.

"그럼 좀 앉을까?"

작은 원형 의자에 앉았다. 원래부터 기쿠타는 체격이 좋은 편이었는데 지금은 붕대며 보호대를 칭칭 감고 있어서 덩치가 더 커 보였다.

그런 기쿠타가 사과라도 하듯이 눈을 내리깔았다.

"죄송해요. 저기…… 제가 결혼한다는 소식을, 히메카와 주임님한테 보고라고 해야 하나, 뭐라고 해야 하나……."

"이제 됐어. 아내분 명함도 받았잖아."

"아니요, 그게…… 정말로 죄송해요."

"그러니까 됐다고."

기쿠타는 손가락 하나도 까딱하지 못하면서 고개를 조아리려고 했다.

"정말로, 걱정을 끼쳐서, 죄송해요. 어쩐지 그때와는 정반대

상황 같군요."
"그때?"
"스트로베리 나이트 사건 끝나고 주임님이 입원했을 때요. 그때 직원들 다 같이 병문안 갔잖아요."
그래, 분명히 그랬던 적이 있었다.
"맞아, 그랬지. 그게 추억할 만한 일일까? 참 애매하네. 아, 맞다! 앞으로 사정 청취는 나 말고 다른 사람이 할지도 몰라. 상처는 어때? 병원에는 얼마나 더 있어야 할 거 같아?"
"그게…… 왼쪽 쇄골이 똑 부러져서 아마 볼트로 고정해야 할 겁니다."
그 정도면 완치까지는 수개월이 걸리는 중상이었다.
"볼트라니…… 정말 큰일 날 뻔했네."
"아닙니다. 그래도 오른쪽 쇄골은 잔금만 가서, 어떻게든 되겠죠."
"뭐? 쇄골에 금이 갔는데도 엎어치기를 했단 말이야?"
"엎어치기요? 아, 그거 말입니까? 그건 엎어치기라고 하기엔 좀 뭣하고. 그냥 기회는 이때다 싶어서 무의식적으로 잡아 넘어뜨렸을 뿐이에요. 이런. 순서가 바뀌었군요. 죄송해요. 어젯밤에는 정말 고마웠습니다. 덕분에 목숨을 구했어요. 어떻게 보답을 하면 좋을지."
또 머리를 조아리려고 한다.
"아이, 관둬. 난 그저 경찰관으로서 당연한 일을 했을 뿐이야."
"그렇게 말씀하실 줄 알았어요. 그래도 고마웠어요. 방탄조끼도 입지 않고 권총을 찬 주임님을 보고 뭐랄까, 조금 눈물이 날 것 같았어요. 여러 가지 의미에서 주임님은 나를 구해주러 왔구나, 하는 생각도 들었고요."

물론 맞는 말이기는 하다.

"아무튼 기쿠타가 살아 돌아와서 다행이야. 오쓰카 때 겪었던 기분은 내가 죽는 한이 있어도 두 번 다시 반복하고 싶지 않아. 그래서 더 잘됐어. 기쿠타가 이렇게 살아 돌아와줘서."

기쿠타는 한참 동안 말이 없었다. 미간에 어색하게 힘이 들어갔다. 그 일 때문인가. 짐작은 갔지만 기쿠타가 말을 꺼내기 전에 레이코가 먼저 그만하라고 말리기도 어려웠다.

마침내 기쿠타가 침을 꿀꺽 삼켰다. 툭 튀어나온 후골이 위아래로 움직였다.

"그때, 저 때문에…… 죄송했어요. 전 지금까지 주임님의 과거가 어땠는지 전혀 몰랐어요. 오랫동안 알고 지냈으니까 어떻게든 알고도 남았을 텐데."

레이코는 고개를 저었다.

"그러니까 죄송하다는 말도 그만해. 자꾸 그러면 괜히 내가 더 부끄럽잖아."

"죄송해요. 하지만 정말로 제 자신이 한심해서요. 주임님이 그런 말까지 하게 만들고…… 나 같은 인간은 총에 맞아도 싸다, 주임님이 범인을 설득하는 중간에 내가 움직여서 끝내버리자 싶었어요. 그런데 주임님이 왜 현장에서 그런 이야기를 하는 걸까 생각해봤어요. 역시 선불리 움직이면 좋지 않겠더군요. 오쓰카를 위해서도 같은 실수를 반복하면 안 된다는 생각이 들었어요. 그리고 냉정해지라고 했던 주임님의 말을 헛되이 하지 말자는 생각까지 들어서 제 자신을 다잡게 되더라고요."

어린아이 같기는.

눈물이 커다랗게 맺혀 한 방울 툭 떨어지더니 연달아 한 방울 두 방울 기쿠타의 뺨을 타고 흘러내렸다. 레이코는 갖고 있던 손수건을 꺼내어 그 눈물을 한 방울씩 닦아주었다.

기쿠타가 이야기를 계속했다.

"죄송해요. 하지만 이 얘기는 아무에게도 하고 싶지 않았어요. 내 가슴속에만 숨겨두려고 했는데……."

"이제 됐다니까. 기쿠타가 이렇게 골절 정도로 그쳤고, 나가세 경사도 목숨에 별지장이 없잖아. 그걸로 됐어. 난 괜찮아, 기쿠타."

그러자 기쿠타가 또 눈물을 펑펑 쏟았다.

"주임님, 주임님은 어떻게 그렇게 강하시죠?"

내가 정말 그렇게 강할까.

"음…… 아마 난 그렇게 강한 사람이 아닐걸. 난 그저 어릴 적 그 사건을 겪고도 목숨을 부지할 수 있게 해주고, 삶의 존귀함을 가르쳐준 사람들에게 보답하고 싶을 뿐이야. 오쓰카한테도 그렇고, 고교 시절 그 사건 때 나를 다시 일으켜 세워준 사이타마 현 경찰서의 형사님도 그렇고."

그 밖에도 고마운 사람들이 많지만 다 손에 꼽을 필요는 없겠지.

"그보다 기쿠타."

레이코는 기쿠타의 얼굴을 다시 보았다. 입 주위도 맞았는지 입술이 조금 찢어졌고 멍이 들어 피부색도 변했다.

"만약에, 만약에 말이야. 가까운 장래에 내가 수사 1과에 합류하면, 그러니까 또 한 번 본부로 복귀해서 내가 다시 부르면 기쿠타는 히메카와 반에 다시 와주겠어?"

레이코는 기쿠타가 자신을 마음에 두고 있다는 사실을 뻔히 알면서도 마키타에게 달려갔다. 그 결과 히메카와 반을 제 손으로 망가뜨리는 결과를 초래했다.

지금 역시 기쿠타가 자기가 아닌 다른 여자를 배우자로 골랐다고 해서 뭐라고 불평할 입장은 아니다. 그러니 옛일은 더 이상 신경 쓸 필요가 없다. 옛정은 추억으로 남기고, 순수하게 경찰관으로서 자기와 함께 다시 뛰어주길 바랐다. 옆에서 조력자가 되어주면 좋겠다고 생각했다.

"어때? 기쿠타?"

아마도 거기까지가 한계인지도 모른다.

기쿠타는 5센티나 10센티쯤 고개를 숙인 채 꼼짝도 하지 않았다.

"꼭 갈게요. 무슨 일이 있어도 제일 먼저 달려가겠습니다."

다행이다. 그렇게까지 대답해주니, 오늘은 이것으로 충분하다.

"정말 고마워."

레이코는 의자에서 일어섰다.

"그럼, 아직 이것저것 할 일이 남아서 난 이만 가볼게. 젊은 아내분한테도 인사 전해줘. 너무 못살게 굴거나 힘들게 하지 말고."

창가 자리에서 나와 손을 조금 들어 보이며 인사를 대신했다. 일부러 기쿠타의 얼굴을 보지 않으려고 의식하면서 복도로 나왔다. 복도로 나오자 이상한 감정에 휘둘리는 느낌도 사라졌다. 이성에 불이 켜지는 순간이었다.

하지만 그 자리에서 레이코의 감정은 다른 의미에서 혼란에 빠졌다.

아즈사가 바로 앞에 서 있었다.

어쨌든 뭐라고 말을 하긴 해야 하는데…….

"아, 저기 죄송해요. 이제 그만 가려고요."

아즈사는 페트병에 든 우롱차와 종이컵을 양손에 들고 레이코를 올려다보았다. 아마도 키는 레이코보다 10센티 이상 작은 듯했다.

"히메카와 씨."

얼핏 아까와는 다른 사람의 목소리 같았다. 심지가 있고 아주 강한 의지가 느껴지는 목소리였다.

"남편을 살려주셔서 정말 고맙습니다."

역시 그런 뜻인가. 기쿠타는 자기 사람이라는 일종의 '선언' 인가?

귀여운 면도 있구나.

"몸조리 잘하게 해주세요. 그리고 늦었지만 결혼 축하드려요. 행복하시길 빕니다."

그쯤에서 레이코는 고개를 숙여 인사한 다음 아즈사와 엇갈려 나왔다.

이것으로 됐어.

자신과 기쿠타의 관계는 이렇게 해서 정리되었다.

레이코의 지금 이 생각은 진심이었다.

병원에서 나오자마자 휴대전화가 진동했다.

작은 액정 창을 보니 웬일로 '이오카'라는 글자가 떠 있었다. 무시해도 되지만 오늘은 어쩐지 받아줘도 아무 지장 없을 듯한 기분이었다.

"네, 여보세요."

"하이고 마, 히메카와 주임님예! 훈시 때 들었십니더. 몸 성하시다니 다행이네예. 정말이지 큰일 하셨어예. 어데 작은 상처라도 입지는 않았십니꺼? 뭣하면 지가 빨간약 발라드리러 갈라꼬예. 지금 어딘교? 어디 계십니꺼?"

빨간약이라니. 지금도 그런 걸 파나?

"어, 별로 다치지도 않았고 아무렇지도 않아. 그러니까 너무 걱정 마. 할 말 없으면 그만 끊을게."

"주임님예, 잠깐만요. 지가 말이지예, 실은 중대한 비밀 정보를 입수했거든예."

지금 같아서는 전혀 궁금하지 않거든.

"뭔데? 들어줄 테니 말해봐."

"너무하시네예. 이런 중대 정보를 그냥 내놓으라니. 적절한 교환 조건이라도…… 아니, 아니, 됐심니더. 지가 일부러 애원하지 않아도 주임님이 이 정보만 들으시믄, 본부로 복귀하셨을 때 자동적으로 지를 부르실 기라예. 히메카와 반 멤버로다가 불러주실 깁니더."

어떻게 된 영문이지? 어째서 방금 기쿠타에게 했던 이야기를 이 녀석이 떠들고 있지?

"아닐걸. 너는 절대로 부르지 않아. 본부는커녕 회식에도 부르지 않을 거야."

"아아, 또 그러신다. 만날 왕따시키는 척만 하시믄서. 그래도 인사 때는 기대할게예. 지하고 레이코 주임님은 완전히 찰떡궁합 아임니꺼. 우리가 뭉치믄 그야말로 천하무적이라 이거거든예."

어떻게 할까. 전화 끊고 택시나 잡을까.

"아, 그래? 이오카, 이제 끊어도 되겠지?"

"그러니까 이 극비 정보는 어떻게 하냐꼬예. 아, 차라리 주임님 집으로 갈까예? 이걸 안주 삼아서 날 밝을 때까지 둘이서 술이나 왕창 마실까예?"

"어차피 누가 어쨌네, 하는 소문 같은 거 아냐?"

"딩동댕!"

뭐야, 겨우 그거였어?

"저기예, 실은 지가 주임님과 맺어질 운명의 남자가 아닐까, 하고 곰곰이 생각해봤다 아임니꺼. 괜찮아예? 깜짝 놀라지 않겠다고 해주이소. 너무 놀라는 바람에 그 자리에서 발이라도 삐끗했다가 무릎 반월판 나가지 않게 하겠다고 약속하이소, 아시겠십니꺼?"

"알겠다고. 빨리 말하지 않으면 진짜로 전화 끊을 거야."

"예예. 자, 기대하이소! ~~두두두두두두~~……."

"됐으니까 그런 어설픈 연기 좀 하지 마."

잘못 생각했다. 역시 택시나 잡자.

"짠! 기쿠타가 결혼했다는 사실을 이 몸께서 알아냈다는 말씀! 놀라셨지예? 괜찮으십니꺼?"

"응, 알고 있었는걸."

"그기 아이고 증거 사진도 있다니까예."

"어, 그래? 난 아까 부인도 만났는데."

"아니, 그기 아니라, 기쿠타 말임니더. 예전에 히메카와 반에 있던 기쿠타 가즈오가 결혼했다는 극비 정보라꼬예."

"그렇다니까. 방금 그 기쿠타의 부인을 만나고 왔다고."

빈 택시는 그림자도 안 보인다.

"뭐라꼬예?"

"기쿠타가 결혼했다는 것도 알고, 부인도 지금 막 만나고 왔다고."

앗, 이런 젠장. 눈앞에서 놓쳤다.

"아이, 참. 알고 계셨십니꺼?"

"아까부터 그렇다고 했잖아. 안됐지만 이걸로 본부 이동의 꿈은 사라졌네."

삐 소리와 함께 전화가 끊기더니 금방 또 왔다. 참 집요하다고 생각했는데 이번에는 이오카가 아니었다. 구니오쿠였다. 뭐, 둘이 비슷한 부류이긴 하다.

"네, 여보세요."

"이봐, 히메, 그거 알아? 그 차도남 기쿠타가 결혼했다는데."

"아, 네……."

이제 내 주위에는 이런 남자들밖에 남지 않은 건가.

참고 및 인용 문헌

비타쓰 야마토(美達大和), 『형사절대긍정론 무기징역수의 주장(刑事絶對肯定論)』, 신초신쇼(新潮新書)

비타쓰 야마토, 『살인이란 무엇인가 장기LB급형무소 · 살인범의 고백(人を殺すとはどういうことか 長期LB級刑務所·殺人犯の告白)』, 신초분코(新潮文庫)

이다 히로히사(飯田裕久), 『경시청 수사 1과 형사(警視庁捜査一課刑事)』, 하사히신분숏판(朝日新聞出版)

구보 마사유키(久保正行), 『너는 일류 형사가 되라(君は一流の刑事になれ)』, 도쿄호레이숏판(東京法令出版)

오카다 가오루(岡田薫) 저, 테라오 마사히로(寺尾正大) 감수, 『수사 지휘 －판단과 결단(捜査指揮-判断と決断)』, 도쿄호레이숏판

하기우다 마사루(萩生田勝), 『형사혼(刑事魂)』, 라쿠마 신쇼(らくま新書)

경찰실무연구회(警察實務研究會), 『제1선 수사 서류 핸드북(第一線捜査ハンドブック)』, 다치바나쇼보(立花書房)

수사실무연구회, 『취조와 진술 조서 작성법(取り調べと供述調書の書き方)』, 다치바나쇼보

다카모리 다카노리(高森高德), 『신 사건송치서류 작성요령 1건 서류 기재예 중심(新事件送致書類作成要領 一件書類記載例中心)』, 다치바나쇼보

모리 후미히코(毛利文彦), 『경시청 수사 1과 살인반(警視庁捜査一課殺人班)』, 가도가와쇼텐(角川書店)

사이토 나오타카(斉藤直隆), 『미스터리 팬을 위한 경찰학 독본(ミステリーファンのための警察学読本)』, 애스팩트(ASPECT)

다카쓰 미쓰히로(高津光洋), 『검시 핸드북 개정 2판(検死ハンドブック改訂2版)』, 난잔

도(南山堂)

아즈마 히로카쓰(吾妻博勝), 『신주쿠 가부키초 신 마피아가 사는 거리(新宿歌舞伎町新·マフィアの棲む街)』, 분슌분코(文春文庫)

이에다 쇼코(家田莊子), 『가부키초 돈 뜯는 사람들(歌舞伎町シノギの人々)』, 다카라지마샤(宝島社)

소마 마사루(相馬勝), 『경시청 조직범죄 대책부(警視庁組織犯罪対策部)』, 분코긴가도(文庫ギンが堂)

모리타 야스로(森田靖郎), 『검은 사회의 정체(黒社会の正体)』, 분코긴가도

이소노 마사카쓰(礒野正勝), 『뒷사회 '어둠'의 구도 야쿠자와 건실한 민간인의 관계(裏社会『闇』の構図 ヤクザとカタギの黒い関係)』, 분코긴가도

미조구치 아쓰시(溝口敦), 『야쿠자 붕괴 침식되는 제6대 야마구치구미(ヤクザ崩壊侵食される六代目山口組)』, 고단샤플러스알파분코(講談社+α文庫)

미조구치 아쓰시, 『폭력단(暴力團)』, 신초신서

오노 도시로(小野登志郎), 『신화교 가부키초 마피아 최신 파일(新華僑 歌舞伎町マフィア最新ファイル)』, 오타슛판(太田出版)

지바 아키라(千葉明), 『일본인은 아무도 모르는 체류 중국인의 실태(日本人は誰も気付いていない在留中国人の実態)』, 사이즈샤(彩図社)

오노 도시로, 『류구조 카부키초 마피아 최신 파일(龍宮城歌舞伎町マフィア最新ファイル)』, 오타슛판

야마시타 기요미(山下清海), 『이케부쿠로 차이나타운 도내 최대 신화교거리의 실상을 파헤치다(池袋チャイナタウン 都内最大新華僑街の実像を迫る)』, 요센샤(洋泉社)

다케우치 유코(竹内結子), 『타케우치 마르쉐 진심을 전하는 맛있는 사식 102(たけうちマルシェ 心に届くおいしいさしいれ102)』, 분케이슌슈(文芸春秋)

옮긴이 이로미

1974년 성남에서 출생하였고, 인하대학교 사학과를 졸업했다. 대학 때부터 한일 간의 문화와 역사에 깊은 관심을 가져, 세종대 정책과학대학원 국제지역학과에서 일본학 전공으로 석사 학위를 받았다. 일본 문학지 『후네』, 『썸씽』, 『구자쿠센』 등에 한국 시인의 시를 다수 번역하여 소개했으며, 이효석이 1940년대에 발표한 『녹색의 탑』을 포함한 소설 다섯 편과 산문 열일곱 편 등 일본어 작품을 한국어로 번역한 바 있다. 그 밖에도 과학 인문서 『아인슈타인과 원숭이』를 비롯하여 『고양이와 함께 행복해지는 놀이 레시피』, 『산월기 · 이릉』, 『삼색털 고양이 홈즈의 등산열차』 등 일본 소설을 번역하였고, 혼다 데쓰야의 레이코 형사 시리즈 일곱 편의 역자이기도 하다.

블루 머더

초판 1쇄 인쇄일 2018년 8월 13일
초판 1쇄 발행일 2018년 8월 25일

지은이 혼다 데쓰야
옮긴이 이로미
펴낸이 정은영
주간 배주영
경영지원 양상미 김윤하 김은혜
제작 이재욱 현대엽 박규태
디자인 워크룸 김혜원
마케팅 한승훈 이새롬 나윤주 강민재 윤혜은 황은진

펴낸곳 ㈜자음과모음
출판등록 2001년 11월 28일 제2001-000259호
주소 04047 서울시 마포구 양화로6길 49
전화 편집부 (02)324-2347 경영지원부 (02)325-6047
팩스 편집부 (02)324-2348 경영지원부 (02)2648-1311
이메일 neofiction@jamobook.com

ISBN 978-89-544-3863-6 (04830)
978-89-544-3857-5 (set)

잘못된 책은 교환해드립니다.

이 도서의 국립중앙도서관 출판시도서목록(CIP)은 서지정보유통지원시스템 홈페이지(http://seoji.nl.go.kr)와 국가자료공동목록시스템(http://www.nl.go.kr/kolisnet)에서 이용하실 수 있습니다.(CIP제어번호: CIP2018024749)